钟法权，20世纪60年代出生于湖北荆门，现任第四军医大学军事预防医学院政治委员，大校军衔。中国作家协会会员，鲁迅文学院第二十一届高级研讨班学员。20世纪90年代开始文学创作，至今在《中国作家》《解放军文艺》《青年文学》《北京文学》等报刊发表小说、散文、报告文学百余篇，出版小说集《情书撰写人》《行走的声音》，长篇小说《浴火》，长篇报告文学《那一年，这一生》《废墟上的阳光》《陈独秀江津晚歌》《雪莲花开》。其中，《行走的声音》《大雪满天的日子》等十三篇小说或报告文学获总后勤部第三届到第十三届军事文学奖；《那一年，这一生》《陈独秀江津晚歌》分别荣获第十一、十二届全军文艺优秀作品文学类一等奖，《陈独秀江津晚歌》获第五届徐迟报告文学提名奖。

因为心里沉重，再加上一夜的紧张抢救，郭兴脸色发灰，嘴唇发乌，大脑里一片混沌。三个月前整形换脸成功后的喜悦，现在在他的脸上荡然无存。他太困乏了，他暂时进入了梦乡。梦里全是黎明珠的身影，黎明珠像幽灵一样贴在墙壁上对他说，我实在受不了你们的折磨了，我要走了，天堂在向我招手呢。我走了，你们不要拉我，让我痛快走吧！黎明珠说完，那墙壁上的人影，便从那窗口飞了出去。他惊恐万分地大喊一声，你快回来，你不能说走就走……他从噩梦中惊醒，惊出了一身冷汗。

手术室里寂静无声，身穿白大褂的专家们像守灵者围坐在黎明珠的四周，屋子里只有监护仪发出脆弱的声音。一个小时的时间到了，黎明珠没有醒来，首先是麻醉专家的神经绷紧了，他一会儿看墙上的挂钟，一会儿抬起手腕

作者手迹

脸谱 LIANPU

钟法权中短篇小说选

Zhong Faquan Zhongduanpian Xiaoshuo Xuan

钟法权 • 著

陕西师范大学出版总社

图书代号：WX16N0225

图书在版编目（CIP）数据

脸谱：钟法权中短篇小说选/钟法权著. —西安：陕西师范大学出版总社有限公司，2016.5

ISBN 978-7-5613-8410-7

Ⅰ.①脸… Ⅱ.①钟… Ⅲ.①中篇小说—小说集—中国—当代 ②短篇小说—小说集—中国—当代 Ⅳ.①I247.7

中国版本图书馆CIP数据核字（2016）第067622号

脸 谱

钟法权中短篇小说选

钟法权 著

责任编辑 胡选宏
责任校对 冯 俊
封面设计 李 飞
出版发行 陕西师范大学出版总社
（西安市长安南路199号 邮编：710062）
网 址 http://www.snupg.com
印 刷 西安市建明工贸有限责任公司
开 本 720mm×1020mm 1/16
印 张 18
插 页 2
字 数 234千
版 次 2016年5月第1版
印 次 2016年5月第1次印刷
书 号 ISBN 978-7-5613-8410-7
定 价 38.00元

序：奇妙的脸谱

□ 周大新

我认识钟法权二十多年了，为他第一本小说集《行走的声音》写序也有十多年了，那时钟法权还在总后勤部一个油料仓库当政治处主任。那之后，不管职务怎么变化，他在文学创作上一直没有停步，坚持着业余创作，写出了很多优秀作品，获得了很多奖项，其中《陈独秀江津晚歌》在文坛引起过很大反响。这部名曰《脸谱》的中短篇小说选，是他近三年的创作集锦。

钟法权一直牢记着“生活是创作源泉”的箴言，让自己的身心沉浸在当下五彩缤纷的军营生活里。这些年他的工作单位和岗位不断变化，每到一个新单位，每换一个新岗位，他都贪婪地从新生活里吸取新营养，并不断地对具象的生活进行思考，进而获得了艺术上的新发现。这部集子里他所写的医生与患者的系列作品，就是他对生活的新发现和在此基础上的新创造。书中的中篇小说《脸谱》《生命恙》《解剖楼》和《上帝的眼睛》等篇什，就像一幅幅怒放的生命图腾，所写的不再是简简单单的医患矛盾和纠纷，而是医者仁心背后的极致求索，是患者对命运抗争的心路历程。这些作品与他十多年前的小说相比，艺术质地已有了非常大的变化，内里不仅有着精彩的故事、跌宕的情节和鲜明生动的人物，而且有着浓烈的军营文化氛围，有着独特的精神发现。

这部中短篇小说集里的作品，都特别注重写人物的命运。中篇小说《脸谱》中的换脸者黎明珠，被熊抓脸毁容而遭厄运，命运绝处遇到医术高超的整形专家郭兴而渐脱命运不幸的苦海，但他最终因自己的任性而将自己的命运推向了生命的终结，正可谓祸兮福兮相转换。《生命恙》中患者老马和李标的父亲这两个人物，其命运也令人叹息。李标的父亲入院前病情严重，起死回生后却因一口痰而溘然长逝；老马肠癌切除看似一切顺利，未料一波三折，又重新入院，在生死边沿再走了一趟，最后因祸得福，远离官场恶性竞争，在赢得生命回归的同时，也迎来了事业的第二个春天。《解剖楼》中的邹锋，在鬼门关幸运地被解剖专家捡了回来，成为解剖专家的养子，命运由此改变，后“子承父业”，事业有成，却因对尸体解剖过度痴迷，又将自己的人生命运推向另一个极致。《上帝的眼睛》中的王丽，出生时因面部缺陷而遭遗弃，被好心的王二楞捡回家里，不幸命运起起伏伏，最终遇好心的医生群体而出现人生逆转。在这部书的其他作品中，也大都写到了命运的无常和多舛，让人读后对人的命运顿生感叹。小说家写人物，只写人物的离奇故事，是一个层级；能写人物的日常生活，是又一个层级；会写人物的命运流转，则又是一个层级了。钟法权已进入这个层级，令人为他高兴。

小说的叙述方式是考验小说家艺术创造能力的重要方面。钟法权在这个问题上很清醒，他明白要使自己立于不败之地，得到读者的喜爱，既要依赖故事本身所谓的新意，还要有新颖的叙述方式，既要想好“写什么”，还要在“怎么写”上下功夫。在本书收录的作品中，他不愿照搬别人用过的叙述法子，努力去进行有难度的创新。在叙述视角上，他不断变换；在结构样态上，他力求不同；在语言韵味上，他多样尝试。从而使作品的内在张力增加，可读性增强，陌生感强化，令读者读后能获得更多的阅读快感。

一切成功都是阶段性的、暂时的。钟法权要想使自己在文学创作的道路上行远致精，还需要不断求新求变，像川剧中演员变脸那样，不断变出新的具有艺术魅力的“脸谱”。我想，钟法权凭借他的那一股韧劲和对文学的挚爱，他的梦想会有实现的那一天。我知道他虽居官场，却从不因身有官职而自乐满足，总是挤出一切有限的时间去读书创作，他是用别人打牌娱乐的时间挑灯熬夜写出了一部部好作品。他在文学道路上最终能获得多大的成功我无法预言，但我深信，播下的种子终会有收获，幸运会不负有恒心之人，他日后会写出更好的作品。

丙申年初春于北京

目　录

CONTENTS

西　行　记

生　　门

白塔寺在蓝田的东面，在秦岭山脚下的塬上。红二十五军主力在政委吴焕先、副军长徐海东率领下，经崖子口血战才得以暂时摆脱敌人前堵后追，在桂花飘香的中秋，抵达白塔寺小镇。

白塔寺镇处于三县交界，因建有白塔寺而得名。白塔寺塔有四层楼高，塔身用白色石片砌成，故为白塔寺。由于地理位置特殊，属于三县鞭长莫及之地，少了干扰，各行各业得到自由发展，小镇也就分外热闹。再加上白塔寺镇背靠秦岭，前眺黄河，四周塬高沟深，红二十五军便在物质相对丰富、地势较为险峻的小镇暂时安顿下来，进行军需补充和休整。

连日来，在敌人围追堵截中，红二十五军经湖北、河南和陕南一路闯关，大小战斗数十起，人数非但没有减少反而不断壮大，到达白塔寺镇时，红二十五军人数由两千多人增长至三千余人。成功的游击战，打破了敌人围剿，但马不停蹄的奔袭，连续的突围作战，也使红军官兵疲惫至极。为了使红军官兵尽快得以休整，先遣部队抵达白塔寺镇后，马上为后续大部队找好了房子，在主力部队到达时，以连为单位分别住进了白塔寺镇十几个大户人家，军指挥机关设在了白塔寺寺院里。那里地形高，尤其是高耸入云的白塔像一个瞭望塔，人往塔顶一站，周边的一切尽收眼底。

红二十五军进入小镇第一天太平无事，第二天也风平浪静，第三天，驻守在西安的国民党城防司令得到密探关于红军在白塔寺休整的密报后，他决心在远离西安的白塔寺一举消灭红军，以便向蒋介石邀功请赏。于是，他调集一万多人，从西安日夜兼程百余里，在第四天的午后，所有部队按时赶到了白塔寺镇外围，一番排兵布阵，将白塔寺镇围了个水泄不通。在太阳落山之前，敌人从三个方向向白塔寺镇发起攻击。当时，红二十五军军直机关人员正在白塔寺一旁的赵财主家院子里过中秋，警卫连除了在四周布置岗哨外，还在白塔寺塔顶安排了瞭望哨，并设置了两挺机关枪，以防敌人偷袭。

在血色的夕阳下，敌人偷袭没有成功。设在西边的外围游击哨首先发现了敌人，架在塔顶的两挺机关枪居高临下，向突袭的敌人给予了猛烈的火力还击。面对数倍于红军的敌人，红二十五军在政委吴焕先、副军长徐海东的指挥下，开始向白塔寺南面的秦岭撤退，没想到狡猾的敌人在进入秦岭的南观岭提前布下了重兵。生死一条路，英勇的红军全然不顾敌人的强大火力，奋勇攻击，一个班、一个连很快壮烈牺牲。徐海东副军长像往常那样，举着手枪大吼一声，兄弟们，跟我上。

敌人知道，要想尽快拿下白塔寺镇消灭红军，必须拿下白塔寺，于是疯了一般朝白塔寺发起攻击。负责断后的一连依塔坚守，在相持期间，一颗炮弹从窗口飞了进来，随着一声爆炸，贴墙而立的一尊大佛被震倒，一个地下通道随之露了出来。

炸弹形成的气浪，将在一楼阻击敌军的几名红军战士掀倒在地，当他们灰头土脸地从地上爬起来的时候，敌人已经攻到了寺院院墙下，形势万分危急。耿连长掏出怀表，发现时针已过七点，到了该撤退的时候。耿连长果断命令，段指导员带领全体人员从地下通道撤走，自己负责断后。段指导员说，你先撤，我断后。耿连长挥着驳壳枪，再一次大声吼道，现在谁不听我的，我就毙了谁。段指导员对身旁的冯大个子说，你留下来，一定要保护好连长。然后对大家说，所有人员现在随我从地道撤出去。

当最后一个战士钻进地道后，耿连长将倒在地上的大佛扶了起来，把地下通道暂时挡住。耿连长从冯大个子手中夺过机枪，将子弹雨点一般地射向从院门涌进来的敌人。

南观岭争夺战异常激烈，红军战士一连发起了几次攻击都未能奏效，生死攸关的时刻，徐海东副军长亲自上阵带领红军战士发起冲击。此时，一颗无情的子弹射中了冲在最前面的徐海东副军长，红军战士见与自己生死与共的军长倒在了血泊之中，顿时疯了一般向南观岭发起冲锋。

段指导员率领队伍沿着漆黑的地下通道磕磕绊绊地快速向前推进，一段平路之后，慢慢由低向高，最后是直梯而上，冲在最前面的段指导员顶开了一块石板，一股新鲜的秋风夹带着浓浓的火药味和炒豆一般的机枪声扑面而来。段指导员跃出地面，发现地道外是一个不大的土地庙。他钻出土地庙站在高处往下一看，只见红军战士一个又一个倒在了敌人的机枪之下。段指导员怒火中烧，转身从一个战士手中夺过机枪，扣动扳机，仇恨的子弹雨点一般射向南观岭的敌人。敌军冷不防背后遭受袭击，一时惊慌失措，还没有弄清是怎么回事就一个个命丧黄泉。在不大的南观岭上，敌人为了堵住红军，在岭上部署了一个加强连，他们没有想到红军会从地里钻出来。前后夹击很见效果，一根烟的工夫，敌人死伤过半，剩余的敌人纷纷缴械投降。南观岭这个一夫当关万夫莫开的卡子被红军打开并占领。

徐海东副军长被红军战士抬上了担架，按照预定路线朝秦岭深山撤退。徐海东身负重伤，一路昏迷不醒。当天深夜，随行王军医在秦岭腹地葛牌镇的寺院里为徐海东做了取弹手术。做完手术的王军医心有余悸地对坐在一旁的吴焕先政委说，子弹再往心脏偏几毫米，徐军长就难逃厄运。

南观岭被红军夺下后，段指导员再一次请领断后任务，他要在此等候与自己出生入死的耿连长。黑夜中的白塔寺镇升起了一层淡淡的薄雾，那多半是战火的硝烟，一轮圆月被包裹得虚幻无比。刚才还枪声大作的白塔寺镇，此时枪声骤停，唯有人的哀号不绝于耳。就在段指导员忧心耿连长的时候，冯大个子背着连长从土地庙里钻了出来，他满身是血，见了段指导员声泪俱下地说，指导员，连长他牺牲了。

在将近半个月的时间里，伤势过重的徐海东一直躺在担架上随队伍辗转于秦岭高山深谷之中。当他得知有一百多人在白塔寺突围战中壮烈牺牲的情况后，他下定决心一定要杀回白塔寺，去看望坚守到最后宁死不退的耿连长和那些在争夺南观岭战斗中长眠的战友。他要为他们立一个碑，再补过一个中秋节。

枪　响

当晚，红二十五军又退回到秦岭的群山之中，经过几场恶战，他们好不容易摆脱了敌人的围追堵截，到了相对安全的秦岭腹地——一个叫葛牌的小山村。

葛牌属西安蓝田，与西安相距也就一百多里。那时，由于不通公路，从西安到葛牌要翻山越岭，不是一件容易的事情。

处于群山之中的葛牌，有商铺，有数量不多的居民，再加上四面环山，相对安全的环境，让红军战士高度紧张的心情松弛下来，他们只在从蓝田进入葛牌的羊肠小道上的公猪岭设了岗哨。

那是一个寒冬腊月天，天越来越冷，大雪也一连下了好几场，这样天寒地冻的天气，敌人是不会进山的，因为路太险了，别说骡马进不了山，就是善于山地作战的部队，面对崇山峻岭也只能望而却步。

程子华军长与吴焕先政委商量，决定召开军事扩大会议，对下一步军事行动做出明确安排。腊月二十这天，会议在葛牌正式举行，各师团干部从一条条山沟云集到葛牌。当时在秦岭大山里众多的小镇中，葛牌属于比较繁华的小镇，不说商贾云集，起码有酒馆、有杂货铺、有铁匠铺和布店。

为了防范不测，军部警卫连在公猪岭加设了一道岗哨。公猪岭是通往蓝田、进入葛牌的必经之道，地势十分险要，有很多路段只能容一人侧身而过，叫猪嘴的地段更是险中有险，人经过之时必须攀壁而行。警卫连长在猪嘴设了一道岗，在视野较为开阔的猪头地段设了第二道岗。

就在这一天，镇东头的老猎户王大嘴家里住进了五团团长刘道厚。王大嘴家穷，人口又多，常常吃了上顿无下顿，他想让儿子参加红军，也是为了让儿子有口饭吃。刘道厚团长也一眼看中了王大嘴的儿子王大山，因这王大山不仅力气过人，还会些武功、会使枪打猎，所以答应王大山参军到部队。为了感谢刘团长，王大嘴决定弄两个菜，请刘团长吃顿酒。家里没有陈货，找邻居也借不来猪肉，因为小镇的人都穷。于是王大嘴背上土铳，要进山弄点野味。

山上雪很厚，每走一步都十分艰难。太阳升到中天的时候，王大嘴才爬到小寨子山腰。小寨子山是葛牌最大最高的一座山，王大嘴爬到望夫崖时停了下来，这里地势相对平坦开阔，是兔子、野猪常常出没的地方，也是他打猎最多的地方。靠打猎为生的王大嘴很有经验地开始在地上寻找野兽的踪迹。

此时，敌人的一支部队经过五个多小时的艰难跋涉，已悄悄靠近了公猪岭的猪嘴，尖刀排为了打红军个措手不及，悄悄摸到了哨兵的身后，一把白晃晃的匕首割开了红军战士的咽喉。就在敌军向公猪头靠近的时候，猎人王大嘴发现了一只野猪，憨厚的野猪正蹲在一棵粗壮的松树下晒太阳，王大嘴兴奋地扣动了扳机，一声沉闷的枪响，让守在公猪岭上的红军战士发现了近在咫尺的敌人，机灵的哨兵马上蹲下身，躲在岩石后面，向山下的敌人射击。

一时枪声像炒豆子一般在山谷里响了起来。警卫连在连长的带领下，迅速抢占猴头峰，这是通向葛牌的最后一道屏障。

敌人很快占领了公猪岭，凭借强大的火力，向猴头峰射击。警卫连多是步枪和手枪，火力上处于劣势，夺取公猪岭的敌军开始向猴头峰发起攻击，就在危机时刻，徐海东副军长带着机枪队赶了上来。

敌人后续部队源源不断攀上公猪岭。

葛牌镇的山一山连着一山，公猪岭岭峰与小寨子离得最近，徐海东命令机枪队的赵连长迅速占领小寨子，用火力压制住公猪岭上疯狂的敌人。

赵连长为了以最快速度占领小寨子，抄近道攀岩而上。在快要攀上小寨子时，一个巨石挡住了去路。在他们急得无计可施准备调头下山时，王大嘴从岩上抛下了绳子，赵连长带着一干人攀上小寨子后，立即以密集的火力向公猪岭上的敌人发起突袭。由于两山离得近，小寨子山又在高处，公猪岭上的敌人顿时被打得无还手之力，西安保安旅赵旅长只好下达撤退命令，丢下三百多具尸体落荒而逃。

这是红二十五军长征以来，打得最惊险、最顺畅，收获最大的一场战斗。缴获轻机枪三挺，步枪三百二十支，还有子弹和军需品若干。

军事会议变成了表彰会，五十岁的王大嘴成为英雄，与他儿子王大山一起参加了红军，成为葛牌第一对参加红军的父子兵。

王大嘴成为葛牌镇的光荣历史。新中国成立后，葛牌镇为他们父子立了雕像，他那张大嘴特别的鲜明，很是吸引眼球。

银 罐

红二十五军本打算经蓝田，沿秦岭山边，走长安、户县、周至，再过扶风，绕过敌军重兵把守的西安北上，因蓝田白塔寺一战，我军实力与敌军相比过于悬殊，只好放弃原有作战计划，从蓝田重返秦岭深山，葛牌一战后，他们只得辗转进入柞水，在一个大雪纷飞的上午，善打游击的徐海东率主力进驻凤凰古镇。

凤凰古镇四面环山，古镇建在盆地中央，有山有水，风景极佳，小镇建筑颇具规模，一条街由北向南而建，街心有一里多长，青砖灰瓦，商铺林立，从古至今是南北交往重要驿站。红二十五军进驻凤凰古镇后，按照惯例，军部选设在了王家祠堂。

王家祠堂建得很有气势，前为聚会大厅，可坐三百余人，后为正房，摆放着王家先人的牌位。正房两边建有厢房，砖木结构，为王家仓储之地。王家祠堂靠北边为王家大院，南边为兴源钱庄。红军进入古镇，不少商铺和人家都还关着大门，有的围着火堆烤火取暖，有的则搂着婆娘睡在温暖的被窝里。红军的到来，让静寂的古镇喧闹起来，有钱的商铺掌柜和财主们，一个个吓得像缩头的乌龟，不敢开门。最终他们还是被一一请进了王家祠堂，吴焕先政委亲自做了有关共产党主张的报告，徐海东宣讲了红军政策。会议开得很成功，彻底消除了国民党污蔑红军是土匪、共产党共产共妻等反动宣传造成的影响，一些开明的商人和地主，带头表示要捐钱捐粮支援红军，没钱可捐的穷苦人家，都表示开门迎客，腾出最好的房子，给红军官兵居住。

连日来不停转移征战，为了不惊扰老百姓，红军官兵常常住在屋檐下。为了迎接更大的战斗，红二十五军的官兵无不希望有一个暂时可以休整疗伤的环境。军领导对此深有同感，于是命令所有人员住进当地百姓的家里，使疲惫至极的红军官兵得到尽快恢复。

国民党驻西安部队，因为大雪封山的原因，面对险峻的群山，他们停下了围剿的脚步，以排为单位，对通向秦岭腹地的七十二个峪进行了分兵把守，防止红二十五军窜出深山，对西安古城进行偷袭，同时防备他们与共产党领导的西北革命队伍会合。敌军的目的非常明显，就是要暂时将红二十五军困在秦岭的大山之中，待春天到来，再对他们展开围剿行动。红二十五军的将士们，无不身经百战，对自己所处环境都有清醒的认识，有鉴于连续几月的征战，他们将计就计，大部队以凤凰古镇为轴心，以班为单位落户于沟壑之中的百姓家中休整，并选出精干人马隔三岔五对敌人分兵把守的哨所进行偷袭，给敌人红军要冲出重围之假象。

那时，徐海东身负重伤，每日只能躺在床上疗伤。卫生队在镇上两家药铺里获得了充足的中药补充，卫生员为徐海东煎的中药，再不像前几天品种单调，不仅有用于消炎的蒲公英、栀子、金银花等，还多了一些有利于补养身体的山药、党参、枸杞子等，再加上伙食的极大改善，徐海东的身体恢复得很快，半月之后，他就可以下地行走了。徐海东作战勇敢，打起仗来常常身先士卒，自革命以来，身上多处负伤，每次他都能逢凶化吉、死里逃生。

当秦岭以北还飘扬大雪的时候，秦岭以南的凤凰古镇却下起了绵绵的春雨。鸟儿们以崭新的羽毛、清新的歌喉发出醉人的歌唱；冰冻的河床，在春风的吹拂下，绿波荡漾，鸭子们尽情地呱呱欢叫；战士们的口号声此起彼伏，响彻云霄，震住了大山里成群野狼高傲的号叫。

一日，军部一个警卫战士早起在靠近钱庄的砖墙之下练攀墙之功，当他纵身从那高约三米的墙头腾空跳下时，脚下的土地竟然显出半个坑来，那战士惊愕之余，低头一看，发现下陷的土坑里露出一个黑色的陶瓷瓦罐，那战士在片刻惊愕之后，兴奋地喊叫起来。他的声音引来了早起晨练的徐海东，徐海东快步走到墙头，看了下陷的土坑，只见土坑里有一个硕大的瓦罐，晨曦下发出耀眼的蓝色光环。那战士按照徐海东的要求，先是用手抹掉瓦罐四周的浮土，然后揭开罐盖，再打开油纸封口，将手伸了进去，掏出的竟然是一把闪亮的银圆。徐海东冷静地转身返回房间，叫来警卫员小高，让小高与那战士一起将沉甸甸的陶罐抬了出来。这个口小肚大的陶瓷罐，装的尽是大洋，意外的收获，让红二十五军的家底顿时变得丰厚起来。徐海东将那一罐银圆全部交给了供给部长，并对那两名警卫战士下了命令，不许对任何人透露半点消息。

经过休整，红二十五军力量再一次壮大，凤凰古镇周边的村民有三百多人加入红军队伍。他们在鸡鸣五更的早晨，声势浩大地踏上了北上之路。部队沿秦楚古道翻终南山，走沣峪口，进入关中平原。这一年的11月，中央红军供给部长杨至成找上门向徐海东面交了毛泽东亲笔手书的借条，徐海东见了那天下无双的字迹，内心里涌出万分的惭愧，他说他应该主动送上银圆，为中央红军分忧解难。徐海东当即叫来供给部查部长，问有多少银圆，查部长说还有七千大洋，徐海东大手一挥，将五千大洋送给了中央红军。与此同时，徐海东还吩咐查部长，不仅送银圆，还送粮食、武器等物资。五千大洋的作用很快得到显现，衣衫褴褛的中央红军换上了崭新的军装，装备也有了大大的改善。1935年冬，中央红军与红十五军团同心会战直罗镇，战斗取得全胜，陕北根据地得到稳固。在直罗镇战役总结会上，毛泽东夸奖徐海东，是一个对中国革命有大功的人。

红十五军团有钱，钱从何处而来？打土豪、分浮财，走一路，缴一路。当然，那罐意外得到的银圆是一个始终没有公开的秘密。但是，中央红军官兵在走出苦难吃饱穿暖之后，发挥丰富的想象，以一罐银圆为背景，编撰出一段神奇的故事，并流传于红军官兵和陕北根据地的百姓之中。

绝　地

从秦岭到甘肃泾川，红二十五军一路过关斩将，终于突出敌人的重重包围，残酷的战斗，也让他们付出了极大的代价。

吴焕先政委披着蓑衣像一尊雕像立于泾河北岸白水镇王田宫的山头上，面对淅淅沥沥下个不停的细雨，望着不断上涨的泾河水，听着从远处传来的轰鸣声，看着眼前正在徒步过河的红军战士，他心里的担忧越发强烈，一种不祥的预感，像天上的乌云在他心中越积越厚。

他对站在身旁负责后卫的团长李彪说，这鬼天气，我们渡河，你下个什么雨。没船只怕不行，你能不能找几条船来？万一河水暴涨了怎么办？

李彪团长用袖口擦了擦额头上的雨水说，渡河之前，徐军长派人找遍了白水镇，奇怪的是，一条船也没找到。后来找到摆渡的艄公，艄公说，船在前两天被保安团搜走了。对于吴焕先的担心，那艄公很不屑地说，泾河的洪水是小娃子撒尿，来得快去得也快。

吴焕先政委望着乌云翻滚的天空说，不知道你计算过没有，三千多人全部渡过泾河要多长时间。李彪心里很有数，不假思索地说，要是枯水季节，徒步过河，一小时即可；现在遇上涨水，徒步过河的河面太窄，天黑之前我军才能全部通过。吴焕先担心地说，你听到了吗，敌人的骑兵离我们很近了，如果是那样，我们只能背水一战了。李彪说，政委，我听到了马蹄哒哒的声音，我们已经做好了迎敌的战斗准备。

吴焕先踩着泥泞，边走边看怀表说，看北边的天气，泾河上游雨下得不小，如果形成洪水，眼前的泾河就是横在我们面前的天堑，只怕一时半会难以过河。李彪说，狭路相逢勇者胜，绝地而后生。政委你现在就过河，我保证完成阻击任务。

吴焕先政委坚决地摇了摇头，他对天气的判断很有预见。就在红二十五军开始渡河的时候，泾川上游宁夏、甘肃一带已经下起了瓢泼大雨，到了中午，河水形成洪峰，像脱缰野马朝下游咆哮而来；到了下午，甘肃境内的泾河洪水开始泛滥，红二十五军的人马刚刚渡了一大半，因洪水来得太猛，好几名红军战士被汹涌洪水打翻卷走。

其实，在洪峰到来前，吴焕先政委已经被两名警卫战士强拉硬拖走到了河的中央，再往前走上十米就到了河的对岸。此时，身后突然传来激烈的枪声，他回头望一眼身后的官兵，断然挣脱两名战士的手，掉转身快步向南岸走去。

洪水打着滚从上游向红二十五军的渡河地点卷了过来，看那血盆大口的阵势，吴焕先政委果断下达了停止渡河的命令。一时之间，电闪雷鸣，乌云低垂，天空暴雨如注，敌人的骑兵踩着飞溅的泥浆朝红军的防御阵地展开了攻击，一场生与死的较量开始了。

敌人以强大的优势兵力向王田宫四坡村山头发起一轮又一轮攻势。红军战士拼死抵抗，由于伤亡不断增大，可用的兵力在减少，再加上一时没有后援，阻击阵地逐步缩小。情急之下，吴焕先政委挥着枪冲出指挥所上了阵地。在他连连举枪射击时，一颗罪恶的子弹飞了过来，击中了他的胸部，他赶紧用手按住受伤的胸口，鲜红的血穿透衣服从他的手指缝里渗出，他像一座山倒在了战壕里。

乌云翻滚的天空拉开黑色的幕布，在天黑前雨停了，敌人的进攻却更加疯狂，就在高地面临失守的时候，开路先锋徐海东在危难之时如神兵天降返了回来。在后续部队停止渡河后，他神奇般地从泾河北岸老百姓那里找到了三条木船和几个船工，带着尖刀营劈波斩浪分批从泾河上游的北岸撤了回来，从敌的左侧下手打了敌人个措手不及，再加上天黑了，阵地上到处是水洼和泥淖不便进攻的因素，敌人才停止了凌厉攻势，由进攻改为防守撤退。

北方的秋天，大雨下得急，去得也快，只要雨停，洪水就难以持久。月光下，刚才还狰狞的泾河水，像被驯服了的狮子，变得温顺起来。随着徐海东一声令下，余下的红二十五军官兵们重新开始渡河。已经昏迷了几个小时的吴焕先政委躺在担架上，由几名战士抬着渡过了泾河。

清冷的月色下，浑浊的泾河水闪着银光，吴焕先政委艰难地睁开了双眼。跟随在一旁的卫生员惊喜地大声叫道，军长，政委醒了。

徐海东大步上前，一把握住吴焕先政委的手说，你可醒了，我们已经过河，等到了前面的村庄，王军医马上给你做手术，你一定要坚持住。月光映衬着吴焕先那苍白的脸，他艰难地动了动嘴唇说，过了河就安全了，我只怕过不了这鬼门关。徐海东随着担架边走边说，你看我去年伤成那样，在担架上躺了半个月，不是也活过来了。吴焕先用微弱的声音说，如今眼看就要到达目的地，我却倒下了。我死后，你一定与程军长带着队伍往前走，与中央红军会合。徐海东说，政委你不会死的，我们多少难关都闯过来了，再坚持一会，前面就是村庄。你放心，军党委制定的目标至死也不变。徐海东话还没说完，只见吴焕先政委闭上了眼睛，手也松软开来。

夜出奇的静寂，洪水过后的泾河水像一曲揪人心肺的哀曲，与红军战士的哭泣声交相连成一片。

雨后云散风停，西北的天空格外辽阔深邃，北斗星闪着耀眼的光，月光星光交相辉映，将黑夜里的大地照得分外明亮。干渴的西北大地将雨水全吸进了肚子里，路上没有一丝的泥泞。红二十五军没有停下脚步，他们要将敌人远远甩在身后。吴焕先政委还躺在担架里，徐海东说了，要把吴政委葬到一个安全的地方，葬到离泾县县城不远的山沟里。队伍里还有人在哭泣，他们没想到四坡村一战，让他们失去了患难与共、年仅二十八岁的政委。

东边的天际露出淡淡的曙光，黑暗中的黎明即将到来。在队伍行进的正前方，一颗耀眼的星星，拖着长长的尾巴朝着大地坠落下来，战士们都说那是将星陨落。

奠　基

9月的陕北延川，秋高气爽，天高云淡。满川满坡，飘着高粱玉米的成熟香味；窑洞前，又大又甜的苹果大枣挂满了枝头，发出诱人的芬芳；塬上塬下，一只只山羊绵羊像天上飘浮的白云。物产丰富的黄土高坡，让营养不良的红军官兵不仅填饱了饥饿的肚子，而且很快恢复了征战的力量；他们那干巴枯黄的脸，不仅一天天圆润起来，而且有了像成熟的苹果一样好看的颜色；那粗犷、豪迈、多情的信天游，更让战士们感受到了生活的快乐，对未来充满无限的期望。

站在劳山的沟底，望一眼湛蓝的天空，云朵仿佛就在头顶。坚守在塬上的红军官兵，都生生感到，那厚厚的云朵像棉絮一样盖在身上，让人如幻如梦。他们已经在塬上坚守两天两夜了，在漫长的等待中，左等右等不见敌人的踪影。他们想不明白，过去被敌人前堵后追的时候，一不小心就会与敌人遭遇，现在蹲在塬上的战壕里，却等不到一个敌人。一个参谋失去了耐心，问正在眺望远方的徐海东军团长："军长，我们在荒山僻野里守株待兔，敌人能来吗？"

徐海东抓起一把黄土闻了闻，再抬头看了看天说："耐心等吧，就在今天下午。"

人与人多多少少存在差别，有人遇事不决，而误大事；有人耐心不够，而错失良机；有人目标模糊，一生走不到奋斗的终点。红二十五军之所以能够克服千难万险到达陕北，关键在于他的领路人徐海东是一个目标确定之后百折不回的人。徐海东以三千余众，成为长征队伍中第一支到达陕北根据地的红军队伍。

徐海东率领红二十五军到达陕北保安，正是9月瓜熟蒂落的时候，陕甘特委边区苏维埃政府主席习仲勋、军委主席刘景范率队迎接，一个星期后在习仲勋和刘景范的亲自引导下，红二十五军在陕北延川与陕北红军胜利会师，刘志丹为红二十五军举行了隆重的欢迎仪式。随后经鄂豫陕省委和西北工委批准，组建成立红十五军团，能征善战的徐海东被任命为军团长，程子华任政委，刘志丹任副军团长兼参谋长，高岗任政治部主任。下编七十五、七十八、八十一共三个师和一个手枪团。

红军的会师，让蒋介石深为恐惧，他害怕这股火苗在西北大地燃烧成为熊熊大火，急忙调兵遣将，对陕北红军展开了疯狂的围剿。于是，国民党东北军、西北军、马家军无不虎视眈眈，他们各怀心思一齐向红十五军团压了过来。身经百战的徐海东，在两军整编后，力量壮大，正志得意满，他下定决心，要改变长征途中打得赢就打、打不赢就跑的游击战术，要打几个大快人心的漂亮仗，打几个有着战争艺术的主动仗，把士气提起来，守住陕北这块根据地，为老战友吴焕先报仇，为那些牺牲在长征路上的战友们报仇，为中央红军的到来打下一片天地。实践证明，徐海东自担任红二十五军领导人以来，不仅善于打游击战，还善于打保卫战，打攻坚战，打歼灭战，失败极少。他最喜欢、最惯用的战法，是出其不意地奇袭，常常出奇兵，从敌方的侧后攻击指挥中心，迫使敌人措手不及地溃退。徐海东称这种战法叫从肋骨下去抓敌人的心。两军会师后，徐海东需要用战争的艺术，来证明他艺术的战争，证明一个红军军事指挥员对战争的规划、设计和控制能力，给敌人以沉重和有效的打击，也让那些对他“徐老虎”军事才能持怀疑态度的人刮目相看，并实实在在地服气。在战争年代，一个军事指挥官有没有能力和本事，能不能让官兵信服，没有任何可投机取巧的捷径可走，检验的唯一标准就是看你会不会打，能不能带领官兵打胜仗。徐海东怀着在西北根据地首战必赢的信念，对战争态势做了十分缜密的思考，对歼敌于何地做了细致的地形考察，并认真听取了副军团长兼参谋长刘志丹的建议。最后他在兵团党委会上，讲了反击敌人围剿的作战思路，提出了劳山战役的整体设想与基本原则，那就是：围城打援，诱敌深入，埋伏奇袭。为此他巧妙设计了三步棋，第一步叫围城打援，政委程子华率三个团围住甘泉之敌，造成攻城略地之势；第二步引蛇出洞，刘志丹率七十八师一部作诱饵，尽可能诱敌入瓮，于劳山沟壑峡谷的“布袋”之中；第三步待兔奇袭，前两步是实现战略目标的基础，第三步才是最终目的，善打硬仗，又善伪装奇袭的徐海东率七十五、八十二师等主力，埋伏于延安至甘泉必经之地劳山两侧的丛林之中，以逸待劳，要歼灭从延安增援甘泉的敌军。

劳山地势险要，黄土沟深壑险，沟壁和塬上树木葱郁，一条公路像盘蛇一样绕于其间，是天然的排兵布阵之地。战斗打响的那一天是9月28日，金色的阳光如千万道神奇的魔光，将西北大地装扮得神秘而妖娆。习惯睡懒觉的东北军还躺在窑洞的被窝里做美梦的时候，政委程子华率三个团对甘泉展开了佯攻，守在城里的敌人，一边仓促应战，一边打电话向延安主力部队求援；徐海东率领主力守在劳山峡谷两侧，一边挖战壕，一边开始潜伏等待。刘志丹则守在劳山山口阻击敌人，实现诱敌入瓮的目的。面对复杂的地形，敌人增援是缓慢的，他们边走边停，左顾右盼，生怕遭受红军的埋伏，为此采取了步步为营缓慢推进的策略。

劳山奇袭战于10月1日下午正式打响。那天下午，阳光出奇的灿烂，和煦的秋风，夹带着成熟果实的芳香，如一坛陈年老酒，吹得人昏昏欲睡。按照要求，红军战士带足了三天的干粮，隐卧于温暖的壕沟里，晒着太阳，擦着枪支，眯眼养神。奉命解甘泉之围的东北军，一个个不急不慌，迈着散漫的步子，有的抽着烟，有的打着哈欠，有的放着响屁，晃晃悠悠地朝劳山开进。

敌人先头部队离埋伏在劳山山口的红军战士越来越近，走在前面的国军士兵长什么模样，红军战士都能看得清清楚楚。没有命令，红军官兵谁都没有开枪，更不敢弄出一点响声来。待恰到火候，负责诱敌深入的刘志丹副军团长，沉着冷静打响了第一枪，埋伏在土丘上的红军官兵一齐向迎面而来的敌人开火。因为距离太近了，一阵枪响之后，走在最前面的国军士兵像被一阵狂风拦腰切断了的高粱，一个个被击倒在地。敌人被突如其来的子弹打蒙了，整个队伍都谨慎而胆小地停住了脚步，当他们从红军断断续续的枪声中清醒过来时，担负引诱敌人的红军，在刘志丹的率领下，有序地边阻击边向后撤退。红军零零星星的阻击枪声，使敌人得出结论，在此阻击的红军是一支小股部队，不足多虑，不堪一击。为此，一向傲慢的何立中师长神气十足地下达了快速前进通过劳山峡谷的命令。何师长骑着一匹肥壮的高头大黑马，在骑兵连的护卫下，耀武扬威地朝劳山天险的深谷疾进。一时之间，人的脚步与铿锵的马蹄，卷起漫天灰尘。

劳山沟谷长约十公里，沟底的公路仅容得下一辆汽车通行，何立中的几千人马在劳山峡谷被拉成一条细细的长线，再加上七拐八弯的山势，队伍被分割成一段一段，站在塬上朝沟底观看，敌人几千人的队伍，就像一条被斩断成无数节的大蟒蛇。坚守在崖壁上的红军，看到在沟底行走的敌人，就像一只只缓缓爬行的蚂蚁。面对越来越陡峭的峡谷，越来越暗淡的阳光，越来越潮湿的空气，何立中师长下意识地拉紧了缰绳，望一眼身后如长蛇的队伍，插翅难逃的峡谷，令他不由得倒吸一口凉气。

刘志丹成功的引诱，使何立中部全部进入劳山弯弯绕绕的口袋之中，心甘情愿地钻进了徐海东设下的布袋里。蓝天白云之下，一颗红色信号弹腾空而起，红军战士早已按捺不住战斗的激情，他们快速地扣动了手中的扳机。一时间枪声炮声大作，雨点般的子弹和一颗颗手榴弹劈头盖脸投向敌人。面对突如其来的强大火力，有的敌人为了活命，习惯性地举起双手投降；有的敌人六神无主地举着枪朝天乱射以示还击，其实他们什么也打不着；有的则像受惊的兔子四处乱窜，光秃的山沟哪里能找到一个让他们保命的地方；有的则像受惊的蛇躲进沟坎里，只有那些经验丰富的老兵，像壁虎一样就近将身体紧紧地贴在沟壁上，才躲过一劫。沟里的敌人，就如瓮中的鳖，井中的蛙，既无处藏身，又无法逃窜，更没有能力对红军实施有效的还击，剩下的只有挨打和死亡。红军战士越打越过瘾，越打越勇敢，他们或就近靠在一棵树上，或趴在悬崖的边沿上，一个个朝沟底的敌人猛烈地射击。骑着大黑马的何师长，在骑兵连的护卫下加速朝前奔跑。他哪里想到，十几里的劳山沟壑两边都布满了红军，他们居高临下，有的放矢地朝下射击，就连刚入伍的新兵也越打越准。何师长的马队不管不顾地向前飞奔，在一个较为宽阔的山窝里，一颗手榴弹突然在马群中爆炸，大黑马也许受了伤，也许是受到了惊吓，一声长长的嘶鸣，便开始打着转疯跑，不少人被那大黑马踩在蹄下。站在指挥棚里的徐海东，早就盯上了沟底里骑着大黑马左冲右突的何师长，他对跟随左右的警卫班战士说，你们看到了吗？那个骑着高头大马的何师长，一心想逃跑，逮住他。话音刚落，一串密集的火力一齐射向了那群飞奔的马队。人和马的血混合到了一起，阳光下，那黄色的沟壁很快被鲜血染红，浓浓的血腥味和火药味在空中弥漫。

夕阳将天上的云朵映成了紫红、大红，就像无数个庆功的彩球挂在天空。经过六个小时的激战，劳山战役大捷，歼敌一千八百多人，师长何立中也在其中；俘敌三千七百余人，躲在崖壁下土洞里的参谋长范驭洲在红军战士打扫战场时，从那仅够两人容身的洞子里被生擒。缴获战马三百多匹，大炮十二门，轻重机枪一百八十六挺，各类枪支三千多支，还有大量弹药。穷得叮当响的红十五兵团一下子富了起来，他们鸟枪换炮，兵壮马肥。

接下来，徐海东又一鼓作气打出了第二套组合拳，发起了攻打榆林桥的战役，当时驻守榆林桥的是敌一〇七师，被士气正旺的红军官兵打了个措手不及，丢盔卸甲。红十五兵团创下了半日激战，歼敌两个团，俘敌一千八百多人，活捉六一九团高福源团长的辉煌战绩。俘获高福源，可是个意外的收获。高福源任团长前，是张少帅的警卫营长，深受张少帅的信任和喜欢，他被俘以后，经过我军短暂的思想改造，日后成为中共与张少帅联系的线人，在我党和平处理“西安事变”时起到重要的信息传递作用。

劳山、榆林两场战役打下来，徐海东与刘子丹的威名顿时远播，陕北民歌王很快编唱出脍炙人口的歌曲，“山丹丹花开红又红，红十五军团显威名，徐海东刘志丹指挥妙，劳山榆林打得好……”从此，这首信天游在百姓当中广为传唱。

（原载《延河》2014年第6期）

脸　谱

一

郭兴是知名的整形专家，在一家很有名气的大医院任整形科主任。

当医生的都知道，每天早晨的交班会很重要。郭兴作为主任要对科室一天的工作进行安排，对重要手术和病人要组织讨论。当阳光洒满半个桌面的时候，科室几名教授陆续走了进来。郭兴轻轻地清了一下嗓子，开始了调侃式讲话：“人怕出名，猪怕壮，自黎明珠整形换脸成功，各路媒体记者是追着采访，前来看稀奇的也是络绎不绝，国内国外学术杂志纷纷打电话约稿，美国的《整形》杂志主编老约翰昨天夜里十一点多钟了还打电话给我，让我写一篇综述，介绍整形换脸经验，老约翰这次不端架子了，在电话里给我唠叨了半天，要不是怕影响中美关系，我都想把电话给挂了。”王娇笑盈盈地插话说：“主任，多好的事儿啊！那可是世界整形界的顶级杂志，发一篇文章是很不容易的。”大家正七嘴八舌，郭兴马上转入正题说：“下面开会，请各位讲一讲各自小组今天要做的工作。”

侯副主任习惯性地推了一下眼镜说，有一个二十多岁的女子，没钱还要漂亮，说卖血也要垫鼻梁，一个劲儿地缠着我，要求给减免费用。孙副教授用浓重的陕西话说，侯副啊，我是有话直说，那女的一看就骚情得很，你可别心软，被她给黏上了就没你好。侯副主任在整形科主攻鼻梁修复美容，他在美国留学期间，学的就是鼻梁填充修复美容专业，通过十多年的理论学习与实践操练，在鼻梁美容方面可以说独树一帜。他听了孙副教授的话并不急，慢悠悠地回答说，其实吧，那女的也不容易，一心想当明星，可导演嫌她鼻梁不够挺拔，还说像蒜头。孙副教授看了侯副主任一眼，接着说，那女子也有优点啊，眼睛大，脸蛋白，胸脯挺拔，还是很勾人的。

郭兴打断孙副教授的话，严肃地说，现在是开会，少说这些没用的。孙副教授便一本正经地说，我手上也有个难缠的主，是一个不到三十的少妇，叫李倩，这几天老是缠着我，非要把她太阳穴旁的痣给取了。他的话还没说完，方老教授便接过话说，小孙你可得慎重，那女子开始找的是我，我劝她不要做，人身上的痣都有说法的，尤其是脸上的痣，她那颗痣不仅大，而且色素过重，又紧靠太阳穴，部位很敏感，你可别把地雷给踩响了，到时候麻烦就大了。方老教授说的“地雷”，是指长在人身上某个关键部位的痣，病人认为看似并不重要的一个痣，其实与人的生命相关，不动它什么事也没有，甚至还是福痣，但如果开刀手术，就有可能成为引发癌细胞扩散的诱因。美容取痣是孙副教授的主攻方向，而且是他的拿手好戏。听了方老教授的话，他心有不甘，还想再发表自己的高见，却被郭兴给拦住了。他一脸严肃地说，你们今天是怎么了，那么多病人要做手术不讲，净讲一些不上台面的事情。

王娇马上说，主任，昆明人民医院的朋友打来电话，说他们碰到了一个难做的手术，问我们能不能帮个忙把病人接收了。郭兴一听两眼放光，当即表态说，我们脸都能换，还有什么做不了的，会后你马上与他们联系，让他们尽快把患者送过来。王娇当即表示，开完会就联系。这一天要做的手术很多，郭兴有针对性地提了要求。早会结束后，八点十分开始查房，九点开始一天的手术。

孙副教授随大家一起走出办公室后又折了回来，很是神秘地对郭兴说："有件事我不知道该不该讲？"

郭兴见孙副教授神秘兮兮的样子，便不耐烦地说："有话快讲，啥时候变得婆婆妈妈的了？"

孙副教授咳嗽了两声，低声说："昨天科里来了两个人，是省公安厅的，去年有个朋友请客，我们同桌吃过饭，他们来医院表面是看黎明珠，可我通过他们的问话，感到他们有什么秘密。"

郭兴听了心里咯噔一下，赶忙问道："说仔细点，他们都说了些什么？"

孙副教授习惯性地朝门口看了看，这才神秘地说："他们问黎明珠是哪天上的山，上山都做了些什么，怎么遇到了熊，为什么熊只抓伤了脸，而没有伤到其他地方。"

郭兴又问："他们问了你什么没有？"

孙副教授想了想说："他们说，你们换脸的技术真高，一张脸换了一大半，根本就不再是过去的黎明珠了。还说，为什么那么巧，熊只抓他的脸。"

郭兴听了有点恼火，说："搞公安的就是多疑，你让他们去问熊，为什么只抓脸，而不抓其他地方。"

孙副教授笑着说："主任说得对，下次他们再来，我让他们去问熊。"

郭兴却严肃地说："以后没我的批准，不允许再有人去探视黎明珠，就说病人需要静心修养。另外，公安来访的事不要对任何人讲，那样容易把简单的事搞复杂了。昨晚，黎明珠睡眠好不好？"

孙副教授很严肃地点了点头，回答说："黎明珠正处在排斥反应期，昨天那两个穿便衣的公安人员问过话后，他脾气变得暴躁，护士说他昨天晚上还摔了杯子。"

黎明珠是郭兴做整形以来遇上的一个让他一生都难以碰上的特殊病人。当他信心满满为黎明珠做完整形换脸手术后，却产生了一种预感，要么一举成名，要么惹事上身。这种预感并不是空穴来风，他是基于换脸者本人的综合情况做出的判断。

郭兴抬头看了一眼对面墙上的脸谱，说："走吧，我们先去看黎明珠。你给侯副主任讲，让他带着人先查房。"

黎明珠换脸手术后被安排在四号病房里，那是一个单间，房子比一般病房要大，过去是医生集体办公用房，黎明珠入住后专门腾出来给他住的。郭兴走进病房时，黎明珠正躺在床上看电视，因为用药多，还排斥，他的脸也就肿胀着，像发酵了的面包，眼睛只露出一条窄小的细缝。黎明珠的脸是被熊爪撕下来的，鼻子、嘴唇、眼皮、眼眶都没有了，头皮也被撕下大半，能活下来就是奇迹。那大半张脸，可以说是他的，也可以说不是他的，因为他现在的脸，是一个自愿供体者的脸。黎明珠的脸虽然肿着，但他的脸色一天天在向正常人的肤色转变。郭兴用聚光灯十分仔细地给黎明珠做了检查，尤其对缝合部位进行了细致观察，而后嘱咐黎明珠静心养伤，不要东想西想，看看电视，听听音乐，放松身心，促进康复。

二

那是一个雨天的午后，彩虹像一支彩笔，将后院里粗细不同高低不等的梅树、桃树和其他风景树映衬得如一幅浓墨重彩的油画。时值午睡时间，住院部的走廊里一片寂静，两名警察轻车熟路地直接找到了当班的孙副教授，他们就像提前侦察好了似的，将孙副教授堵了个正着。

孙副教授笑着对他们说，黎明珠换脸之后成了名人，来看望的人太多，影响了他的康复，为此科里提高了批准权限，所有探视人员，都必须经过主任批准。高个子警察说，那就带我们去见见你们的主任。孙副教授深知来者不是一般普通的探视者，他们不仅有身份，而且公务在身，他们要想见病人，如果没有充足的理由，也就很难拒绝。一番思量，他只好采取缓兵之计，让他们在这里稍等，他即刻去找主任。胖警察不容商量要随孙副教授一块儿去。孙副教授与警察打过几次交道，知道他们霸道，不好说话，还十分难缠。只好走在前面，一高一胖两个警察，一左一右寸步不离跟在他的身后。

主任办公室在会议室的里面，孙副教授对跟进会议室的两个警察说："你们稍稍等候一会儿，我进屋通报一声。"两个警察点了一下头。孙副教授敲开主任的门，见郭主任正与侯副主任和方老教授研究黎明珠的治疗方案，郭兴见孙副教授不说话，便知有不便公开说的事，宣布今天讨论就到这里。孙副教授见侯副主任与方老教授出了门，赶忙说明，那两个警察就在门外，又要见黎明珠。郭兴听了，生气地说，他们怎么像苍蝇一样，盯住了就不放？孙副教授低声道，职业特点，没办法。郭兴果断地说："管他什么警察，医生有保护病人生命的权力，你出去，要理直气壮地拒绝他们来访。"

孙副教授想了想，还是建议说，虽说他们像苍蝇，可他们也是因公而来，现在就站在门外，一副不见黎明珠不肯罢休的架势，硬是拒绝恐怕不好。说完，他顿了顿，又说："据我观察，黎明珠也不是什么好人，伤口还没完全好，就对女护士有非分之想，如果他真的是罪犯，那医院为他整形换脸的意义就将大打折扣。"

郭兴不予认同，说这种认识太肤浅，整形换脸的标准在于成功，而不在于为谁换脸，退一步讲，犯人的命就不是命了吗？何况现在还不能确定他就是罪犯。

孙副教授依然坚持说："万一黎明珠就是一个罪犯，还是一个杀人犯怎么办？"郭兴一时语塞，想了想说："既然他们非要见黎明珠，就把他们请进来，我来给他们讲。"

孙副教授走出郭兴的办公室，嘱咐会议桌旁的两个警察说，可以见主任，可时间不能长了。高个子警察点了一下头，起身几大步就走了进去。两名警察自报姓名后，说明来意，无事不登三宝殿，到医院来是为了见那个换脸的病人。"情况有点复杂，最近云南警方发来协查通知，省公安厅指派我们帮助了解黎明珠的相关情况。”郭兴故作惊讶：“原来你们是要问这个啊！这好说，我略知一二，在为黎明珠做换脸手术前，我还专程到过他的家。”

高个子警察点燃一根烟，说道：“那就好，请你讲讲，最好毫无保留。”

郭兴听到“毫无保留”几个字，心里很不舒服，便冷冷地说：“我没有必要隐瞒什么，他只是我的病人。”

胖警察赶忙打圆场说：“你别介意，我们当警察的说话是巷子里赶猪，直来直去。”

郭兴扫了两个警察一眼，然后才说：“黎明珠是傈僳族人，刚结婚不到一年时间。他家兄妹四人，他排行老大，一家人全靠他。去年深秋，他像往常一样到后山采药。后山离他家所住的村子还有二十多公里，靠近中缅边境，那里森林茂密，因为是原始森林，生长着各种天然名贵药材，但因常有野猪、黑熊等野生动物出没，附近村子里胆子小的人根本不敢到后山采药。村里人讲，黎明珠胆子特别大，不害怕野兽，他常孤身一人到后山采药，因此他家就比村子里多数人过得好。11月20日那天，他像往常一样，一人背了采药的筐子，带上一天干粮，拿上采药的锄头，天没亮就从家里出发，到离中缅边境很近的后山森林里去采药。那天天气晴朗，他大约中午前到达后山，不到两个小时他就采了大半筐的中药，就在他准备下山的时候，一头黑熊突然出现在他的面前，如此近距离地与黑熊对峙还是头一次，他一下子就傻了，一时不知怎么办。当时黑熊并没有马上对他进行攻击，可急着逃命的他做出了错误的决定，提着锄头转身就跑。黑熊像是受到了鼓励或者是羞辱，恼怒地大吼一声，便追了上去，一掌打在黎明珠的背篓上，背篓被打穿，黎明珠被打翻在地，接着黑熊又一掌抓到了他的脸上，当时他只觉得眼前血光四溅，人便昏倒在地。所幸的是，黑熊没有再攻击昏迷过去的黎明珠，丢下眼前的冒犯者，独自悠然自得地离开了。”

高个子警察听了，看了看郭兴，问道：“你不觉得奇怪吗？黑熊为什么不再打第三掌？”

郭兴听了有些反感，说道：“有什么奇怪的呢？黑熊为什么不再打第三掌，你想搞明白就去问黑熊好了。”

胖警察点了点头，说：“郭主任，请您接着往下讲。”

郭兴喝了一口茶，继续说：“万籁俱寂之中，处于昏厥之中的黎明珠被剧烈的疼痛给疼醒了，为了活命，他忍受着撕心裂肺的疼痛，跌跌撞撞地朝山下逃命。”

高个子警察接话说：“听你这一讲，黎明珠可谓死里逃生。”

郭兴接着说：“从熊爪下活过来，本身就是奇迹。熊爪抓的面积太大了，黎明珠大半个脸被抓没了，鼻子、嘴唇、眼皮、眼眶都没了。面对如此伤情，当地医院无法医治他的伤，黎明珠只好在家人的陪同下转至昆明人民医院。昆明人民医院面对如此伤情，只能给他做保命处置，而无法整形。在那段时间里，黎明珠一时成为人见人怕的怪物，就连他老婆也害怕他那惨不忍睹的面孔而躲回了娘家。”

胖警察继续问：“你既然到过黎明珠的老家，你见过黎明珠被熊抓坏了的背篓吗？”

郭兴毫不客气地反问道：“我又不是警察，我见病人就可以了，见背篓干什么？黎明珠为了活命，他还会要那背篓吗？除非背篓里装的是金子。”

高个子警察像是感叹，又像是自言自语：“精妙与悬念之处就在这里啊！”

郭兴听了，又十分反感地说：“你们什么意思？我们当医生的可没有你们想得多，只管救死扶伤。”

高个子警察接着问：“那他怎么找到你的？”

郭兴直截了当地回答说：“黎明珠当然无法与我们联系。昆明人民医院整形科的赵医生与我是同行，就在他们一筹莫展之际，我们为猴子进行换脸实验的学术论文被国外顶级整形杂志刊登了出来，这篇论文正好被赵医生看到了，他便主动给我打了求援电话。”

胖警察疑惑地问：“那你为什么还要专程跑到黎明珠的老家，有那个必要吗？”

郭兴对胖警察的问话很是不满，于是不屑地说：“没有必要我费那个劲干什么？我不去怎么知道黎明珠的伤到底有多重，重到什么程度，我只有亲眼看见，才能做出决断。”

两个警察还想说点什么，桌上的电话突然响了起来，郭兴随手拿起话筒，电话是院长打来的，让他马上过去有事要说。两个警察心有不甘，他们还想到病房找黎明珠询问，被郭兴坚决拒绝了。郭兴说，现在病人还处在排斥期，任何不利因素都有可能对他的恢复造成不良影响，从而影响换脸后的面部血管、神经和肌肉的生长，最终导致手术失败，并危及患者的生命。如果是那样，造成的后果是非常严重的。

胖警察满脸怀疑地说：“你别吓唬我们，哪有那么严重？”

郭兴十分严肃地说：“这可是中国首例，世界第二例换脸手术，如果你认为只是一个小手术，你不妨试试，只换个耳朵怎么样？”

胖警察说：“我耳朵好好的干吗要换，我又不是学医的，哪知道你们是世界性创举。”

郭兴放缓了语气说：“人身上任何一个部位，哪怕只是一个阑尾，如果出现毛病，都有可能危及生命，何况是面积很大的换脸手术，更不能掉以轻心。再说了，如果一个患者在换脸后只能存活很短的时间，那么这个换脸手术就谈不上成功，那样岂不让外国人笑话，何况人命关天。”

高个子警察见郭兴把话说到这个份上，心想再说都是多余的，于是给自己找了一个台阶，说：“算了，他又跑不了，等一等再说，是李逵还是张飞，到时候总会弄个水落石出。”

郭兴不再开口说话，两个警察礼节性地与他打了招呼，提着包转身走出了办公室。

综合警察的问话，郭兴在想，黎明珠难道真是罪犯吗？他是因为什么而引起了警察的追踪，是走私毒品了？杀人了？还是抢劫、强奸？如果真是罪犯，那换脸还有意义吗？一连串的疑问，搅得他脑子里像一锅粥，不免心烦意乱。

三

近年来，古城的雨水似乎比过去多了起来，春天的雨水不再像过去那样金贵，隔上十天半月，就会下一场春雨。今天，淅淅沥沥的雨又来了，受到了滋润的草木竞相展示自己的青春，绿得耀眼，就连鸟儿也抖动着翅膀发出欢快的鸣叫。郭兴深情地望着窗外的春色，心里就像有雨水在草尖上下滑的快感，正当他望着春雨出神的时候，听见有人敲门，还没等他回应，一高一胖两个警察推门走了进来。两个人因为没有打雨伞，身上的衣服都被淋湿了，脚上还沾着泥。郭兴笑着问他们，跑了不下五趟，有结论了吗？高个子警察说，换脸的水平太高了，现在大半个脸都不是黎明珠自己的了，一般人是认不出来的。我们今天来，就想听听是如何做换脸手术的。郭兴调侃地说，自从做了换脸手术后，有两类人特别感兴趣，一类是报社的记者，他们是不厌其烦地来采访；还有就是你们警察，不仅刨根问底，而且穷追不舍。

只要是谈起黎明珠，郭兴便滔滔不绝，两个警察也听得津津有味。郭兴喝了一口水继续说："我从云南回医院后，立即向院领导汇报了黎明珠脸部受伤的情况，提出了为患者换脸的设想。不少专家为之惊诧，以怀疑的口气问，能行吗？重建鼻子、眼眶、嘴唇，这可是前无古人的事情啊！他们建议我不要冒这个风险。对于专家们的意见，我有我的思考，我对他们说，我们所要实施的换脸肯定比法国那例换脸难度要大得多。正因为风险大，一旦手术成功，它会成为中国第一例、世界第二例换脸手术；正因为风险大、难度大，才能产生很高的学术价值、社会价值和新闻价值。医院领导经过一番权衡，最终做出了全力支持整形科为黎明珠实施换脸手术的决定。”

胖警察依然疑惑地问：“既然手术难度大，失败的概率高，为什么黎明珠既不怕疼还不怕死呢？”

郭兴半是讥讽半是调侃地说：“你可能不知道，如今为什么有那么多人要做整形美容。”

高个子警察抢着回答说：“钱多了烧的，臭美呗。”

郭兴正了正斜着的身子，继续说：“你说的只沾了一点边。我告诉你吧，来花钱美容的，总体上一个目的，那就是为悦己者容。俗话说，人活一张脸，只要是生活在地球上的人，都会把自己的脸看得特别重，尤其是爱脸面的中国人，有的把脸看得比命还重。在他们中间，确实有一些人因为脸部的缺陷，不能找到如意的工作，通过整形修正，而改变自己的人生。那些中年女性，生活宽裕，可容颜已逝，为了保持自己的优势，花钱整容她们在所不惜。那些在职场上打拼的女性，为的是多一些战胜他人的筹码。爱美是人的天性，从古至今，关于追求美的故事不胜枚举。黎明珠被熊抓伤破了相，人见人怕的，成了一个像鬼一样的夜游者。为了重新回到过去的生活，他做出换脸的决定在情理之中，根本就不用大惊小怪。”

胖警察深知只要谈到换脸，郭兴就会兴奋，于是赶忙换个话题说：“算了，我们不讨论人为什么要整形美容了，言归正传，你能否讲讲黎明珠换脸后的异常情况？”

对于警察的问话，郭兴从内心里感到好笑，便说：“黎明珠手术后一直待在病房里，基本上是除了吃饭睡觉就是看看电视，能有什么异常情况呢？”

窗外的春雨淅淅沥沥下得更紧密了，雨点打在树叶上哗哗地响个不停，屋檐的流水从上至下连成一线。因为雨大，屋子里就显得有些昏暗，映在人脸上的光线，就有了一层鸭蛋黄的色彩。

高个子警察咳嗽两声，严肃地说："今天我实话告诉你，从云南警方传来信息，黎明珠很可能是一个毒品走私贩运者，证据表明，在他的背篓里，不仅有草药，而且发现了毒品；尤其是他挖药材的锄头，上面还有另外一个人的血迹。据云南警方推断，黎明珠在与国外的毒品走私贩子完成毒品交易后，他趁人不备，心狠手辣地用锄头将另外一个贩毒者打死，不承想他自己又意外地被黑熊抓伤。我们推断，他做换脸手术，主要是为了遮人眼目，逃避追踪。"

郭兴听后沉默了一会，说道："你们刚才所说，我听了倒像一部刑事犯罪推理小说。我认为，仅凭黎明珠背篓里的毒品和他那带血的锄头，很难证明他就是罪犯，因为中国有句成语，叫螳螂捕蝉，黄雀在后……"胖警察似乎没有了耐心，打断了他的话："你们知识分子怎么是这样一根筋，认死理。"郭兴也不客气地说："我们只相信科学、相信真理，你们要想让我信服，就得拿出真凭实据，人证、物证都得齐全了。"

在沉默僵持的时候，高个子警察突然发现，在郭兴办公室的墙上挂满了一组组肖像，那是郭兴收集的脸谱，也是他半生的杰作，其中一组就是黎明珠。术前他的大半个脸血肉模糊，失去了右耳、塌陷的鼻尖、暴露的牙齿，活脱脱一副青面獠牙，让人毛骨悚然；术后的肖像，虽说脸部肿胀着，但是五官齐整，不再让人心生惧怕。脸谱中的人，女人居多，有的是烧伤整形，有的是车祸整形，有的是遭人毁容而整形，有的是先天性疾病而整形。每一个整形者背后都有自己的故事。有一个女孩因恋爱谈崩，被拒绝的男朋友一时丧失理智，用锋利的刀刃在她的脸上残忍地划了一刀，这一条刀痕，贯穿了女孩整个右脸颊。经郭兴精雕细磨之后，那明显的刀痕消失了，从照片上根本看不出她脸上受过的伤害，除非见到本人近距离地观看，才能隐隐约约地看到整形前的刀痕。那近乎半个墙面的脸谱五花八门，整形部位有的是鼻子，有的是嘴唇，有的是耳朵。那人造的耳朵，近乎巧夺天工，完全可以以假乱真。

就在郭兴兴致勃勃地向两个警察介绍墙上的一组组脸谱的时候，护士杨小娜哭哭啼啼一头冲了进来，只见小娜秀发散乱，白大褂扣子也掉了两颗，小娜见主任的办公室里有人，羞涩地用手蒙着脸在一旁低头哭泣。郭兴一看小娜的模样，便心知肚明，猛地一拍桌子说："这王八蛋越来越胆大了，走，我去收拾他。"

人都有失去理智的时候，温文尔雅的郭兴也不例外，当他气冲冲地快要走出办公室时，发现身后跟着一高一胖两个警察，便回转身压住火气说，你们有必要寸步不离地跟着我吗？请你们在我办公室坐一会儿，待我把事情处理完回来再谈。高个子警察像是明白发生了什么似的说："你要是镇不住那小子，我们去帮你。"郭兴坚决地说："行了，你们就不要给我添乱了。"两个警察止住脚步，郭兴担心留下杨小娜，被警察抓住机会问这问那，一旦问出毛病就被动了，于是拉着杨小娜一起走了。路过护士站时，郭兴对米护士长使了个眼色，机灵的米护士长便将小娜拉进了自己的办公室。

黎明珠动手调戏女护士已经不是第一次了，当他换脸手术由危险期转入恢复期后，他就对女人有了非分之想。刚开始，当护士弯腰为他打针时，他就用手去摸护士的脸，因为护士两手正忙着为他打针，腾不出手来阻挡，也无法避让，因此他常常得手，得手后他那肿胀的眼睛就会笑得合在一起。再后来，他的胆子越来越大，常趁护士为他打点滴时，突袭护士的前胸；再到后来，他更胆大地去摸女护士的屁股，有时连当班女医生他都敢摸。郭兴每次训斥他，他都是眼睛一闭做痛苦状，郭兴的话他是左耳进右耳出。而护士们也只能忍气吞声，谁又能把一个换脸的"明星病人"怎样？如果吵闹出去，非但不能让黎明珠损失半根毫毛，反而玷污了自己的名声。

郭兴也想了很多办法，还专门从其他科室要来了一个男护士值夜班，以防黎明珠闹出更下流的事情。对于男护士，黎明珠有办法抵触，他有意让男护士将液体打漏，一次两次之后，他就以男护士技术不好为由拒绝男护士打针。这一招非常灵验，郭兴只好让男护士做陪同，打针的活儿还是女护士来做。可黎明珠好色成性，即使有男护士在场，他对女护士照样动手动脚。

郭兴绷着脸推门走进黎明珠的病房时，躺在床上的黎明珠像往常一样，脸上盖着白色的纱布，他两眼闭着，像是睡着了，根本不管进来的人是谁。郭兴见黎明珠一副死猪不怕开水烫的样子，生气地提高了嗓门训斥他。好一会儿黎明珠才拿下盖在脸上的纱布，说他年轻力壮又不是太监，身体有需要，想忍却忍不住。郭兴一听火冒三丈，气愤地骂道："你这人还有没有点良心，我们免费给你治病，难道还负责给你找女人吗？有需要让你老婆来。"黎明珠听了重新把纱布盖在脸上，一声不吭地躺在床上。

郭兴训完黎明珠，气冲冲地走出房间，这才来到护士长的办公室。坐在那里的杨小娜虽然停止了哭泣，但眼睛红肿得像个灯泡。她见郭兴走进屋，也没像往常那样礼节性地站起来，而是低着头，弯着腰，长长的头发遮蔽了半个脸。她是去年秋天才招进来的，当护士还不到一年的时间，延安医学院护理专业毕业，家在陕北，人长得也好看，因为她陕北民歌唱得好，下科前就被医院业余演出队选为歌手，别看她在舞台上疯疯癫癫的，实际生活中却是一个很传统的女孩子。米护士长说，这个黎明珠越来越不像话，他把手伸进了小杨的胸罩里，狠揉了几下。米护士长说这话，小娜更像是受了天大的委屈，又伤心地哭了起来。

郭兴有点恼火地对米护士长说，刚才我已狠狠地训了黎明珠，他是一个特殊的病人，他做了这样的事，但我们又不能把他赶走，如果我们强行让他出院，过不了三天，他就会命丧黄泉。他现在处于特殊时期，不要与他较真。再说我们所付出的一切，全靠他能平平安安地活着，他要是死了，我们的付出还有什么意义呢？米护士长在一旁也连声附和说，别哭了，就只当你家养的小狗在你胸前抓了一把，再想不通就当在公共汽车上被人挤了。郭兴忍不住笑了。忽然想到那两个警察还在办公室等着，他就走了出去。

四

郭兴回到办公室，两个警察还坐在那里抽烟聊天。待郭兴坐定，高个子警察有意套近乎说，没想到你这个整形大专家爱收集人的脸谱，不过这脸谱不一般，就像一张张功德表，看了就让人觉得你这个主任当得有业绩。胖警察也连声称赞，并问黎明珠什么时候才能过排斥期。郭兴稳稳地在椅子上坐下来，喝了一口茶，这才缓缓地说，他那换上去的脸，一是不能发炎，确保不引发并发症；二是要能排汗，肌肉能很好地透气；三是血液循环良好，大脑与面部神经能够同频共振。高个子警察说，我们来的次数不少了，老是打扰你们也很不好意思，但领导催促我们加快进度，尽快了结。

郭兴听了，直冲冲地说，你们当警察的，能不能把人的生命当回事，我们费了九牛二虎之力，才创造了一个世界奇迹，你们却像催命鬼似的，一趟一趟地往医院跑，还私下接触黎明珠，别看黎明珠长得五大三粗，可心眼小，经不住事。胖警察说，我们不直接去找那个黎明珠也可以，但你得帮助我们问清几个问题。第一，他当天都采了一些什么药，采了多少？第二，他在山上还见到了什么人？第三，锄头上为什么有血？

郭兴一听觉得所问之事并不复杂，便答应了下来，说，问完了发短信给他们。请你们就不要再来了，黎明珠现在见了你们，情绪就不稳，排斥反应就增大。下个月，世界整形学会主席汉贝先生要来中国访问，日程都安排好了，第一站就到这里见黎明珠。高个子警察很爽快地说，可以。不过他又提醒说，得把他们的事也当个事情，从目前掌握的情况看，那小子很可能就是贩毒并杀人的罪犯，到时候你们可得有心理准备。

窗外的雨这时候下得更大了，急促的雨点猛烈地敲打着铁皮屋顶，敲打着水泥地面，敲打着窗前那十分脆嫩的芭蕉叶子。因为雨大，形成了一道灰暗的天幕，虽然才下午五点多钟，天就像要黑了。

因为时间的错觉，两个警察很知趣地走出了郭兴的办公室，屋子里一下子安静下来。时间对郭兴来说是宝贵的，每天早晨他要带领专家们查房，然后要进手术室为病人做手术。因为现在整形美容的人太多，不少人又非要郭主任亲自给自己做手术，有时他一天得做七八例整形手术，一般性的小手术，他就做得更多，往往是从早晨进手术室，到下午三四点才能出手术室的门。只有到了晚上，他才有时间坐在书桌前，研究学术问题，撰写学术文章。除了看病、做手术，他还带研究生，还给本科生上课，还要参加医院、大学和整形界的各种学术会议，他每天就像一列高速奔驰的列车，不停地向前飞奔。

所以他最害怕那些来者不善的造访者，他们会以无所顾忌不达目的不罢休的姿态，在办公室里死磨硬泡。有的患者就是认准了他的名气，无论手术大小都要求他做，哪怕是修整一个小小伤疤。有的患者则是以手术不如意为借口，反复找上门理论。也有医疗器械和药品供应商，为推销商品，一次次到办公室外蹲候。

滴滴答答的雨声，如一曲舒缓的乐曲，让他很快抛却了烦恼，恢复了内心的平静。他打开一周的病历，进行必要的技术把关和程序审查，不知不觉看到了那个叫李倩的病人，本来取个痣是不需要住院的，因为出血等症状，当天李倩被留在了医院住院观察，第二天查房时还专门让护士换药检查了伤口。郭兴对李倩说，待结痂愈合后，亲自操作为她做打磨。李倩也通情达理，并没有纠缠孙副教授，第三天下午就出了院。过了几天，她来医院找孙副教授和郭兴，说头痛，头顶神经老是跳。郭兴给她解释说，取痣时药剂触动了神经，因而引发头痛和头皮跳动是正常的，待伤口痊愈了，不良反应就会消失。

忙完几十个人的病历审查，他才抬起头，望一眼窗外，发现天已黑透了，由于大雨的缘故，天黑得像被柴火熏了多年的锅底。他站起来伸伸腰，夹起公文包准备回家。长长的走廊，有十几个病人正来回走动，一个头上缠绕纱布的少年叫布朗，与小朋友游戏时掉下石崖，命大，只剐掉了右耳，前两天入院，装了人造耳朵，见了郭兴，亲切地叫了一声郭大夫，转身就和另外一个小朋友玩手枪打仗去了。另外一个只有六岁的小男孩，孤独地坐在病房门前的小椅子上，小男孩是因为在老家清涧县做兔唇手术后感染，引发高烧，转院到整形科，住院三天炎症才彻底消退，郭兴带着专攻兔唇整形的杜月，为小男孩做了修补手术，手术才做了两天，小男孩只能坐在那里看小朋友们玩耍。郭兴走到护士站，当班医生是杜月，见他走了过来，马上说："今天我值夜班，在楼下就看见你办公室灯还亮着，到护士站一问，你果然没有下班，知道你爱人又出国进修了，我让小杨到餐馆给你端饺子去了。"

"那好，我就不用回家煮面了。黎明珠怎么样？"

"他呀，一见小秦值班他就不高兴，板着脸在看电视。"

"你晚上少到他病房，这头公牛发情了，什么事都干得出来。"

"我交代小秦了，一有事就按铃。"杜月一边说，一边又感叹道："这人怎么会是这个样子？"

"没办法啊！请神容易，送神难。再等几天，世界整形学会主席汉贝来看过后，他要是旧习不改，我们就把他送回老家。"

杜月说，黎明珠虽然有点让人嫌，但他是我们换脸成功的第一人，他存在一天，我们在整形界的影响就增加一分，可以说他就是我们活的广告。郭兴说，你说得很在理，只是这人胆子越来越大，他摸透了我们的心思，所以有恃无恐。他们正说着话，小杨护士提着饭盒走了进来，小姑娘很会办事，还买了郭兴爱吃的猪耳朵和凉拌土豆丝，饺子是素馅的。郭兴真的饿了，风卷残云般地将半斤饺子和两碟小菜吃了个精光。

吃完饺子，郭兴正准备重回办公室加班，孙副教授摇摇晃晃地走了进来，一见郭兴坐在里面，他正想回避，却被郭兴叫住了。郭兴说，我又不是索命的阎王，你这两天怎么老是躲着我？孙副教授倒是装作泰然自若的样子说，您工作太忙，不好意思打扰。郭兴说，得了，你那点心事，我还不知道，你来得正好，走，跟我到办公室去。孙副教授也不说话，自个儿跟在了主任的后头。进了办公室，郭兴给自己茶杯加水的同时，也给孙副教授倒了一杯水，说，你也太不像话了，没有我的签字，你怎么就敢给人家做手术？孙副教授一脸无奈地说，她成天缠着我，一天打好几个电话，我被她缠得实在没办法，才下决心给她做了。郭兴叹了一口气，说，你也太胆大了，好在那天你还算谨慎，手术出了问题，叫我去了，你要是继续蛮干，那是很危险的。那里是神经敏感区，也是血管交织区，你没有把握，你给人家做什么手术？她那痣太敏感，你不动它，它就是一颗痣，你动了它，它要么消失，要么引发癌细胞扩散，如果是那样的话，你不是帮了她，而是害了她。

听着郭兴的批评，孙副教授只是默默点头，他额头开始冒汗。主任的批评针针见血，可谓语重如山，他恨自己心太软了，恨自己没有原则性。郭兴是一个善于把握尺度的人，他见孙副教授诚恳地认了错，又做了保证，就没有再往下说，而是换了话题说汉贝先生再过几天来访的事，主要就黎明珠换脸手术进行学术交流，要孙副教授做一个多媒体短片，时长二十分钟，不要花哨。孙副教授将功赎罪般地保证两天内完成，拿上郭兴交给的资料离开了主任办公室。

孙副教授离开后，郭兴便打开电脑，开始修改整形换脸的论文。一个多小时，四千多字的论文就修改完毕。他关上电脑，站起来往窗外一看，雨已经停了，黑压压的乌云没了踪影，雨后的天空是那样的洁净，皓月当空，每个星星都闪烁着迷人的微笑。

他离开办公室时，看了一眼墙上的挂钟，时针已经指向十一点，病房走廊里十分安静，他有意放轻了脚步，快走出病房大楼时，孙副教授从后面追上来说，刚才查房，黎明珠说睡不着觉，要吃安眠药，给不给用？郭兴说，正好要找他谈谈。郭兴推开门时，房间里灯还亮着，黎明珠半躺在床上看电视，他见郭兴走进来，身子往上挺了挺，算是与郭兴打了招呼。郭兴让护士小秦把电视机关了，然后才对黎明珠说："听说你又睡不着觉，我们聊聊如何？"黎明珠盯着关了的电视机说："那就聊吧！你想让我讲什么？""就讲讲你被大黑熊攻击之前的事吧！"黎明珠说："你为什么老问我采药的事情？"郭兴早就想好了对策，说："过两天有几个外国朋友要来医院观摩，外国人最爱刨根问底，所以他们一定会向我询问你受伤前后的经过，我如果一问三不知，外国朋友一定会笑话我，说我与病人沟通不够。"

黎明珠慢吞吞地说："如果是这样我就讲给你听。那天我是早晨六点出的门，上午十点多钟才到达阴山，那里森林茂密，古树参天，是黑熊、狼等野兽盘踞的地方，我之所以到阴山，就是因为那里野兽多，一般人不敢涉足，能采到很多名贵的中药。那天我的运气好极了，不仅采到了天麻、五加、佛掌参、贝母，还采到虫草和雪莲，一个多小时我的背篓就装满了。在我准备下山时，在老鹰口，我看到了两个人，一个人从国境线那儿偷渡入境，一个人好像早就蹲候在那里。戴着遮阳帽的男人来到老鹰口山下的时候，另外一个蹲守在树丛中的人走了出来，他们都背着小背篓，在鹰石岩的岩石下，两个人将背篓放到了一起，很神秘地伸着手指比画了一番，然后各自站起来，弯着腰查看背篓里的东西，接下来他们站起身，相互亮出右手心，用力击了一下，就各自背上背篓朝不同方向走了。等那两个人走远了，我才沿着另一条小道往山下走，在老鹰山腰我遇上了大黑熊。"

郭兴问："看清他们的长相了没有？"

黎明珠说："他们都戴着像美军作战时戴的那种遮阳帽，帽檐软塌塌的，根本看不清。"

郭兴还想继续问下去，话到嘴边他犹豫了，担心问多了，给黎明珠造成内心的恐慌和精神紧张，从而影响他面部康复。一个换脸的患者，不能活上一年，整形的价值和意义就将大打折扣，那么医院和自己所做的一切也将付诸东流。

郭兴决定到此为止，出门前，他让护士小秦关了灯，并叮嘱小秦，晚上值班不能贪睡，一个小时要到房间里看一次。小秦干脆地说，保证不出任何差错。

雨后的月光是那样的清朗明净，将花园式庭院照得更加朦胧，那假山变得虚幻，那些梅树、桃树和竹林，像多情少女的裙裾随风摇曳，水泥地上也没有雨前呛人的土腥味。郭兴踩着皎洁的月光，呼吸着新鲜空气，心情舒畅地往家里走去。

五

月光越来越淡了，那是下弦的钩月，看上去无一点杂色，在多情的月色下，眼前的景致变得虚幻。

住院病房里的灯光只有那些可控的灯亮着，造型漂亮的大楼在月光之下将倒影投在树木花草丛中。此时，一个身体微胖的中年女人穿过园林，径直走进了整形病房大楼，她轻车熟路地推开了病房虚掩的门，侧身进屋后随手将门关上。女人进屋后没有说话，她走到病床前拉了拉床上男人的手，男人用力握了握，算是俩人交流说了话。那女人心照不宣地开始脱衣服，爬上了黎明珠的病床……

女人是医院的陪床工，就是专门替病人家属照看病人的，她们与医院没有任何的关系，为了多挣钱，她们将自己的手机号码四处张贴。黎明珠是医院里病人中的名人，有一天女人找上门来，与黎明珠讲好了价钱。那女人四十来岁，在医院里做地下陪护已经好几年了，什么样的陪护她都干过，什么样的病人她都陪过。前些日子，每天晚上都有两名护士值班，黎明珠一直没有机会。现在床上的黎明珠像发情的公猪一样快活……

雨后天晴，天蓝得让人心动，站在高高的屋顶上，一眼就能看到终南山，能看到太白山顶，那秦岭是一派无限的春光。世界整形学会主席汉贝先生带领六名专家，在星期一上午十点乘国际航班来到了机场。汉贝先生年龄还不到六十，他办事讲效率，十一点十分抵达宾馆放下行李，他立刻提出要到整形科病房去参观，主要是见见整形换脸成功的黎明珠。黎明珠住的四号病房，今天一早经过了特殊布置，窗台上摆放着两盆鲜花，一盆是君子兰，一盆是兰花，为洁白的病房平添了许多生机。郭兴与汉贝先生并排走在前面，侯副主任、孙副教授等陪着六位黄头发、高鼻子、蓝眼睛的外国整形专家跟在后面，他们大都与郭兴相识，有两个还是郭兴留美时的同学。

郭兴将汉贝一行人径直带进了病房，因为是上午，黎明珠正在看电视，郭兴用英文做了介绍后，汉贝先生走过去与黎明珠握了手，然后开始向黎明珠提问。诸如，皮肤是否痒过，用药之后是否有过恶心和失眠；吃饭怎样，一次能吃多少，大小便如何。这些问题，郭兴早在一天前就教过他怎样应答。黎明珠自当上“明星病人”后，常有记者来采访，见得多了，他也就应答自如。当然，汉贝先生是专家，尽管问的都是一些鸡毛蒜皮的小事，却件件事关黎明珠换脸后的康复。问得差不多了，他们开始让黎明珠做微笑动作，做脸部造型，也就是挤眉歪嘴。黎明珠虽然脸上有些浮肿，笑比哭还难看，但他的微笑还是赢得了专家们的掌声。最后，黎明珠下了床，兴趣高昂地与外国专家们合影。

下午，整形学术交流在医院教学大楼学术厅举行，能容纳一百多人的学术大厅座无虚席。会议开始前，先放了介绍脸部重建与实践探索的多媒体短片，短片做得非常精致，一目了然，通过短片，对整个手术过程和患者康复过程有了一个清晰、完整的了解。看完短片进入交流阶段，郭兴迈着从容自信的步伐走上主席台，接下来，郭兴重点介绍了手术中遇到的困难，他说，手术之前尽管计划详尽，但在手术过程中还是出现了让人预料不到的事情。郭兴用舒缓的语调介绍说，换脸手术每往前走一步都异常的艰难，每攻克一个难关，新的难关又随之产生……

郭兴讲完，汉贝先生带头鼓掌，会议室里一时掌声如雷。

送走汉贝先生一行从机场返回医院已是晚上，郭兴决定今晚不加班了，回家好好睡上一觉，以消除连续几天的疲惫。当他走进家门时，手机突然响了起来，护士小秦在电话里说："主任，不得了了，黎明珠竟然在病房里与一个女人干那事。"

小秦是陕北人，说话一向直来直去，郭兴一时没有反应过来，说："有话慢慢说。"

小秦一急说话就结巴，好半天才想到一个词，说："就是，就是日女人了。"

郭兴听了脑子嗡的一下，只觉得一片空白，片刻之后，他很快明白过来，没想到黎明珠敢在医院的病房里做出这种事来，好在夜深了，接电话时没人听着，他马上对小秦说："你在科里等着，我马上就来。"

六

郭兴急匆匆地赶到住院部，因为着急，他没坐电梯，一口气走到了三楼，推开四号病房，只见黎明珠像没事一样，那张脸依然用纱布蒙着。郭兴压住心里的火气，厉声骂道，又装死，阎罗王又不收你。黎明珠还是像往常一样，根本不予理睬，也不拿掉盖在脸上的纱布。郭兴扫了一眼零乱的床铺，很快发现床头的被子下露出的半截丝光袜。郭兴朝小秦努努嘴，小秦机灵地朝那方向看去，也发现了丝光袜，走过去一把扯了出来，表功似的想递给郭兴，郭兴没有理会，继续板着脸训斥黎明珠说，你听好了，你现在还没进入稳定期，你要是过分的激动，轻则引发血管爆裂，重则把脸皮给撑开了，到那时，神仙也救不了你。黎明珠瓮声瓮气地说，活过了今天，还不知有没有明天，日个女人算个球。说完又重新将纱布盖在了自己的脸上。郭兴没有再接话，他知道此时与这样一个病人讲道理，那是瞎子点灯。

就在郭兴准备转身离开的时候，一股风从窗子吹了进来，盖在黎明珠脸上的白纱布被卷了起来，急骤地向上升起，在即将接近天花板时，那块白色的纱布稍作停顿之后，像幽灵似的绕着墙根朝门外飞去。小秦丢下手中的丝光袜，朝门口去追那随风飘荡的纱布。郭兴转过脸，看躺在床上的黎明珠，他惊奇地发现，在白亮的灯光下，黎明珠的脸比任何时候都要红，赤红得如鸡血石一般，那张脸也比任何时候都要肿大。他赶忙走到黎明珠的跟前，再仔细看，那脸就像有火焰在燃烧，他正准备将手伸到黎明珠的额头测试一下体温，却被闭着眼睛的黎明珠猛地用手挡了回去。郭兴担心地问："你没有哪里不舒服吧？"

黎明珠闷声闷气地回答说："我下面不舒服。"

说完，黎明珠又闭上眼睛不说话了，郭兴压住内心的火气问："你讲出来，那个女人是谁？"

黎明珠那双绿豆眼露出贪婪的光，说："医院里做陪护的，姓马，叫什么，我不知道。"

郭兴马上追问："你们是怎么联系上的？"

黎明珠回答说："她来看我这个稀奇，这就认识了。有一天，她又来病房，问我要不要陪护，我说不要，下面要，没想那女人就答应了。"

郭兴心里想，现在的男女之事怎么这么简单，于是问："你们是怎么联系的呢？"

黎明珠不屑地说："电话呀！"

郭兴马上顺着说："那好，你把那女人的电话告诉我。"

黎明珠从枕头低下拿出手机，调出电话号码，报给了郭兴。郭兴正准备关灯离开房间，这时小秦兴冲冲地跑了回来，说："太神奇了，这块纱布一直飞到了走廊的大门口，要不是有门挡着，它一定会飞出去。”

郭兴听了很不耐烦地说：“行了，没掉地上吧，把它盖在他的脸上。”

黎明珠从重症病房回到普通病房后，每当他休息时，值班护士便将一块白纱布盖在他脸上，为的是防止蚊子叮咬，这一盖，就盖成了习惯，要是不盖，黎明珠就睡不着觉。后来到了夜晚查房，护士们进屋就得开灯，要不然就害怕，说是像见了死人一样。

第二天，米护士长依据郭兴提供的电话轻易找到了那个姓马的护工，那护工还以为有活儿干，三步两步便赶到了整形科。马护工人长得很丰满，用米护士长的话说，是脸大、胸大、屁股大，说话嗓门也大，像打机关枪，见面就问米护士长找她有什么活儿要干。米护士长将那马护工拉进办公室，然后关上门，这才严肃地说：“没想到你还干第二职业。”

马护工似乎早有心理准备，很坦然地说：“家里上有老下有小，男人在建筑工地干活摔成半瘫，我不挣钱，一家人就会饿死。”

米护士长一时不知怎样对付眼前这个说话直来直去的女人，她想了想说：“我不反对你挣钱，可你不能到病房里做皮肉生意。”

马护工一听，马上竹筒倒豆子一般地说开了：“什么叫皮肉生意，别说得那么难听。我们下层人，不像你们城里人，男的和女的对上眼了，叫什么情人，那些打扮得花枝招展的女人们，给男的当什么小三小四，说白了，还不都是为了钱。”

米护士长听了很生气，心想这真是一个难缠的泼妇，于是也不给她好脸，板起脸说道：“你爱和谁睡我管不着，但不许你到我管的病房来，更不许与黎明珠干那事。你要是不听劝告，别怪我们做得无情。”

那马护工也是吃硬不吃软的货，她见米护士长拉下脸说了狠话，马上挤出一脸的笑，表态说：“你放心，我下次再也不敢到整形科做那事了，那换脸的黎明珠给再多的钱我也不服侍他。”

米护士长赶忙说：“我还有事，你走吧。”

马护工离开后，米护士长就到了郭兴的办公室，将与马护工见面的结果一五一十做了汇报。郭兴感慨地说，现在真是世风日下，什么事都可能发生。他又叮嘱米护士长说，这种事以后决不能在我们科里发生了，说出去太丢人了。米护士长说，为什么不让保卫科把她们清理一下？郭兴说，这事毕竟是个案，说出去不好，我们不管这些了，把自己一亩三分地管好就行了。说完护工的事，两人正商量季度奖的分配，那一高一胖两个警察又站在了门外，当当地敲着门。郭兴朝门口看了一眼，说：“别敲了，进来吧！”

两个警察进来后直接坐到了墙角的沙发上，因为他们来的次数多，米护士长也认识他们，给他们倒上水后就走出了办公室。高个子警察说：“我们还是为黎明珠而来，我们委托主任办的事不知怎样了？如今又是一个多星期过去了。”

郭兴没有马上回话，他看了看两个警察，这才说：“我问了，他说他在挖药时，见到有两个人交换背篓，然后就分开了，没过多久，他就被熊抓伤了，事情就这么简单。”

高个子警察说：“这小子太狡猾，让我分析，他是一个典型的螳螂捕蝉黄雀在后。”

郭兴听了很不耐烦地说：“我不知道你们当警察的破案，是讲事实，还是靠想象推理。黎明珠是不是罪犯，一切与我没有关系，在我的眼里他就是一个病人，我的责任就是把他的病治好。目前，他还没有度过生命的危险期，再过些日子，等黎明珠的病情稳定了，你们或进病房讯问，或把他带走，都行，我绝不阻拦。”

听了郭兴的话，胖警察很不满意地说：“我们每次来你都让我们下次再来，一个春天就这样过去了，可破案也是有时限的，也是不等人的。”

就在他们争论的时候，一个满脸病态的女人走了进来，刚开始郭兴只觉得似曾相识，可怎么也想不出这个人的姓名，待女子走近，看到她那太阳穴旁还没有完全恢复如初的手术痕，让他骤然想起她是那个叫李倩的女人。他一时不知该怎样面对眼前的女人，倒是那女人自己讲开了，她说她千不该万不该一意孤行，非要做取痣手术，结果引发了癌症，现在住进了皮肤科，癌细胞扩散得很快，只能再活两个月了。李倩讲到这里，眼睛里泪花闪闪。郭兴听了心如刀割，一时不知该怎样去开导她，只好木讷地说，不要过于悲观，也许能绝处逢生。

两个警察倒是很知趣，见进来的女子哭哭啼啼，站起来与郭兴招了招手，便自动退了出去。郭兴给李倩倒上一杯水，进一步安慰李倩说，要是有什么困难，我们会尽力提供帮助。李倩强装着笑脸，叹了叹说，人的命天注定，我今天来，主要是告个别，担心再过几天病情加重，就根本来不了了。

说完，李倩十分勉强地笑了笑，然后站起身来，表示了谢意，便有气无力地走了出去。送走李倩，郭兴心里一片混乱，一种内疚、一种负罪、一种自责、一种对生命的忧虑，如五味杂陈，又像有一群群蚂蚁在啃他的骨头、啃他的心。他想，一个医生，如果不能治好病人的病，那只能说这个医生水平低下；如果出于其他因素，治好了这种病而引发原发病，那相当于对生命的谋杀。李倩是这样，黎明珠会不会也走李倩的路。黎明珠不做整形换脸手术，最多是奇丑无比，难以见人，可是换脸后一旦停止用药，随时都可能有生命危险，那手术的价值和意义何在？郭兴不敢再往下想，他一时心烦意乱……

为治疗李倩的皮肤癌，郭兴专门给皮肤科倪主任打过几次电话。李倩离开后，他再一次拨通了倪主任的手机，倪主任说，几种关键性的化疗药都用上了，依然挡不住癌细胞的扩散，如果再用药一个星期还不见好转，情况就会变得非常糟糕。郭兴听了没有多说什么，只是希望倪主任尽最大努力挽救。

七

与病人集体约谈，是郭兴的一大发明。每次集体约谈，郭兴先讲需要共同注意的事项，以及患者所要承担的义务，然后分别就每个人的不同情况进行术前沟通。坐在会议室里的六个女人，有两个是垫鼻子的少妇，一个是割双眼皮的，还有两个中年妇女是要做眼袋手术的，还有一个十二岁的小姑娘由父母陪着，是来做额头消除疤痕手术。郭兴像往常一样，先讲共性的美容知识和手术潜在的风险，然后分门别类讲鼻子、眼袋等术前术后所要注意的事项。

无论是中年女人，还是少妇和小孩，她们无不怀着崇敬之心，倾听郭兴充满哲理、严肃而幽默的谈话，她们对他的技术深信不疑。谈话结束，她们一般不再提问，她们唯一的希望是郭兴能够亲自操刀，那样她们就彻底放心了。每次谈话结束，郭兴都会给她们一个满意的表态，让她们尽管放心，手术就是由他来做。

黎明珠安静几天之后，脾气又开始暴躁起来，他经常把房间弄得乱七八糟，说话变得更加粗野，又开始对打针的护士动手动脚。姑娘们为防他的偷袭，常常结伴出现在他的病房。这种招数，对黎明珠来说根本没用，像他这种人，已经没了羞耻之心，只要有机会，他都要伸手。

五月的风，柔和得像女人纤细的手；五月的风，是夏日的前奏，其烈性也像西北的少妇。那是五月中旬的一天深夜，月上中天之后，整形科病房寂静得没有一点声音，在幽暗的灯光下，一个女人轻手轻脚、左顾右盼地径直走到了四号病房，悄悄地将手搭在门上，轻轻一推，门开了一条窄缝，肥胖的身子缩了缩，像一条大胖头鱼钻进了水塘。

这一次，黎明珠疯狂到了极点。

躺在下面的女人，觉得有东西滴在她的脸上，起初她以为是男人挥洒的汗水，用手一摸，才发觉是一股黏糊糊的东西，那女人顿感事情不妙，赶紧翻身下床，草草地穿了衣服，钱也不要，慌不择路地逃了出去。

喘息未定的黎明珠先是感到脸上湿乎乎的，接下来是一阵钻心的疼痛，他下意识地摸了摸脸，只觉得自己的手摸的不是脸，好像是一张在火炉上烘烤后鼓起了小包的饼。他想起了郭兴对他的警告，他恐惧到了极点，慌乱之中他还是准确按下了床头的紧急呼救按钮。

当晚值班的医生正好是孙副教授，一阵急促的铃声惊得孙副教授一下子跳了起来，他定了定神，发现紧急呼救来自四号病房，于是飞奔着赶了过去。打开灯，只见黎明珠的脸上血染一片，尤其右脸部的面颊像鼓起来的鱼泡。孙副教授心想大事不好，稍稍镇定之后，他对黎明珠厉声吼道，躺着别动！然后转身向值班室跑去，他毫不犹豫地拨通了郭兴的电话，言不达意地报告了黎明珠出现的紧急情况。

不到十分钟，郭兴以最快速度奔进了四号病房，一看黎明珠的脸，他心里咯噔一下，第一个念头就是：完了，彻底完了。但他还是展开了应急抢救，孙副教授和小秦快速推来了应急手术车，那里面除了没有高倍显微镜，处置外伤的一切物品一样不少。先是清理脸部的鲜血，找到了崩裂的伤口，他们试图用纱布去按住那流血的伤口，可是只要稍微一松手，血还是快速涌出。他们只好用手去按那流血的伤口，钻心的疼痛让黎明珠发出杀猪一般的号叫。

那一夜是短暂的，又是漫长的。孙副教授、秦护士配合郭兴在黎明珠的病房忙了一个通宵。

天蒙蒙亮，手术室的门被提前打开，所有参加整形换脸的专家都以最快的速度赶到了手术室。黎明珠脸上裂开的伤口有三寸多长，血擦干了，又流湿了，那鼓起来的包比鸡蛋还大，如果不能有效阻止流血，轻则破坏换上的脸皮，重则失血过多，最终会引发并发症而危及生命。可是，要想找到破损的血管，就得把换上去的脸揭开，一旦揭开那层脸皮，再要把它换上去，那将是第二次整形换脸。彩超检查的结果更让人吃惊，在黎明珠浮肿的脸皮下，有好几条主动脉血管和一些毛细血管在向外渗血，那渗出的血汇集到一起，从那裂开的口子向外奔涌。

血液科专家经过一番掂量之后，向专家小组提出了定点按压止血施救策略，采取纱带捆绑的方法，好止住向外奔涌的鲜血。很快，止血的纱包送了进来，郭兴与外科专家一齐上手，以极其娴熟的手法在黎明珠的脸上和鼻梁的两边垫上了高于鼻梁的纱包。包扎之后的黎明珠，除了眼睛、鼻孔和嘴，都被纱带捆了个严严实实。被注射了麻药的黎明珠安静地躺在手术台上，专家们则静坐在四周，焦急地等待一个小时后的结果。

太阳从东方照常升起，以特有的羞涩拥抱大地，那粉红的色彩，将手术室外的医生休息室映衬得春光无限。郭兴焦灼不安地在房间里来回踱步，他不知道止血后的黎明珠会是一个什么样的结局，那张换上去的脸还能不能还原如初，如果那张脸不能在他的脸上正常生长，就将产生一系列生理反应，黎明珠的生命就成了问题，那样这个换脸明星将像流星一样，在人间一闪而过。想到这里，他感到了心脏跳动的沉重，他停下脚步，倚靠在窗旁，窗外，楼下园林里的植物是那样的生机盎然，高大的梧桐经过一个冬天的沉寂后又长出了巴掌大的新叶。人的生命却是如此脆弱，一个小小的灾难，哪怕是一次感冒，都可能引起生命的终结。他不由得心生感叹。

因为内心沉重，再加上一夜的紧张抢救，郭兴脸色发灰，嘴唇发乌，大脑里一片混沌。三个月前整形换脸成功后的喜悦，现在在他的脸上荡然无存。他太困乏了，他暂时进入了梦乡。梦里全是黎明珠的身影，黎明珠像幽灵一样贴在墙壁上对他说，我实在受不了你们的折磨了，我要走了，天堂在向我招手呢。我走了，你不要拉我，让我爽快地走吧！黎明珠说完，那墙壁上的人影，便从那个窗口飞了出去。他惊恐万分地大喊一声，你快回来，你不能说走就走……他从噩梦中惊醒，惊出了一身冷汗。

手术室里寂静无声，身穿白大褂的专家们像守灵者围坐在黎明珠的四周，屋子里只有监护仪发出的微弱声音。一个小时的时间到了，黎明珠没有醒来，首先是麻醉专家的神经绷紧了，他一会儿看挂在墙上的闹钟，一会儿抬起手腕看一眼手表。时间是那样的一致，病人安静地躺在手术台上没有醒来。一般来讲，术后不能醒过来的病人，多是心脏病患者，像黎明珠这样整形的患者几乎为零。

又过了十几分钟，黎明珠还是没有醒过来，他像一个贪睡者一动不动。麻醉专家坐不住了，他站起来走到黎明珠跟前，黎明珠的脸被蒙住了，看不到任何表情，眼睛也闭着，看不到任何反应，就连那张嘴也是闭着的，能够看到的只有那台集心跳、血压、脉搏等监测于一体的监护仪，数字和图线显示正常，没有让人揪心的异常情况。时间在一秒一秒过去，专家们都站了起来，都近距离地靠近黎明珠的身旁站了一圈，一个个前倾着身子，弯着腰，面色凝重而严肃，像为亡者吊唁的鞠躬。就在专家们百思不得其解的时候，监护仪发出了急促的尖叫，声音是那样的短暂，总计不到十秒，那跳动的曲线，一瞬间拉成了一条直线，最后从屏幕上消失了。

一向沉稳的郭兴，面对眼前瞬息而变的现实也无法接受，他大惊失色地高叫一声，不好了，赶紧抢救！按照预案，郭兴拿起剪刀，极其利索地剪开了缠在黎明珠脸上的一层层绷带，垫在黎明珠脸上的纱包被鲜血浸透染红，当揭开最后一层的时候，黎明珠的脸是那样的恐惧吓人。有的部位出现了青肿，颜色像猪肝一样发紫；有的部位灰白而发暗，没有一丝血色；有的部位打起了皱褶，就像过了一个冬天的老梨树的皮；鼻梁塌陷，鼻子歪向一旁，像一个小丑演员。面对眼前的一切，就如一座大厦顷刻倒塌瓦解，面对惨不忍睹的现实，郭兴经受不住如此打击，一下子瘫倒在地上。

在场的专家们，齐心协力对黎明珠实施了抢救，有的按压心脏，有的做人工呼吸，有的为他注射强心剂，但这一切都无济于事，成了徒劳。其实，黎明珠在被熊抓伤做了整形换脸手术后，那种钻心的疼痛，多少次让他万念俱灰；只不过是他的无知与鲁莽，帮助他结束了自己生命的疼痛，结束了被追杀而难以入睡的恐惧。

郭兴有点恍惚，他望着那一张张生动的脸谱，那是他刀光之下的艺术杰作，那脸谱的变迁，就是他从一位普通医生成长为名医的见证，是黎明珠将他的整形事业推到了极致，那一闪而过的辉煌，毕竟是人生的拥有。此刻，看着墙上的脸谱，他那沮丧的心又被希望之光复活。

在一个朝霞满天的清晨，郭兴刚刚踏进三楼整形科的大门，后脚就跟进两个人来，还是那一高一胖两个警察，高个子警察挤着一脸皱纹笑着对他说："按照约定我们来了。"

郭兴以从来没有过的轻松说："来了好啊！来得正是时候。"

胖警察打着哈哈说："郭主任爽快，我们今天来不仅要见人，还要把人带走。"

郭兴平静地说："你们也别急，待会儿，我带你们去见人，如果你们乐意，把人带走也行。"

郭兴带着两个警察行走在开满了鲜花的人行道上，直入云天的法国梧桐，枝繁叶茂地遮挡了阳光，路上只有斑驳的树影。影子很亮堂，就像一潭荡漾的湖水。叶片中间透出一条条光线，仿佛小女孩纤细的玉指。

三个人一路上没有说话，一直向西，穿过几个花园，经过了住院大楼、教学楼和解剖楼，走在前边的郭兴在西北角一个绿树掩映的灰色小楼前停了下来。只见那小楼前有七八个男女围着一架推车哭泣，高个子警察似乎有所醒悟，惊讶地问："郭主任，你没搞错吧，怎么把我们带到了这里？"

郭兴回头对高个子警察说："进去吧！一会儿什么都明白了。"

郭兴说完绕开那哭哭啼啼的一家人，正准备往里走，迎面与皮肤科的林护士长相遇，快人快语的林护士长告诉郭兴，刚死的病人叫李倩，不到三十岁，因患皮肤癌而病亡。郭兴听了，不由得回头望了一眼那推车上被白布盖着的死人，那一声声撕心裂肺的哭泣，如一支支利箭，直刺他的心房，他的脸色骤然凝重。

看门的是一个七十多岁的老头，个子不高，充其量一米五八左右，还有点驼背，长得精瘦，嘴阔眼小鼻梁高，脸色红润，头顶光亮，郭兴叫他阎师傅。阎师傅对郭兴很是热情，赶忙给郭兴开门引路。自从黎明珠从病房移到停尸房后，郭兴几次带学生来，探究黎明珠最后的死因。

死后的黎明珠依然享受他生前住单间的待遇，他被安排在地下一层最里头的尸体解剖房里。要到那间房子，必须走完地下一层的通道。在那宽大的房间里，放满了用白布掩盖的尸体，房间里温度很低。两个警察不知是因为害怕还是紧张，或者是因为停尸房里太冷、太寂静，他们一声不吭，郭兴却听到了他们上牙嗑下牙的声音。

走到尽头，阎师傅正准备掏钥匙开门，却被郭兴拦住了，他转身对两个警察说："你们不是要带人吗？把手续拿来。"

胖警察从公文包里拿出一张纸，对他说："这是省公安厅开出的逮捕证。"

郭兴扫了一眼，说道："很好，阎师傅你开门，让他们见人。"

郭兴走进屋，打开灯，掀开白布床单，平静地说："你们有什么话就问吧，如果需要回避，我们到外面去等。"

胖警察上牙磕着下牙，半是疑惑，半是自言自语："怎么、怎么死了？"

高个子警察似乎胆子大一些，他走近躺在床板上的黎明珠，看了一眼，结结巴巴地也说不出一句完整的话。

郭兴从白色大褂的口袋里掏出一张折叠着的纸展开，淡淡地说："这是死亡证明。"

郭兴转身走在前面，出了停尸房，这才对跟在他身后的警察说："黎明珠是上个星期五早晨死的，没能抢救过来。他的死因我们正在研究，有一点与你们相关，自从你们私下询问过他之后，他便常常失眠，靠服用安定入睡。”

高个子警察感叹着说：“命中注定，他是躲不过一死的。云南警方给我们传来信息，有充分证据证明，黎明珠利用采药之机，常常走私毒品，警方找到了他的背篓，里面装的就是毒品。”

郭兴用手指了指前面停放的一具尸体说：“前面第五个就是吸毒者，死前瘦得皮包骨。”

郭兴将那叠得整整齐齐的死亡证明递给胖警察，胖警察接过去看了一眼，原样叠好收起放进公文包里，说：“这倒也好，简单省事。”郭兴没有接话，他在心里想，真是冷血动物。转念再想，死，对于黎明珠来说，也许就是病痛、烦恼和恐惧的终结。

[原载《青年文学》2014年第8期，《北京文学》（中篇小说月报）2014年第9期转载]

庐山新恋

在庐山疗养院，我遇到了一位边防军人，因为他的爽直，我们很快成了要好的朋友。有一天下午，我邀他一起到庐山影院去看《庐山恋》。开始，我还担心那是一部老片子，他没有兴趣，没想到他毫不犹豫满脸笑容地答应了。

《庐山恋》这部电影是我高二那年看到的第一部爱情电影。那时，农村放电影是一个村一个村轮流着放映。记得我在看了第一场《庐山恋》后，整整追着看了一个星期，乐此不疲。庐山的秀美风景、女主人公的大胆热烈与漂亮，从此深深地烙在了我的记忆里。在我青春的梦乡里，时常梦想在自己的生活中也能出现像“庐山恋”一样的爱情。

边防军人姓车，叫车长宏，人长得又高又瘦，脸膛黑里透红，看他的面相就知他来自高原，来自紫外线照射强烈的边防。车长宏在中印边境一个没有名气的红旗拉口哨所任哨长。他当兵十三年，在哨所服役十三年，是一个真正的边防军人。他给我讲，在他三十岁的生命历程中，有三个地方他待的时间最长，一个是他的故乡——离甘肃敦煌不远的山沟乡村，他在那里整整生活了十七年；另一个是红旗拉口，那是他的第二故乡。他从敦煌直接到了边防，三个月的新兵训练结束后，他就被分配到了红旗拉口哨所，一干就是十多年；最后一个是庐山，本来他与庐山是没有什么牵连的，当兵第八个年头，他作为优秀边防军人第一次到庐山疗养，观看《庐山恋》电影时认识了一个姑娘，从此他与庐山结下了不解之缘。

与庐山姑娘相识相爱，是车长宏一生难以忘怀的记忆。当我与他来到庐山影院大门口的时候，他对着门旁一块写有“庐山恋”几个字的石头，跟我讲起了他与心上人认识的经过。他说，当时正值旅游旺季，看《庐山恋》的人非常多，票十分紧张，当他正准备走进影院的时候，一个姑娘突然跑到他跟前，问他道：“大哥，你手上有多余的票吗？”面对姑娘的微笑，他毫不犹豫地将手中的票递了过去。姑娘要给他钱，他没有要。他说：“小事一桩，我在庐山疗养，有的是时间，今天看不成，明天、后天还可以再来。”姑娘说她在九江旅游公司工作，叫卞玲。当时正逢1998年抗洪抢险过后第二年，卞玲听说他是边防军人，一下子对他产生了好感。卞玲约他在第二天的同一时间，在写有“庐山恋”的石头旁见面。

车长宏抽了一口烟，继续对我说，没想到第二天庐山大雾弥漫，到了下午大雾还不见减弱，一米之外都很难看清人的面孔。他提前步行来到约定的地方，看着满山的大雾，他不知道卞玲会不会按时到来。因为大雾的原因，路上根本见不到什么行人。在电影即将放映前，卞玲姑娘却像天女下凡如期而至。车长宏万分惊喜，这是他平生第一次与女孩相约，第一次与一个姑娘看电影。卞玲说她之所以迟到，是因为雾太大，公共汽车停运，她是从山那边步行十余里来到电影院的。

因为一张电影票，边防军人车长宏与导游姑娘卞玲相识，他们像《庐山恋》电影里的男女主人公那样谈上了恋爱。美丽的庐山，每一处秀丽的风景，都留下了他们的足迹，留下了他们热烈相爱的身影，以及他们对未来美好生活的憧憬。他们的爱情故事因看《庐山恋》而起，也像“庐山恋”那样一波三折。因为地域的不同，他们的交往一开始就遭到了卞玲家人的强烈反对，理由是山高路远，饮食习惯差异太大，结婚之后两地分居困难太多。卞玲姑娘采取软磨硬泡的办法做通了父母的工作。卞玲的父亲见女儿下定决心，非车长宏不嫁，只好同意了他们的婚事，但提出一个条件，必须落户九江，因为他们只有这一个宝贝女儿。车长宏说，他没有任何条件，只要能娶卞玲，他什么条件都可以答应。

在两个人的共同努力下，他们好不容易领取了结婚证，可到了结婚的日子，车长宏又因战备训练和气候的影响，先后几次推延婚期。2003年，他们终于走进了婚姻的殿堂。

车长宏饱含着热泪给我讲，他与卞玲结婚之后是幸福的。可是，就在他们新婚后的第二个月，一次偶然的事故，却让卞玲从此与他阴阳两隔。那是2003年的夏天，他们在九江举行婚礼的一个月后，卞玲从拉萨乘坐长途汽车赶往红旗拉口，车到加措就没了通往前面的汽车。卞玲姑娘按照车长宏的安排，在加措换乘部队开往红旗拉口的给养车，汽车沿着山边向红旗拉口哨所进发。蓝天、白云仿佛就在头顶，卞玲一次次兴奋地伸出双手，去抓那随车而行的美丽云朵。汽车翻越一座座高山，眼看快要到达红旗拉口哨所山脚下时，蓝蓝的天空突然乌云密布，转瞬之间下起了暴雨，一时间山洪暴发，通往前面的一座桥梁被洪水冲垮，给养车再也无法前行。一车人赶忙下车，望着滚滚的河水兴叹。就在带车的干部决定打道回府的时候，卞玲做出了所有人都没有想到的决定：她要顺河而上，翻过上游的山梁，绕到河的那边去，然后沿战备公路到达红旗拉口哨所。在场的人听了都十分的惊愕，谁也不会想到一个纤弱的女子，会有如此惊人的想法、决心和举动，带车干部劝她，河的上游山高林密，十分危险，让她一起跟车回去，择日再到红旗拉口哨所。可是，卞玲下定了决心，执意前行，说自己就生活在长江边，会游泳，而且常年奔走于庐山、井冈山，对大山熟悉。无论带车干部怎样劝说，都无法改变卞玲的主意，最后没有办法，带车干部只好让一名同回红旗拉口的士官陪同卞玲。为防止意外，带车干部将自己的手枪交给了士官，并让他们带足了子弹，带足了干粮。

士官在前面带路，卞玲跟在后面，一开始路还好走，可越往山里走，路越陡峭，因为缺氧，走不了多远，两个人便开始气喘吁吁，有几次士官都打了退堂鼓，没了再往前走的信心。可是，卞玲每休息一次，每接近红旗拉口哨所一步，她的意志就更加坚定一分。在中午的时候，他们终于走到了河的最上游，那里水小多了，但依然湍急，在两块巨石上，一棵粗大的树干架在上面。士官说，这是猎人行走的“路”。树干的宽度仅够一人行走，为了安全起见，士官先上树探路，并敏捷地过了河，当他决定返回接卞玲过河时，卞玲没有同意，她勇敢地踏上了横在河流上面的树干。树身很粗，走在上面给人很安稳的感觉。只是下着雨，上面很滑，卞玲张开双臂，小心翼翼往前行走。眼看就要到达河的南岸，再往前走两米，就能安全过河。此时山谷里突然刮起一股猛烈的旋风，卞玲身上的军用雨衣被吹得像帆一样，她那轻盈的身体像燕子一样被吹得飞了起来。士官急促地高呼：“趴下，快趴下。”士官的声音却被风吹走了，他伸出的手，什么也没有抓到，只抓到了翻滚的乌云……

车长宏坐在刻有“庐山恋”的石头上给我讲，天黑时，士官才一身水一身泥地回到了红旗拉口哨所，痛哭流涕地给他讲了卞玲被风吹走跌进山谷的经过。那一晚，红旗拉口的哨兵们都哭了，因为他们知道，卞玲执意要在当天赶到红旗拉口哨所，是受全体官兵的邀请，要为他们举办独特的婚礼。

卞玲为了心爱的恋人，为了雪山上的婚礼，为了边防军人，为了让战士们感受一场婚礼的幸福，就这样献出了她年仅二十三岁的生命。已经泪流满面的车长宏从口袋里摸出精致的酒壶，往壶盖里倒了一滴酒洒在身旁的石头上，然后仰头喝了一口酒，继续讲他与卞玲的美好故事。他说，卞玲是他一生中碰到的最好的姑娘，也是他一生遇上的唯一的好姑娘。九年过去了，只要有机会，他都会利用休假时间来到庐山，或申请来庐山疗养，看庐山风光，看《庐山恋》电影，一遍一遍地走他们走过的路，看他们看过的风景，他说只有这样，他的心才能得到慰藉；只有这样，他才能切身感到卞玲就在他的身边。

车长宏说，庐山电影院几十年只放一部《庐山恋》，创下了吉尼斯世界纪录，我每到庐山一次，少则十天，多则半个月，几乎一天看一次，加起来也看了近百场。他担心我不相信他讲的话，就从军用挎包里拿出了厚厚的一沓庐山影院电影票存根。我接过那一沓《庐山恋》电影票，觉得是那样的沉重。我想，这才是一个边防军人对自己心爱女人最忠实最深沉的爱，也是对他们纯真爱情最有力的见证。我还想，如果不是边防军人车长宏就坐在我的面前，我都不敢相信这是真实的。

他说他以后还要继续来庐山，看电影《庐山恋》，不为别的，只为寄托对卞玲的思念，只为有一天感动庐山影院的员工，将卞玲那美丽的照片一同挂在庐山影院的展览厅里。

在庐山疗养的日子里，我与车长宏成了无话不谈的好朋友，他说自从卞玲随风而去之后，他没有心情再爱另外的女人。他说当今有不少的女孩，世俗功利，见面谈的不是爱情，而是车子、房子和票子。卞玲就不一样，她什么都不要，只爱他这个其貌不扬的边防军人。

车长宏与卞玲的爱情故事，让我深切地感到，他们的爱情完全可以写一部新的“庐山恋”。我深信这部爱情故事要比《庐山恋》更加真实、凄婉、感人。

（原载《文艺报》2013年11月25日第7版）

解 剖 楼

一

邹锋在古城医科大学解剖教研室工作，用专业术语称谓，他是人体解剖学教授，用通俗的话来称呼，他就是一个解剖尸体的人。

也许是觉得与尸体打交道晦气的缘故，在解剖教研室工作的人，大多心存自卑，那种卑微的样子就像还没有熬成婆的小媳妇，开会尽往后头坐，走路不仅低着头，还往路边溜，从他们的身上看不出一丁点大学知识分子的傲慢与傲骨。唯有邹锋鹤立鸡群，高傲得没有一丁点自卑感，走在路上挺胸昂头目不斜视，开会集会是哪里人多，他就往哪里凑热闹。最让人不可理喻的是，他有一个让人难以理解的怪癖，与人见面特别喜欢与人握手，尤其是与熟人相遇，他都会万般热情地伸出他那细长的胳膊和善长解剖尸体的手，既执着又蛮不讲理，无论你的手是装在裤兜里，还是背在背后；无论你的手提着包，还是推着自行车，他都是要握的。你不伸手，他会把你的手从裤兜里、背后、车把上拉扯出来握在自己的手里。如果你稍微显示一点热情，他会以最快的速度，讲他新近解剖尸体的轶事。对于邹锋酷爱与人握手的习惯性的偏执与嗜好，一些对他那手心存忌讳的人，无不刻意躲着他，担心害怕沾上那倒霉的晦气。

无论是被动还是被邹锋胁迫的握手，于邹锋来说，既是内心的满足，更是自信的宣泄；对于被握的人来说，不仅是强加的无奈，还是一种无法拒绝的晦气。对于邹锋的那双手，人们之所以无法拒绝，不是邹锋他本人有多么厉害，而是碍于他父亲邹钊的情面。在医科大学，无论是本校土生土长成长起来的各级领导，还是有声望的专家教授，无不上过邹钊的人体解剖课，参观过他组建的人体解剖实验室，是邹钊给了他们拿手术刀做手术的胆量与勇气，是邹钊将他们引入到了医学的圣殿。既然老师有恩于学生，学生哪能忘恩负义，而不给老师儿子的面子呢，何况邹锋在解剖学界也并非无名小辈。在他父亲邹钊的栽培提携下，他凭借个人的聪明才智，由一棵小树苗长成了一棵大树，在平凡的解剖学岗位上做出了不平凡的业绩，建立起了中国第一个人体标本陈列馆，其中一具不需用福尔马林浸泡的女尸创造了医学标本奇迹，仅此，他为医科大学赢得了荣誉，也为自己在医科大学学科林立的专家教授中赢得了地位，个人的影响力与学术地位不可小觑。就凭以上两点，人们都无法当面拒绝邹锋的握手，有人被握得多了，也就习以为常了。

其实邹锋并不是邹钊的亲生子，只是他的养子。

邹锋之所以成为邹钊的养子，还得从五十年前说起。

要说清邹锋还得先讲邹钊老教授。20世纪初，邹钊出生于东北吉林，那时正值伪满统治时期。邹钊毕业于新京医科专校。那时的旧中国，大学十分稀少，医科专校也是凤毛麟角，邹钊也算得上稀有人才。医科专校并不完全是中国人所办，它是伪满洲国办的第一所医科专校，上课的老师基本上都是日本人，其办学理念、育人方式等与中国人自己办的大学有天壤之别。邹钊在医科专校毕业那年，为了学有所长，为了一份好的工作和薪水，邹钊别无选择地留校当了助教，师从最有名的解剖名家山本太郎。一晃经年，邹钊从助教成长为副教授，从一个名不见经传的华发少年历练成为一名老成持重的解剖学名师。在他的解剖生涯中，他解剖过无数的尸体，但有一具尸体却非同一般，那就是抗日英雄靖宇的尸骨。那是1939

年的寒冬，在与日军的作战中，靖宇因叛徒出卖，再加之弹尽粮绝，而壮烈牺牲。日军对这位打得他们无法安宁的东北抗联领导人是恨之入骨，为解开他的生存之谜，残忍的日军为了弄清靖宇肚子里究竟装的是钢还是铁的疑问，将靖宇的遗体拖到濛江县城民众医院进行解剖。他们哪里想到英雄的胃里尽是枯草、树皮和棉絮，竟无一粒粮食。一向狂妄自大的日军，面对英雄的顽强精神和钢铁意志，一时也心生崇敬之情，但豺狼之心终究改不了嗜血的本性。第二天，他们以极其残忍之心，用铡刀铡下了靖宇的头颅，并将靖宇的头颅装在一个长25厘米、宽25厘米、高35厘米，前面安有玻璃的木箱里，用汽车运到当时的通化省城，作为重大战果，在各学校、街道示众，做演讲宣传，并在通化师范学校举行“庆贺”活动，之后又到所属各县示众。这颗头颅于日军来说太重要了，示众结束后，日本关东军司令部为确保靖宇的头颅万无一失，他们将其存放在了司令部医务课，装在盛满福尔马林药水的圆柱形玻璃缸内，以图作为剿共的战利品永远保存。再后来，日军关东军司令部为显示其强大不可战胜的力量，用靖宇的头颅震慑思想进步的学生，便将靖宇的遗首移交新京医科专校。人体标本展览馆馆长山本太郎心领神会，在得到靖宇的头颅后如获至宝，当即将靖宇的头颅列为人体标本馆镇馆之宝，不仅摆在最显耀的位置，而且专做了防盗铁柜，白天打开，晚上关上铁门加铁锁。1945年日本战败投降前，极有心计的邹钊，利用与老师山本太郎的特殊关系，向山本太郎提出了保护靖宇头颅的请求。山本太郎不仅在学术上极富造诣，在一些重大问题的处理上，也极富远见，他深知日军大势已去，将靖宇的头颅带回日本无任何意义，还不如做个顺水人情，留给自己信赖的中国学生，以图将来。在山本太郎的授意下，邹钊采取偷梁换柱的方式，巧妙地将保存在解剖馆里的抗日英雄靖宇将军的头颅偷偷保存下来。日军投降后，邹钊将英雄靖宇的头颅献给了东北民主联军（后改称东北人民解放军）。实质上靖宇将军壮烈牺牲后，被先后安葬了三次，第一次墓葬时，只因靖宇将军的头被日军割走，安葬前抗日联军用木头雕刻了一个头颅，下葬时与身体合葬在墓穴里；第二次墓葬时，虽然增加了烈士的许多遗物，但尸骨依然不全，还是一个无头的尸体。第三次墓葬时，中央人民政府在通化市修建靖宇陵园时，只因靖宇的头颅得以重现，烈士的身首才得以重合。从此，烈士的墓穴，不再是一个只有身躯而没有英雄头颅的墓穴。

鉴于邹钊的重大立功表现，一夜之间，党组织将邹钊从被改造的落后知识分子行列划归到了进步教师的行列。

邹钊虽然献出了英雄的头颅，有重大立功表现，但在日本人办的医学院读书，无论怎样谈不上读书报国，何况毕业之后，并没有知识救国，投身于抗击日本侵略者的爱国大军之中，而是选择了留校，继续师从山本太郎，把满腔热情投身于日本人统治下的医学校园，置身于安逸的生活，这种与日本人说不清的暧昧，这种只问心医术的志向和追求，在他献上靖宇的头颅之后，也没能得到组织的充分信任。对于邹钊的举动，当时就不断有人向组织写信揭发，说他邹钊是一个彻头彻尾的机会主义者，他作为山本太郎的学生，以毫无人性的残忍，对抗日烈士的尸体，甚至是伤残人员进行解剖。更有人揭发，在伪满洲国时期，很多中共地下党员和抗日分子被日伪军抓捕后，有不少人活不见人死不见尸，据说失踪的人员是被山本太郎作了活体实验。为此，邹钊并没有因献上靖宇烈士的头颅而受到重用，相反还遭受了怀疑，受到了组织的调查。一年之后，解放战争在东北打响，新京医科专校暂时被关闭，或许是为了躲避战争，或许是出于其他什么原因，很有远见的邹钊带着妻儿来到了北京。后来古城解放，经老乡介绍，他又辗转来到了古城医科大学。当时医科大学因为人才的原因还没有组建解剖室，更没有供学生进行解剖实验的尸体。邹钊的到来，正好填补了医科大学的学术空白，校领导以极大的胸怀和胆识，不问邹钊的过去和来路，决然接受了拥有大学副教授头衔的邹钊。邹钊则以满腔的热情投入到了他无限热爱的人体解剖学事业之中，担负起了组建解剖教研室的重任，并以报效之心不遗余力地广泛收集尸体，为学生上解剖课提供充足的尸源。

二

那是1959年一个刮着西北风下着鹅毛大雪的冬日，勤劳又能吃苦的邹钊，没有因天气寒冷而躲在解剖楼里搞人体研究，而是不畏严寒，一个人拉着板车到郊外寻找无名的尸体。

在那个特殊的年代，一场席卷全国的大饥荒伴随着寒冬降临到多灾多难的中国人头上。古城也没能例外。那时的古城郊区还是农村，城墙之外的乡村一片凋敝，因为饥荒和寒冷，饿死、冻死人的事情时有发生。在漫长的冬天里，邹钊只要出门，很少空手而归，每次都能捡两三具无名尸体。所谓无名尸体，就是因饥饿、寒冷和疾病死亡之后，家里无钱无力安葬，既无能力为自己的亲人买一口棺材或者打一口棺材，也没有力气为自己的亲人挖一个土坑，因为那是在冰冻三尺的冬天，挖一个坑是多么的不容易，无奈之下，只能抛到野外，顺其自然，此为第一类；另外就是那些孤寡老人，被冻死饿死之后，无后人张罗，被乡邻们抛到荒郊野外，此为第二类；再就是那些从河南或者其他省份逃荒来到古城依靠讨米要饭维持生命的流浪者。此三类无主尸体最多。

那天，天空飘着细碎的雪花，刮着干冷的西北风，因为寒冷的缘故，路上基本没有什么行人，邹钊孤单一人拖着板车，沿兴庆路南下，在雁塔路至上林苑一带的荒郊小路上，他竟然捡了五具尸体，这可是在死人极多的那个冬天捡到尸体最多的一次。五具尸体，一个个瘦骨嶙峋，身上衣服穿得很少，只有一具穿着空心棉袄，有四具尸体连棉袄棉裤都没有，五具尸体都赤着脚，小脚趾都冻得不在脚上了。好在那几天西北风强劲，野外寒冷，既没有野狗也没有家狗出没，冻僵冻硬的尸体才得以整体保全完整。因为路远，尸体过多，邹钊一人拉车十分费力，加之路面结冰太滑，好几次，他无法控制车子而滑到了路边的沟坎下。他只得将尸体卸下，将空车拉回路上，再将尸体搬到车上，然后用绳子系上，再用白布床单蒙上。几次反复之后，他已累得气喘吁吁，他决定在青龙寺附近的村庄找一个村民帮助拉车。

青龙寺建在塬顶上，四周住着村民。村子叫青龙寺村，邹钊刚走进村口，就碰到了一个三十岁左右穿一身黑棉衣的年轻人，他戴着一顶翻毛的瓜皮帽，腰里缠着一根麻绳，牵着一头比他还瘦的黄牛。邹钊主动打招呼说，小伙子，我是古城医科大学的，我拉了一车东西，你能不能帮我个忙，帮我拉到大学去。小伙子说，牛舍被雪压垮了，我得把牛送到土地庙去，不然会被冻死的。邹钊问土地庙有多远，小伙子用手比画了一下说，就在青龙寺大门旁。邹钊提出付一元钱的酬劳费，小伙子听了眼睛一亮，答应一会儿就来，让他在路边候着。那时一元钱，看似少，却能顶大用，有工作的成年男子每月能拿上三十多元，就算高工资，算起来一天也就一元钱。不一会，小伙子就来到了青龙寺门前的大路上，老远就问，车上装的啥，是不是吃的东西。对于小伙子的询问，邹钊觉得瞒也瞒不住，于是对站在眼前准备拉车的小伙子说，我说了，你可不要害怕。小伙子大大咧咧地说，大不了装的是死人，一个冬天，我们村里都在传说医大有个教授专门搜捡尸体，你该不会就是那个教授吧！邹钊见小伙子如此平淡，便说，车上装的就是死人，都是在野地里捡的。小伙子很认真地端详了一眼邹钊说，没想到真有捡尸体的，你捡尸体回去干什么？邹钊说，我是做人体解剖的，捡尸体回去做解剖用。小伙子又仔细看了一眼邹钊说，你胆子真是大，也不怕鬼魂把你勾了去。邹钊盯着小伙子说，人死如灯灭，哪有什么鬼魂。小伙子看了一眼尸体说，我从小就怕死人，今年冬天，村里人死得多了，抬过两次死人后，我就不怕了，但我还是不敢直接用手去搬尸体，老人说了，那样会鬼魂附体。邹钊笑着说，我用手解剖过无数的尸体，也没有一次鬼魂附体，都是自个吓唬自己。小伙子说，你一定是钟馗转世，我可是个俗人，我只帮你拉车，不帮你搬尸体。

三九寒冬，滴水成冰。因为路上结着冰，十分光滑。上路前，小伙子很有经验，不仅在自己的鞋底上绑了草绳，还给邹钊的鞋也绑了草绳，那样走起路来才能走得稳当，不至于打滑摔跤。当他们拉着车路过西影路十字时，在雪地里他们又碰到了一具尸体，只不过这个尸体还是一个未长大成人的小孩，那小孩骨瘦如柴，只因为个子小，邹钊随手将小男孩放到了身后的车架上。在返回学校的路上，虽然是缓慢的下坡路，可是板车上拉着六具尸体，架起来还是十分吃力，再加上一路小跑，不一会邹钊就全身冒汗，他只好停下车，脱掉身上的皮大衣，转身随手盖在了小男孩的身上。在他回到解剖楼卸尸体的时候，一个让他没有想到的奇迹出现了，在他拿开大衣的时候，发现盖在大衣下面的小男孩脸色红润，身上竟然有了温度。邹钊赶忙伸出手，放在小男孩的鼻孔上试了试，竟然还有呼吸。见多了死亡，成天与尸体打交道的邹钊，像得到了上天的感应，平静的心怦然一动，将拿开的大衣又重新盖在小男孩的身上，并用大衣将小男孩裹了起来，抱进解剖楼二楼的办公室，他将小男孩放进凉水盆里，用手搓揉小男孩的脸部、双手和双脚，以复温减轻冻伤，然后将小男孩用大衣裹好，放到沙发上，而后才去卸那些僵硬的尸体。

解剖楼的建筑很有年头了，原是一座古老的寺庙，名为安魂寺。古城有很多寺庙，据说大大小小加起来有一百多座。安魂寺相隔不到两条街就有一个很有名的八仙庵。安魂寺之所以彻底消失，还要追溯到抗战前，那时大批国民党军奉命开赴西北剿共，张学良的东北军成为剿共主力，东北军一个汽车团按指令驻扎朝阳门外的长乐坡，安魂寺就建在离长乐坡不远的乱坟岗中间。安魂寺为四合院结构，正殿为两层砖瓦建筑，两侧耳房为平房。传说圈地时，汽车团白团长让勤务兵开着三轮摩托以长乐坡为轴心转了一个圈，一个将近两千亩的军事区就划了出来，安魂寺正好被圈入其中。因为安魂寺有现存建筑，那白团长就将寺庙划给了军需处做临时军需仓库。新中国成立后，借助汽车团留下的大片土坯瓦房组建了医科大学，因那军需仓库紧邻回民的清真寺和乱坟岗，又处在一个偏僻的角落里，学校领导便将安魂寺划给了热爱人体解剖的邹钊，让他在那里组建解剖教研室。安魂寺除了地理位置偏僻的不利因素，以当时的条件来说，就非常不错了，独门独院，院子也很开阔，几棵松柏长得遒劲茂盛，主殿正中间还长着一棵又高又粗的菩提树。国军汽车团将安魂寺临时改成军需仓库时，军需官为图省事，因陋就简将那主庙改建成了军需处的办公用房，将耳房改建成了军需库房。邹钊接管安魂寺后，带领三名部属，稍作收拾，一个像模像样的解剖教研室便组建了起来。坐北朝南的正殿，楼上被邹钊改成了办公室，楼下改成了教学间；西面靠清真寺的一栋平房，打扫干净后，一间房做存储尸体的仓库，将另外两间打通，改成了解剖室；北面靠乱坟岗的那栋耳房，他将中间的土墙打通，利用靠墙摆放军需物资的一层层木头货架，废物利用，将它改成了标本房。在邹钊的带领下，解剖教研室从无到有，很快发展起来了。

有小伙子拉车，邹钊也就只管驾车，人就省了劲，再加上一路缓下坡，用了不到一个小时时间，他们就顺顺当当将一车尸体拉回了学校。小伙子站在安魂寺外说，你们真是会找地方，在过去安魂寺就是城里城外大户人家亲人死后超度灵魂的地方，如今你们用来存尸体，这些死鬼也算找到了进天堂的大门。邹钊听了很惊讶，他没想到眼前这个年轻人知道的还不少，于是有意向小伙子问了安魂寺一些情况，小伙子从始建年代到经历朝代兴衰，像竹筒倒豆子一样，给邹钊讲了很多他前所未知的故事。他们将车推进大门卸尸体时，小伙子远远地站在一旁，说他最怕接触死人。邹钊听了心知肚明，二话不说掏出一把零钱塞到小伙子手里。小伙子是一个很认真的人，接了钱没有急着往兜里装，而是很细心地数了一遍，发现多了五毛二分钱，便要退给邹钊。此时邹钊已经搬完了两具尸体，他看了一眼说，多余的归你了，以后再有死人的事来告诉我一声就是了。小伙子满意地装上钱，离开了解剖楼。邹钊则继续搬运被冻得硬邦邦的尸体，邹钊长得壮实，个头又高，力气又大，他搬尸体也就显得很轻松，将尸体拦腰一搂，往腰里一夹就往屋里搬。搬几具瘦小的尸体对邹钊来说并不费劲，也就两根烟的工夫，他就搬完了所有尸体。

全身冒着热气的邹钊走上二楼，刚拿起茶缸准备喝水时，一个奇怪的响声，让他停止了喝水，原来放在办公室沙发上的小男孩神奇般地完全苏醒了过来。小男孩瞪着一双清纯的大眼，望着天花板上挂着的灯泡。邹钊走了过去，抱起小男孩，将茶缸里的温水递到了小男孩的嘴边，小男孩不知是饿了还是渴了，咕噜噜一口气喝下邹钊递到他嘴边的半缸温水。小男孩流着泪断断续续前言不搭后语地给邹钊讲了自己的悲惨境遇。大意是，他父亲因为饥饿偷了生产队里的粮食，遭人检举而被关了起来。生产队干部很生气，决定饿他三天，不准送吃送喝，以示惩罚，没想到小男孩的父亲如此不经饿，两天不到就饿死了。小男孩的母亲在呼天抢地埋下丈夫后，家里的粮缸也就见了底，为了活命，小男孩的母亲冒着大雪到上林苑剥树皮，上林苑紧靠南山，就在南山的脚下，从汉朝开始就是皇家林苑，所以古树参天，只是在大炼钢铁时，不少大树被砍伐，因为林子太大，遭受破坏后，依然保持皇家林苑气象，所以附近村民在断粮后，都到上林苑去割那些吃了就可以活命的树皮。在家独守的小男孩从清早到中午没吃上一顿饭，饿极了出去找母亲，半路上就饿倒在了西影路上……

那一年，小男孩只有六岁，邹钊见小男孩长得眉清目秀，当晚就将小男孩带回了家，给小男孩煮了挂面，打了鸡蛋，还给小男孩洗了澡，将儿子穿过的衣服拿出来给小男孩换上。邹钊家里房子宽敞，多一个人也不挤，小男孩因一时没找到母亲，也就暂时住在了邹钊家里。自此以后，邹钊再出去捡尸体时，板车上便多了一个人，在小男孩的指引下，邹钊在西影路三叠村找到了他的家，两间土屋，空空荡荡，找邻居一打听，才知道小男孩的母亲那天到上林苑割树皮时，冻死在了上林苑的树林里。小男孩一时成了孤儿，邹钊不得不将小男孩又拉了回来，经组织同意，小男孩便被邹钊收为养子。

收下小男孩做自己的养子，邹钊有自己的考虑。他深知自己一双儿女的秉性和追求，儿子邹光、女儿邹荣曾经多次表示，长大以后，决不子承父业，不做人体解剖工作，兄妹二人对父亲如此迷恋人体解剖不但不能理解，而且非常反感，不愿意与父亲亲近，就连他做的菜，都仿佛夹带着尸体的气味。而邹钊对人体解剖却情有独钟，一心想自己的儿女能有一人子继父业，面对儿女对他解剖尸体工作的嗤之以鼻，他是既失望又无奈。捡到小男孩后，他看到了子继父业的希望。另外，在那个困难的年代，收养孤儿本身就是一种富有爱心的表现，在外人看来是一件非常了不起的事情，为此，在知识分子成堆的大学，不少人对他刮目相看。经过一番考虑，他为小男孩取了邹锋这个响亮的名字，希望他长大之后，热爱人体解剖，与他一样解剖尸体。

要说从事人体解剖的年头，在医科大学众多的专家教授和实验师队伍中，没有谁能够与邹家父子相比。邹钊是上大学之后就开始了他人体解剖的历程。邹钊说他从小就对解剖有着浓厚的兴趣，五岁的时候就敢杀鸡，八岁的时候就敢杀狗宰羊，并开膛剖腹和肢解。第二个与尸体打交道年头最长的就是邹锋，他从六岁起就常随养父邹钊到郊外去捡无名的尸体，一直到他长大成人真正从事解剖工作。按照邹钊的设想，邹锋是要进解剖楼工作的，不巧在邹锋参加工作前，正赶上轰轰烈烈的“文化大革命”，大学停课停止招生，邹锋先是上山下乡，三年以后才被古城一家农机厂招工，当了一名车床工。就这样，邹锋在农机厂一干就是四年，直到“文化大革命”结束，下放农场劳动改造的邹钊恢复了工作，重登讲台，又掌握了话语权。在邹钊的一再鼓励下，邹锋终于考上了古城一家医专，虽然是大专生，三年后毕业，邹钊凭借自己在大学日渐强大的影响力，将邹锋招到了解剖楼，当了一名实验师。

从知青到工人，从工人到大学生，从大学生到大学讲师，邹锋的身份在一步步的进取中，实现了华丽的转身。上班第一天，他万分的激动、高兴，见了谁都会情不自禁地伸出他那细长的膀臂和细长的手，要与他人分享自己成功的快乐。那天中午下班，邹锋与他的一位初中同学陈湘辉在食堂门口相遇，陈湘辉的父亲也是医科大学一位知名专家，也是在大学校园里长大的孩子，他对邹锋的情况知根知底，从小就瞧不起跟着养父捡尸体的邹锋，虽同住一个大院，可他平常并不爱搭理这个常跟养父解剖尸体的同学，尤其是在“文革”结束恢复高考他考上医科大学之后，更是瞧不起上大专还趾高气扬的邹锋。他哪里想到，正处于高度兴奋中的邹锋可没考虑他的所思所想，二话不说，上去就想拉住陈同学的手。没想到这陈同学早有防备，反应极快，马上后退两步说：“你洗手了没有？我马上要吃饭的，让你握了手我还吃不吃。”

邹锋可不当回事，打着哈哈说：“怎么没洗手，我用肥皂洗了三遍，放心吧！”

陈同学一本正经地说：“洗手了也不行，离远点，我闻你身上就有腐臭味。”

邹锋一听更乐了，笑着说：“我这手能辟邪的，你今天不让握，我非得握。”

陈同学很严肃地说：“没见过你这样厚颜无耻的人。”

陈同学这一说不要紧，反而更激发了邹锋要握一下陈同学手的欲望，他一个箭步冲上去，那又细又长又特别有力的手硬是将陈同学放在背后的右手握住了。他握得很用力，疼得陈同学直咧嘴。

此时，他俩的四周已经站满了看热闹的人，有的说，握就握一下，他又不是魔鬼；有的说，握不得呀，上次“神投手”让他握了一下手，一个月没投进一个球；还有一个人说，老郎养了一只狗，自从老郎的手被邹锋握过后，那狗见了老郎就害怕，从不让老郎去抚摸，只要他一伸手，那狗就会全身哆嗦，哀叫不已。

有的事就是很邪气。陈同学在很无奈地被邹锋握过手之后，两人为此翻了脸，从此陈同学干什么事都不顺，做实验时，他的右手常常无意碰翻瓶子，做手术时，他的右手也不能很好地与左手配合，抖得厉害，再后来陈同学的右手就犯了病，拿不住东西了，即便是拿一支粉笔也会无意识地掉在地上。

相反，邹锋与人握手的热情日益高涨，见了人他都是要握手的。心存忌讳的人，见了他都会绕开他，实在绕不开的，只好以无所谓的心态让邹锋握一下。人们都说邹锋爱与人握手，是心理出了毛病，疑心别人瞧不起他。久而久之，与人握手成为他生命中一种习惯，一个鉴定和判断他人是否看得起自己的试金石。

三

当然，邹锋的嗜好绝不仅仅限于与人握手，受邹钊的熏陶，他像他养父邹钊一样，酷爱解剖尸体，将人体的器官分解开来，做成一个个精美绝伦的人体器官标本，他说那是人体的活化石。只不过邹锋不像他养父邹钊那样自己拖着板车到郊外去捡尸体，他爱喝酒，他爱与交警部门的警察交朋友，隔三岔五将他们请到一起，一边喝酒划拳，一边谈交通事故尸体接收。

邹锋热爱尸体解剖，可以说是从小在养父邹钊那里耳濡目染的结果，他随邹钊到郊区捡尸体在实验室解剖尸体的历史，从他被邹钊收为养子那天就开始了。

邹锋从小就很灵性，深知自己是孤儿，是养父不顾家人反对收留了自己，为此他表现得特别懂事，在家里，只要他干得动的活，他都会积极努力地去干，诸如打扫卫生、洗碗之类的家务活，他都是主动去干，从不要大人指派。他因自己的勤快很快赢得了养母的喜爱，包括大他四岁的哥哥邹光和小他两岁的妹妹邹荣，每当他的邹光哥哥和邹荣妹妹洗脚时忘了拿擦脚的毛巾，只要喊他一声，他都会扔下手中的书或做作业的笔，把擦脚毛巾递到哥哥妹妹的手中，有时还会帮哥哥妹妹把洗脚水倒掉。他不仅勤快，而且乖巧懂事，从不与哥哥妹妹争穿的争吃的争玩的，所穿衣服都是哥哥穿不了的或不爱穿了的旧衣服。他常说，这是天堂的生活，与过去的家相比，一个是天上一个是地下，他非常知足。自从做了邹家的养子，每逢星期天，只要邹钊到郊区去捡尸体，邹锋都会主动要求跟邹钊一起去。那时，大院里的人见了他，都说邹锋这个孩子勤快、懂事，半开玩笑半批评邹钊说，邹钊你哪里养的是儿子，简直就是雇了一个童工。邹钊听了并不反驳，只是说，这孩子爱劳动，爱到郊外去玩。在邹锋的记忆中，捡尸体最多的有两个时期，一个是三年自然灾害时期，那时他已经记得事了，每次随养父到郊外，从来没有空过车。就是那三年的积累，医科大学的学生上实验解剖课时，从过去几十个人解剖一具尸体，发展到后来五个人解剖一具尸体，到了1963年那一年，三个学生可以解剖一具尸体。

对于医科大学学生来说，解剖尸体是他们能够成为一名合格医生不可缺少的重要一环，其作用不仅仅在于练学生的胆量，关键是让学生对人体器官有一个十分清楚的了解，尤其对培养优秀的外科医生十分重要。因此，学校对邹钊的出色表现十分满意，那一年，学校党委力排众议，批准邹钊加入了中国共产党，使他实现了多年希望加入党组织却因历史不清而未能如愿的夙愿，并被正式任命为解剖教研室主任。在解剖实验室建设上，学校在经费十分紧张的情况下，依然听取了邹钊的建议，不惜花钱在解剖楼四合院的中央空地，修建了一个可存放上千具尸体的地下存尸室。

在那饥荒岁月的顶峰，正当壮年的邹钊白天到郊外捡尸体，晚上加班做尸体消毒清肠等存尸工作，一天天一年年长大的邹锋成为邹钊最好的帮手。那时人们经常看到，邹钊弯腰架板车，小大人一般的邹锋像纤夫一样在前面拉板车。到了晚上，做人体解剖时，邹钊做清肠消毒处理，邹锋则在一旁打下手，递刀，提水，有时还帮邹钊刮尸体身上的汗毛，甚至为死人剃掉头发。

第二次捡尸体的高峰是“文化大革命”爆发之后，古城常发生武斗，那时邹钊只要听到哪里有枪声，他就会在枪声响过之后，带着已经年满十六岁长成大小伙的邹锋赶到那里。有一年，长安和蓝田的红卫兵发生了武斗，在纺织城附近，他们一次捡了四具无名尸体。可惜邹钊很快深陷其中，他在这场风暴中遭受了冲击，学校“文革”领导小组以他历史不清、把活人当尸体、将孤儿当童工等三项罪名，将他打成了反革命，下放到偏远的农场劳动改造。正上高一的邹锋也被卷到了知识青年上山下乡的革命洪流之中。

“文革”十年，医科大学处于半停课状态，邹钊辛辛苦苦积攒的尸体一半因保管不善而成为腐尸，学校花钱在火葬场烧掉了，还有一半被工农兵学生做解剖实验时浪费掉了。“文革”结束，邹钊获得平反，他从农场回到学校时，解剖楼因年久失修，西北两处平房已经倒塌。面对衰败的解剖楼，老校长拉着邹钊的手说：“要想办好医科大学，一要有人才，二要有钱财，三要有供学生解剖用的尸体，学生没有尸体上解剖课，就好比海市蜃楼，讲得再好，也不顶用啊！”邹钊没有多说话，他只是很轻松地说了一句，大不了，像建校之初，重来一次。

那一年邹钊教授五十五岁，还差五岁过耳顺之年。

那一年冬天，邹钊又重新回到了他阔别十年的岗位。十年的风吹雨淋，解剖楼一派衰败凋零，三间瓦房塌了一半，二层小楼墙壁脱落，四扇窗户没有一块完整的玻璃，门也东倒西歪的，唯有那棵菩提树保持着旺盛的本色。邹钊走进解剖楼时，院子里一片寂静，办公桌上落了厚厚一层灰，一粒粒老鼠屎散落在桌子上、地上，屋子里除了腐朽的味道就是老鼠屎的气味，跟随他来的三个人，见如此破败，都打了退堂鼓，建议他找校领导另换地方。邹钊沉吟半天说，学校除了那栋主楼还像模像样，整个校园还有哪里不破？同来的一个老职工说，这里也太破了，没法收拾。邹钊说，收拾房子比上刀山还难吗？只要有决心，吃得苦，没有干不好的。于是他自己挑来水，从清理办公室一点点开始干起，找来维修工装好玻璃，带着三名工作人员将院子里的垃圾清理干净。他让人上街为他买来一架板车，星期天，他还像过去一样，拉着板车到郊外去找无主的尸体。这一次他没有以前那样的运气了，几个星期下来，他连一条死狗都没有捡到，就别说死人的尸体了。老职工对他说：“现在一不是饥荒年代，二不是动乱年代，哪里捡得到尸体，你要想弄尸体，只有去偷。”

邹钊瞪大了眼睛，吃惊地问：“你说什么？让我去偷？”

老职工见邹钊一副不明白的样子，笑着说：“对，是去偷，到墓地里去偷。”

邹钊听了，一脸严肃地问：“那样行吗？被人发现了怎么办？再说了，坟墓也不是那么好挖的。”

老职工点燃烟锅，说：“有啥不行的，那尸体埋在地下还不是埋着，你挖了来，又不是卖，而是为了教人救命用。老百姓的坟墓挖得都不深，几锄头下去，就能见到棺材。”

邹钊想了想说：“你说得也在理，容我考虑考虑。”

老职工干脆地说：“你当教授的面子薄，要不我和小马去，你给补助就成。”

邹钊这一次没有犹豫，他爽快地说：“就这样定了，捐献尸体也要付安慰费，就按安慰费的标准付吧。但有两种尸体不能挖，一是下葬时间久了尸体腐烂了的不能挖，最好是新近一两天下葬的；其次是有性病梅毒肺结核等传染性疾病的不能挖，我们可不能因小失大，引‘狼’入室，引火烧身。”

老职工因为人老了，对于邹钊说的两条，一时没反应过来，想了想才说：“前一个条件还好做到，后一条就难了，我们怎么知道埋在地下的死人有没有传染病，尸体又不会说话。”

邹钊两眼一瞪说：“这有什么难的？你隔几天背个药箱到附近

乡村走上一圈，既掌握了哪个村死了人，又摸清了死的原因。”

老职工点了点头，赞许道：“你这办法好，只是我不会看病，这些年就跟您学会了解剖尸体和做标本。”

邹钊说：“足够了，人体器官和结构都掌握了，你随便讲上几句都能把人给讲晕了。”

就这样，他们变被动等尸体，到主动出击去附近村里找坟地偷尸体，在那段时间里，老职工每个月都能偷回几具尸体。面对教学需求和解剖室捉襟见肘的局面，心急的邹钊后来也加入到了老职工在夜黑风高的夜晚出去偷尸体的行列。开始他还害怕被人发现，偷了几次之后，他越偷胆子越大，见尸体越偷越多，他的劲头也越偷越足。为了掩人耳目，老职工还发明了“鬼火”，就是用布蒙住手电筒，然后按着开关，让手电筒忽暗忽亮。这一招还真有效，过不了几天，乡村里就流传谁家的坟墓有鬼火的谣言。即使在有月光的夜晚，因为他们都穿着白大褂，深夜走在路上，一旦遇到走夜路的人，老职工会一边学鬼叫，一边挥动白大褂，常吓得夜行人掉头就跑。

四

有一年大年三十上午，邹钊要出门采购年货，快要走出学校大门时，碰到了医院急诊科的老韩，老韩爱说话，平常只要有一点新鲜事，他就像小喇叭一样逢人就讲。老韩与邹钊寒暄几句后，就直接过度到了他要讲的新鲜事，老韩说，前天早晨我刚上班坐诊，茶水还没泡上，只听走廊里传来哭哭啼啼吵闹的声音，正想出门看个究竟，只见几个人用门板抬着一个人走了进来，说是上吊了，身上还热乎，求我把人给抢救过来。我拉过那人的手，号了一下脉，发现脉搏没了；再用听诊器听，发现心脏也停止了跳动。我对他们说，怎么回事，人都死了还抬来。一个小伙子流着泪说，他家住医院附近王庄村，死的女人是他结婚不到半年的媳妇，媳妇因与母亲吵架，他一时生气，打了媳妇一记耳光，媳妇想不开，半夜就上吊了。老韩叹了口气，接着说，好在那新媳妇与小伙子家里关系好，新媳妇娘家人在得到补偿之后，没有闹事，那家人为了图吉利，赶在大年三十前，将那上吊的新媳妇下葬到了祖坟地。

“太可惜了，”邹钊听了先是一声感叹，又接着问道，“王家村不就在伞塔路前面吗？”

老韩所答非所问地说：“那小媳妇模样长得真好，可惜红颜薄命。”

邹钊也不想多说此事，于是换个话题问道：“年货准备得怎么样了？”

老韩说：“我们当医生的哪能与你们搞基础的相比，一年到头有看不完的病，你邹教授更轻闲，学生一放假，你们就没事了。”

邹钊听了老韩的话，再没接话，掉头就往街上走，他看不起老韩，医术不咋样，就是一张嘴。但老韩的话给了他一个信息，他心里开始蠢蠢欲动，盘算如何将尸体偷回来。想到那年轻无病的尸体，他就开始激动，匆忙买了菜，回到家就开始做晚上偷尸体的准备。家里人一听他说吃完年夜饭要去偷尸体，都坚决反对。他老婆说：“大过年的，哪家不在放鞭炮，求吉利，你倒好，去挖人家的坟，偷尸体，要多晦气有多晦气，明年一家人过不好，谁要是有个什么病和灾的，我与你没完。”

邹钊在家里向来说一不二，他没给老婆好脸，直冲冲地说：“干我们这行的，连小鬼都怕我们，会有什么晦气。我做解剖工作几十年，家里不也没病没灾的吗？”

大儿子一听马上反驳说：“怎么叫没灾，就因为受你连累，我们当兵不行，保送上大学也不行，你还被下放到农场改造了那么多年，妈妈一个人遭了多少罪，还说没灾！”

邹钊听了像泄了气的皮球，但他咬着牙说：“‘文革’的灾难，不是哪一个人，而是整个中华民族。没被推荐上大学有什么好遗憾的，凭本事自己考，你现在不也在上大学么？”

儿子看了父亲一眼，低声说道："人家都抱娃了，我才上大学。"

女儿邹荣穿一身鲜红抢眼的衣服从卧室里走了出来，冲他道："老爸，在这所大学，说得好听一点您老人家是解剖专家，其实知情的人谁不知道，您就是一个与尸体打交道的人。我同学小华，就是嫌您是搞尸体解剖的，才不愿意与我处朋友，说我身上有死人的腐臭味。"

女儿从小到大不害怕他，与他说话也就随便，不掂量，不分轻重。邹钊听了，不是对女儿生气，而是对那个叫小华的气愤至极，第一次对着女儿爆粗口说："放他妈的死人屁，像这样的小伙子我们邹家不喜欢，你告诉他，人体解剖是医学最神圣的事业，没有人体解剖的揭秘，就没有今天世界医学的发展，西方国家之所以医学发达，除了他们科学创新能力强，最重要的，是他们对人体器官了解得比我们透彻。"

邹钊的老伴一见老公生了气，赶忙打圆场说："你平时出去捡尸体，我们谁也没有反对过，今天不是过年了吗？你就在家与孩子们聊聊天，有什么不好，再说了，死人的事哪天不发生……"一说到死人，邹钊的老伴就像踩到了蛇，马上停下来，打自己的嘴。

邹钊赌着气下定了决心似的说道："今天，你们谁也别再劝阻我。"

儿子邹光笑着说："大过年的，你不至于一个人去吧？"

邹钊说："怎么会一个人去呢？我科里有人啊！有老职工，还有看门的老马。"

邹光说："你忘记了吧！老职工家住在三原，你怎么联系他？看门的老马，腊月二十八就回了老家四川。"

邹光说这话的目的很明确，显然是想以无人帮忙为由，让父亲放弃大年三十挖坟偷尸体的计划，但他没有想到，坐在客厅里一直没有说话的邹锋会在这个时候站起来，细声细气地说："爸，我跟你去，我不怕。"

邹锋的表态，让刚才激烈的争论瞬间安静下来，四个人八只眼睛一齐聚焦看着安静少言的邹锋。邹钊在爽快地笑过之后，说：“在邹家，我还没有成为孤家寡人。”

晚饭刚过，外面的鞭炮声便一浪高过一浪，邹钊在儿女们放完鞭炮后，与邹锋一起走出了家门，这一次不是邹钊拉板车，而是邹锋将板车抢在了手里，邹钊则跟在板车后头。望着养子高大的背影，邹钊心里涌出无限的感慨。在通往大门的路上，不时碰到放完鞭炮返回宿舍的同事，他们见邹钊带着儿子拖一架板车，都觉得好奇，打探地问他，过年了，拖着板车上哪儿去？他们都很想问他是不是去拉尸体，可是大过年的，问这又担心邹教授心里忌讳，自己也不舒服。邹钊只是轻描淡写地回答说，到火车站去，有亲戚发来了货物。出了校门，宽阔的长乐路上几乎见不到行人，更见不到车辆，不多远就到了郊外。那时古城不大，出了城门，城里人就说是郊区。大学在朝阳门外，四周就是农户、农田，他们走出伞塔村就真正到了郊区，离王家村不远就是乱坟岗，乱坟岗最早是皇家陵园，有上千亩。汉唐之后，陵园四周的农田分别被王家村、李家村和陈家村瓜分，王家村人口最多，势力最大，占据了靠南面的一小半地。乱坟岗中心地带是皇家陵园，四周则是王家李家陈家的祖坟地，因为葬的多，葬的乱，所以又叫乱坟岗。

从大学到王家村十多里的路程，他们用了不到一个小时，就到了乱坟岗。近半年，邹钊多次与老职工和守门的老马光临此地，他对乱坟岗的地形十分熟悉。在古城，大年三十下午有祭祖先的民俗，父子俩走进乱坟岗时，多数坟墓前不仅摆放着祭品，还点着长明灯，林子里就有了万家灯火的气象。坟堆上的长明灯虽然微弱，但也将坟墓四周照了个大概，是老土还是新土，只要稍稍懂行的人一眼就能看个明明白白。父子俩在乱坟岗里又穿越了半个小时，在靠东南的里头，终于看到了还散发着泥土芳香的一座新坟。新坟上没有长明灯，旁边也没有祭祀的贡品。邹钊心想，可能是因为睡在棺材里的人太年轻，没有为夫家留下一男半女，没有后人，自然享受不了后人的孝敬。因为是吊死鬼，属于薄命之人，墓穴挖得更浅，坟堆不大也不高，一看就知里边埋的肯定是那个年轻的媳妇。在漆黑的夜晚，北风在高大的树干上呼啸而过，寒风扫过树枝发出的声音，真的就如鬼哭一般，胆小的人，别说到乱坟岗来挖坟偷尸，就是在乱坟岗的林子里走上一趟，也肯定会吓个半死。如此令人毛骨悚然的环境，对邹钊父子来说，就是天赐良机。

站在坟墓前，他们并没有急着动锄动锹，而是很有经验地绕着坟堆四周看了看，断定是新起的坟墓后，邹锋才开始挥动铁锹。因为是新土，既暄乎又松软，铁锹下去毫不费力。邹锋挖坟很有经验，因为坟是圆的，他一般从中间向两头扩展，坟土则铲向四周，果不然，那坟土堆得不厚，没挖多久，棺材盖就露了出来。站在一旁的邹钊则拿着蒙了纱布的手电筒一会朝天上扫上一圈，一会关了，以造成新鬼灵魂未灭的假象。在邹锋将棺盖上的土全部铲完后，邹钊从工具包里拿出扫灶台的笤帚，清理留在半弧形棺盖上的细土，邹锋从工具包里取出撬杠，那是撬开棺材盖不可缺少而又非常管用的工具。对邹锋来说，挖坟撬棺材已不是头一次，他跟随养父邹钊一共刨过三次尸体，头一次，有老职工等人，他只是站在一旁当下手；第二次和第三次，只有他们父子，他就成了刨坟的主将。干过这几次之后，他不仅胆子更大了，而且很快摸索出了撬棺材的经验。握在他手中的撬杠有一尺半长，一头锥形，一头扁平，他先是用锥体将棺材撬开一个口，然后将扁平的前端插进棺盖与棺身，而后缓慢地向上一抬，那不厚的棺盖在咯吱一声后就被撬了起来。站在一旁的邹钊从白大褂里取出扁平的银白色酒壶，拧开盖子，先是喝上一小口，接着狠劲地往嘴里灌了一大口，然后将酒从嘴里喷出，喷到躺在棺材里的女尸身上，浓烈的酒味顿时压住了棺材里的气息。邹钊这一招是跟老职工学来的，老职工说，棺材里的尸体不仅有邪气也有晦气，喷酒即可压邪，还可起到消毒灭菌的作用。邹钊挽起袖子，用手背擦了擦额头上滚动的汗水，然后从容不迫地弯下腰，用手抓住那女尸的脚，缓缓地将那女尸从棺材里拖了出来。夜虽然漆黑得伸手不见五指，但借着长明灯的微光，邹锋还是清楚地看到了那女尸像白玉一般的脸，那样子并不吓人，那脸色一点也不像死了两天的女人，倒像是睡着了，还像刚刚走进新婚洞房的新娘子，被丈夫揭开红盖头露出甜蜜的微笑。邹锋虽然解剖过很多尸体，但那些就是一具具普普通通的尸体，一具具没了灵魂的僵尸，而眼前的女尸让他感到非同一般，心里不但没有一丝的恐惧，相反在心里竟然对这女尸产生了同情和怜悯。他担心养父碰坏了女尸，在养父将那女尸拖出棺材的时候，他赶紧伸手抓住了那女尸的双肩。父子俩齐心协力将那女尸抬到一旁早已展开的白布单上。邹锋拿起手电筒，很仔细地从头到脚照看了一遍女尸，虚幻的光线下，女尸双目紧闭，又密又黑又长的睫毛将那大眼睛盖了一半，皮肤舒展，嘴唇微闭。邹锋忍不住又看了一眼，然后才回到棺材旁，先是将棺盖盖好，再挥锹铲土将坟墓恢复原样。邹锋干完这些，邹钊已扎好了白布单，然后各自一手拿上自己携带的工具，一手提着打了结的白布单，朝停放板车的地方走去。

夜已渐深，漆黑的天空偶尔有焰火升空闪烁。在回城的路上，他们没有碰到一个夜行的人，只是在进城时，遇上了两个喝多酒而一摇三晃的醉汉。当他们与两个醉汉迎面相遇时，两个醉汉被他们一身白衣还有那遮盖尸体而迎风鼓动的白布单吓得魂飞魄散，情急之下匆忙跳进路旁的旱沟。邹锋觉得好玩，有意学鬼喊叫，吓得两个醉汉更是魂飞天外，在那干枯的沟里连滚带爬地逃窜。

因为泥泞后冰冻的缘故，路上凹凸不平，每当遇到沟沟坎坎，驾车的邹锋都会格外的小心，心想不能因为震动太大颠散了女尸的灵魂。每当过大一点的沟坎时，他都要回头张望一下，看看裹在白布单里的女尸是不是还在车上。他的细微举动，还是被邹钊发现了，邹钊担心儿子害怕，轻声对他说，不要回头，掉不下来的。邹锋听了也不吱声，一路上依然时不时地回头张望一下。

快到学校大门时，还差三十五分钟新年的钟声就将敲响。大门半掩着，一条缝隙只容一个人侧身而过。邹钊不想惊动门卫，本想自己开门，没想到门上的铁链上着锁，在他准备敲门时，门卫老翁从门卫室走了出来。门卫老翁在学校守大门有些年头了，他认识邹钊，对邹钊捡尸体的事有所耳闻，也掌握一些情况。大年三十的晚上，邹钊父子一身白大褂出现在大门外，还是让门卫老翁十分诧异，他边开门边用眼睛扫了一眼邹钊父子拉着的板车和那板车上摇摇晃晃的白布单，他心里便明白了几分，他一句话也没说，就为他们开了门。院子里比出门时安静了许多，只有极少人家的孩子还在放着鞭炮。他们沿主道走到修理厂，上辅道，穿过一片菜地，就到了坐落于校园西北角的解剖楼。解剖楼的大门是一个不大的木门，因为看门的老马回家过年了，大门也就只有铁将军把门。邹钊从裤兜掏出一串钥匙，熟练地打开大门，那门是木门，像是受了天大委屈的怨妇，发出悠长而尖利的叫声。邹锋将尸体拖进院子，邹钊今晚没有让邹锋将女尸搬进存尸室，而是让邹锋直接将女尸搬进了解剖室。因为解剖室各方面的条件要比存尸室好，他担心条件较差的存尸室老鼠太多，如此优质的女尸会被那些厉害的群鼠啃得只剩一身骨架。那女尸并不重，壮实的邹锋用胳膊一夹，就将尸体搬了进去，放到了解剖台上。聚光灯下，女尸上身穿了一件崭新的碎花棉袄，下身穿一条藏青色的棉裤，脚穿平底棉鞋，身高在一米六二左右，皮肤白净，细长如瓷器的脖子还残留着绳子勒过的痕迹。邹锋本想再多看两眼，邹钊却在一边催促，说马上十二点了，要赶在新年到来之前回到家里。邹锋望了一眼墙角的冰柜，那个像棺材一样的冰柜是邹钊最敬重的日本老师山本太郎援助的，上个星期才远渡重洋从日本东京运到了古城，一时成为邹钊解剖教研室最为宝贵的资产。邹锋看着冰柜说，这尸体有保存价值，是不是把她放进冰柜恒温室里。邹钊看了一眼养子说，冰柜是用来放标本的，而不是用来放尸体的。邹锋第一次面对养父理直气壮地提出，这具尸体就是一个最好的人体标本，她的任何器官将来都可以做成一个好的标本。邹锋说完，两眼又紧盯着摆在解剖台上的女尸。邹钊则像不认识邹锋一样，因为在过去，邹锋很少跟他提出什么要求，哪怕是一双鞋一支笔都没有，而且说话向来都是轻声细语，他很不理解也不习惯地看了看邹锋，说，就听你的，留下她，你把她里外衣服都脱了，光着身子，放进冰柜的恒温层里。

校园里的鞭炮声又密集地响了起来，新年的钟声即将敲响，邹锋对父亲说，爸爸，你先走吧，要不时间来不及了，我把她放进冰柜就跑步回来。邹钊根本没有多想，转身往室外走，走到门口停下来，看了一眼手表说，还有十分钟，你麻利点，争取在钟声敲响前回到家里，我们一家人团团圆圆喝个酒。邹锋很感动，这些年来，邹家从没把自己当外人，邹钊夫妇始终把他当亲儿子养育。邹锋很感激地说，一会儿就完事，您走得慢，我跑得快。邹钊出门时随手带上了木门。

解剖室里更安静了，只剩下邹锋一个人，面对解剖台上的女尸，他的血液莫名其妙地开始奔涌，喘气也急促起来。往常解剖尸体，无论是男尸还是女尸，他都是用那把大剪刀，咔嚓两下剪开衣服完事。今天他将手里的剪刀放到了一旁，他要用手解开眼前这个女尸的衣服。在那个年代，人们都不富裕，衣服穿得也不复杂，解开棉袄，里面就是一个棉背心，然后就剩下衬衣。当他解开女尸的衬衣，那汉白玉一般的身体便一览无余地呈现在他的眼前，尤其那圆润饱满的乳房，让他本来紧张的心更加咚咚直跳。他虽然解剖过很多尸体，但他从来没有解剖过如此完美无瑕的女尸，他竟然情不自禁地伸出双手，在那像馒头一样的乳房上来回地搓揉。女尸的裤子脱下来更为简单，他先是解开女尸的裤扣，然后脱掉女尸的棉鞋，接下来用手扯住裤边，就那样轻轻一扯，那女尸就被他脱了个一干二净。明亮的灯光下，那女尸最隐秘的地方就呈现在他的眼前。他在给养父打下手时，帮助养父剃过无数男尸女尸的阴毛，见得多了，也就习以为常了。让他惊讶的是，今天这具女尸的阴毛是那样的匀称完美，不多也不少，弯弯曲曲将那阴部遮了起来，真的就像一片小森林。此时，他的血液流得更快了，他难以控制地走了过去，将手伸到了女阴处，用手抚摸，在无意识之中，他右手的中指竟然滑了进去。让他万万没想到的是，那女尸还像活人一般，里面并没有干枯，还湿润着。他像被鬼魂所勾引，完全失去了控制，解开自己的衣服，爬到了女尸的身上……

那一年，邹锋二十五岁。邹锋第一次与女尸的亲密接触，成了他永远无法抹去的记忆。

鞭炮声更响了，一颗冲天炮在院子的上空炸响，缤纷的火焰使院子明亮起来，随着接二连三的爆响，门也被震得哐当直响，就像有人拿着木棍在门外敲打。处于陶醉之中的邹锋赶忙停了下来，他慌张地穿好衣服，慌忙地打开冰柜恒温隔层的抽屉，慌乱地将女尸放了进去，慌手慌脚地关灯关门，慌不择路地走出大门，迎着刺骨的寒风旋风一般向家里卷去。好在他家离解剖楼不远，好在他家住的是平房不是楼房，在他气喘吁吁敲响家门的时候，古城钟楼的余音，已经越过城墙，扩散到了更远的南山。

为他开门的是他的养父邹钊，邹钊张开嘴刚埋怨说，咋这么慢，话到一半，看到邹锋满脸的汗珠，于是马上改了话说，快把工作服脱下来，放到狗窝上。狗窝在离他家大门不远的屋檐下，邹锋赶忙侧转身，低头一看，自己果然还穿着白大褂，腰带也松垮地吊着，“裤门”的扣子也没扣上。他一边快步向狗窝走去，一边脱身上的白大褂，一边快速地拉紧了皮带，关上了“裤门”。

走进屋，只觉得有一股热浪扑面而来，刚才又燥又热的身体越发的大汗淋漓。他擦了一把额头上滚动的汗珠，肌肉僵硬地冲一家人笑了笑，便径直走进了洗漱室。他关上门在镜子前看了看自己慌慌张张的模样，很是懊恼地打了自己两记耳光，然后打开热水龙头，他要将自己满身的臭汗和那些不干净的东西全部洗掉。他必须快点洗完。在他走进洗漱室时，养父邹钊让他动作麻利点，一家人正等着他吃年饭守夜。守夜是邹家的传统，无非是一家人坐在一起，一边喝酒吃肉，一边说话聊天。邹锋一边用肥皂反复洗自己的身子，一边狠狠地用毛巾搓着自己，尤其是那私密的部位，大腿两侧，他是格外的用劲，直搓得腿根发红，有了辛辣的疼痛感，他才收手去洗其他地方。洗了还不到五分钟，门被接二连三地敲响，他不得不加快速度，洗完澡，换上干净的内衣内裤，急忙来到客厅。餐桌上的酸菜火锅咕咕地叫着，一家人正等着他。洗完澡，他变得轻松多了，他说，一身臭汗，我怕熏着了你们。邹钊端起酒杯说，新年了，祝吉祥好运。在邹家，不仅邹钊能喝，邹钊的老婆、儿子、女儿和邹锋都有半斤以上的酒量。平常没事的晚上，邹钊都要喝上几杯，心情特别好的时候，他独自一人也能喝半斤。逢年过节或者他特别高兴时，他会让邹光、邹锋陪他一起喝酒。过年了，儿女都要敬父母，邹钊夫妇来者不拒，他常常是一边教导，还一边给儿女们敬酒。平常喝酒话不多的邹锋，今天在喝足半斤之后，话突然多了起来，总是一不小心讲到刚刚挖回来的女尸，说那女人红颜薄命，说那女人到阴间也是好看的女鬼，说那女人死了还像活着。每次他只要一讲到女尸，要么被养母打断，要么被哥哥邹光以酒堵嘴，要么遭到妹妹邹荣的话语拦截。开始他处于半清醒状态，在他被自己反复罚酒之后，他无法控制地讲起了女尸脱光后的身体，作为养父的邹钊，忍无可忍地将一杯酒泼到了邹锋的脸上。邹锋并没有感到难堪，他依然喋喋不休，直到酒劲全面发作，他才歪倒在椅子上，打起了让人毛骨悚然的鼾声，嘴角流出了细长的口水。

邹锋的养母一向快言快语，看着邹锋的异常表现，她无法忍受地埋怨丈夫说："大过年的，不让你去，非要去，这下好了，小锋八成鬼魂附身，中了邪了。"

在家向来说一不二的邹钊，两眼一瞪，很不耐烦地说："人死如灯灭，哪里有鬼。我做了一辈子人体解剖，连这都没弄明白吗？明明是喝多了。邹光，你把他扶到房间里睡觉。"

守夜的喜酒就这样不欢而散到此结束。

五

这一夜邹锋睡得很不安稳，刚开始是人事不省，过了三更，人倒是清醒了，知道了口渴，反反复复起床喝过几次水后，到了五更虽然入睡了，却做了一连串的噩梦。在梦里，他牵着那女尸像海绵一样舒软的手在乱坟岗的林子里散步，女尸给他讲，说婆婆哪儿都好，就是放不下她的独苗儿子，只要看见她与她儿子亲热，就会心生不快；要是儿子白天无精打采，婆婆就会找茬，说她是狐狸精，想吸干儿子的血。就为这说不清道不明的母爱与情爱，婆婆常与她过不去。那天她之所以选择上吊，就是因为前天夜里，贪色的老公多要了几次，第二天两个人都起床晚了，她便遭到了婆婆的辱骂，男人为了讨母亲的欢心，无情地动手打了她，她一时又羞又气想不通就寻了短见。临别时，女尸说冰柜里太冷，也不透气，让他重新把她送到坟地里。说完，女尸嘤嘤地痛哭起来，他也跟着掉了眼泪。

梦还在延续，天却渐渐亮了，鞭炮声像炒爆米花一样响了起来。邹锋被邹光叫醒，说让他起来放鞭炮，炸炸夜里的晦气。他听了心里很不舒服，其实他哪有什么晦气，可他又不能反驳，在邹家，每个人的话于他来说都像圣旨，他都得认真对待和服从，这是他从小就养成了的习惯。

邹家住的虽然是平房，但却是独门独户独家小院，院子将近六十平方米，从小院大门进来，靠东边是菜地，靠西边种着各类花草，靠近屋檐下还搭了一个凉棚，凉棚上盘着葡萄藤，每到夏天，叶子盛开，也就遮天蔽日，他们兄妹放学后，就在那凉棚下写作业。一条宽约一米的水泥路从院门延伸到大门，路两边用红砖砌了约两尺高的砖墙，墙的两头各立着两根钢管，钢管上拉着铁丝，用于晾晒衣服被褥。每逢过年，他们兄弟俩各用一根铁丝挂鞭炮，邹光常用东边的晒衣架，邹锋别无选择地用西边的，兄弟俩还像过去一样，喊一二三之后，一齐点响，这一次邹锋在点响鞭炮后，鞭炮只响了不到十秒，就停了下来。邹光放的鞭炮很顺利地啪啪响个不停，邹锋一看想再去点火，却被邹光扯住了，因为两挂鞭炮相隔不到一米，距离太近，容易炸伤人。邹光的鞭炮响完之后，邹锋再去点燃鞭炮，这一次倒是响了一半，却又停了下来，邹锋又跑过去重点，鞭炮再一次重新响起，邹锋真的担心它又停下来，忐忑之中，鞭炮的响声倒是没有中止，直到最后一颗鞭炮响完。邹锋有点垂头丧气，一家人都笑呵呵地相互祝福，说着吉祥的话语，他却闷闷不乐。

在邹家，大年初一的第一顿早餐，依然沿袭东北的风俗，不像南方人那样吃汤圆，而是吃水饺。水饺很丰富，有素馅的，也有大葱大肉的，还有羊肉的。在几种水饺里，还包了若干个洗干净了的硬币，以图吉利。每年邹锋总是谦让到最后一个，才去锅里舀饺子，即使这样，每年他舀的饺子里总是硬币最多，今年出奇地怪了，他连一个包有硬币的饺子都没有吃着。吃完饭，就有养父的同事、领导和学生来拜年了，邹钊在他的书房里接待客人，他们兄妹则坐在客厅里看电视，那十二英寸的黑白电视，不是他家买的，而是邹钊的老师山本太郎作为中日友好使者来中国访问时专门给他家捎带来的。电视节目虽然很精彩，可邹锋却没有一点心情，他满脑子都在想夜里的梦，想那冰柜温度是不是调得太低了，真把那女尸冻着了，于是他决定到解剖楼去看一看，可解剖室的钥匙在养父的手里，他左思右想，终于想出一个办法。他走进养父的书房，邹钊正神采奕奕地与急诊科的老韩说着话，邹锋见他们谈得正欢，就站在了门口，还是老韩反应快，问他有什么事给爸爸讲，邹锋才说："今早鞭炮放得不顺当，我想到解剖楼再放一挂，冲冲晦气。"

邹钊乍一听心里还有点不爽，稍一想，觉得邹锋说得有道理，于是表态说："你去吧，家里还有鞭炮，钥匙在这儿，快去快回，大过年的也好好玩玩。"

老韩既是拍邹钊的马屁，也是夸赞邹锋说："你这儿子养得值，从小跟你学解剖，后继有人啊！"

邹钊听了心里很受用，赶忙说："你家跃进也很出色，凭自己本事，考上了武大外语系。"

老韩感叹地说："儿子长大不由爹，他坚决不学医。"

邹钊深有同感地说："邹光、邹荣也一样，一个学金融，一个学艺术，老天有眼，让我捡了个儿子，有了自己的接班人。"

邹锋接了钥匙，与韩叔叔打了招呼，就径直往解剖楼走去。

昨晚因为太慌忙，大门忘记了上锁，不知是夜晚的风还是狗，木门被生生地挤开了一半。邹锋走进院子，将鞭炮包装纸撕开，绕菩提树围了一圈，他先点燃一根烟，再点燃鞭炮，这一次很顺利，不仅没有中断，而且出奇的响。不等鞭炮放完，他就迫不及待地打开了解剖室的门。冰柜正在工作，压缩机发出嗡嗡的响声，他打开冷藏门，拉出抽屉，果不然温度很低，那女尸冷得卷曲了身子，身上的皮肤也起了一层鸡皮疙瘩，他赶忙调高了温度。再看那女尸的阴部下面，流了几滴像米浆一样的东西，他找来毛巾，想把那东西擦掉，但地方太狭窄，毛巾根本伸不下去，他不得不把女尸抱出来放到解剖台上，擦掉那污物。他想那女尸的阴道里肯定还有，于是他又回到解剖台前，刚才还万分自责的心，又被抛到了九霄云外。那女尸的乳房依然如故的饱满，他忍不住地伸出手去抚摸，然后他的手像是受到了某种神力的牵引，不断地向下滑去。就在他细心欣赏的时候，大门哐的响了一声，他抬头看一眼窗外，果然有一个人影，向解剖室走来。就在他打开冰柜转身去抱女尸的时候，一个他十分熟悉的身影走了进来。冬日的阳光从玻璃窗口汇集成一条光束，正好照射到了那赤条条的女尸身上，面对呆若木鸡的邹锋，进来的人很是夸张地尖叫了一声。邹锋从不知所措中很快平静下来，说："小妹，你要是害怕，你先出去，我把她放进冰柜就出来。"

一向胆大泼辣的邹荣说："不就是一具女尸吗？我只是对你大过年地跑到这儿摆弄女尸感到惊讶。"

邹锋深知邹荣也是从小就随父亲在解剖楼里跑进跑出，她虽然没有像他那样随父亲解剖尸体，到郊外捡尸体，到坟地里挖尸体，但她亲眼见过父亲做过不少人体标本，那些标本都是人身上的器官。邹锋只好实话实说，小妹你要是不害怕，你也过来看看这具女尸是多么的了不得，她虽然死了四天，可她灵魂还在，肉体就像活着一样，你看她的乳房还是那样饱满富有弹性，最让人不可理解的是，她的私密之处，并没有腐烂发臭，也同样富有弹性。这可是一个了不得的尸体啊！我随爸爸到野外捡尸体、到刑场上拉尸体、到坟地里挖尸体，从来没有哪一具尸体像这具女尸如此神奇。邹荣听了，像是受到了某种力量的驱使，竟用她那纤细的手指按到了那女尸的身体上，果然如邹锋所说，肉体没有僵硬，手指按下去之后很快又弹了回来，邹荣很是吃惊地说："太神奇了，是不是假死？你说她人死了，灵魂还活着，有什么证据吗？"

邹锋摸了一下脑门，又想了想，神秘地说："昨天夜里我做了一个很怪的梦，这女人对我说冰柜里太冷，让我重新把她送回棺材里，说那里暖和。说来也奇了，大清早我到这儿一看那温度显示，就知道昨天走得慌忙，没有按要求调试温度，我想冰柜里确实太冷了，于是将她搬出来，让她透透气。"

邹荣听后哦了一声，然后说："我就发现你像着了魔，从昨晚到今天早晨神色就不对，神魂颠倒的，原来是为了这具女尸。"

邹锋听了也不狡辩，而是顺势夸赞道："小妹，你真是个人精，你是不是钻到我肚子里头看过了。"

邹荣得意地笑了笑，说："以后你可得老实点，我一眼就能把你看透的。"

邹锋故作惊讶地说："小妹你太厉害了，你到解剖楼来找我，不是为了解谜吧！一定有其他什么事。"

邹荣眨巴着那又黑又长的眼睫毛说："过一会，爸爸要带我们去给张叔叔拜年，你明年就毕业了，张叔叔答应爸爸，等你毕业之后接收你。"

邹锋将那赤裸的女尸用手托了起来，小心翼翼地放到了冰柜的抽屉里。在摆放时，邹锋特别小心，他将女尸摆成了侧卧的姿势，面朝外，背朝里，摆放好之后，才将抽屉推了进去，再关上柜门。邹锋看了看温度显示，对邹容说："我要给爸爸讲，要把这具尸体作为人的完整标本保存下来，可不能这里砍一块，那里挖一个洞。"

邹荣开着玩笑问："尸体不就是解剖用的吗？你该不会喜欢一具女尸吧！"

邹锋像是被邹荣看透了心思，他一时控制不住，脸就红了，好在房间里灯光暗，脸色的变化看不大清。他没有马上接话，有意回避着邹荣的目光，边关大门边说："怎么会呢？一具女尸又不会跟人说话，也不会做饭，更不会生孩子。"

邹荣听了，反问道："那你干吗对一具女尸这么上心，大年初一早晨就到解剖室？"

邹锋很认真地说："爸爸常讲，在常人的眼中，做人体解剖工作就是成天与尸体打交道，其实他们哪里知道，治人病者，必先知其病根，方可对症下药。医学专家正是通过人体器官解剖，才破解了一个个人体之谜，攻克了一个个难以攻克的疾病。"

邹荣听了，笑着说："爸爸真是没白养你这个儿子，你不仅继承了他所热爱的解剖事业，还继承了他的思想，看来我们邹家在解剖学上后继有人了。"

邹锋也不反驳，只是呵呵地憨笑几声。

对于那具女尸，邹锋真是到了走火入魔的地步。自从解剖楼有了那具女尸之后，邹锋对尸体解剖更加痴迷。他对尸体解剖热爱的程度，一下子直线上升，在整个春节，整个放寒假的日子里，他一天不落地跟随着邹钊，不离左右地做人体解剖标本，有时邹钊有事来不了解剖室，他也没有放下手术刀去找同学玩，而是一个人在解剖室里解剖人体器官，制作标本。

邹钊不愧是教书育人的老师，十分善于因势利导，他暂时听从了邹锋的建议，同意将这具女尸冷藏在解剖室唯一一台冰柜里。这具一直没有变质的女尸，也让他感到是多年来难得一遇的尸体标本。因为按照常规，一具尸体不实施福尔马林浸泡，用不了几天就会变质，轻则萎缩，重则腐烂。而这具女尸，在拉回解剖楼后，只是在两天以后进行了简单的尸体表面消毒，并没有用福尔马林浸泡，依靠冷藏恒温，女尸的内脏器官竟然没有变质，也没有任何的异味，女尸的皮肤依然保持着如活人一样的光鲜，从那女尸的面容上看，她就像进入了深度睡眠。对于女尸的奇特，邹锋归结于良好的冷藏，而邹钊不这样认为，究竟是什么原因，他也一直在观察思索。至于对尸体怎样处理，他还没有思考成熟。

在邹锋的眼里，女尸就不是一具没有生命的尸体，她以独特的诱惑力，让邹锋为之神魂颠倒。每次走进解剖室，他都会急不可待地打开冰柜，隔着透明的玻璃看一看那具女尸，看有无什么变化，看到女尸一切正常，他的心才会安稳下来。很快到了开学的时间，邹锋竟然忘记了报到，还是他的班主任费尽周折打听到他家的电话，打电话来问，邹锋才很不情愿地离开了家，离开了解剖楼到学校上学。他在临走之前反复央告邹钊，千万不要肢解了那具躺在冰柜里的女尸。

六

一生从事尸体解剖的邹钊迎来了他事业的第三个高峰。

几年之后，改革开放浪潮风起云涌，被禁锢的农村，实行包产到户，大量剩余劳动力获得解放，为了致富他们开始向城市流动。那时，由于保障机制的不健全，有的人因进城淘金不成，落下个身无分文，露宿街头，被冻死饿死；有人因身体患了绝症，又无钱医治，而暴亡街头、陋室；有的因钱生胆，不顾一切抢劫，最终被绳之以法，押到刑场，而被枪决；有的因情生恨，为爱而走向绝路，自毁人生；有的因工作生活压力过大，精神出了问题，或疯或傻，而过早夭折；有的因打架斗殴，伤及要害，不幸殒命。改革开放之初，中国人还没有身份证，一旦客死他乡，再无乡友相帮，那人就成了无人认领的尸体。那时，只要有了这类死人，公安局民警在拍照、证据收集完毕后，就会打电话给邹钊，让他派人将尸体拉回解剖楼暂时存放起来。再后来，中国人渐渐富裕，机动车增加，车祸陡增。由于有医科大学的过硬招牌，再加上解剖教研室与公安部门建立的长期合作关系，遇到车祸死亡，交警部门一般都是先让邹钊将死者拉回解剖楼存放，待交通事故处理完毕后，交警部门才会发一纸通知，让死者家属到医科大学解剖楼认领尸体。有钱的人，大多将尸体拉到殡仪馆火化；那些本来经济就不宽裕的肇事者的家属，在赔偿他人的财产后，因倾家荡产，只得将肇事者的尸体捐献给邹钊的解剖室；那些无人认领的尸体，在办完相关手续后，就成为医学解剖楼实验的尸体。

在那段时间里，尸体源源不断地从古城四面八方运到解剖楼。对此，邹钊有先见之明，在他平反昭雪重返工作岗位后的第三年，凭借自己的声望和学术地位，他找有关部门申请了一笔实验楼建设经费。他用这笔钱，不仅在原地修建了一栋集尸体冷藏、解剖、标本制作于一体的五层解剖楼，还以超前的眼光，在解剖楼院子中央的空地上，修建了一个贮存尸体的大池子。对于如何修建一个存储尸体的池子，邹钊很有经验，他效仿当年他上学的新京医科专校存储尸体的办法，在院子中央挖了一个有半个篮球场大的池子，为防福尔马林渗漏，他亲自设计图纸，亲自监工，严把每一道关口，以确保工程质量。工程竣工后，他先是放满了水进行测试，在确保万无一失后，才灌上福尔马林。凡存储在解剖楼的尸体，在得到地方公安部门的许可后，他便将那些尸体放入存尸池中。

尸体多了之后，他便大量进行标本制作。那时解剖楼已不再是老弱病残两三个人，而是十一二个人，像邹锋这样大学毕业的年轻人，也有五六个。

对于邹锋的培养，邹钊是煞费苦心，真正做到了用人不避亲。邹锋毕业第三年，国门打开，邹钊以学校专家组组长的名义，邀请他的老师山本太郎等医学名家访问医科大学。此时的山本太郎已经满头银发，是东京医科大学的一个医学大腕，在接到邹钊的访问邀请之后，山本太郎立即组织了一个阵容精干的访问团，并给邹钊带来了一些先进器械设备，价值人民币三百余万元。那个时候正处于改革开放之初，一万元都是很了不起的数字，何况三百万元呢，所以山本太郎在大学访问期间，学校领导高度重视，全程陪同，邹钊更是鞍前马后。在参观了大学基础医学，诸如生理、微生物病源、遗传、解剖等教研室后，尤其是看了解剖教研室的教学设备和标本成果后，山本太郎既为邹钊艰苦创业的精神感到欣喜，又为他们落后的技术感到惊讶，山本太郎当即表态，愿为大学义务培养人才，并把邹钊所在的解剖教研室作为重点扶持对象。邹锋之所以能够成为医科大学在改革开放之后第一批被选送到东京医科大学的留学生，除了他个人的运气，基本上靠他的养父邹钊。当时大学根据与山本太郎签下的协议，第一年第一次选派三人到东京医科大学留学，邹锋就是其中一个。选人之初，邹锋学历最低，既不懂英语，也不会日语，于是有人提出意见，邹钊也没反对，他说到日本求学不懂日语肯定是不行的，在人选确定之前，先进行日语考试，谁的分数靠前，谁就出国留学。当时好多人为之庆幸，他们哪里想到，邹锋虽然对日语一窍不通，但他的养父邹钊却是日语行家，只用三个月的时间，便将邹锋这个“日盲”打造成为能够说一口流利日语的“假洋鬼子”。在十多个候选人中，邹锋以第一的成绩独占鳌头。事后人们才恍然大悟，发现邹家父子绝非等闲之辈。

邹锋在东京医科大学留学三年，他实现了三个跨越，从大专生向硕士研究生跨越，从人体粗制标本制作向精微标本制作跨越，从拿解剖刀的工匠向学者跨越。三年之后，邹锋从东洋学成归来，他不仅带回了东京医科大学烫金的文凭，还带回了先进的解剖器械设备。学成归来的邹锋摇身一变，成为“海归派”，在不到几年的时间里，他从讲师晋升为教授。邹钊在他满六十周岁时，将自己坐了半辈子的解剖教研室主任位置传给了养子邹锋，邹锋也就从一般学者成为教研室主任，这一年邹锋刚满三十二岁。

邹锋被破格提拔为教授和科室主任，也不是完全凭借邹钊的外力，其实他自己也创造了不凡的业绩。在他回国后，就一门心思进行标本制作。过去制作标本十分简单，在装满福尔马林的透明玻璃器皿里或装上人的头部，或装上心肝肺脾胃，或者是笨重的一双脚、一双手，那些标本展示的也就是人体的一个局部，人们不能从那标本中得到更多的东西。学成归来的邹锋，他所制作的标本，完全变了模样，比如说人的心脏吧，邹锋一改传统的制作手法，利用从日本学到的新工艺，灌注了人血一样颜色的液体，先进的手法解决了过去只见形状不见血管的难题，那心脏就如生长在水岸边的杨柳根须，或粗或细的血管，历历在目，活灵活现。再比如，人体的脚足标本，在他没有制作出新的标本之前，给学生讲课，讲到足部血管，只能通过图纸，而邹锋采用新工艺，用红、蓝、黄三种颜色分别将人的血管、神经和骨头区别开来，那些比头发丝还细的血管、神经全部展现在人的眼前，如此形象的展现，给人以无限的透示。

人体标本展示馆有大大小小六百多件标本，当然被邹锋称之为镇馆之宝的则是那具站立在馆中央大立柱前面的女尸。

建馆之初，女尸并不是站立在冰柜里，而是以侧卧姿势躺在像水晶棺一样透明的冰柜里。作为镇馆之宝，学校领导在剪彩那天看过之后并没有提出异议，只是私下对他说那女尸邪气太重，不太吉利。对此，邹锋听了嘴里虽然没有反对，但内心却嗤之以鼻。对于这一点，学校领导似乎长了火眼金睛，说出的话也就非常灵验。凡是第一次走进人体标本馆参观的人，无不被女尸魔幻般的微笑所吸引，还有那侧卧的姿势更是让人无法抗拒，那饱满的乳房和那丰满的阴部，无不让人想入非非。在解说员没有开口之前，无不以为是一个人体模特，那与活人一样的肤色以及那起伏不平的裸体，无不让人在众目睽睽之下感到羞涩。可是，只要看一眼那女尸，便无法忘怀，像中了邪、着了魔，魂魄仿佛被那女尸勾走了，会不由自主忍不住地时不时偷偷多看几眼。当解说员自豪地重点介绍那具女尸时，一个个都会神情专注，睁大眼睛，看近在眼前死了十多年模样不变、肉身不坏的女尸。女尸的魅力和魔力确实太大了，她就像一副药引子，给心里阴暗和不太健康的学生，造成了不应该有的心灵地震。个别自控能力差、心理不太健康阳光的学生看了那女尸后，恶念被引发，有一个学生竟然在公寓里强奸了一个他心仪已久的女同学；还有一个学生看了女尸之后，难以自制，当晚到山谷洗浴中心嫖娼，因钱不够，被洗浴中心的保安揍了个鼻青脸肿；还有一个学生自从看了那女尸之后，从此患上了偷女生裤衩和乳罩作为收藏品的陋习；还有一个学生，在看了女尸之后，就放不下女尸，每隔几天，他都要到标本馆去看上一次，否则他就会神情恍惚。

基于领导的意见，基于女尸不容低估的诱惑力，邹锋左思右想，决定改变女尸表现的姿势，将那极具诱惑的睡姿改变成为像当时中国第一女模的站姿。如何让一具没有生命的尸体站立在透明的冰柜里，邹锋绞尽脑汁不惜花钱请他的日本老师为他在三菱重工量身定制了立式透明冰柜。那女尸确实非同寻常，邹锋只是在她的腋窝下和后脑部做了三个支撑点，那婀娜多姿的女尸便站立在了透明的冰柜里。这一改整个意蕴与象征便有了一百八十度的大调向。如果说女尸躺着给人以淫秽之感，容易让人胡思乱想，心生淫乱；那么站立之后的女尸，给人以高贵之美，即使有非分之想，也很快被那种高洁的微笑所打消，亵渎的心灵被高洁所洗礼。一次西北画院的一位油画老师率学生来标本馆参观，在看了站立的女尸之后，当即赞不绝口，并灵光一闪，给那女尸取了一个非常富有诗意的名字：维纳斯一号。

从此，女尸有了一个诗意浪漫的称呼，标本馆里也赋予了人们无限遐想的空间。

七

俗话说得好，靠山吃山。邹锋没有山，可他守着解剖楼，人的尸体就是他取之不尽用之不竭的金山银山。

随着医学技术革命的迅猛发展，伴随着人类心、肝、肺、胃等器官移植的普遍运用，医院的大牌医生也都主动找上门来，希望邹锋能够为他们的病人提供所需要的器官。提供人体器官对邹锋来说，也不是比登天还难的事情，他有几条可以获取器官的途径，一个是器官自愿捐献者，还有一个是那些犯了死罪的罪犯，后者是他获得器官的重要渠道。长期以来，他们与公安、政法系统建立了长期友好的合作关系，那时被执行死刑的犯人每年都要集中进行好几次，每当有人被执行死刑时，相关部门都会提前通知，邹锋在得到消息后，就会提着钱找到死者的家属进行私下沟通。被执行死刑的人一般都是罪大滔天之人，无论从情感上还是名誉上都伤害了家属的心，当死刑者家属得知犯了死罪者的器官还可以救活另外一条生命时，他们赎罪的心理便占了上风，另外，人之将死，在临死之前还能获得一笔不菲的收入，也算是一种心理补偿，而且免费从刑场拉回到市里，是一举几得的好事情，沟通起来自然十分的顺当。在做好了死者家属的工作后，接下来他会提着包去做执行枪决者的工作，他所要的结果是，行刑者要使出最好的枪法，既做到一枪毙命，又还能使被枪毙者没有完全死亡，那样他才能在最短的时间里，获取自己所要的心、肝、肺等器官。器官移植虽然价格昂贵，但口袋里不缺钱的患者，为了延续美好的生活，都不惜花钱更换自己身上损坏了的部件，以求获得新生。当然，够得上枪毙的死刑犯是有限的，能够移植心肝肺的人也是有限的，能够获取器官的人更是有限的，邹锋就是在有限的器官移植中，获取他应有而不菲的一份。邹锋还有第二个生财的渠道，那就是临床医生手术前所要实施的重点解剖，比如说膝关节置换，椎间盘和脊椎手术，为了保险起见，临床医生在手术前的几天，都会找到邹锋，让他帮助提供一个刚死时间不长的尸体，进行有针对性的解剖，以此从中获取经验。解剖楼并没有对医生或者专家提供尸体的义务，那样一来，每个外科医生要想到解剖楼做相关手术实验，都会按不成文的规矩，心照不宣地给邹锋一笔实验费。

再往后，随着人的尊严意识增强，自我维权意识的觉醒，别说无名尸体越来越少，就是自愿捐献尸体的一年到头也没几个。到了这个时候，大学经费充足了，为了保证学生有尸体解剖，学校每年都拿出一笔钱交给邹锋，由邹锋私下里去购买尸体。购买尸体就如开展情报工作一样，都是在暗地里进行，没有固定市场，没有谁给出具发票，一具尸体花多少钱，全凭邹锋用良心说话。其实管生的是医院，管死的还是公安。邹锋凭借与公安和交警部门多年的深厚关系，每有重大交通事故发生，交警们都会想到他，因为将事故中的死者暂时交给他，既找到了贮存尸体的地方，又让人放心，因为邹锋的解剖楼贮存尸体的条件最好。在他的解剖楼分冷藏、冻藏和药藏，冷藏是一时的，而冻藏要相对长久，药藏是经过公安部门同意、家属同意后永远留在解剖楼的尸体。尸体放在解剖楼他们是放心的，一是坏不了，二是丢不了。被公安部门拉到解剖楼存放的尸体，大都是交通事故的死者，事故责任划分需要时间，处理最快的也要一到两个月，有扯皮的、撞死了人又无钱赔偿的，更是要到半年左右，最长的可能还需要一两年，主要是因为赔偿的价格问题，有的要价太高，交通肇事者无法接受；有的谈好了赔偿金额，却无法兑现；有的一看赔偿数额巨大，宁肯坐牢也不愿意赔钱。

有一个姓曹的一家四口，孙子过周岁，在城里宴请了亲朋好友，喜事办完后，在一个三岔路口等红灯，硬是被一辆高速行驶的奔驰车撞飞了百余米，小车在地上高速翻滚，最后停下时已经拧成了麻花，而奔驰车除了车前身被撞坏，其他地方完好无损，开车的小伙子也安然无恙。当时这家人只有老父亲一人留守看家，老伴、儿子、儿媳和孙子无一幸免。曹老爷子除了伤心流泪，还要艰难地与肇事车主打官司。一开始，肇事方想方设法通过各种渠道做通融工作，愿意高额赔偿，可老爷子就是一根筋，坚持要求以命抵命。他说，老伴儿子儿媳孙子都死了，就剩下他一个孤老头子，还要钱干什么。就这样，曹老爷子开始了漫长的诉讼。第一个清明节到了，曹老爷子买了香，来到解剖楼前的菩提树下，为死去的一家人烧香磕头，悲天怆地的哭泣，泪如雨下的悲痛，让老天都为之动容。本来是朗朗晴天，没过多长时间，竟然飘起细雨来。就这样，那老爷子一连三个清明节都来解剖楼前的菩提树下烧香。在曹老爷子不断的申诉中，肇事司机最终被判死缓。判决书下达时，曹老爷子一家四具尸体在解剖楼整整放了三年。按邹锋与公安部门和家属达成的协议，三个月免费存放，三月以后逐月递增收取费用，最后算下来，存尸费高达几万元。邹锋十分同情曹老爷子一家的悲惨遭遇，最终协商达成条件，曹老爷子将老伴儿子儿媳的尸体留在了解剖楼，曹老爷子打了三年的官司，实在没了精力再为老伴儿子儿媳料理后事，即使从解剖楼拖回家，也没有地方埋葬，还要拖到火葬场火化，捧回来的还是一堆骨灰。曹老爷子深知自己日子不多了，带回家的骨灰，最后连上香的人都没有，万念俱灰之下，曹老爷子果断将老伴儿子儿媳的尸体捐献给了解剖楼，他一分钱不要，只是带走了刚满周岁的孙子的尸体。他说要把小娃带回老家，埋到祖坟地里，邹锋则免去了老爷子三年的存尸费用。那天，曹老爷子在合同上签完字后，又到冷冻室最后看了一眼老伴、儿子和儿媳，然后从工作人员手里接过光着身子的孙子。他记得第一次见孙子时，孙子头部被挂挡器撞了一个窟窿，三年不见，那窟窿竟然神奇地合上了。他一边摸着孙子的头一边说，小柱子呀，爷爷来晚了，跟爷爷回家去吧。曹老爷子一边唠叨一边用布包裹刚满周岁的孙子。在离开解剖楼时，曹老爷子抱着孙子在那菩提树下又咚咚咚磕了三个响头，才迈着蹒跚的脚步离去。到了第四年，曹老爷子在清明节时又来解剖楼前的菩提树下烧过一次香，自此以后，老爷子就在人间消失了。

在医科大学，人们虽然早已见惯了生死离别，不少人对死亡早已麻木，但他们从内心里不愿意到解剖楼这个阴气太重的地方，即使有事要办非得经过解剖楼，也会尽量绕开，因为解剖楼里的冤魂死鬼太多了，要是让死鬼给撞上，就走了霉运。说起解剖楼的奇闻怪事和那些让人毛骨悚然的鬼故事是口口相传。说，有一天晚上，有一队光着身子的女鬼在院子里操练，还喊着号子；说，一到阴雨天，解剖楼院子大门的石墩子上就有一个披头散发的少妇坐在那里嘤嘤哭泣，哭到伤心处，还不停地拍打大门；说，每年七夕的时候，当月上中天，就有一对男鬼女鬼坐在菩提树下，抱在一起痛哭。诸如此类关于解剖楼的鬼故事是连篇累牍不绝于耳。大前年，解剖楼就发生了一件稀奇古怪的事情，一个很有钱的高姓老板，女儿考上一所很有名气的艺术学院，高老板一时高兴，赠送女儿一辆时髦跑车，就在那女孩快要上学报到的时候，女孩开车出了事故。那天，那女孩飞车从高架桥上坠落，不但自己坠落死了，飞车坠地的时候正好落在了一辆出租车上，那出租车当即被砸扁，像一堆狗屎趴在了地上，出租车司机和一名乘客被压成了肉饼。高老板的女儿死了，本来自身就是受害者，可她这个受害者在死后还给他的父亲留下了交通肇事的诉讼官司。按常理，责任没有断定，死者双方都不会很快火化尸体，高老板只得同意将女儿的尸体送到了解剖楼，委托邹锋保管，并不惜花钱，给予美容化妆。给尸体美容是邹锋的看家本事之一，在解剖行业，谁也没有邹锋技术高超，他能将一张受伤的五花脸给美化如初，因此美容也就成为他另一项可观的收入。三个月之后，高老板来取女儿的尸体，签了字，付了款，拉人的时候，按照编号，躺在冰柜里的尸体竟然变了模样，不是那车祸死亡的妙龄女子。躺在冰柜里的女尸全身萎缩，皮肤贴着骨头，尤其那张脸惨不忍睹，嶙峋与皱褶像千年的老梨树，看上去就是一个年过百岁奇丑无比的老妪。高老板一家人见女儿变成如此模样，根本无法接受，坚持说那女尸不是自己的女儿。邹锋让人找遍了所有冷藏冻藏和药藏的地方，也没有找到高老板的女儿。说来也怪，那具高老板不肯认领的女尸，在解剖楼根本没有任何记录。邹锋思考再三，找到了答案，说高老板的女儿送进来时，因流血过度，再加上是夏天，送来过晚，水分丢失过多，冷冻后自然干枯变形，导致无法辨认。高老板一家人坚决不信，邹锋只好用唯心的方法解释说，你的女儿一定是到了阴曹地府，阎王爷不收，只好变一老妪，以便早进天堂。高老板哪里肯信，坚持说是邹锋看自己女儿漂亮，留下尸体自己好做标本，于是采取了偷梁换柱的手法。无论邹锋怎样解释，那高老板就是不信，坚持要打官司，法院的法官哪里断过如此离奇的案子，法典上也没有如此案例，只好采取庭外调解，最后邹锋只得拿出看家绝活，将那“老妪”脸上的皱纹用化妆品填平，才算过了死人变鬼后的关口。

邹锋在他养父的提携扶持下，在学业事业上顺风顺水，顺得让人心生嫉妒，顺得让人不敢想象，但邹锋也不是百事百顺，他的爱情与家庭就连遭失败，不禁使人心生感叹。

在人们的记忆中，邹锋在出国留学前没有正儿八经谈过对象，人们隐隐约约记得，邹锋经人介绍谈过几个女朋友，那也只停留在相互见不了两面就分手的残酷现实中。其实，邹锋与那些女子短暂见面之后就分手也是有缘由的，据一个姓孙的女子讲，她与邹锋第二次见面时，邹锋就将她带到了解剖楼，带到了存放人体标本的标本间，并打开了躺着那具女尸的冰柜，还问她女尸美不美，性感度如何。那女子在走进人体标本间那一刻，已心生恐惧，再看过女尸之后，差点没被吓晕死过去。更可怕的是，那姓孙的女子在惊魂之后，竟然出奇地躺在了解剖台上。事过之后，那姓孙的女子断然与邹锋绝交，以后再也没敢与他见第三次面。邹锋留学镀金回来后，年龄已过三十，邹钊夫妇都很着急，如此有才有貌有地位的儿子竟然在找女朋友的事上屡屡失败，让邹家很没面子，每每有人提及，邹钊夫妇都不知如何搪塞应答。好在邹锋是棵梧桐树，想落在这棵树上的凤凰有很多。事过不久，邹钊的一个叫王艳的女博士看上了邹锋，也许是学医的缘故，王艳对邹锋从事人体解剖不仅理解，而且非常支持。每当邹锋在实验室里制作人体器官标本时，王艳都主动到解剖室给邹锋当下手。正当俩人热恋的时候，邹锋的一个举动，打破了王艳的爱情幻想。那是一个星期天的晚上，本来约好了去看电影，可王艳在学校门口左等右等不见邹锋，心想一定是邹锋做人体器官标本忘了时间。为了不耽误看电影，王艳骑上自行车直奔解剖楼。当王艳推开解剖楼的院门，停好自行车，快步走向标本制作间时，只见不锈钢的标本台上躺着一具女尸，那女尸她是熟悉的，自从认识邹锋后，邹锋多次给她讲那具女尸如何不凡，如何具有人体标本价值。只见邹锋赤裸着上身，面对眼前的邹锋，王艳顿时产生了一种可怕的幻觉，她觉得隔着玻璃窗晃动的影子不知是人还是鬼，如果是鬼那就太可怕了。不怕尸体的王艳，惊魂未定，逃遁而去。从此，两人不再见面，半年后，王艳在毕业分配时主动去了外地。

成家对于邹锋来说，年龄偏大不是问题，因为他不仅有着全国留学先进个人和青年科学家的光环，而且还有教授和主任的头衔，经济也十分富裕，虽然不能与那些一掷千金的富贾相比，但他车子房子一应俱全，存款也到了一定数额，愿意与他谈恋爱的女孩子真是络绎不绝。又一个浪漫而充满梦想的女演员慕名而来投怀送抱，他们恋爱的速度与快速发展的时代也十分的相称，半年之后他们举行了婚礼。但问题又很快显现出来，每当他们性爱高潮时，邹锋叫喊的不是躺在他身下的女演员，而是维纳斯。女演员虽然是文艺工作者，思想解放，刚开始听到自己的丈夫在叫喊维纳斯的时候还十分兴奋，但后来有一次深更半夜追寻邹锋至解剖楼后，女演员明白了一切，为此断然离婚净身出户。

菩提树长得越发旺盛，人们都说那里营养充足，因为那块土地积下了太多的泪水。菩提树肩负重任，每年清明节过后，它的身躯上都飘满红白丝带。邹锋的养母在邹锋离婚之后，老太太让同样刚刚离婚已搬回家居住的女儿邹荣开车将她送到了学校对面的八仙庵，她在观音娘娘的铜像下焚香许愿抽签，解签的道士告诉她，福在门前，虔在心里。老太太马上领悟，她想到了解剖楼前的那棵菩提树，当时丈夫修建存尸池时，准备将那棵菩提树连根移走，她第一次对丈夫的公事进行了大胆而坚决地干预，说古树都有自己的生命，何况是长在古寺前面的古树，那一定更是充满了神灵。一生热爱人体解剖的邹钊，闲暇之余，还热爱养花种草。其实邹钊从走进安魂寺的第一天起，他就对门前那棵千年的菩提树有着隐隐约约的依恋，老伴的坚决反对，使他放弃了原来的计划，最终将存储尸体的池子缩小了三分之一，并向北移了三米，以确保在挖存尸池时不触动菩提树的根须。即使这样，在向下挖了不到一米之后，就接连挖断了几根菩提树的树根，菩提树的根被斩断之后，竟神奇地流出了像人血一样的红色液体。刚开始，工人们只觉得稀奇，见那菩提树根流“血”不止，一会就打湿了周围的黄土。于是有工人从坑里爬出，叫来正在做人体解剖的邹钊。邹钊看后也觉得新奇，赶忙奔回房间，找来纱布和塑料薄膜，像外科医生为受伤的病人包扎伤口一样为菩提树根进行包扎。守门的老马说，这菩提树可是神树人身，血流多了也会死的。工人们听了都觉得心惊胆战，害怕遭了神树的报应，不敢再动锹挖土。没有办法，邹钊又把存尸池向后退了一米，叮嘱干活的民工，再碰到菩提树根，千万不要再把它斩断了，将挖出的根须绕到护坡的边边。说来也神奇，后退一米后，再没挖到比指头还粗的菩提树根。菩提树的作用是显而易见的，在一圈长约十米的红砖水泥护圈里，每到清明节，都被前来上香的人摆满香火，那茂盛的菩提树枝上都会挂满白色的布条，当然也有如愿之人，还愿之时挂上红布条的，一红一白使绿色的菩提树多了几分滑稽，与其说是人的虔诚之心，还不如说是人的精神之重的解脱，让人感受到菩提树的好处。如此一来，有不少信神信佛的人愿意将自己亲人的尸体献给解剖楼，以此获得每年清明节到安魂寺菩提树下免费敬祭上香许愿的机会。邹锋很会因势利导，他用捐助香火的钱，买来了巨大的香炉，专供那些失去亲人的家属们敬香使用。几十年的积累，每到清明节，前来解剖楼上香的人乘坐的汽车会排满整个校园，菩提树也就成为大学一景。

邹老太太总算找到了儿女婚姻不幸的原因，那一年清明节，她利用便利的条件，到那菩提树下的香炉前，焚了三根香，磕了三个响头，嘴里才念念有词地许下了愿老天保佑、女鬼不再纠缠儿女的心愿。离开之前，邹老太太从包里拿出纸剪的宝剑，挂在了菩提树上。

拜佛烧香之事，信则灵。反正在邹老太太上香许愿后不久，屡谈屡吹的养子邹锋与结了三次婚离了三次婚的邹荣在他们踏进不惑之年的门槛时举行了婚礼。在婚礼的酒宴上，有人开心戏说，这对旧人，同住一个屋檐下，彼此相知，可谓天设一对地造一双。

婚礼的当晚，新婚洞房里豪华的婚床非但没有迎来主人的恩爱，相反遭受了冷落。邹锋与邹荣心照不宣地来到了解剖室，邹荣以善解人意的温柔躺在了那光洁而又冰凉的铝合金解剖台上，她知道在这里才能使他如愿以偿地找到如痴如醉的疯狂，在她幸福的半死半活之中，她梦幻般地道出了自己再三离婚的真实想法，她说，她最害怕死后进火葬场被那火炉火化，期盼能像女尸那样永远完整地保存，永远接受无数目光的欣赏，永远接受他不变的爱恋。

（原载《黄河》2015年第4期）

木匠守春

守春姓汪，是个木匠，活做得特别好，在我老家盐池方圆几十里都很有名气。平常人们并不叫他汪师傅，习惯叫他守春，或者称他守春师傅。

守春做家具有鲁班的功夫，他做的大立柜古色古香，不仅精细而且精美；他做的洗脸架高度适中，雕龙画凤，既轻巧又好看；他做的婚床，就像一间开满鲜花的小屋，左左右右前前后后，要么雕着牡丹、菊花，要么刻着仙女、神童。他手巧心灵，嘴更甜，十分讨人喜欢。

守春因为有名，找他拜师学艺的人特别多，所以他对挑选徒弟非常的讲究。既要身体好，能手持利斧砍木头一天不累，还要富有灵性，脑瓜灵活，两手灵巧；既要做人厚道，还要吃得了苦受得了罪。他带徒弟，学徒三年，不开一分工钱，管吃住，包三年出师。对那些家境贫寒的后生，只要他喜欢的，他会发给一些补贴。所以他收徒是十里挑一，而经他带出来的徒弟，不说青出于蓝，起码各有所长。所以他出门做木活，一般都在四人以上，一个长期跟班的，一个快要出师的，一个半生半熟的，一个刚刚入徒的。守春因为手艺精湛，名气大，给东家做木活，工钱一般都是他说了算。如果是给富裕人家做木活，他大多是按工时收钱，那样做木活时就不需要着急赶工，东家也管得起饭。俗话说慢工出细活，虽说做得慢一些，可经他们师徒打磨出的家具件件都是精品。如果是给家境一般的人家做木活，他大多是计件取酬，讲质量也讲速度。无论前者后者，东家都必须管吃管住，当然如果离家近，他是不住东家的。因为他木活做得好，一年到头安排得满满当当。

有一年，栗溪代家冲的大地主代万山大女儿出嫁，管家找到了守春，尽管守春那一年很忙，但他还是一口应承下来，原因是给代家做木活，不仅吃得好，而且收益好，最重要的是能够近距离地看到一个人，这个人就是代万山的小老婆杏春。说起守春与杏春相识，还得从杏春出嫁说起，大约六年前，杏春的父亲请守春给女儿打出嫁家具，本来杏春家里不富裕，只因代万山娶杏春做小老婆送的礼重，杏春的父亲为了让女儿嫁到代家体面一些，于是拿出代万山送的礼金，要给女儿杏春多做一些嫁妆，就请了守春给做木活。在此之前，守春没有见过杏春，那天，守春带着徒弟到杏春家做木活，进了杏春家的土坯草房，只觉得这家人干净，里里外外收拾得利索，进屋落座后，头上扎着长辫、穿着蓝布碎花上衣的杏春端庄大方地给他们上了热茶。当时，守春就被杏春的美貌与清纯给惊呆了，就像一首歌里唱的那样，一对弯眉像月亮，一双眼睛水汪汪，厚厚嘴唇像樱桃。守春情不自禁地夸赞说，没想到山窝里也长金凤凰。

守春与杏春第一次语言接触，是在一个雨后的中午，当时杏春看了雕花洗脸架，十分喜欢，便对守春说，师傅您手艺真好，这花雕刻得像真的一样。在情场上有着丰富经验的守春一语双关地说，花是一朵好花啊！只是插在了一堆牛粪上。杏春听了先是一阵脸红，接下来那深潭一般的眼睛竟然涌出了泪水。守春那时年龄还不过三十，风华正茂，很有成功匠人的风度。几番安慰体贴的话，便获得了杏春的好感，几日后，竟然打动了杏春的芳心，在所有家具做完的最后一天，在那个繁星挤满天空的夜晚，守春推开了杏春的房门，上了杏春的闺床。

代万山是栗溪有名的大户人家，大女儿出嫁自然讲足排场，要求所有嫁妆一应俱全。为此，守春为代万山女儿做嫁妆家具带了五个徒弟，即使如此，还整整做了二十多天，从装衣服的大小立柜、箱子，到小茶几；从吃饭的八仙桌椅，到洗脸架、烤火的盆架，大大小小一共三十多件。按照预计工期，他本来可以二十五天做完，原因在于代万山寸步不离地守在家里。每天清晨，只要守春开始动工干活，代万山就会准时搬一把太师椅坐在堂门的左侧，太师椅两侧一边放着一个小桌，左边的小桌上放装烟丝的烟盒和足有一米长的烟杆，右边的小桌上放茶壶和茶杯。他那山羊胡下的一张大嘴，便一刻不停地像守春他们那样忙碌，不是抽烟，就是喝茶；他那双绿豆眼，不停地转着，看台阶下的守春和守春的徒弟们做木活。阳光下，代万山那秃顶了的脑袋越发光亮，照得守春很不自在。有一次，杏春走出房间，为代万山端茶倒水，当时，代万山也许是困了，两眼眯着，杏春那双会说话的大眼睛便与守春深情地对视。如此细微的动作，被老奸巨猾看似睡着了的代万山看了个明明白白。代万山有意将茶座上的杯子推翻在地，险些烫着了发呆的杏春。茶杯摔在地上的破裂声，惊得守春将斧头敲打到了自己的手指头上。代万山痛快万分地告诫说，守春师傅，做木活分不得神的，我那檀香木很珍贵。守春虽一脸痛苦，但还挤出笑脸说，你就放心，我让斧头砸我的手，也不能让斧头砸坏你的檀香木。

守春很有心计，为了延长做工时间，他有意放走了三个徒弟到下家做木活，只留下两个徒弟跟着自己收尾。在他磨蹭到最后一天的晚上，机会终于来了，代万山应乡长之邀，踏着一片残阳，前去参加乡长父亲大人八十寿辰。守春那鹰一样的眼睛，紧紧盯住代万山的身影，直到他翻过门前的山冈，他那热烈大胆的目光才与杏春的饥渴目光燃烧在一起。

守春早就瞄好了地方，那是代万山家看守瓜田的草棚。守春借故溜了出去，沿着一条蜿蜒曲折的小路走进了瓜棚。自从杏春嫁给代万山后，守春与杏春来往的机会十分有限，有时一年也就一次两次，有几年就像种田遭遇天灾一样颗粒无收。天渐渐黑了，一个熟悉的身影像一朵彩云从山谷里飘了出来，守春的心顿时咚咚地跳个不停，嗓子像着了火。在代万山家做木活的日子里，守春每天只能见杏春的人而无法接近杏春的身，那种望梅而难以止渴的焦躁之心，让他无数次走神，好几次他将锤子敲打到了自己的手指上，疼得他在地上直蹦，代万山却眯着眼在一旁偷笑；还有好几次，他将椅背上反了方向；还有几次因大脑发呆，将墨线打错了。想着杏春，让他魂不守舍。

就在守春正发呆的时候，一丝淡淡的香气飘进了瓜棚，他急切地迎了上去，一把将杏春抱了起来，一阵亲吻之后，那木头搭的床便发出富有节奏的响声，一声声欢快的呼唤，惊扰了棚外木梓树上的麻雀，它们扇动着翅膀，惊慌失措地四处乱飞。当瓜棚里的守春气喘如牛的时候，一阵急促的脚步声正朝着瓜棚围了过来，他们每个人手里都拿着一把砍柴的镰刀，在残阳下，发出白晃晃的光。当草棚里的激情如浪潮澎湃到最后一刻的时候，一个粗壮的汉子一声吼叫冲了进来，并高声叫喊：捆了这对狗男女。赤身裸体的守春本想反抗，只见进来的几个人手里都握着明晃晃的镰刀，他没敢反抗，他知道赤膊上阵吃亏的是自己，于是任由他们捆了自己。最后赶到的是代万山，他喘着粗气，如破旧的风箱。见了被绑着的光着身子的守春，他心里既欢喜又愤怒，看到散乱着头发的杏春，那曾经让他着迷的乳房和无数次癫狂的下体，竟然在众目睽睽之下暴露无遗，他走上前，狠狠地打了杏春两耳光，骂道：你这个淫妇，把老子的这张老脸丢尽了。骂完捡起被杏春扔在地上的长衫，披在了她的身上。杏春被随后跟来的几个女人拉走了。守春就没有那么幸运了，他被手持镰刀的几个壮汉推到了草棚的外面，吊在了草棚前那棵弯脖子的木梓树上。代万山手握荆条一边抽打，一边怒骂审问。守春忍着疼，对代万山的拷问一言不回。守春的沉默让代万山更加恼怒，他用那鸭公一般的声音对守春说，谁也不能睡我的女人，你睡了就必须付出代价，现在你是愿意割掉你那惹祸的鸡巴，还是愿意付出一只不听话的耳朵，让你长个记性，以后再也不敢睡人家的女人。守春这次开口了，他说，代公你不要做得太绝情，我不要一分工钱可不可以。代万山吼着说，我代万山在栗溪也是说一不二的人物，从来没有哪个人敢打我老婆的主意，你到我家做木活的第一天，我就发现你心怀歹意，老子也就不敢离家半步。今天老子前脚走，你后脚就往后山跑，在老子的瓜棚睡了我代万山的婆娘，绝对不能轻饶了你，你说吧，是割你那犯骚性的鸡巴，还是不听话的耳朵。你要是不说话，我就将你的鸡巴和耳朵一起割了。守春知道在劫难逃，于是说，看在我们过去的情分上，你饶我一回，工钱我不要了，你剁掉我左手半截小拇指吧。代万山知道守春是一个硬汉，徒弟众多，也不是一个可以随随便便欺负的人，要是把他的鸡巴割了，事后他一定会带着徒弟来与自己拼命。于是，他手一挥，对一个叫老四的壮汉说，去割了他的右耳。

叫老四的长得五大三粗，一脸络腮胡子，很有点土匪的味道。他对守春一直耿耿于怀，只因二十岁那年，他一心想拜守春为师，可是守春挑徒弟很讲究，硬生生地拒绝了他。老四奸笑着走上前说，师傅你可别怪我无情啊，谁让你胆大包天日我三大爷的老婆。说完一只手迅速地伸上前，一把拧住守春那肥厚的耳朵，手起刀落，鲜血喷溅，喷了老四一脸一身，守春的脸和半个身子顿时被鲜血染红。守春疼痛万分地对老四说，你救救我，日后我收你做徒弟。老四听后，一边擦脸上的鲜血，一边跑向远远站在一旁的代万山求情说，吓死我了，血流得太多，再不放人，会死人的。代万山也害怕了，他挥了一下手说，快去放了他。

老四这一次跑得很快，三步两步来到守春的身边，他来不及用手去解那打了死结的绳扣，而是用手中锋利的镰刀将绳子挑起来割断，然后又飞快跑回瓜棚，为守春取来衣服。守春让老四将衬衣撕成布条，指挥老四顺着自己脸颊绕脑袋包扎，待包扎好了才迅速穿上衣服。守春是木匠，徒弟们做木活时，常有砍伤划伤，他对当地能治刀斧之伤的郎中心里有数，于是迈着飞快的步子，朝栗溪街的一个郎中家里赶去。在山腰上，守春遇上了前来救他的几个徒弟，徒弟们都很忠心，听说师傅被代万山割掉了一只耳朵，都从腰里拔出斧头，要去找代万山老杂种算账。守春将徒弟们喝住了，说，活命要紧，先去找郎中包扎。

代万山家与栗溪古镇相隔七八里路程，他们用了不到一个小时就赶到了镇上开药店的方郎中家，布条包着的耳朵还在汩汩地流血，好在老四割守春耳朵时因为慌乱，并没有把整个耳朵割掉，还留下了耳垂下方的一半。方郎中治刀伤很有办法，三下两下，就为守春止住了血，消完毒，并包扎好。

夜深了，月光出奇的清亮，守春的脸白得像一张纸，月光下很是吓人。因流血过多，他双腿发软，伤口也火辣辣的，让他一阵阵钻心地疼痛。他那双充满血丝的三角眼，喷着复仇的火焰。跟在他身后的是他一路叫上的三个徒弟，加上跟着他在代万山家做收尾的两个，五个徒弟每个人都拿着利斧，都以无法忍受的屈辱和满腔的怒火，卷着风朝代万山家赶去。

他们哪里想到，觉得羞辱的不仅只是他们的师傅，被戴了绿帽子的代万山同样怒火中烧，他从后山回到家后，便疯狂地开始了对杏春的泄愤与折磨。他让女佣将杏春四肢分开，两手捆在房门的铁环上，两脚则被分开系在两块像哑铃一样的石头上。代万山正用一根细柳条抽打着杏春的阴部，每抽打一下，他就会狠狠地骂一句，你她妈的屄痒，老子给你挠挠。他一边抽打一边重复着那句话，杏春的私处被打肿了，白嫩的大腿根也被抽出了一道道鲜红的痕迹。直到杏春连声求饶，身体虚弱的代万山也没了一点力气，他才让女佣为杏春松了绑，把她送回房间关了起来。为了惩罚她，怒气未消的代万山还特地交代，不许给杏春送饭，说是要饿一饿她，免得她吃饱了再去干偷人养汉的丑事。

就在守春师徒几人杀气腾腾赶到代家紧闭的大门外时，只见代家大院里灯火通明，不时传出一串串尖厉的哀哭声。杏春被佣人送回房间，佣人按照代万山的要求将一根木杆插进两个门环，将杏春锁在了屋里。屋子里漆黑一团，杏春孤零零地坐在床沿上，回想晚上发生的事情，让她既感到羞辱又恐惧万分，她从代万山的怒骂中得知，守春遭了报应，被割去了一只耳朵，现在还不知是死是活。她知道，代万山是一个心狠手辣的男人，他怎能容得自己的女人与其他男人有一丝的越轨。为了不再遭受代万山的凌辱，不再遭人唾骂，她毅然决然地站了起来，将一条白绸子纱巾搭在了守春为她打制的雕花床的床架上，她光着脚，站在踏板上，将头伸了进去。杏春就这样轻而易举地结束了自己年轻的生命。

其实，老地主代万山也有自己的一肚子苦水。杏春是他娶的第三房老婆。第二个老婆也像杏春一样漂亮，叫银翠，银翠也是上吊死的，情况与杏春差不多，用长工们的话说，银翠偷人养汉比杏春更恶劣，她竟然与放牛的长工相好，也是在野地里苟合时，被代万山带人抓了个现形。代万山哪里忍得下这口气，没日没夜地折磨她。银翠受不了代万山的羞辱，最终选择了上吊。

听着断断续续的哀哭声，守春那被割去了一半的耳朵虽然还处在疼痛与麻木的状态，可他依然听出了个大概，那或真或假的哀号，犹如倾盆而至的大雨，浇灭了他心中熊熊燃烧的怒火。自责与悲痛像泰山压顶，一股热血一齐涌进了他的大脑，他的眼前一黑，全身瘫软倒在了地上。

守春是徒弟们用架子床连夜抬回禾院子老家的，刚开始他的徒弟们还以为他失血过多而不能行走，直到第二天中午从永胜镇请来郎中，才知道他患了中风，此时他半个身子已经瘫痪。

半年之后，守春还是站了起来，只是半个身子处于麻木状态。守春做不了木活了，他每日里只能借助拐杖，左腿拖着右腿艰难地移到房前的石马河边，面无表情地靠在一块半人高的大石头上，两眼直愣愣地看眼前的河水奔流。有时他会目不转睛地看着天上的云朵，自言自语地絮叨；有时他会望着河面上轻飞如雁的水鸟，泪流满面地忏悔；有时他会对路过身边与他说话的人发出让人毛骨悚然的傻笑。人们看到缺了半只耳朵的守春这般灵魂出窍的模样，都摇着头说，过去多么精明能干的人啊！只因一个女人，如今成了这个样子。

（原载《延河》2014年第6期）

桩 井

身高一米八九的钎担，点头哈腰地对坐在老板桌后大背椅上只露出小半截身子的瘦猴诉说着自己的哀求。而两眼像木梓壳子的瘦猴，则滚动着他那双贼亮的眼球，听着钎担的哀求不但没有动情，反而很生气地说，你不要给老子讲什么共生死，你也配跟我侯奋进共生死，老子现在是奋进公司的总裁，你知道什么叫总裁吗?

人在屋檐下，哪能不低头。钎担面对瘦猴趾高气扬的训斥，非但没有挺直腰板，那弯着的腰反而更弯了，他像虾米似的点着头说，不说共生死，只是请侯总裁看在先前兄弟的情分上，再缓一些时日。

瘦猴听了一言不发，两眼怒目圆瞪，像要吃人一样。

钎担有些恍惚，他一时想不明白，过去歃血为盟的兄弟，如今怎么会变得如此绝情冷酷。

钎担与瘦猴相识并不是在生意场上，也不是在打工的路上，更不是在大学的校园里，他们俩相识在劳改农场。钎担因盗窃罪被判刑三年，入狱不到半年的一天晚上，牢房里走了一个又来了一个，新来的大名挺响亮叫侯奋进，只可惜名不副实，人长得又瘦又小不说，还贼眉鼠眼的。进监狱第一天，狱友们便给他取了“瘦猴”这个绰号，其实他在进监狱之前，外号就叫“瘦猴”。别看瘦猴人小，心气却高，行事说话牛逼哄哄。当天晚上睡觉前，他竟然一人打了洗脚水自个儿洗脚，于是就有人看不惯，一个牢房里虽说有一半是因偷东西做贼，或者是抢劫而入狱，但也有一个是因为强奸，一个是因为杀人，号子里的老大横肉就是杀人犯。横肉生得粗壮黝黑，与《水浒传》里的李逵活脱脱一个模板，看他那一身横肉，就不是好惹的主。横肉在牢房里待了快八年了，自十八岁进监狱，在这个以烧砖瓦为主的劳改农场整整当了八年的狱工。横肉对瘦猴目中无人的举动很是生气，当即一把抓住瘦猴的衣领将他提起来扔到一边，自个儿将脚放进了洗脚盆里。瘦猴不仅人狡猾，性格也暴，走进监狱跨进牢房，他见牢房里的人一个个无精打采，并没有像外头人传说的那样邪气，再加上自己会两套猴拳，根本就没把横肉放在眼里，于是挥拳就朝横肉打了过去，横肉早有防备，顺势牵羊，一下子将瘦猴扯翻在地。说来也巧，瘦猴的整个脸正好不偏不歪地扑进了那不大的洗脚盆里，横肉一只手死死按在瘦猴那尖秃的脑袋上，一只脚踩在瘦猴的后背上，瘦猴一时动弹不得。不一会，水盆里冒起了大大小小的水泡，瘦猴的两只脚由快到慢拼命地蹬着。就在瘦猴一只脚快要踏进鬼门关的时候，站在一旁的钎担走了过去，伸出他那无与伦比的长腿，飞起一脚将洗脚盆踢了起来，横肉猝不及防，再加上重心偏移倒在了地上，瘦猴则像落汤的公鸡，滚进了床空里。

横肉虽然孔武有力，但面对钎担的凶狠，也只能忍气吞声，灰溜溜地从地上爬起来，咕噜了几句，老老实实地躺到了自己的铺位上。从床空里爬出来擅长扒窃的瘦猴对钎担顿生感激之情。一天劳改出砖，两人磨磨蹭蹭地待其他人走后，瘦猴才将藏在砖缝里的两瓶二锅头拿了出来。那是他下午干活时以特有的嗅觉闻到了前来拉砖的汽车驾驶室里的酒香，他神不知鬼不觉顺手牵羊从驾驶室里给偷了出来，并藏进了砖缝里。瘦猴麻利地将瓶盖子拧开，倒进喝水的碗里，然后两人不约而同地咬破手指，将鲜红的血液滴进那个缺了口的瓷碗里。夕阳下，鲜血在酒液里扩散，热酒与热血的交汇，瓷碗里便翻腾起情深似海的波澜。他们对着砖窑烟囱后的一棵桃树，歃血为盟，饮血为誓，像刘备、关羽、张飞那样桃园结义，不求同日生，只求同日死，有福同享，有难同当。盟誓完毕，两人站起来，端起血酒一饮而尽。事后不久，钎担与瘦猴又在一起喝了一次歃血酒，原因是横肉也加入了进来，地点还是在砖窑烟囱后面的那棵弯脖子桃树下。

不知是什么时候，瘦猴习惯性地将双脚放到了老板桌上，一双闪光发亮的皮鞋在阳光下晃出一地碎片。瘦猴在吐过第十个烟圈后说，你借了我多少钱了？钎担正了正身子回答说，二十三万，可这对你来说，就是身上的一根汗毛。瘦猴听了马上放下双脚，瞪着那双贼眼说，现如今我钱多是不假，钱多也是我辛辛苦苦挣来的，钱多也不能白白送你。

钎担看了一眼瘦猴那眯眯眼，他想起了自己第二次入狱。十年前，他与瘦猴、横肉前后半年刑满释放。出狱前，三个人再一次山盟海誓，发誓出狱后相互帮助，有福同享，有难同当。三个牢友，钎担最先出狱，他十分幸运地被做房地产开发的叔叔斧头收留，让他当工地上的监工，并兼任保镖，可以说有吃有喝，每月还有三四千元的纯收入，钎担的小日子也就过得优哉游哉。对于钎担时运的好转，无论是钎担在外相识的兄弟朋友，还是钎担的乡邻，都说钎担坐牢反而坐好了，人不仅有了生气，而且还改了爱偷东西的坏毛病。

一天晚上，钎担的叔叔斧头又带着钎担到酒店应酬。斧头之所以乐意带他，主要是看钎担酒量大胆子大，而且身材魁梧，既能陪酒，又能担当保镖的角色。那天晚上，斧头宴请市里一位分管城建工作的领导吃饭，订在市里最豪华的地税大酒店。当钎担陪着叔叔斧头走进金碧辉煌的酒店大厅时，早就候在大厅一旁的瘦猴和横肉从茶坊间快速斜插了过来，一开始钎担并没有看清来人是谁，情急之中，他将迈着八子步的叔叔斧头推到了自己的左侧，便大踏步地迎了上去。钎担没有想到来人是面黄肌瘦的狱友瘦猴和脸色黝黑的横肉，春风得意的钎担并未嫌弃两位刚刚从监狱里出来衣衫不整的狱友，而是满怀深情地张开双臂，像大鸟张开的翅膀将这两个落难的兄弟搂在了怀中，他还将瘦猴和横肉介绍给了叔叔斧头。斧头也是江湖中人，重朋友讲义气，当即吩咐司机陪钎担的两位朋友点菜吃饭。

瘦猴和横肉出狱后并没有很快找到工作，在闲逛的日子里，瘦猴又重操挤公共汽车偷钱包的旧业，这一次他不再是一个人单干，身边多了一个横肉。有五大三粗的横肉跟班、做掩护、当保镖，瘦猴简直是明火执仗，艺高人胆大的瘦猴几乎就没有失过手，即使有了闪失，因为有横肉相随，被窃之人看到气壮如牛的横肉也不敢吱声。那个时候，瘦猴、横肉和钎担是隔三岔五聚在一起，要么吃肉喝酒，要么到歌厅和美容美发室泡小姐。日子久了，三个人都觉得钱少底气不足。靠月薪生活的钎担，自从与瘦猴他们厮混在一起后，更是感到力不从心。钎担第一次坐牢后，老婆变成了别人的老婆，儿子留在家里由父母抚养。出狱跟上叔叔斧头后，他很快认识了叔叔公司里一位颇有姿色的女出纳，女出纳与他原配一样爱吃爱穿爱玩，这是荆城小城女子的基本特点，只要脸蛋长得有模有样的多是如此。那时，钎担很想找个贤惠能持家的女人做老婆，可在荆城是打了灯笼也很难找到，再说了，坐过牢的人哪里还有挑选的余地，好在钎担长得高大英俊，每每他往人群中间一站就像一棵钻天的白杨，所以很受女人的青睐。

小时候的钎担始终是他父母的骄傲，母亲对他疼爱有加，真是含在嘴里怕化了，抱在怀里怕摔了，从小到大走到哪儿带到哪儿，长大成人后，又生怕他吃了苦、受了罪。钎担的母亲始终坚信，钎担就是她的几个儿女中最有出息的人，可是钎担的现实表现却将他母亲的梦幻击了个粉碎。

钎担不到十八岁就谈了对象，不满十八岁的他就把女友肚子搞大，他母亲虽然对那身高不到钎担肩头的女子很不满意，可再不满意她也无法拒绝钎担生米做成熟饭的现实。因为时间太紧迫，他们结婚证也没来得及去领，便在一个阴雨连绵的上午，钎担在唢呐声中将肚子挺得老高的媳妇娶进了家门。结婚不到半个月，他的新婚妻子就在医院为他生了个儿子，嘴上还长着绒毛的钎担从丈夫的角色一下子又多了一个父亲的角色。

虽然钎担的媳妇祖祖辈辈都是泥巴腿子种田的，可她却不愿意种田，钎担也不愿意种田，一家三口要吃要喝要穿要看病，钱从何处而来？钎担一家人的生活只有靠他的母亲补贴，可他母亲毕竟只是在集镇上摆个小摊，挣钱有限，小生意挣下的几个小钱对于爱吃爱玩的钎担和他媳妇来说简直是杯水车薪。钎担的媳妇初中没毕业就辍学在家，后随她大姐到荆城打工，有用的本事没有学到，荆城小城里女孩子爱穿爱玩爱吃的毛病一样不少地浸入到她的骨子里。钎担与她媳妇相识，不是媒人介绍，也不是在工厂里相识，而是在歌舞厅里，两人臭味相投一见钟情，当晚就难舍难分地走到了一起。钎担的老婆时常对他唠叨，嫁汉嫁汉穿衣吃饭。为此很爱面子的钎担常常为老婆衣着打扮无钱开销而纠心，可是他又吃不得苦，也下不得苦力，他知道自己即使上山为石灰窑厂炸石料，挣的那几个辛苦钱、舍命钱也无法满足老婆的开销需求。

俗话说得好，兔子逼急了还咬人，实在没了办法，钎担只好动了歪心思，干起了偷鸡摸狗的勾当。当然，以钎担好高骛远拈轻怕重的习性，他决不会去偷一只鸡、一头猪，他要偷值钱的东西。改革开放中期的荆城农村，不少农民虽然建了楼房，但很多人家里仍是家徒四壁空有虚名，用荆城人爱说的一句土话来形容，是驴子拉屎外面光，新建的房子里并没有什么值钱的家当。经济条件稍微富裕的家庭最值钱的也就是一台彩电，仅此而已。俗话说，兔子不吃窝边草。可钎担心想，要偷东西就得熟悉周边的环境，如此一来，钎担决定从身边的人偷起。他第一次选择的对象是同村的三猫家，三猫家与他家同在一条冲里，两家相隔一里多地。那天，三猫一家人都进城喝喜酒去了，天黑透之后，钎担开着他那辆三轮车来到了三猫家屋后的树林中，然后大模大样地来到前门，见大门紧锁，他走到院墙下，两米高的院墙对钎担来说就不是院墙了，从小学到中学，他一直是跳高跳远能手，他双手抓住墙顶，小腿一弯，双脚一撑，人就跳到了墙上，再一个鲤鱼翻身就站到了院子里。三猫家的电视机放在堂屋里，堂屋门上的两个铁环被一把铁锁连着，暗淡的月色下，铜质的铁锁就像一只挂在人脸上的耳环，闪着明晃晃的光亮。钎担拿出随身携带的平常用来撬石头的撬杠，插在铁环里，猛地一撬，那铁环就被他连根拔了出来。三猫家的电视机是一台十八英寸的佳丽彩电，那个时候佳丽彩电还很紧俏，三猫说是他在城里商业局当主任的大伯批条子才从商店里买回来的，三猫也就成为乱泥冲第一个买彩色电视机的人。彩电买回家还不到一年时间，三猫家用得精细，应该还算一个崭板子（“新的”意思），可以卖个好价钱。钎担正是看中了这一点，才选定三猫家的电视机下手。钎担干什么都很镇定，他不慌不忙地拔了电视机的连接电线和天线，又从案台的抽屉里找出使用说明书，连电视机套也没取，将电视机夹在他那长臂下，从后门走了出去，他将电视机抱到三轮车上，又从后门返回，扣好后门的门闩；来到堂门，从容地将堂门关上，将拔出来的铁环重新插进去，然后来到院门旁，一个翻腾，如孙猴子翻跟头一下子就跳了出去。

三猫一家三口半夜三更才从城里回到家里，当时并没有发现家里有什么异样，更没想到电视机会被人偷走。第二天，三猫一早就到地里耕田去了，三猫的老婆则在院前种菜浇水，忙碌了一上午回家做饭，儿子吵着要看动画片，三猫的婆娘这才发现摆在堂屋正中的彩电不翼而飞了。

自此以后，钎担一发不可收，走上了小偷的贼道。他先是在农村偷，一次销赃时他碰到了另一个叫万金油的小偷，于是两人结伴到了城里，后来因一次偷盗失手，他便第一次走进了牢房。

钎担虽然每月有三四千元的收入，可自从与瘦猴和横肉搅到一起后，他渐渐入不敷出。原因在于钎担这个人讲义气、爱面子，与瘦猴、横肉等人在一起喝酒吃肉后，他拉不下脸面白吃白喝，激情之下时常抢着付钱。有一天，一伙人在小馆子喝了酒，本想再到歌厅泡小姐，可三个人身上都没了多余的铜板，于是三个人只好在街上闲逛，一圈逛下来，三个人沿着一条路走到了象山顶上，他们攀上象山塔，在那石凳上坐下，望着万家灯火，瘦猴说，这样小打小闹不行，我们得吃个大户。横肉马上响应说，马无夜草不肥，人无外财不富，公共车上弄钱太辛苦，还捞不到几个钱。钎担没有吱声，他自从跟上叔叔斧头之后，就下定决心不再干偷鸡摸狗的事情了。瘦猴讥笑一声不吭的钎担说，钎担你是小富即安，难道你就没想过像你叔叔那样，当个老板，过一掷千金的生活，而心甘情愿地当个跟班，过一辈子要死不活的日子？钎担看了一眼瘦猴那张苍白的脸说，命里只有八颗米，走遍天下不满升。横肉不服气地说，人要认了命，还折腾个啥。瘦猴站起来，跳到石桌上，两眼放光地逼视着钎担问，你叔叔斧头每月什么时候给工人发工资？

第二个月十号，基本上雷打不动。

你们工地上现在干活的工人有多少？

大工小工全加上有五百多号人。

一个人平均多少？

两千五百元以上。

日奶奶的，一百多万，就整你叔叔斧头这个大户了。

不行，我叔叔待我不薄，再想其他的法子。

横肉从腰里拔出刀子，狠狠地说：听猴哥的，不然老子六亲不认，把你做了。

钎担知道横肉是下得了手的，他第一次杀人，杀的就是他的堂兄，起因是分赃不均，按照杀人抵命的基本规则，横肉是应该被判死刑的。可是，横肉在杀死他堂兄后，与横肉一起杀人的三球在警察追捕的时候，因为拒捕抵抗被警察当场击毙。面相粗鲁的横肉，其实内心又狠毒又狡滑，在法院审理过程中，他见三球与堂兄都一命呜呼，便一口咬定堂兄是被三球所杀，说自己怎么会杀死自己的堂兄。因为死无对证，如此一来横肉只是杀人帮凶，最后只判了他十年徒刑。

钎担对横肉说："我们是拜把子兄弟，你拿刀子吓唬谁。"

瘦猴跳回凳子上依然蹲着说："横肉，把刀收了，有话好好说。"

钎担冷冷地问："你们想怎么干？要干也行，但不能害了我叔叔的命。"

瘦猴见钎担妥协，两眼放光地说了自己的想法。

钎担面对瘦猴的冷酷无情，内心里顿时升起一股无名之火。他对着现如今长肥了的瘦猴说："我们当时拜兄弟时，可是山盟海誓，有福同享，有难同当。你摸摸良心，没有我你哪里能轻易挖到第一桶金？那晚对我叔叔的保险柜下手，事后警察很快破案，我可是一个人把罪责全部担了下来，为那一百多万，我坐了十年的牢房，你靠那一百多万，摇身一变，现如今成了有钱的老板。十年后，我从监狱里出来，你就给了我十万，说是安家费，十万能安什么家，在城里仅够买一个厕所、一间厨房。我这次出狱后，叔叔对我依然恨之入骨，决不肯收留我。我如今没有工作，没有收入，你说我年纪大了，你让我在横肉手下当保安，我十年的牢狱之灾，最后难道就落个穷困潦倒的下场吗？"

阳光照在瘦猴那光亮的脸上，脸上的毛孔仿佛被放大了，那油水也仿佛正从那毛孔里沁出。钎担所说的话他已经听过多次，听得耳朵都快起茧了，他又气又恨地一拍桌子说："从今以后别再给老子说过去的事情。"

站在门外的横肉听到瘦猴拍桌子的声音，马上冲了进来，他这次手里拿的不是刀子，而是一根电警棒，电警棒闪着火花，就像一个玩具。钎担很讨厌横肉一副狗仗人势的奴才相，他想自己当初真不该一个人把事都扛下来，应该把横肉拉进监狱里做伴，那样横肉也不会像今天这么嚣张。

那是一个没有月光，刮着西北风的夜晚。那天天真黑，黑得伸手不见五指，黑得不见一丝光亮。横肉说，这才叫月黑风高杀人天。按照瘦猴的分工，钎担负责警戒望风，因为他熟悉地形，熟悉公司里的人，熟悉工地上每一个工人。公司的办公楼临时设在工地一栋老旧的房子里，楼高三层，一楼为工程监管人员和设计人员，二楼靠东面是他叔叔斧头的办公室，靠西头是公司的财务室。在公司搬进这栋三层楼房之前，斧头对小楼进行了装修和安全加固，在一楼大门口安装了卷帘闸门，在二楼进入财务室的过道口安装了防盗铁门，在财务室的门上又装了如意防盗门。行事之前，钎担按照瘦猴的要求，费尽心机偷偷配了一楼卷帘闸门和二楼防盗铁门的钥匙。那晚也许是风太大天太冷，不到十点，整个工地不见一点灯火，更不见半个人影，瘦猴和横肉凭借钎担偷配的钥匙，轻而易举地来到了财务室的门前，为打开防盗门，瘦猴专门买了破门工具，那家伙真好使，没费多大工夫，硬是将那吹嘘得如何坚固的如意防盗门给顶开了。在开保险柜时，瘦猴遇到了麻烦，那破门器具失灵，那厚重的铁门竟然纹丝不动。时间已经过去了一个多小时，钎担一连三次发出警报，他叔叔斧头走出歌厅再有半个小时就将回到工地。情急之下，鲁莽的横肉准备去背比一麻袋大米还要沉的保险柜，只可惜，他试了几下也没能成功。在瘦猴和横肉一筹莫展的时候，钎担来到财务室，他在监狱里曾跟一个叫王八的犯人学过开保险柜，王八告诉他，开保险柜其实很简单，任何工具都不要，全凭一只手一只耳，听保险柜反转正转的咔嚓声。钎担是何等的了得，他双腿跪地，将耳朵贴在保险柜的门上，那双细长的手指轻轻地转动保险柜的密码锁，用了不到十分钟，保险柜的门竟然被他打开了。横肉打开麻袋，瘦猴从保险柜往外掏钱，钱真是多啊，一百多万，硬是装了半麻袋。按照当初的设想，在打开保险柜后，将钱装进麻袋，从里面破开二楼窗子的铁护栏，依靠绳索滑到一楼。然而此刻，时间对他们来说每一秒都珍贵万分，他们根本没有多余的时间来破窗户的铁护栏，只好原路返回，如此一来，由门而入的作案现场便将钎担暴露无遗。好在他们先前都商量好了，一旦钎担被抓，只要钎担不招供，今晚盗得的钱三人平分，在适当的时候，他们会将钎担的那一份存到钎担的账户上，除此之外，他们还负责为钎担养老扶小。钎担在打开保险柜后，马上来到了楼下，躲在树丛中继续放风，横肉背着麻袋走在前头，瘦猴一会儿前面一会儿后头，负责开门关门，面包车停在楼下，横肉直接将麻袋背上了面包车，瘦猴麻利地启动了汽车，在他们刚刚开出工地大门时，与迎面开来的丰田霸道擦肩而过。

钎担的叔叔斧头坐着霸道进了大门，明晃晃的灯光下，有细碎的雪花在飞，寒风像咬人的狗，吹在脸上生疼生疼。斧头今晚之所以比往常回来的早，是因为放心不下二楼发工资的钱。斧头让司机开车到楼下，见卷帘门完好，走到二楼见铁门也牢靠地关着，这才放心地回到自己的办公室兼卧室睡觉。

有人说，钱是万恶之源。瘦猴说，钱就是爹。

天亮了，天空昏暗发乌，北风裹着雪，狂叫着。再寒冷的天，民工们也不再焐被窝，他们早早地起了床，一个个裹着大衣或者棉袄聚集到公司的临时办公楼，等待领取自己用血汗换来的薪金。会计和出纳出现了，他们都主动让出一条道来，对他们不顾冰天雪地、八点钟准时上班心生感动，一个个冻僵的脸硬是挤出灿烂的笑容，就像见到了久别的亲爹亲娘。出纳走在前头，她像往常一样，掏出钥匙去开第一道防盗门，出纳没想到钥匙还没插进去，门竟然自动开了；第二道木门像一个人张开的大嘴，让里面一览无余，出纳下意识地往保险柜那里看了一眼，只见半人高的保险柜那宽厚牢固的门像狮子张着大嘴，地上散落着一元、两元、五元甚至十元的零票。面对此情此景，出纳、会计和保安异口同声地发出尖叫，尖叫声像警报一样在工地上鸣响，失声、夸张的尖叫引来了斧头，引来了更多前来领工资的人。

斧头是见过世面的人，在众人慌乱时，他做了三件事，一是让保安保护好现场，二是亲自打电话报了警，三是命令保安队长把好大门，一个人都不许离开工地。接到报警，公安人员很快赶到，对盗窃现场进行了勘察，提取了相关有价值的鞋印和指纹，面对窗户防盗护栏的完好，面对一楼卷帘门和进入二楼西侧铁门的完好无损，面对财务室防盗门的破坏，警察很快做出了这起巨款盗窃案是里应外合作案的判断。谁是内鬼？是谁吃里爬外？人们都在相互猜测。警察的提醒让斧头首先对侄儿钎担起了疑心，因为在当天晚上，钎担陪他吃完饭后本应该到歌舞厅继续活动，可是当他们走出酒店大门时，钎担却突然说胃不舒服，并将吃剩的饭菜打了包，一个人回到了工地。据门卫反映，当天晚上钎担提着饭菜到门卫室，叫来值班的保安一道喝酒，因为天冷，几个保安放开了酒量豪饮；与钎担同宿舍的眼镜也说，当天晚上，钎担很晚才回房睡觉。综合以上情况，当天下午，钎担就被警察带到了派出所。

瘦猴将刚抽了一半的烟头按在烟灰缸里，抬起他那贼溜溜的小眼说：“横肉，你把手里的电警棒关了，我听不得这嗞嗞的声音，一听全身就起鸡皮疙瘩。”

横肉放纵地说：“老板心里有阴影，是心理和生理连锁不良反应。”瘦猴马上翻了脸，手中的烟灰缸便飞向了横肉，横肉一侧身，烟灰缸砸在了发财树上，哐啷一声掉在地板上。横肉干笑两声，马上朝自己打了两耳光。

瘦猴调了调脸上的表情对钎担说：“你刚才说，你出来我只给了你十万，这一点儿都不假，我为什么只给你十万，我自然有自己的道理。你说我没良心，我给你讲一讲，你在牢里十年，我哪一年不是大年初一到你家给你老爹老娘拜年，哪一次不是给他们一人一个大红包，哪一次红包里少于一万元，哪一次你爹你娘病了住院不是我掏的住院费，还有你儿子，从小学到中学，吃穿用和学费全是我包了，细细算下来少说也有好几十万。你出来后，我是只给你安排了保安的工作，可你也不能逢人便说，没有你就没有今天的奋进公司，没有你我就当不了老板，说我黑了你多少钱，把我说得狼心狗肺猪狗不如。”

钎担似乎豁出去了，他挺直了身子说：“难道你不是靠那一百多万起家的吗？你就是猪狗不如，你还睡我的女人。”

“你那女人我稀罕吗？多少漂亮的女人希望和我睡觉，我不睡你那女人，她还能等你十年？早和别人结婚生子了。我在她身上花钱还少吗？起码有这个数啊。”瘦猴说着，伸出了十个指头。

钎担满肚子委屈地说：“你知道我在看守所吃了多大的苦，精神上承受了多大的压力，不堪回首啊！我当初要是把你和横肉供出来，你还有今天吗？”

在审讯室里，钎担看着墙上“坦白从宽，抗拒从严”的巨幅标语，可他心里想的是说得越多判得越重，便打定主意，拒不交代真正的犯罪事实。

钎担坦白了盗窃公司财务室的经过，可警察并不是那么好糊弄的，他们无法相信他一个人能把门撬开，一个人能把保险柜打开，一个人能把一麻袋钱背走，一个人能把一百多万隐藏得无影无踪。钎担承认了盗窃，只能是口头上的事实，警察们需要物证，也就是需要他交代一百多万元藏匿的地点。在这个关键点上，钎担始终守口如瓶，不肯说半个字。警察们想尽了办法，心理战、口舌战、车轮战，一切一切的手段都用上了，钎担总是东扯西拉不入正题，他下定决心一不做二不休，反正事做了，白眼狼当了，他坚决不供出同伙，更不说出钱放何处。

按照事前的设想，事过一个星期后，钎担供出了钱藏何处。钎担在供述中说，一楼的卷闸门、二楼的铁门，是他用提前偷配的钥匙打开的，财务室的门是他用破门器破开的，保险柜是他用手和耳朵打开的，钱是他一个人装进麻袋后用摩托车先运到了象山脚下，然后一个人背到了象山顶上，放到了象山塔最顶层的隔楼里，他说顶层上面有成群的蝙蝠。警察们当即带着钎担到象山塔起获赃物。象山塔一共七层，到了第七层，就无法再上到塔顶的隔层，既没有楼梯，又没有任何可依附的物体，警察感到自己上了钎担的当，便让钎担当场演示。钎担个子高，他先是一个箭步跨到一个透气的窗口，双手便顶开了隔层的板口，双脚猛地用力一弹，半个身子就进到了塔楼顶端的隔层里，身子向上猛地一收，人就进到了隔层里面。钎担的突然出现，惊动了正在睡觉的蝙蝠，顶楼顿时发出叽叽喳喳的尖叫，一只只蝙蝠从那透气的窗口飞了出去。在此之前，钎担曾经两次躲进塔楼的隔层，一次是他与同伙分赃不均，一个人吃了黑，遭受同伙追赃，朋友家里不敢去，旅馆不敢住，他只好躲进了象山塔塔顶的隔层里；另一次是在歌厅唱歌跳舞，他迷上了一个女子，没想到那女子是城里黑老大的相好，为此他与黑老大的兄弟发生了口角，最后被黑老大一帮兄弟追打，情急之下他逃到了象山，躲进了塔楼。

警察搬来了梯子，当两名警察钻进隔层时，里面除了钎担和一堆堆蝙蝠屎，根本就没有什么麻袋。面对警察的质问，钎担镇定而从容地说，当晚得手后，我骑着摩托来到象山脚下，背着麻袋上了山顶，在确认无人跟踪、四周无人后，我才背着麻袋上了象山塔，我一人先上到隔层，然后用绳子将麻袋拉了上去。塔楼的隔层太高，如果没有梯子一般人根本上不去，再说了，也很少有人知道塔楼还有隔层，除非园林工人上楼维修。

隔楼里并没有装钱的麻袋。钎担说："隔楼里老鼠太多，肯定是被老鼠啃了。"警察冷笑道："你去骗鬼吧，老鼠能把麻袋也啃掉吗？"

钎担又说："这里是蝙蝠的老巢，要不就是蝙蝠给叼走了。"

一个警察说："你别再骗人了，蝙蝠又不是人，能把麻袋解开？"

钎担装出恍然大悟的样子，说道："既然我知道这里可以藏东西，一定还有其他人也知道，肯定是有人顺手牵羊把钱顺走了。"警察听了也觉得似乎有些道理，因为盗窃案发生后，钎担再也没有一个人单独活动的机会。于是，当天一部分警察留在了山上，钎担则被带回了派出所。警察围绕象山塔进行了搜查，对管理人员逐个进行了盘问，最终无功而返。钎担虽然承认盗窃了叔叔公司的巨款，可警察始终没有找到巨款的下落，最终钎担的盗窃大案成了一个无头的案子，警察与法院，法院与检察院，三个单位为这一盗窃案是否铁证如山相互打了半年的口水仗，钎担也因此从中受益，最终只判了十年的徒刑。

钎担说，我在监狱里头容易吗？你们又不是没在里面待过，那是人受的罪吗？没有女人，没有娱乐，吃得又差，有的只是干不完的重体力活。你们有了钱，在享受，花天酒地地享受，现在我在城里上无片瓦，下无立锥之地，我老娘又患了白血病，每天都需要大把的钞票；现在我睡的女人，也是你用了十年的女人，就是这样一个女人也给我下了最后通牒，她说如果今年不在城里买一套房子安身，她宁可去做小姐，也不跟我过日子了。

瘦猴似乎动了恻隐之心，似乎找到了解决问题的有效办法，他从烟盒里抽出一根中华烟扔给钎担，似笑非笑地说："谁让我们是拜把子兄弟，谁让我们是歃血为盟的兄弟呢，你现在的难处就是我的难处，你借的二十三万我免了，但买房子的钱我不能再出了。亲兄弟明算账，我手上有一个大工程，一共要打四十个桩井，别人打一个桩井每立方二百元，你打桩井我提高标准，每立方按三百元结账，你要是把这活接下来，几个月就可以净赚几十万，在城里买一套房子不成问题，只是打桩井这活有点苦，不知你能不能干，干得了不干了？"

钎担信誓旦旦地说："不就是打桩井吗，难道它比当砖窑工还累不成？"

瘦猴冲横肉使了个眼色，横肉心领神会地走出屋，不一会儿搬来了两个崭新的风镐。瘦猴接过风镐对钎担说："这一个几千元，我送你两个，谁让我们是兄弟呢！"

钎担有些不解地问："为什么不用机器打桩井？"

瘦猴吐出一串烟圈，说道："我那工程在闹市区，四周全是居民，用机器打井是快，可噪音太大，四周的居民还不扒了我的皮。再说了，我们这地界下面多是麻光石，打桩机器拿它一点招没有，还不如人工干得快。"

钎担像士兵从首长手里接过钢枪那样，庄重地接过了瘦猴递过来的风镐。那一身铁甲、冰冷、沉重的风镐，从此就是钎担挣钱、谋生和改变命运的工具，钎担在那冰冷的钢套上摸了几下，肯定地说："这活我接了，以后有打桩井的活，我全接。"

瘦猴像卸掉了一块沉重的包袱，轻松地吐出一口烟圈，半眯着双眼，皮笑肉不笑地说："兄弟你只要有这个决心，一定会很快富裕起来的。"

钎担说："我因为没钱才干这玩命的活，我希望你按月付钱，不能拖欠。”

瘦猴信誓旦旦地说：“谁让我们是兄弟呢，我以十个桩井为付款基数，只要有技术员验收的条子我就签字，我签了字你就拿着条子到财务室去领钱。”

钎担像出征的勇士，双肩各扛一个风镐走出了瘦猴的办公室，夕阳如血照在他前行的路上。

谁说苦难不是人生的财富。在砖厂劳改了十年的钎担，比任何人都能吃苦。为了多挣钱，快挣钱，他没有到外面去找帮手，而是带上自己的兄弟扁担和不满十六岁的儿子谷雨开始了挖桩井的活。三人各有分工，钎担负责打风镐松土，干这活要臂力、要手劲、要耐力，还要能抗震；扁担力气大负责将钎担打松的土块或者麻光石用铁锹装进蛇皮袋里；儿子谷雨年纪轻，胆子小，负责在地面上开升降机，将提出桩井的土倒掉。桩井一般直径在一米二以上，为了不窝工，提高工作效率，钎担常常是三个桩井同时开钻，一个井打完一层，他让在地面上开升降机和倒土的儿子将自己升起来，再放到另一个井里。他们像土拨鼠一样不知疲倦地从地面向地下打洞。每天早晨天刚亮，三个人就来工地上干活，中午叫来盒饭在工地上吃，吃完接着干活，天黑了才收工回家。扁担说，干一天腰酸背痛太累人，就不是人干的活。钎担说，干一天骨头就像散了架，但为了好生活我是越干越有劲。扁担说，钎担干活太玩命，时间长了会把骨头震得散了架。钎担说，我拿着风镐就来精神，每往地下钻一米，就像在地底下挖金元宝一个样，手中的风镐是越钻越来劲。风镐也有受热偷懒的时候，钎担就让两台风镐轮番工作，他对扁担说，这叫机器歇、人不歇。他们挖桩井的速度的确惊人，直径一米二、深十米的桩井，只要土质不过于坚硬，不碰上大石头，他们一般用一天半的时间就能完成。对于他们的打井速度，负责测量的技术人员都为之惊叹，称他们为“土拨鼠”打井队。

一天，横肉见了挥汗如雨的钎担，心想经过第二次劳改的钎担难道悔过自新重新做人了吗？便有意勾引钎担，说有一家房产公司，收缴房屋预售款，因当天购房人太多，财务人员错过了到银行存款的时间，几百万就放在财务室里，只有出纳和会计在一旁的房子值班，如果愿意，今晚动手，必定得手，可以一夜致富。钎担说，我钎担前半辈子在牢房里蹲了十三年，现如今我马上四十了，再干这事，我这后半辈子可就交给监狱了。横肉进一步勾引说，胆大爱拼才能赢，干一次，享受一辈子。钎担坚定地说，你要干，你自己去，我就当我的土拨鼠，挣苦力钱，我心安。横肉听了，皮笑肉不笑地说，我也只是说一说，试试你钎担，没想到你这次还真劳改好了。钎担听了心里很不舒服，拿起风镐，按下按钮，那粗壮明亮的钻头在横肉面前疯狂地旋转着……

瘦猴这次说话算话，很快兑现了钎担的第一笔桩井费。钎担是个孝子，他没有将那十万多元钱存进银行，而是用蛇皮袋提着来到了医院，提进了他母亲住院的病房，他掏出一沓沓钱像小山一样码在床头柜上，一本正经地对父亲说，这钱都是干净钱，血汗钱，以后医生要用什么药尽管用好了。她母亲患的是白血病，脸上瘦得像一层纸，望着终于醒悟了的儿子，顿时泣不成声，父亲也是老泪纵横。父母的眼泪像突然暴发的山洪撞击着钎担的心扉，他那很少流泪的眼睛也湿润起来。从医院出来后，他的干劲更足了，工作时间更长了，即是碰上下雨，他们也从不休息，他在桩井上搭一个遮雨棚，有好几次，扁担想罢工，说下雨打桩井太危险，担心土质松软塌方。钎担说，人死屌朝上，人活着没钱活个什么劲。扁担想撂挑子走人，钎担发出狠话说，你要是能把母亲看病的医药费付了，你就走人。扁担日子过得也不宽余，两个丫头一个儿子分别读中学、小学和幼儿园，每天要吃要喝，他根本没能力再负担母亲的医药费，听了钎担的话，他又退了回来，他咬着牙对谷雨说，只要能挣着钱，二叔这条小命也豁出去了。

“土拨鼠”打井队很快有了名气，不少工程队主动联系瘦猴，找钎担帮忙打桩井，如此意图很明显，既讨好了瘦猴，又帮了钎担的忙。瘦猴和钎担都乐意，如此一来，钎担“土拨鼠”打井队更忙了，他是玩命地打井，拼命地挣钱。

那是一个寒冷的冬天，再过半个月就要过年了，还是瘦猴的工程，一共五十四个桩井，在不到一个月时间，他们已经完成了五十二个，只剩下最后两个了。钎担决定尽快打完这两个桩井，结账后回家过年。没想到夜里突然下了一场雪，天亮了雪还在下，懒洋洋的雪花就没有停下来的迹象，可钎担并没有因为下雪而躺在床上睡懒觉，他像往常一样起了床，上街买回来豆浆和油条，硬是将还在睡觉的扁担和谷雨从被窝里拎了出来。谷雨年龄小，他对钎担说：“爹，下这么大的雪，街上一个人都没有，我们就不去了吧，天晴了我们每天多干两个小时。”钎担生气地踢了谷雨一脚，说：“这点小雪就把你吓住了，我们抓紧把这批活干完了，就送你去驾校学开车，明年开春了，我们也买一辆小汽车，到时候你当司机，我们上工地干活就不用步行了。”谷雨一听干完了活可以上驾校学开车，来年还有车开，顿时来了精神，马上挺直了腰板，踩着钎担和扁担的脚印，朝半山腰上的工地走去。

钎担用三根长约三米的杉木在桩井上搭起了一个三脚架，在三脚架上搭上篷布，一个可以遮挡风雪的棚子就在空旷的工地上竖立起来。老天似乎很同情他们，快到中午的时候，雪花不飘了，呼啸的北风也软塌了下来，三脚架上的篷布不再呼呼作响，昏暗的天空也亮了许多，钎担哼着小调拆去了碍事的雨棚。下雪时，他们并没有像往常那样同时打两个桩井，雪一停，钎担拔出了最后一个桩井的第五十四号标签，他的风镐疯狂地向下钻着，他就这样一会儿五十三号，一会儿五十四号，来回上下奔波。中午，小餐馆的老板送来了盒饭，每份盒饭比往常多了一盒粉蒸肉，那是钎担今天给每人多加了五元的结果，三个人蹲在背风的阳光下吃得津津有味，吃完饭也没休息，都希望今天就把最后的两个井打完，于是各就各位，又开始了钻土、铲土、装土和拉土的活。

太阳越来越明亮，站在外面拉土倒土的谷雨不再感到身上寒冷，额头上一会儿就冒出了细密的汗珠，脚下的雪，也开始融化。就在他们干得正欢的时候，一件意外的事情发生了。

钎担从第五十三号桩井钻完土爬出地面，还没来得及喘口气便马不停蹄地走向五十四号桩井，就在他靠近桩井边沿时，踩在了大前天横肉找他时遗留在工地上被雪粒覆盖的镐把上。那镐把也许是上冻了，也许是本身就十分光滑，钎担踩在上面就像踩在了跷跷板上，再加上他走得急，重心又不稳，被镐把一弹，他的整个身子突然飞了起来，他习惯性地发出啊哈一声尖叫，此时刚倒完土直起腰的谷雨看了个真切，他望着钎担像子弹一样飞进了桩井，他只是看到钎担那两只特大的脚在桩井边沿刮碰了好几下，情急之中，谷雨飞一般地朝五十四号桩井跑去，他渴望自己能够抓住那双即将消失的脚。很快双脚也消失了，随之而来的又是啊哈的几声尖叫，紧接着桩井里发出嘭的一声闷响，就像他奶奶刀砍南瓜发出的声音一样。跑到一半的谷雨一下子瘫软在地，好一会，他才大声高呼，二叔快上来，我爹摔进井里了。他一连喊了几遍，也没见二叔扁担从桩井里爬上来，他才猛然想起，没有他按动电钮，扁担是无法从几米深的桩井里爬出来的，他赶忙返回，慌乱而又语无伦次地冲着井里呼叫。扁担被他从五十三号井里升了起来，叔侄二人赶到五十四号桩井边朝下一看，只见钎担头朝下脚朝上倒栽在直径一米二、深约五米的桩井里，谷雨带着哭腔一遍一遍地呼唤，井里的钎担像是睡着了，无论扁担和谷雨怎样呼叫，钎担就是一声不应。扁担急得就像有火苗在胸中燃烧，他忍不住地吼了谷雨一句，哭有屁用，赶紧送我下到井里去。

扁担下到井底，只见钎担半个头插进了土里，鼻子往外冒血鼓泡，扁担用力将钎担从土里拔出来，他解下自己身上的保险腰带，系在钎担的腰上，然后将挂钩勾在钎担的保险腰带上，从怀里掏出口哨，让谷雨启动按钮。随着缆绳的升起，钎担的身体在磕磕碰碰中被拉上了地面。

阳光像捉迷藏的顽童，在云里时隐时现。钎担的脸上没有一点血色，只有那流不完的鲜血不断从他的嘴里、鼻子里、耳朵里涌出，地上洁白的雪粒很快被鲜血染红。谷雨和扁担不顾一切地将棉衣撕开，将棉絮塞向钎担向外涌血的地方，钎担的鲜血很快将白色的棉絮也染透了。望着钎担汩汩的鲜血，扁担在拨打120后，望眼欲穿的等待让他快急疯了，他丢掉手机，从雪地里捡起那根夺命的镐把，疯了似的敲打着大地，嘴里不停地发出怒骂，我日你妈呀，要命的救护车；我日你奶呀，你个黑心肝的横肉；我日你八辈子祖宗呀，你个谋财害命的瘦猴……

风又起了，雪粒像钢针一样扎在他们的脸上。处在半山腰上的工地安静极了，空旷的工地上，只有风声、雪声以及谷雨和扁担撕心裂肺的号哭声。

（原载《时代文学》2015年第5期上）

响树沟哨所素描

网 鸟 人

郭小航出生在渔民世家，从小在海边成长在海水里泡大。在小岛上长大的郭小航，看得最多的是渔船和军舰。耳濡目染久了，当海军、保卫祖国的海岛，就成了郭小航的理想。

十八岁那年，郭小航幸运地参军到了部队，而且是他梦寐以求的海军。可是，让他万万没有想到的是，他当的是海军后勤兵，被分配到一个远离波涛汹涌的山沟仓库，一个远离连队、机关的响树沟哨所。

响树沟哨所是美丽的，重峦叠嶂，山色俊秀，响树沟哨所就像山水画中的山里人家，立于云雾缭绕的山腰之间。哨所四周群山环绕，几十里没有人烟，只有一条仅容一车通过的战备公路像一条彩带将哨所与山外相连。深山中的哨所是孤独的，坚守哨所的士兵是寂寞的。在哨所除了巡逻警戒，空余时间很多，让人有很多难以打发的寂寞时光。郭小航没有什么爱好，也不爱读书，只要摊开书，看不过十行，瞌睡虫就会爬满大脑，让他的两个眼皮直打架。不看书怎样打发闲暇时间呢？哨所一共三个人，班长高众、中士孙屠加上他郭小航。高众和孙屠都爱下棋，什么象棋、围棋、跳子棋他们都玩，当然玩得最多的还是围棋，有时一盘棋他们能下一个晚上，而且谁也不说一句话。郭小航不爱下棋，说围来围去看不明白，也不愿看。

郭小航有自己的爱好，这是他从小到大的唯一爱好，编织渔网。他已记不清楚，从小到大帮父母织了多少渔网，那些渔网有大有小，各式各样。在海岛织了渔网能派上用场，在深山哨所织了渔网能有什么用呢？郭小航读书不行，织了渔网干什么他倒能举一反三，把渔网的作用发挥得淋漓尽致。

哨所地处武夷山，武夷山鸟多，尤其是麻雀多，到了冬天，成群的麻雀胆大的能从窗子飞进粮仓找米吃。看到哨兵端着碗蹲在太阳底下吃饭，鸟儿们敢飞到战士的碗里抢饭粒吃。就是这些胆大的麻雀给郭小航寂寞的生活增添了鲜活的色彩。

郭小航手巧，用一个晚上就织了一个密实的甩网。第二天上午，太阳刚将哨所门前半个篮球场大的操场浸染成一片金黄，成群的麻雀就飞到了哨所四周的树枝上，等待兵们的赏赐。郭小航用塑料袋装了一碗小米来到操场上，抓了一把米撒在一米见方的地上，然后提着甩网等候在一旁。树上的麻雀蜂拥而至，郭小航对准不停啄食的麻雀张开了大网。让他没想到的是，甩网并没有张开，落到地上时，麻雀们闻风而逃，叽叽喳喳很有怨气地飞回树上。郭小航很是纳闷，自己在海边网鱼时，甩网从来没有扑空过。在一次次的试甩中，他终于发现了问题的症结，原来在网的裙边没有安放铅球，因重量不够，网不但张不开，而且容易粘连到一起。

哨所方圆几十里没有人烟，即使有也只有猎枪而没有渔民所用的东西。郭小航在仓库里找到了一小卷铝丝，用高温熔化了做成铝球，然后安装到甩网的裙边。第二天郭小航如法炮制，一网甩下去，几十只麻雀尽收网中。

中士孙屠是广西人，郭小航能网麻雀让孙屠喜出望外，只要郭小航网麻雀，他就会丢下手中的棋，提着装面粉的袋子，站到郭小航的身后。网一落地，他箭一般地冲到网边，小心翼翼地爬进网里，一只一只地捉麻雀。郭小航与孙屠有一个约定，羽毛好看的，或者还没有长大的麻雀留给郭小航，很普通的灰麻雀都由孙屠捉了去。孙屠捉麻雀一不是为了看，二不是为了玩，他是为了饱口福。他拔麻雀毛、剖麻雀膛、煎麻雀肉都堪称一绝。拔毛，麻雀身上不留一根；剖膛，开口不大，麻雀膛内干干净净；烹制，焦黄、酥脆的麻雀不脱一点皮，味道极佳。

郭小航编的网派上了用场，他在哨所西北角的空地上，用四根木桩建起了一个足有半个足球场大的网屋，网屋内又分成普通区和高级区。普通区内都是一些郭小航认为羽毛好看的花麻雀，高级区内都是一些比麻雀还要好看的鸟类，诸如红脸血雉，红腹角雉，白冠长尾雉，白腹锦鸡，等等。

郭小航鸟养得多了，一时成为哨所一景。山下的士兵们星期天没事的时候，不惜步行几十里到山上来看一眼郭小航的鸟屋；过去上级工作组到仓库检查工作，哨所并不是一定要检查的重点，自从郭小航建起的鸟屋声名远扬之后，哨所成为上级工作组来人必看的地方。

又是一年冬天，南方下了一场罕见的大雪。大雪封山，山下的粮油运不上来，哨所面临断粮的危险。郭小航养的鸟也断了粮，他不忍心眼睁睁地看着鸟儿们饿死，也不想让贪吃野味的孙屠吃了他养的麻雀，他要保护好红腹角雉等珍贵的鸟。他痛下决心，打开网屋，可是鸟儿们并不愿意飞出鸟屋，郭小航只好拿起竹竿驱赶，鸟儿们才懒洋洋地飞起来，朝着网外大雪飞舞的天空飞去。

也许是鸟儿们待在网屋里的时间太久了，舍不得离开张嘴有食的环境；也许是鸟儿们安逸惯了，不愿意到外面辛苦觅食；也许是天太寒冷了，它们根本就飞不高飞不远，一只只鸟就近落在了哨所附近的树枝上。郭小航担心它们在树枝上待久了会冻死，拿着竹竿想赶走它们，可鸟儿们很不情愿地从这根树枝跳到另一根树枝上，有的根本不理不睬。

夜里雪下得更大了，气温直线下降，雪抱成团似的落了下来。这一年南方发生了少见的冰冻灾害。这一夜，响树沟的树噼噼啪啪响了一夜，郭小航脑子里想的全是他放飞的鸟，他担心落在树上的鸟被冻死。

第二天，郭小航天一亮就起了床。他穿着大衣来到室外，只见树枝要么被雪压断了，要么被压弯了腰，没有弯腰的全被雪花裹住了。麻雀们不见了，血雉、红腹角雉、白冠长尾雉等一只只被冻成了标本，像冰雕一样立在树枝上。眼前的景象，让郭小航惊呆了，那身姿优美、平常骄傲得像公主的鸟儿们怎么就如此不堪一击呢？

孙屠倒是很高兴，乐呵呵地说，美食长到了树上，我们天天有好吃的了。生性温和的郭小航第一次发怒了，他狠狠地说，你要是敢吃它们，我就割了你的舌头。

郭小航将鸟屋撤了，将甩网剪了个稀巴烂，他还觉得不解气，还将所有的网和编网的工具一同塞进炉灶里，化为灰烬。

熊熊燃烧的烈火，使郭小航的脑海里产生了一种强烈的幻觉，仿佛一只只血雉和红腹角雉，在他眼前展翅飞翔。

百　蛇　祭

每到炎热的夏季，对于在响树沟哨所站岗执勤的士兵们来说，最大的考验不是炎炎的太阳，而是如何预防那些花蚊子肆无忌惮地叮咬。

花蚊子是响树沟哨所一大特产，它不仅个儿大，而且轻巧，身体颜色黑白相间，毒性特别大，要是被它叮上一口，轻则一个大包，重则红肿化脓。

响树沟夏天的日子很漫长，从5月初一直到10月中旬，有五个多月的时间。在烈日炎炎的日子里，每当太阳落山，晚霞尽染山林，天麻麻黑之后，花蚊子就像潜伏在山丛中的奇兵，像听到了集结号，按捺不住地从隐蔽的草丛里、密林中飞出来，成群结队地飞向黑暗中闪着亮光的哨所，到那里填饱饥饿难耐的肚子。

如此一来，在响树沟哨所不仅士兵们养的猪、狗、猫成了花蚊子吸血的对象，就连站在哨位上执勤的哨兵也难免遭受花蚊子攻击，两个小时的岗站下来，只要是露在外面的肉体，常常被花蚊子叮咬得鼓起一个个大包小包。花蚊子毒性极大，所咬之处让人感到奇痒无比，就如猫爪子抓心。那种痒也很独特，用手挠轻了，不解痒，挠狠了，溃烂流水流脓，甚至流血。为防花蚊子攻击，士兵们想尽了办法，什么花露水、风油精之类的全用上了，但嗜血的花蚊子照样叮咬。为了驱赶它们，防止它们叮咬，最后士兵们只好采用土办法，从蜂农那里买来防蜜蜂蜇咬的头罩，点燃晒干的艾蒿烟熏，可那些花蚊子却像敢死队的士兵一样，义无反顾突破烟雾弥漫的防线，对哨兵进行攻击。

如何不被蚊子叮咬，士兵们可是想尽了办法，都不见效果。在响树沟哨所最怕蚊子叮咬的不是班长高众，也不是新兵王天堂，而是上等兵郭小航。郭小航害怕蚊子叮咬不是因为他长得细皮嫩肉一副奶油小生的样子，而是他皮肤敏感，属于过敏性皮肤，一旦被蚊子咬了，先是红肿，接下来就是痒，他的手就会漫无目的地乱抓乱挠，一夜下来，他的全身就会被他自己挠得伤痕累累。哨兵孙屠与郭小航兵龄相差一年，同一年上哨，时间不长两人就成了要好的战友。孙屠是不怕蚊子叮咬的，他的皮肤正好与郭小航相反，郭小航是又嫩又白，孙屠的皮肤是又黑又糙，蚊子叮咬后，最多出现一个斑点，还是褐色的。孙屠每次见郭小航挠痒痒，便条件反射似的跟着挠。面对郭小航遍体伤痕、痛苦不堪的样子，他心里很是难受。他决定帮帮郭小航，用最有效的土办法根治郭小航极度过敏的皮肤，将他从痛苦的深渊中解放出来。

对于防治蚊子叮咬皮肤过敏，孙屠有自己的经验。孙屠从广西百色山区的农村入伍，那里也属热带地区，蚊子特别多，他从小到大没听说过谁被蚊子叮咬之后身上溃疡的，原因在于家乡人都爱吃蛇肉，喝蛇汤，有的甚至喝蛇血酒。孙屠的父亲平常靠捕蛇贩蛇谋生。说起孙屠这个名字，还有一段故事，那是他出生的那天，他父亲因一桩贩蛇生意与一客户发生口角，那客户骂他父亲说，你这个捕蛇杀蛇的屠夫，生个儿子还是屠夫。父亲一气之下回骂说，老子想的就是儿子，如果被你言中，老子就将儿子取名为孙屠。其实在孙屠出生之前，他妈一连生了三个闺女，给他生了三个姐姐。凑巧的是，就在当天中午，他爹正在杀蛇，他妈果然生下了他这个带把的，他爹便给他取名为孙屠，孙屠这个名字也得到了他妈的高度赞同，他妈之所以满意，不是孙屠这个名字多么响亮，而是因为他妈姓屠。

孙屠在响树沟当哨兵，捕蛇吃蛇习性难改，上哨不几天，他就捕了一条大青蛇，他不仅当着众人的面杀蛇、剥蛇皮，而且在他的诱惑下，班长高众带头吃了蛇肉喝了蛇汤，同时还得到了新兵王天堂的极力吹捧，说什么天上龙肉地下蛇肉。郭小航不仅不吃，并明确反对孙屠捕蛇吃蛇肉，还有根有据地给孙屠讲了道理和利害关系，说蛇是先知，是人类第一个启蒙者，是蛇把人从混沌与蒙昧中解放出来，还给了人的自由。郭小航似乎懂得很多，还给孙屠讲了亚当与夏娃的故事。说蛇有超常的灵性和神性，不可侵犯。孙屠似懂非懂似信非信点过头之后，依然决定捕一条蛇，为郭小航做一顿蛇肉宴，让他知道吃蛇肉喝蛇汤的好处。

那是郭小航到哨所后的第二个夏天。

在响树沟深山密林里，有很多的蛇，而且不少是眼镜蛇之类的毒蛇。孙屠从小就跟父亲学捕蛇，他对蛇的习性、穴居方式等都十分了解，长期与蛇打交道，让他练就了一套堪称一绝的捕蛇本领，他总结为“三诀”：一看，二听，三嗅。蛇没有脚，靠蠕动爬行，凡是蛇出没的地方，地上都十分光滑，蛇没有脚却成直线向前运动；蛇虽然没有声带，不能说话，但不能说蛇没有语言，它像哑巴一样，用肢体哑语传递信息，那些对蛇没有研究、不感兴趣又鲁钝的人是难以发现蛇的。在一般人看来，蛇没有气味，其实对嗅觉敏感的人来说，蛇不仅有气味，而且气味鲜明，它分泌的液体含着剧烈的毒素，普通人是难以闻到蛇的特殊气味的。这些对孙屠来说都不是难事，蛇爬行的声音，他不仅能够敏锐地听到，还能准确地分辨。栖居在洞穴里的蛇只要是肢体发出的声音，他的耳朵也能准确地捕获。最绝的是他能嗅到蛇的气味，听和嗅的绝活，使孙屠在捕蛇方面表现出特异的功能，他像一个打猎的高手，很少扑空，基本上十拿九稳。

那是一个闷热的上午，乌云低垂，没有一丝的风，站在山顶，用手都能抓住缓慢飘移的云朵。如此闷热的天气，躲在洞穴里的蛇开始烦躁，没过多久，一条条蛇从它们居住的洞穴和岩缝里爬了出来，或躲在茂盛的草丛中，或吊在树上乘凉。出了洞的蛇要比待在洞里的好抓得多。有一次，孙屠捕一条躲在岩石缝隙里独居的大青蛇，就很费了一番功夫。

当时，那条酒杯粗的大青蛇正在睡觉，孙屠像往常一样，神不知鬼不觉地将绳索套在了大青蛇的脑袋上，在他往外拖的时候，大青蛇从睡梦中惊醒，狡猾的它哪里肯束手就擒，用尾巴死死盘住了洞里的岩石，孙屠用足了气力往外拖拉，大青蛇出于本能，拼足了劲抵抗，蛇身被他拉得又细又长，脖子几乎快要断了，孙屠也没能把大青蛇拉扯出来。博弈之中，孙屠只好将绳子系在一棵松树上，打算用竹竿去敲打大青蛇的七寸。七寸是蛇的软肋，从生理结构上讲，也就是蛇的脊椎，当蛇的脊椎受到了打击，轻则受伤，重则瘫痪；从某种意义上讲，七寸之处又是蛇的心脏所在，捕蛇人只要准确击中蛇的七寸，既打断了蛇的脊椎，又击中了蛇的心脏，如此致命之伤，蛇自然必死无疑。当然，七寸之说并不是对所有蛇而言，蛇的种类很多，大小不一，打七寸一定要因蛇而论，而且要又准又狠。

要说孙屠的模样，可以用一个字来概括，就是一个“长”字，他人长得精瘦，长条的个子，长脸，长鼻子，长手臂，长手指，凡见过他的人，都说他长相特别，让人过目不忘。他捕蛇很讲究，打蛇的七寸，从不一竿致命，一般他都将蛇打昏为止，因为打死了的蛇，杀蛇的时候，就是一具僵尸，不仅放不出蛇血，蛇肉的味道也不鲜美。当他拿起竹竿准备击打大青蛇的七寸之处时，发现大青蛇的七寸并没有露在外面，还在石缝里边没有露出来。孙屠深知蛇的狡猾，他没有大意，而是绕开被拉得细长的蛇，再次回到松树下，他要来个欲擒故纵。他快速地解开绳子，然后猛地一松，大青蛇以为有了逃生的机会，急忙收缩身体，盘绕在洞穴里的尾巴也跟着出了洞口。当大青蛇正欲逃窜时，没想到系在头部的绳子并没有断开，刚出洞口的尾巴却无法收缩回到洞里，情急之下，蛇只好采取自保加快盘踞，以保护致命之处。大青蛇哪里想到，眼前的捕蛇者不是一个初出茅庐的愣头青，而是一个手法老道眼疾手快的高手，就在它准备盘踞的时候，那要命的一击让大青蛇昏了过去。

每到夏天，因为炎热，躲在洞穴里的蛇纷纷爬了出来。兵书上讲引蛇出洞，蛇一旦出洞，对于捕蛇者来说就是天赐良机。在响树沟的蛇山，有着成片的森林，有着大片大片的茅草地，有着大大小小的岩洞和溪流，这些都是蛇天然的栖息之地。蛇山的蛇种类较多，它们分群而居，其中有一种就叫赤练蛇。爬上蛇山的孙屠，穿一身捕蛇者的装束，头戴草帽，穿高鞠胶鞋，着长袖衬衫，手拿不粗不细富有弹性的竹竿。从山顶径直来到山的东侧，那里树木多，野草茂盛，是响树沟溪水的源头。因为山高树多草多，土地湿润，每到夏天最热的时候，附近山上的蛇便朝圣一般聚集到这块风水宝地。进入源头区域，孙屠放慢了脚步，一边走一边侧耳探听，随着风声，一条蛇哧哧攀树的声音传了过来，他加快脚步朝那声音追随而去，行走不到三十余步，只见一棵野杏树上，一条身长一米、全身匀称饱满的赤练蛇正在向上攀爬。蛇爬行得很快，也就一根烟的工夫，就爬到了野杏树的主干上，悠闲地将身子倒挂在颤颤悠悠的树枝上，尾巴朝天，头朝下开始乘凉睡觉。孙屠见状不敢有半点马虎，他小心翼翼走到离赤练蛇不到一米的地方停了下来。他在举起手中的竹竿之前，非常细心地朝地上的草丛仔细看了又看，发现野杏树四周除了疯长的茅草，并无其他障碍物遮挡，他又仔细地目测了一下距离，才用力挥动竹竿轻巧地朝那蛇打去。孙屠出手又准又狠没有丝毫犹豫，速度之快完全可以用迅雷不及掩耳之势来形容，如此闪电般的一击，那条赤练蛇根本无法躲避逃脱。遭受打击的赤练蛇散了架一般掉了下来，就如一根被风吹落的绳子，软绵绵地掉在地上一动不动。初战告捷的孙屠并没有贸然抓捕，而是用竹竿敲了一下赤练蛇扁平的脑袋，看赤练蛇是否装死，当他发现赤练蛇已经彻底昏迷，这才弯下腰用左手快速抓住赤练蛇的尾巴，在空中高速旋转将近十圈，而后才放心地装进专门装蛇的一个大竹笼里。

孙屠嗜吃蛇肉喝蛇汤，也精于烹蛇，他能将一条蛇做出七八道菜来，什么凉拌蛇皮、油炸蛇骨、尖椒炒蛇肉、清炖蛇肉汤等等，每道蛇菜他都做得十分精致而且好吃。自从他上了响树沟哨所，吃蛇肉、喝蛇汤变得十分频繁，每隔一两个星期，哨所的士兵们总要吃一顿蛇肉，尤其到了夏天，吃蛇肉在响树沟哨所就如家常便饭。在哨所只有郭小航不吃蛇肉，每次孙屠杀蛇的时候，他都会对着大山念念有词，孙屠问郭小航对着大山念些什么？郭小航说他在念经，祈祷蛇王，原谅杀生之错。孙屠听了很感动，说郭小航心善，以后越发对郭小航好。

孙屠回到哨所，一个人悄悄杀了蛇，用蛇血蛇胆泡了酒，用蛇皮拌了凉菜，用蛇骨头炖了汤。不到一个小时就做成了一顿色香味俱全的蛇宴。他知道郭小航怕蛇，反对吃蛇肉，吃饭前他早就想好了怎样友善地骗郭小航上套的方案。他对班长高众说，如果郭小航问，红色的蛇血酒是什么，我们就说是劲酒；问绿色的蛇胆酒是什么，我们就说是竹叶青酒；问凉拌蛇皮是什么菜，我们就说是海蜇；问到蛇肉，我们就说是瘦肉。班长高众说，郭小航又不是傻子，没那么好骗，我也想好了，开饭前你有意把电闸给拉了，趁着天黑就餐，郭小航什么也看不到，囫囵吞枣地吃了蛇肉蛇皮，喝了蛇血酒蛇胆酒，只要他吃进肚子里，想吐也吐不出来。两人商量好了，依计而行。

月亮升起的时候，晚饭开始。餐厅可供八个人就餐的桌子上，只摆了三套餐具，因为哨所一共只有五个人，中士简政入选舰艇基地军校考试补习班，新兵王天堂刚吃完饭替下了郭小航正站岗值勤，晚上就餐的只剩下了班长高众、郭小航和孙屠。当郭小航走进餐厅时，孙屠拉下了电闸，餐厅在一时的黑暗过后，马上被窗外的月光替代，一切是那样的朦胧，装着蛇血酒的玻璃杯，发出火焰般的光亮；装着蛇胆酒的玻璃杯，闪烁着钻石一般幽蓝的光。借着月光，孙屠先是拿起装着蛇血酒的玻璃杯，给每个人面前的小酒杯倒满。班长高众满脸喜悦地说，今天是端午节，连队送来了好菜好酒，来，我们干一杯。郭小航端起酒杯闻了闻说，这什么酒，咋这个味？孙屠想抢话，被班长高众抢先打断了，说，湖北的劲酒，我从老家带来的，打算送给连长，连长硬是不要，我就带上了山，你就放心喝吧！郭小航见班长高众一口干了杯子里的酒，也只好跟着一仰脖子，喝了个底朝天。孙屠喝下酒后说了一句广告词：劲酒好喝，可不要贪杯哟！说完便拿起杯子给喝空的酒杯倒满。班长高众则给郭小航夹了凉拌蛇皮，孙屠拿起汤勺，给班长高众和郭小航面前的碗里舀满蛇肉汤。过去，郭小航没有吃过蛇肉，更没吃过凉拌蛇皮，他吃了一口蛇皮，好奇地问，这是什么菜，既清凉又爽口。孙屠听了差点没笑出声来，赶忙用手捂住嘴。班长高众说，这是海蜇。郭小航边吃边说，海蜇我吃得多了，也不是这个味啊！班长高众说，也许是人工养成的，不管那么多，你认为好吃，尽管吃就是了。接下来，他们又一连喝了几杯蛇血酒，直到把玻璃杯里的蛇血酒喝光。

月光下，挂在玻璃杯上的蛇血酒，闪着淡淡的红光。孙屠又拿起小半杯发着蓝光的玻璃杯说，班长，酒没喝尽兴，杯子里劲酒没了，还继续喝吗？班长高众故作惊讶地说，不可能啊，这才喝了几杯，看看酒瓶里还有没有。孙屠站起来从柜子里拿出劲酒对着月光晃了晃说，不多了，也就二三两的样子。班长高众果断地说，全倒进杯子里。玻璃杯里的酒液一点点升高，那又圆又大的月亮便漂浮在那宽大的杯口上，窗后的山影也投射到那晶莹剔透的杯子里。三个人又一齐干了一杯酒，然后端起碗，开始喝蛇肉汤，郭小航猛喝几口，放下碗问孙屠，你用啥子炖的汤，怎么这么香？孙屠笑哈哈地说，你不是老说我做菜不好吃吗？今天我下了功夫，再加上有班长现场指导，厨艺自然提高了。几轮下来，又一玻璃杯的酒喝光了，孙屠说还不尽兴，提议再喝一点，班长高众也接话说，今天过节，喝就喝好，你找找看，看柜子里还有什么酒。孙屠站起来，在柜子里有意找了找，才对班长高众说，还有半瓶竹叶青酒，是清明节时排长上来喝剩下的。班长高众爽快地说，就它了。月光下，孙屠像魔术师一样，将竹叶青酒倒进早已泡了蛇胆的玻璃杯里，有意装出半醉的样子，端着杯子在手里来回晃了好几下，然后才开始往酒杯里倒蛇胆酒。夜已深，月色越发明亮，在他们醉眼蒙眬的眼中，杯子里的蛇胆酒就像是一片蓝色的海洋。孙屠晃着酒杯说，对影成三人，只可惜我们三个都是爷儿们。班长高众笑着说，怎么，想女朋友了？来，我们喝了这杯酒。于是三个酒杯与三张脸碰到了一起。酒喝到这个程度，三个年轻人的激情早已被点燃，并熊熊燃烧起来。

在月光婆娑的端午节晚上，他们三个人喝完了蛇血酒、蛇胆酒，吃完了盘子里的蛇皮、蛇肉，小铝盆里的蛇汤也被他们喝了个精光，本来话就多的郭小航喝了酒后话更多，多半是来来回回的车轱辘话，说得最多的一句是，孙屠做的菜最好吃，比我妈做的还要好吃。受到夸奖的孙屠，有好几次差点忍不住讲出实情来。

面对郭小航一次次夸赞，第二天中午吃过午饭后，孙屠忍不住对郭小航讲出了昨天晚上的真情。他没想到郭小航听了先是目瞪口呆，继而条件反射般地干呕了好几次，接下来大骂孙屠丧尽天良。无论怎样骂，他蛇血蛇胆酒喝了，蛇皮蛇肉吃了，那么多的蛇汤喝了。郭小航为了忏悔，当天中午，他面对蛇山，双手合拢盘腿祈祷。

几天以后，吃了蛇皮蛇肉、喝了蛇血蛇胆酒和蛇汤的郭小航开始有了效果，被花蚊子叮咬后，不再像过去那样过敏反应严重，只是留下一个小红点，不再瘙痒和溃烂，而且红点很快自然消失。郭小航从此结束了害怕花蚊子叮咬的历史，为此他从内心里十分感激孙屠，每过一段时间，他就会网一些麻雀，烹调之后与孙屠分享。

孙屠还是像过去一样不爱说话，除了下棋就没有其他什么爱好，常常一人坐在哨所门前的石条门槛上，痴痴地看山，看山顶上飘浮着的云朵，仿佛云朵后面藏着他心爱的人一样。王天堂正好相反，爱看电视、爱唱歌、爱听音乐、爱一人自言自语。响树沟哨所一年四季分明，风景秀丽，除了夏天天热蚊子多，还有蛇多。战士们说在响树沟站岗，天不怕，地不怕，就怕蚊子和蛇咬。王天堂是新兵，上哨所前就听说响树沟有个叫孙屠的战士爱捕蛇、嗜吃蛇，老想眼见为实，没想新兵下连自己被分到了响树沟哨所。说来也巧，王天堂上哨所第一天，赶巧孙屠抓了一条蛇，做成了四个菜，分别是油煎蛇排、凉拌蛇皮、青椒炒蛇肉和蛇汤，喝的是蛇血、蛇胆酒。那是一个阳光明媚的中午，孙屠用夹生的半普通、半广西话对王天堂说，你能分到蛇山上来是你小子的福气，就凭这四个菜，在广东少说上千元，你说在响树沟当哨兵好不好？王天堂情不自禁地举起杯子与孙屠碰了杯说，好，不好我能上来吗？孙屠说，你也别见竿子就爬，好不好，来不来，也不是你个新兵说了算。王天堂说，我弄不明白，蛇山怎么会有这么多蛇？让你捕也捕不完。孙屠看了看绿色的酒液说，蛇山之所以叫蛇山，就是因为蛇多，蛇有蛇路，门前那崖壁上有一条暗道，就是蛇下山到沟底喝水的暗道，一般人发现不了，我明天带你去看一看。王天堂赶紧摆手说，我吃蛇可以，怕看到活蛇。

孙屠满不在乎地说，其实蛇并不可怕，蛇有蛇的厉害，但也有它的短处，比如说蛇就怕打它的七寸，七寸之处是蛇的要害，打中了就要它的命。那些不会捕蛇的人，习惯打蛇的脑袋，蛇的脑袋恰恰反应最灵敏，不容易打中不说，搞不好它还会咬你一口，同时用尾巴抽打你，缠住你。另外，蛇还有一个弱点，它怕天旱，这几年蛇山雨水不足，蛇就会走出洞穴、走出领地，下山来找水喝，送上门来自投罗网。

进入夏末的时候，孙屠一连几天都没有捕到大蛇，好不容易捕到的几条蛇，一条条都与鳝鱼一般大小。孙屠很是纳闷，心里流露出失望和不解。王天堂问他捕多大的蛇才满意？孙屠不假思索地说，最起码也应在二十斤以上，太小了肉少，不好吃。

又过了几天，一天清晨，天刚放亮，太阳还没从东边升起，孙屠习惯性地来到了蛇山的崖下，这一次差点没有把孙屠吓晕过去，一条胳膊一般粗的大蟒蛇将哨所接水用的水缸圈占了一半，那大蟒蛇整个身子盘在缸里，只有那拳头般大呈褐色的头搭在缸沿上，像是睡着了，可那呈叉状的舌芯随着呼吸有节奏地从嘴里吐进吐出，那可是攻击对手一招致命的武器。孙屠站在崖上一时看呆了，在蛇山捕了两年的蛇，还从来没有见过这么大的蛇。

蟒蛇的庞大与无畏，让从不怕蛇的孙屠也不免胆寒，他没有像过去那样，见了蛇就挥动手中的竹竿。这一次他没有马上动手，因为蛇盘在一起，而且头伸在缸沿外，用竹竿去打蛇的头部那是愚蠢的招法，因为蛇的头骨坚硬不说，蛇头也十分的灵敏，它反应的速度要比人手快得多。蟒蛇盘在缸里，根本就打不着它的七寸，即使蟒蛇不是盘着，那蟒蛇因为太粗，长得又肥，用竹竿去打，很难一下子打断它的脊椎，更没有把握准确无误地击中它的心脏。怎么办？他还是第一次遇见这么大的蟒蛇，思来想去一时没有更好的办法。火一样的太阳越过了蛇山，响树沟又迎来了新一天的炎热。当阳光照射到水缸时，蟒蛇收回了头，将头连同身子缩到了一起。孙屠见状，心生一个主意来，他决定用安眠药来对付眼前这条避暑乘凉的蟒蛇。

前一段时间，郭小航因蚊子叮咬引发全身过敏，每到夜晚皮肤奇痒难耐而无法入眠，他下山从卫生所开回了安眠药，后因喝蛇血蛇胆酒，吃蛇肉喝蛇汤，皮肤过敏溃烂得到有效根治，安眠药便成了多余之物。孙屠回哨所见到郭小航后，喜形于色地讲了奇遇蟒蛇的经过，希望郭小航能够献出用不上的安眠药。郭小航没有答应，说我们哨所取水的地方是蛇山，蛇山因蛇多而得名，蛇是万物之灵，那么大的蟒蛇，一定非一般普通的蛇，弄不好就是蛇山之王，你要是把蛇王给捕杀了，那是一件犯忌的大事，众蛇们一定不会轻饶了你。孙屠是一个好胜心极强的人，他很不服气地说，亏你还是当兵的，蛇也怕、狼也怕，连蚊子也怕，也太胆小如鼠了，只怕将来连战场也不敢上。按你的说法，蛇山有蛇王，那猴山就应有猴王，牛山就应有牛魔王，其实哪有什么王。郭小航进一步劝说道，你杀的蛇还少吗？我劝你就不要再捕那蟒蛇了，它敢睡到我们接水的水缸里，那就不是一般的蛇。再说了，蟒蛇是国家保护动物，我们驻守风景区，要把保护动物当作自己分内的责任。孙屠天不怕地不怕地说，风景区里保护动物多了，大蟒蛇只是比一般蛇要大，还不够国家保护动物的标准，因此它照样是我的盘中餐，嘴里菜，你不给安眠药，我也有办法擒拿它。郭小航生气地说，你这人是杀蛇成性，不给你安眠药吧，我担心蟒蛇生吞了你，给了你吧，又让你杀了一条蛇，惹出什么意外来。两人正说蛇的事，班长高众巡逻归来，听了孙屠和郭小航的话，也觉得稀奇，决定去看一看，是不是他们争论的什么蛇王。

蛇山与响树沟相连，那里有一个滴水洞，常年滴水不断，即便遇上大旱之年，也不曾断过滴水。哨所的士兵为了喝到纯净山泉，便在滴水洞下的岩石上摆放了一口大缸，水滴进缸里，再用一根塑料管将水引到哨所的蓄水池里。他们顺着一条羊肠小道，来到滴水洞前的岩石上，果然看见一条蟒蛇盘踞在水缸里。那蛇太大了，班长高众见了也劝孙屠放弃捕杀。孙屠倒是铁了心要捕下这条蟒蛇，他让班长高众配合他，只需扯动用来引水的塑料管，搅醒正在睡觉的蟒蛇。他则手拿一丈有余的竹竿站在岩石的左侧，等待最佳时机攻击。班长高众很是担心，让他千万小心，不可大意。孙屠将作训服的裤腿扣好，系紧鞋带，然后向班长高众招了招手，高众提起塑料管很小心地往上拽。随着塑料管被反复拉动，蟒蛇缓慢地伸出头，四处看了看，才开始向外蠕动；阳光下，那褐色的身体，就像穿了一身黑色晚礼服的王子，给人以鲜亮华贵、庄重气派之感；它爬行的是那样缓慢，身体一点一点地滑离缸沿，那不急不忙的神态，给人以淡定和超脱之感。孙屠看在眼里，喜在心里。班长高众拉动塑料管时，他担心蟒蛇受惊，快速逃离，那样就增大了打击蟒蛇七寸的难度。蟒蛇的缓慢爬行，为孙屠提供了难得良机。在蟒蛇的头离开水缸约两米远的时候，孙屠从近两米高的岩石上一跃而下，对着那浑圆的脊背打了下去，只见蛇身猛地一抖，蛇头挺了起来，孙屠深知刚才打下去的一竹竿，只是击中了蟒蛇的脊骨，而没有击中它的心脏；在蟒蛇加速向前滑动的一瞬间，他又猛地打出了第二竿，这一次打得蟒蛇就地翻滚，美丽的黑衣下，露出了黄白相间的肚皮。蛇头快速向后回援，像猴一样精瘦灵巧的孙屠犹如驰骋沙场的将军，镇定自若而又狠又准地打下了第三竿，这一次的打击声，连一旁的水缸都发出了嗡嗡的回响。

毒热的阳光下，蟒蛇昏倒在了那块巨石上，孙屠不敢有半点马虎，他对着刚才打下第三竿的地方，又重重地打了一竹竿，第四竿打下去之后，蛇身停止了颤抖，整个身体瘫软在了地上。面对孙屠的勇猛、果断与凶狠，面对蟒蛇的狰狞和不堪一击的惨死，尾随而来的郭小航看了，紧张得全身抖动，如筛糠一般。

孙屠胆子大得让人惊叹，他三步并作两步，跑到岩石上，掏出绳子打了一个活扣，用竹竿撬起蛇头，那活扣顺着竹竿滑到了蟒蛇的头前，他轻轻一抖，活扣越过了蛇的头部，在蛇头下停住，他猛地一扯绳子，活扣便被拉紧。蟒蛇太重太大，足有百余斤，孙屠用力拉了几下，蟒蛇一动不动。最终在班长高众的协助下，他们费了很大的劲才将蟒蛇拉回哨所的院子。

蛇身比一千响的鞭炮还长。孙屠虽然累得直喘粗气，汗水流个不停，可他没敢休息片刻，他说，蛇的命比人大，它有很强的自我复活能力，再过上一个小时，它破损的心脏还可以恢复，一旦心脏重新工作，处于死亡边缘的蛇便会对攻击它的人进行疯狂的报复，那是十分可怕的。在大蟒蛇完全处于昏死状态之时，他用竹竿撬开蟒蛇那巨大的嘴，用剪刀剪掉它用来发射剧毒的舌芯，拔掉它那并非用来咀嚼而是用来杀害猎物的毒牙。

俗话说得好，瘦死的骆驼比马大。自从蟒蛇被拖进院子，哨所里一向狂妄的狗见了蟒蛇也停止了吠叫，躲到墙根一声不吭；树上叽叽喳喳欢叫的鸟，也飞得远远的，一时不敢回到自己的巢里来。孙屠很兴奋，稍作休息，喝完一杯凉水，便开始杀蛇。他杀蛇只用一把手掌大的小刀，那刀尖锋利无比，在阳光下反射出耀眼的光芒。孙屠从电视室搬来一把长条板凳，人站在板凳上，将蛇头吊在门前枝叶繁茂的樱花树枝上，蛇尾用铁丝系牢拴到另一棵樱花树上，蛇头蛇尾固定好之后，他才开始杀蛇。孙屠先用刀尖在蟒蛇的颈部旋转一圈，左手托住蛇的腹部，刀尖刺进蛇皮后从前至后滑动，蛇皮很厚，锋利的刀刃发出嗞嗞的声音，蛇的肚皮从头至尾被划开后，他又回到蛇头，用手指剥开蛇皮，然后拉着蛇皮向后移动，大约五六分钟的样子，蛇皮就被他完整地剥了下来。剥完蛇皮，他又重新回到蛇头，将一个铝盆放到长条凳上，手中的尖刀斜插进蟒蛇的喉部，刀拔出，蛇血喷涌而出，血整整流了五分多钟，铝盆装了三分之一，放血的时候，蟒蛇似乎被疼痛惊醒，全身抖动，开始出现抽搐。班长高众惊慌地对孙屠说，小心蛇活了。孙屠沉着地说，活不了，看我马上掏它的心。孙屠说完，将刀刺进蛇喉咙约两厘米时，用力向后匀速麻利地推进，在七寸之处，他手中的小刀向里轻轻顶了一下，蛇身顿时停止颤抖，他的刀才开始缓慢向后运动，刀过之处，蛇的肚皮被剖开；剖开蛇的肚皮，在蛇的七寸处，他停了下来，将手伸进蛇的胸膛，掏出蛇胆、蛇肝和蛇心。忙完这一道道工序，他放下蟒蛇，将蛇放在板凳上，抄起劈柴的板斧，先是一斧砍断了蛇头，接下来他用斧头将蛇身砍断成截，斧头落下，血液飞溅，那血溅了一墙一地，也溅了孙屠一身。

蛇肉的香味顺着袅袅的炊烟弥漫了响树沟的大小山谷。

斩杀蟒蛇后的第三天清晨，天还未放亮，王天堂起床小便，透过玻璃窗，蒙眬之中，只见院子里爬满了大大小小的蛇。那高昂的蛇头，火焰般的舌芯，吓得王天堂魂飞魄散，他惊恐万分地高叫：“孙屠，不好了，快起来，院子里来了好多的妖怪。”

孙屠正做着被蛇绞缠的噩梦，听到喊叫，光着脚跑了出来。月亮像女人耳朵上破损了的耳环，挂在院子的上空。孙屠拉开窗子，伸出头往外一看，只见不大的院子里满地是蛇，它们引颈高昂，吐着有毒的舌芯，那舌芯就像在烈日下摇曳的小麦尖，火红一片。从小随父亲捕蛇杀蛇从不惧蛇的孙屠，看到如此阵势，也吓得脸色苍白，片刻之后，他很快镇静下来，说：“太吓人了，快把窗子关紧，我去叫醒班长。”

早已吓得魂不守舍直打哆嗦的王天堂结结巴巴地说：“班长，班长在站岗，蛇，蛇不会上楼吧？”

不知何时，只穿背心短裤的郭小航从房间里走了出来，他似乎早有心理准备，平静地说：“我就知道有这一天，楼下有门，上不来的。”

孙屠听了方才放心，为了稳住胆小的王天堂，他连声说：“不要怕，有我在呢！”

郭小航一听孙屠说话，满肚子的怨气又陡然增加了不少，半是怨恨半是劝诫地说：“鸭子死了嘴硬，为什么这么多蛇聚集到哨所来，就是因为你杀了那条大蟒蛇。我爷爷给我讲过蛇的故事，这是百蛇祭祀，都是你惹的祸，你当时要是肯听我的劝，哪里会有今天的众蛇讨伐。”

孙屠听了郭小航的话，心想那蟒蛇真的是蛇山的蛇王吗？如果不是，怎么会有这么多的蛇聚集到哨所，它们真的像郭小航说的那样是前来讨伐的，还是来祭奠它们的蛇王，如果是，祭奠之中一定包含复仇，那就太可怕了。想到这里，他心里冒出丝丝凉气，再看一眼院子里高昂着的蛇头、吐着像箭一样舌芯的蛇们，一种被众蛇缠绕不得脱身的恐惧感立时遍布全身，他胆战心惊地问：“怎么办？”

王天堂很有见解似的说：“小时候我最怕走夜路，一是怕鬼，二是怕蛇，我爷爷让我左手拿一根桃树条，右手拿一根竹竿，边走边敲，因为桃枝驱鬼，蛇怕竹竿，蛇听到了竹竿发出的声音就会主动走开。”

孙屠赶忙找来捕蛇的竹竿，这根竹竿在不长的时间里在他的手中发挥了极大的威力，就像孙悟空手中的金箍棒，捕蛇无数，充满了杀气。他一手拿着竹竿，一手将铝合金窗拉开一条缝隙，将竹竿伸出窗外猛敲墙壁。一开始，蛇们还有点惊慌，都低下了高昂的头颅，可是随着竹竿敲打声的减弱，蛇头又像从地里钻出来的竹笋一个个高挺着，并没有因为害怕竹竿而离去。

站在一旁的郭小航赌气似的对孙屠说：“你不是不惧蛇吗？冲下去把它们全捉了！”

孙屠两眼盯着窗外，有气无力地说：“你没听说虎落平阳被犬欺吗？现在我如果下到院子里，那些蛇别说咬我，就是用身子缠都能把我缠死。”

在无声的对峙中，天一点点放亮，当阳光越过蛇山的山顶，将那灼热的光束照满院子的时候，群蛇才开始井然有序地撤退。在群蛇撤退的路上，如滚滚的洪流，震荡着响树沟的山谷。

又到了晚上，晚霞将蛇山浸染得分外妖娆。在霞光即将褪尽的时候，一场更让人惧怕的场面出现了，那一条条或粗或细或长或短或青或花的蛇们开始从蛇山的洞穴中向哨所聚集。因为士兵们早有了准备，不仅将大门关上，还将缝隙之处堵了个严严实实。关了门并不能挡住群蛇爬到院子，暮色中，又是那条大花蛇，它像一个领头羊，更像一个探路者，第一个从院墙旁的一棵冬青树枝上下到了院子里。紧跟其后的是两条小青蛇，它们像护卫大花蛇的保镖，进到院子后，就守在大花蛇两旁。而后是群蛇涌动，冬青树开始摇晃，几十条蛇从树上下到院子里，不到两根烟的工夫，院子里的蛇又黑压压地盘了一地。细心的王天堂对孙屠说，我发现今晚聚集的蛇又比昨天多了许多，足有上百条。蛇确实比昨天更多了，它们像列队的士兵，一个个伸长脖子，头颅高昂，给人以头可断，血可流，不可辱的霸气。好在哨所当时建房时就考虑地处深山紧临蛇山，环境特殊，哨所楼房修了两层，一楼是文化娱乐活动场所，二楼住人，窗子密闭严实，墙面上贴上了大块的光滑瓷砖，以防蛇类动物攀爬。面对坚墙壁垒，蛇们很有智慧，它们三五一伙，相互绞缠，像人搭肩登高一样，它们竖直的身体，最终因脊梁不硬而轰然倒塌。它们怀着复仇的激情，倒塌并没有让它们丧失斗志和信心，它们一如既往毫不气馁。

夜深了，月光清淡，群蛇虽然放弃了攀高，却又相互绞成一团，发出凄惨而又伤心的哭泣之声。实际上，它们没有泪腺，可它们却以自己特别的哭声哀悼自己的大王；不少蛇还用尾巴一声声敲击墙壁，敲打一楼的门窗，以表达自己的愤怒。面对此情此景，孙屠这下真的害怕了，他想自己一定是杀了蛇王。

一连几天，蛇们都是在太阳落山天黑之后来到哨所，太阳升起时离开。如此这般搅得孙屠食宿不安，每到夜里，他都无法入眠，即使勉强睡着，也是噩梦不断。夏天都快结束了，蛇们还是不肯罢休。即使郭小航每天面对蛇山祈祷，蛇们也没有一丝退去的迹象。

又一天晚上，王天堂关着门看新闻联播，电视画面里正好报道一位老干部的遗体告别仪式，在播放哀乐的时候，室外的蛇们似乎听到了，它们随着哀乐一齐摆头，并用尾巴敲打地面，那如鼓的声音，震得窗子晃荡直响。

随着哀乐的结束，蛇们也安静了下来，而后缓缓离去。爱听音乐的王天堂敏感地发现了这一奥秘，第二天电视里重播追悼会实况时，王天堂用听英语单词的复读机将哀乐录了下来，天黑之前将音箱挂在了院墙旁的冬青树上。又是日落西山，夜幕缓缓拉开，王天堂按下播放键，哀乐开始反复地播放。

这一招果然见效。那天，每次第一个进入院子的大花蛇没有下到院子里，而是盘在音箱上，其余的蛇都像大花蛇一样盘在树枝上。它们听着哀乐，高潮之时一齐摇摆，两根拳头粗的树枝经受不住蛇的重压和同频摆动而被压断。一连几天，蛇听到哀乐后，悲痛似乎得到释放，从此不再进入院子，有的蛇也不再上树，顺从地聚在冬青树下。

面对如此神秘的现象，王天堂与孙屠都唏嘘不已，连声感叹蛇的神奇。郭小航以不高不低、不急不慢、见多识广的语调说："好多人，都以为蛇有听觉，因为生活常识告诉他们，盘踞在草丛中的蛇，只要有一点异常的声音，都能引起蛇的警觉，为此好多人都认为蛇有灵敏的听觉。其实，他们哪里知道，蛇是没有听觉的，它既是一个哑巴，又是一个音盲，虽然听不到声音，可它感觉灵敏，能够感知空气中的振动，任何物体所发出的声音，通过大地的传导，蛇的肉体和骨节都能接收并感知，那富有节奏或者是零乱的声音像钢琴的键盘一样，一一敲打在蛇的骨节上。"

王天堂睁大了眼睛说："你懂的太多了，过去我一直以为蛇有自己的语言，没想到它是个哑巴；过去我一直以为蛇的耳朵好使，没想到它是个聋子；过去我一直以为蛇的牙齿既可咬人还可以咬食物，没想到它的牙齿并不用来咀嚼，而是用来推送致命的毒剂；过去我一直认为蛇的眼睛可以看得很远，没想到它的视力比瞎子强不了多少。过去关于蛇的所有认识，原来都是错误的。”

郭小航有点得意地说：“蛇之所以神奇，就在于它能够化腐朽为神奇，以超常的灵敏感觉和凶狠弥补自己的不足。”

蛇们每天就像按时开会一样，在傍晚准时赶到哨所院墙外的冬青树下，晚至朝离，近乎风雨无阻。如此这般一直延续到蛇山下了第一场大雪，天寒地冻前，蛇们都回到了自己的洞穴，开始一年一度的冬眠。至此，响树沟哨所结束了群蛇闹哨所的恐惧生活。从那以后，孙屠不再吃蛇肉、喝蛇血和蛇胆酒。他时常心有余悸地问郭小航和王天堂：“你们说，明年开春后，蛇还会再来吗？”

正与王天堂下棋的郭小航似乎很懂行地说：“蛇是有灵气的动物，我们这响树沟，处在阴阳两界，如果蛇山没有这么多蛇，蚊子一定能把我们人都抬走，是蛇平衡了这里的阴阳和动物。所以，我们应该善待蛇，那样它们不仅不会找我们的麻烦，还会给我们带来更多的益处。”

王天堂也连声附和说：“如果蛇没有记忆，再加上一个漫长冬天的冬眠，它们会把所有的痛苦都忘得一干二净，那样的话，春天到来时它们就不会再来侵扰我们了。”

孙屠自我安慰说：“但愿如此，要不然我非疯了不可，昨夜我还梦到蛇王，它一口将我吞进了肚子里，我拼命挣扎，噩梦醒来后一身冷汗，一夜无法入睡，早晨起来对镜子一看，人憔悴不说，黑森林里竟然生了白发。”

郭小航与王天堂听了，都仔细打量眼前的孙屠，发现孙屠那稚气而又顽皮的脸一下子成熟了许多，头顶上真的长出了一小撮白发。郭小航不知怎样安慰他，想了好半天才说：“王天堂说得有道理，冬眠之后，蛇们也许把一切都忘记了，其实你也应该像蛇一样，来一个冬眠，忘掉蛇王产生的恐惧，心自然安泰。”

孙屠听了没有接话，他靠在椅背上，一会儿看郭小航下棋，一会儿看对面的蛇山，不知不觉中他竟然睡着了，而且打起了响亮的鼾声。过了一会儿，他舒展的眉头又拧紧了，他一定又梦见了大蟒蛇，还有那上百颗蛇头和火焰一般的舌芯，一定还有自己那沾满鲜血又洗不干净的双手。

美　女　照

班长高众不与孙屠下棋的时候，他常常一个人坐在书桌前，打开抽屉翻看影集。影集不大，就像连环画册一样，非常普通，虽然里面装的照片不多，一共只有七八张，但含金量却很高，大多是美女照，而且照片是同一个妙龄女孩，那好看的瓜子脸，面带迷人的微笑；那一双水汪汪的大眼睛，含情脉脉，像是与你交流说话，让人难忘；那厚厚的嘴唇，很是性感。高众越看越投入，看着看着脸上竟然流露出花开的声音来。

就在高众忘情之时，孙屠会不声不响地走到他的身后，二话不说从高众手中接过影集，一边看一边赞叹说：“班长好福气，嫂子长得如花似玉，像电影演员。班长你太有本事了，怎么找到这么漂亮的女孩，给我们介绍介绍经验。”

高众在孙屠的缠磨下，开始讲自己的罗曼蒂克。本来不善言辞的高众，只要讲到交女朋友的故事，就像泄洪的闸门，滔滔不绝。孙屠和郭小航也都陶醉在班长的浪漫温柔之乡，三个人的脸上都挂着甜蜜的幸福。欣赏班长的美女照，听班长讲爱情故事，这是他们三个人最美好的精神大餐。孙屠说，听班长讲恋爱故事是抵御寂寞侵袭的灵丹妙药。

每隔几天，他们就会不约而同地拿起班长女朋友的玉照欣赏一番。过去爱找理由到三十里以外的银沟小镇遛一遛的孙屠，自从有班长女朋友的玉照欣赏之后，也变得不再浮躁了。他常感叹，银沟小镇咋就难见一个漂亮的美女呢，美女们都到哪里去了？班长说，好看的姑娘都到大城市发展去了，小镇哪里留得住金凤凰。

又是一年年底，高众三级士官服役到了最高年限，连长带着团里的命令来到哨所宣布高众转业。下山前的一天晚上，郭小航连夜加班织了一张又大又密的甩网，第二天，阳光像七色万花筒，给哨所披上了一层五颜六色的霞光。郭小航像往常一样，将一碗小米端到室外，抓起一把小米撒在干净的水泥地上，金黄色的小米在阳光下闪闪发光，一群饥饿的麻雀闪电般的从树上跳到地上，吃着那金黄色的小米。郭小航像捕鱼那样，将手中的网随手甩出，网顿时像雨伞一样撑开，将一群麻雀牢牢地罩在了网下。孙屠像一只猎狗钻到网下，抓了一只又一只，一共抓了三十多只。那晚，孙屠拿出自己最好的烹调手艺，将一只只麻雀炸得又酥又脆又黄。三个人一边吃麻雀肉，一边东扯西拉，从晚上月亮升起喝到月亮落山。

第二天阳光升起，连队接高众下山的车到了哨所。下山时，高众把那薄薄的相册留了下来，那里面有班长如花似玉的女朋友，有孙屠和郭小航心中漂亮的美女。

孙屠接替高众当了班长，为了起到表率作用，他守着哨所很长时间不下一次山，像老班长那样，寂寞的时候就拿出那本薄薄的相册翻看，常常像班长高众那样看得如痴如醉。

来年大雁北归，春天的风将哨所吹得满山翠绿的时候，连队给哨所补充了一批杂志和书籍，其中有《解放军画报》《民族画报》等。一天下午，孙屠翻看《民族画报》时，他惊讶地发现班长留下的照片与《民族画报》上的一个土家族女孩长得如此相似。孙屠满心疑惑地将郭小航叫过来，两人拿着照片和画报上的土家族女孩反复对比，最终得出一个共同的结论：班长高众影集里的美女照是从画报上剪下之后翻拍的。

孙屠与郭小航第一感觉是精神上受到了班长高众的欺骗，两人从内心里恨起班长来，觉得班长太狡猾了，把他们当傻瓜对待。高众来信他们也不回，孙屠更是连信都不愿看一眼。直到有一天，他们在清理班长的储藏柜时，发现了班长留下来的一个包裹，包裹里全是信，一封信里还夹带着一张女孩的照片，照片中的女孩与那画报上的土家族女孩一模一样。

信全是女孩写给班长高众的，为了救身患重病的父亲，女孩违心地决定要嫁给县里的一个房地产老板。女孩在信中表示，她人虽然要嫁给那位老板，但心里永远想着高众，并希望在她和老板举行婚礼前，要高众回老家一趟，她要把少女的心献给他。

高众没有这样做，女孩的美好从此深深印在他的心中。他忘不了她，想她的时候就把照片拿出来看一看，后来高众发现孙屠、郭小航也是那样的喜欢，他就把那女孩“留”在了哨所。

当上班长的孙屠，也像老班长那样，没事的时候，时常把相册拿出来看一看。新兵们也一齐跟着欣赏，都觉得看老班长漂亮的对象心里惬意极了。

陵园奠

满山杏花盛开的时候，正是清明时节。

吃完早饭，新兵程飞打算向班长孙屠请假，到山外的镇上给母亲打个电话，清明节了，他让母亲代他买一束鲜花，祭奠祭奠奶奶。程飞还没来得及张口，孙屠倒是先说话了：“程飞你现在到山上，采一些杏花回来。”孙屠用手指了指墙角的筐子，又说：“那里有两个筐子，采满了就可以。”山上有很多野杏树，也许是山坡贫瘠的原因，野杏树长得都不高，但花开得肥硕、朴素、妖艳。程飞采花时，没有用刀砍杏枝，而是用剪刀，他剪得非常细心，生怕把枝条上的花弄掉了。没过多久，程飞就采满了两筐杏花。

程飞提着两筐杏花回到哨所，孙屠满脸喜悦地说：“程飞，你到哨所门前的小河边弄一些柳条。”

河边柳树很多，程飞在每棵树上只采五六根，以防将一棵柳树采秃了。柳树枝比野杏花好采，不一会他就采了一百多根。在回哨所的路上，他就在想，一定要抢在孙屠再次派活之前，请假到镇上给母亲打一个电话。

进了哨所，孙屠正在剪花枝，看见程飞老远就喊，程飞你快点来，我教你做花环。程飞弄不明白，便问孙屠做花环干什么。孙屠说，等会儿我们到烈士陵园去扫墓。程飞很是惊愕，山里荒无人烟，也从来没有听说这里打过仗，从来没有人告诉他哨所附近还有什么烈士陵园。那一定是在小镇上，听说古塔寺一度是红军的医院，那里曾发生过激烈的战斗。

花环做得很简易，用柳条将杏花扎住，一个很漂亮的花环就做成了。孙屠说："程飞你还是跟我进山。"程飞不明白地问："班长，我们不就在山里吗？还进山，进到哪里去呢？"孙屠笑了笑说："对，我们就在山里，我是说让你跟我到哨所的山那边。"

哨所的山那边，其实就是哨所西边的一条山谷，因为山高路险，一年四季几乎无人光顾。孙屠和程飞一人拿了两个花环，沿着一条崎岖的山路往那条沟里走去。荆棘把整个路占满了，孙屠和程飞费了好大劲才走到半山腰，在一块较为平坦的地方，只见一个人将点燃的烟放到用石块垒起来的坟墓前，将瓶子里的白酒倒进小酒杯后，一杯两杯地放在石块上。孙屠走过去说："胡总，你来了也不先到哨所，我们也好一同来。"

胡总五十多岁了，过去是工程兵，山沟里的十多条洞库都是胡总所在的工程部队挖掘的。当年，胡总一条命就是他的班长郑三从阎王嘴里抢夺下来的。胡总活了下来，他的班长郑三却被一块巨石砸死了。郑三是孤儿，死后就葬在紧临哨所一旁的山沟里。那时部队孤儿多，工程兵的任务是挖山洞，一年总有一些意想不到的事故发生。后来又有几位战友先后牺牲了，其中有两个是孤儿，也就与郑三葬在了一起。后来胡总当到营长，百万大裁军时，从部队转业回到了地方，将一个不过百人的小厂，建成了一个拥有三千多职工的大厂。

胡总是一个知恩图报的人，每年清明，他都千里迢迢来给老班长和牺牲的战友上一根烟，敬一杯酒。那时，交通不便，如果一时来不了，他就会打电话给部队的战友，让守哨的战士替他上烟敬酒。后来交通发达了，他也有自己的小汽车了，便一年不落地每年都来。孙屠和他是老乡，答应每年清明都来祭奠埋在山后的老兵。胡总说，当时要不是班长郑三，死的就是我，那块石头砸下来时我一点都不知道，是班长用力一推，我才死里逃生。只要我活着，清明节我就会来，不然我心里就不会安宁……

走在回哨所的路上，孙屠向程飞讲了上面的故事。程飞静静地听着，陷入了沉思。

后来，每到清明节，哨所历任班长就会让战士采了野杏花，做成花环，到后山为几位光荣牺牲的老兵扫墓，献上朴素淡雅的野杏花。程飞后来接任了班长，也像老班长一样，到了清明节，就会让新兵去采野杏花做花环，带着新兵到后山为埋在那里的老兵扫墓。不过，程飞在献花、敬酒的程序上，增加了三鞠躬的礼仪。

[原载《解放军文艺》2010年第9期，入选《陕西文学六十年作品选（1954—2014）》]

生 命 恙

还不到马年，就有亲朋好友不断打电话，他们找我不为别的，要么是为自己的父亲母亲，要么是因兄弟姐妹，或者同学战友，多是身体出了毛病，需要看病或住院治疗，那种刻不容缓的急迫心情没有一点商量的余地。当然，有的人还比较客气，说几句温暖的客套话；有的则巷子里赶猪直来直去地提硬性要求，比如找什么专家、哪天把床位给安排了，总之是没得商量。他们压根不替我着想，就好像医院是我自家开的一样。

近年来，我所在的医科大学的三家附属医院，门诊量逐年逐月攀升突破，不是命悬一线危在旦夕的病人，很难一步到位住进医院。通常情况下，必须先做完相关检查，医生才根据病情轻重缓急决定是否住院，根本不像人们想象的那么简单，以为是逛超市，只要有钱就可以买到称心如意的商品。碍于情面我赶忙打电话联系专家，好在身在医科大学，平常特别注意与各类专家交朋友，一通电话打下来，总算是把需要看病、做检查的相关医生联系上，对几个急需住院的，他们都答应一边办入院手续，一边做例行检查。

一

按照与老马的约定，第二天早晨七点，我就早早起了床，在三十分钟内穿衣、洗漱、吃早餐一气呵成。刚走出家门，手机就响了起来，一看来电显示果然是老马。他在电话里很不耐烦而又焦急地说，我都在消化病医院大楼等了快一个小时了，怎么不见你的人影。其实一般情况下，我是不直接陪病人见医生的，因为找我联系医生看病的人太多，即使我有心去陪，也无分身之术。通常情况下，我在提前联系好医生后，便将医生的电话通过短信发给病人，有了电话，病人按照约定时间找医生看病就可以了。但老马是我的老朋友，平常常在一起喝酒，再加上他在一个区里担任人大常委会主任，帮我办了不少事情。老朋友身体有恙了，找到我，既是对我的信任，也是我应尽的责任，所以我必须赶到医院把他带到联系好的医生跟前，做一番介绍，得到热情接待。如果还需要做CT之类的检查，我得继续帮助完成。

听了老马的埋怨，我赶忙说，别急啊！离约定时间还差十分钟呢。老马一听更是不耐烦了，气呼呼地说，平常你找我办事，我可从来没有含糊过。老马话说一半就挂了电话。我心里清楚，越是有钱有权的人越是看重生命，更何况老马的病情确实很急，他今天来我所在的医科大学附属医院就诊之前，已经在他所在区的一家小医院住了将近半个月。他在那小医院里住院时，我还看过他，住的是套间，里间住人，外间接待客人。在那小医院里，因为他是人大常委会主任，从院长到医生、护士，几乎把他当神一样供着。只是服务态度虽然一流，可医生的医术却成问题。入住初始，他的肚子只是一般性的疼痛，随着治疗时间的延长，他腹痛非但没有减轻，反而一天天加剧，什么CT、胃镜之类的检查，能做的都做了，硬是没查出原因来。那主治医生为了保险起见，今天按肠炎治，明天按胃溃疡治，反正过一两天就换一个治疗方案。老马疼得实在受不了了，才打电话找我，让他的司机把检查结果送来，让我帮忙找一个专家给看一看。我马上联系了消化科的韩教授。韩教授四十多岁，医术精湛，不少生命垂危的病人经她治疗，常常绝处逢生。她不仅医术好，而且面善心善，乐于助人，无论多忙，我只要找到她，她从不推辞。看了老马厚厚一沓检查单，她断定说，你这个朋友得的既不是胃溃疡也不是肠炎，而是大肠癌。我听了很是吃惊，赶紧问她怎么办。韩教授不慌不忙地说，不要惊慌，如果是早期，将那段患了癌的肠子切掉就可以了。韩教授说这番话的时候，老马的司机小王也在场，我让小王马上回医院通报老马，就说肠癌早期，专家说把那段肠子切除就可以了。老马压根儿没想到自己会得癌，因为他长得不胖不瘦，标准身材，而且能吃能喝，常在众人面前说自己出身于贫寒之家，父母什么都没有给他，唯独给了他一个好身体。老马听小王讲了专家的诊断，犹如五雷轰顶，好半天没说一句话。老马毕竟不是凡夫俗子，是见过大世面的人，在惊恐未定之中，他很快镇定下来，当即给我打来电话，要求马上安排入院，尽快安排手术。

也许是古城冬天没有下雪的缘故，马路两边的梧桐树的叶片还牢固地挂在树枝上，那落满灰尘的树叶，在晨风的吹拂下，像一片片风铃当当地响着。穿过通往医院的地道，车速一下子降了下来，比蚂蚁爬行快不了多少，在一个交叉路口，车就开不动了，我干脆打开车门下了车，步行赶到消化病医院。

消化病医院是院中院，几年前还是一个科室，后来因为科里出了一个重量级医学大家，有了大家就得有大楼。于是，就像有神人吹了一口气，大楼一夜之间拔地而起。大楼修得很有气势，二十一层高，与身前身后的房子相比，绝对的鹤立鸡群。它面朝东南，背靠西北，那抽象的造型，远看像鼓满了风的帆，近看又像一条不动的船，“船尾”还挂着仿真的锚。它远航与停泊的姿势，常常给人以错觉，以为置身大海，或者是海边，最后发现上当了，在古城里别说海，就连大一点的湖泊都没有。

走进消化病医院大楼的大厅，老远就看到老马在他老伴和司机的陪伴下呆若木鸡地坐在长条椅子上，见了我，他那死灰一般的脸硬撑出一点笑容说，你他妈的总算来了。我说来看病的人太多，院内堵得一塌糊涂。老马没接话，马夫人赔着笑脸说，你们是好哥儿们，别生他的气，他也是疼得没了招。我微笑着说，不会的，骂两句也没事，走，我们现在到韩教授办公室。

韩教授在消化病医院十三楼，十三楼的病房都归她管，我们乘电梯到十三楼时，韩教授正好从员工电梯通道走了出来。韩教授知道我的来意，叫上了护士，直接把老马带到了十三号病房。我在后头给韩教授介绍老马的情况，以及我与老马的关系，目的是让韩教授给予高度重视和关心。老马在护士的引导下，很快走进了病房。我小声对韩教授说，住十三层，怎么又住进了十三号病房，该不是四号病床吧。韩教授毫不客气地说，这十三号病房今天早晨才腾出来，病人患肝癌晚期昨天夜里走了。我听了心想，太不吉利，于是提出换房子。韩教授正色道，你看走廊两头都住了病人，能住上病房就不错了，还挑三拣四。我赶忙说，我那朋友大小也是个领导，人又特别讲究，要不先住下，过两天有了房子再调换？韩教授听了没有再说什么，微笑着点了一下头。

走进病房，不大的房间里摆着两张床，老马住靠墙的一边，他也许是身体太虚弱了，进屋就躺在了床上，那瘦弱身体的影子被阳光倒映在雪白的墙壁上。看到老马失魂落魄的样子，我仿佛感到墙上老马的身影，是那位刚刚死去的癌症患者还没有散去的幽灵，心里不免毛骨悚然。韩教授来到床边，先是问了老马疼痛的部位，然后又让老马掀开衣服，做了腹部触诊检查，尔后对老马说，你先前在区医院做的检查效果都不太好，你今天上午把X光、B超和胃肠镜相关检查再做一次，一来是明确诊断，二来为下一步手术做准备。得了癌症的病人是不怕花钱的，何况老马是领导，属公费医疗。老马爽快地说，韩教授，钱你就不用担心，该做什么检查就做什么检查，只要能把病因搞清楚就成。因为病人多，做X光、B超和胃肠镜都得提前预约，韩教授说看在我的面子上，当即掏出电话打给相关专家，他们都表示人到就安排。老马听了很感动，对韩教授表示了再三感谢，老马的老婆也热情地拉着我的手表示了感激，不再像过去那样摆官太太的架子。

老马有护士陪着做检查，我便与老马握手告别。因为我还有一摊子事等着处理，八点半要参加一个会议。走出消化病医院大楼，已经是八点十分，马路上的车比我来时堵得更厉害了，好在从医院到校区路程不远，我只好继续步行。

走了不到一半，手机又响了起来，从裤兜里掏出手机一看是战友李标打来的。我不知道他找我有什么事情，按下接听键。李标急火火地说，哥儿们，忙什么呢？我老爸的病越来越重了，不知找你联系住院的事怎么样了？我听了心里一惊，我怎么就把李标讲的事给忘了呢？我赶忙说，还有一个多月就过新年了，需要住院的人特别多，你稍等，我联系好了就通知你。李标说，老爸今年才七十一岁，正是退休养老的好年华，前两天还能吃能喝，从昨天开始是吃什么吐什么，看在兄弟的情分上，你一定要尽力帮忙，尽快安排住院。在医科大学工作，因为三所附属医院名气太大，西北五省包括周边省市地区的患者，只要得了病，都会千里迢迢选择到我所工作的医科大学几所附属医院治病。李标父亲要住院的事，前几天他给我讲过一次，我给附属二院胸腔外科的林主任打过一次电话，他说床位紧张，让我等几天。这一等因为事多，就把李标父亲住院一事给忘了。

李标的父亲退休前是我老家所在市的政协副主席，李标转业时他父亲还在实职岗位上，他凭借父亲的人脉关系，由转业时的连职军官十几年升到了副区长。我每次回乡探亲，都是李标出面接待，召集战友见面。基于两人的浓厚情感，我马上给林主任再打电话，我想他当主任的，这个时候正在交接班。果不然，铃声响了将近一分钟，林主任才接听电话，他说他正在查房没有听到电话铃响，这两天也没见我催他，还以为病人不来了，就把刚腾出来的房子安排给了急着住院的病人。我让林主任一定帮忙想办法，我说要住院的病人是我非常要好的战友的父亲，现在都吃不进去饭了。林主任平常与我关系不错，他听我说得很迫切，答应只要有一张床位空出来，他就把它留下来，并让我今天晚上与他再联系一次。

我边走边打电话，走到会场时，工作人员候在门外对我说，领导们都到齐了，您赶快进去。我找到座位刚坐下，主持人就开始讲话，先是介绍到会领导，然后介绍会议议程，接下来领导开始讲话。进入会场后，因为一时疏忽，我没把手机调到震动，不一会，寂静的会场唯有我的手机响起嘹亮的冲锋号声。冲锋号是我设置的铃声，因为声音来得太突然了，领导竟然停止了讲活，全场的人都把眼神聚集到了我身上。由于慌乱，我一时没有找到马上关闭铃声的办法，当时真想把手机给砸了，坐在一旁的陈主任救了急，他接过我的手机，轻轻按了一下，手机就不响了，就如饿极了的婴儿突然找到了奶头。随着冲锋号声的停止，领导继续讲活。我赶忙掏出手机，担心它又响起来，直接按下了关机。

会议开了近两个小时，会议一结束，我马上打开手机，手机就像受了委屈的怨妇，滴滴响了好一会，一看未接来电，有二十多个，其中最主要的就那么几个，最多的还是出自老马。于是我马上把电话给他打了过去，老马显然既焦急又很气愤，他说，你干什么去了，怎么不接电话。我说我在开会，领导讲话，不能接。老马叹了一口气说，检查结果出来了，肠癌早期，韩教授说了要手术，切肠子。我说，老马你别紧张，我一会儿就来。

我再次来到消化病医院大楼，大厅正面两部电梯站满了人，有躺在车上的病人，有来探视病人的家属。我一看人多，只好转到背面，背面也是如此，我再往东头走，那里有一部供医务人员上下通行的小电梯，六楼以下不停，再往上每隔两层停一下，算是快捷通道。

电梯在十三楼停了下来，当我走进十三号病房时，老马正有气无力地躺在床上，两眼空洞无神地望着天花板。我走进去见了老马那绝望沮丧的样子，赶忙安慰他说：“老马，你大可不必担心发愁，肠子那东西可长可短，只要没有转移，切掉一段一点问题都没有。”

老马很不甘心地说：“我问了韩教授，她说要开十厘米左右的口子，十厘米，等于说整个肚子都被切开了。兄弟你说，我怎么会得上肠癌？难道是平常吃得太好了，还是遭受了什么报应？”

我调侃他说：“也许是吃得太好了。那些好东西吃多了，肠子自然接受不了。”

老马无奈地说：“现在中国富裕了，成天吃鲍鱼、燕窝的人多的是，怎么就我倒霉，得了这种病？”

听了老马的话，我只好宽慰开导他说：“只要是人都会得病，癌细胞每个人身上都有，只是有的人癌细胞没有被引发。对于癌症的认识，美国作家苏姗•桑塔格起初认为：癌是一种文本，说明一个人紧张、压抑过度，有负罪感。她在患了癌之后，修正了之前的判断，认为癌症和任何疾病不应看成是隐喻，不是诅咒、惩罚，或令人感到尴尬的事物。所以你根本不要想那么多，要从精神上树立战胜疾病的信心，在战术上重视它，在内心里蔑视它，你把它当作身上一件多余的东西，让医生把它挖出来扔掉就是了。待会儿我去找韩教授商量，帮你联系最好的掌刀医生。”

老马听了我的安慰，那菜灰色的脸上泛出一丝希望的青光。他说：“兄弟，老哥遇到了人生的坎儿，你可得帮我挑选一个手术做得最好的医生，开腹剖肚切肠子可不是个小手术啊！”老马话刚说完，老马的老婆哇的一声哭开了，那凄怆的哭声，让人听了十分的揪心。老马很不耐烦地说：“臭娘儿们，就知道哭，老子又没死，你哭哪门子丧。”

老马的老婆见自己男人生了气，赶忙止住了哭泣，抽泣着用袖子擦眼泪和鼻涕。我是个软心肠，见不得人哭，也赶紧劝说道：“嫂子，切肠子在我们医院不算大手术，你就尽管放一百个心，这事包在兄弟我身上了。”

老马也是治病心切，赶忙说：“老弟别跟她多说了，你赶紧去找韩教授商量，做手术找医生的事就拜托你了。”

面对老马对生的渴求，我再一次表态说：“只要老哥信得过，这事就包在我身上了。”

走出病房，想想刚才表态说的话，我就开始后悔了，任何手术都存在风险，就是主刀大夫也不敢表态说绝对没有问题，我怎么能当着病人和病人家属的面拍胸脯表态呢？也太冒失、太感情用事了，万一手术有个什么意外，我怎么跟老马和他老婆解释和交代。

二

术业有专攻。现在越是大医院，分工越是精细，就拿老马住的消化病医院来说，它其实是附属医院里的院中院，十多层的住院大楼，一个学科带头人负责一层，有的主攻胃病治疗，有的专攻肝癌防治，有的主治十二指肠，有的专治小肠大肠直肠，有的专攻药物治疗，有的专攻手术，一句话，每一个专家都有自己的拿手绝活。我回到办公室，拿起电话开始与医院分管医疗的赵副院长沟通，因为他对医院里的专家教授水平能力都十分清楚。我给赵副院长讲了病人的病情，他马上明白了我打电话的意图，向我推荐了七楼的刘医生，他说你可别小瞧刘医生，这些年他在大肠小肠移植方面很有成绩，做肠癌手术更是手到病除。

刘医生做肠癌手术在医疗消化界名气很大，被同行誉称“肠一刀”。

大前年，也是老马的大哥，因患肠粘连，在市里一家较大的医院住院一月有余，医生下了不治之症的判决，无奈之下老马找到我，让我帮助安排住院手术。当时老马的大哥肠粘连十分严重，整个肠子因长期无法进食而粘连到了一起，就像晒干了的火腿肠。开始我找了好几个医生，一了解老马大哥的病情太重，都婉言拒绝，最后经人介绍找到了刘医生。刘医生确实有自己的绝招，他先是将患者腹腔打开，然后将患者的大肠小肠全部掏出腔外，放在一个装满温水的大盆子里浸泡，半个小时之后，干肠成了湿肠，他在肠的两头各切开一个小口，用气体吹开粘连的肠子，然后用消毒水清洗，最后切掉坏死的肠子。这个办法非常有效，手术做完，病人清醒之后，不到一天就有了屁放，过了两天就有了饥饿之感。他先是让病人喝一点很稀的米汤，过了三天再喝较稠的米汤，依次类推。不出半月，老马被判了死刑的肠粘连的大哥奇迹般地活了过来。出院时，老马花重金请了一位很知名的书法家，书赠了刘医生一幅字：华佗再生，造福人类。

在商人的眼中，时间就是金钱；在医生和病人的眼中，时间就是生命。因为老马肠癌发病已有时日，治疗癌症就是与时间赛跑。到了中午，我先与韩教授进行了沟通，征求了她的意见，得到她的赞同后，我马上与刘医生联系。铃声响了好一会，刘医生才接电话，他说上午手术刚完，问我有什么事情，我跟他开玩笑说，找你能有什么事，还不是有病人患了肠癌，需要切肠子。刘医生说，不一定非要切肠子再找我，请吃饭也是可以的。我说，吃饭是个啥事，只要你有时间，现在都行。刘医生说，下午还有一台手术呢，哪里有时间，什么情况尽管直说。我知道他刚做完手术，人很累，正准备到食堂吃饭，于是简单地介绍了一下病人的情况。刘医生听说是赵副院长和韩教授推荐的，二话没说，爽快答应了，但有一个要求，必须转到七楼。他说十三楼的韩教授主要是以药物治病，而我们科主要是靠刀子说话，一刀下去，大病无忧。所以，你必须今天把病人转到七楼，同时也方便观察治疗。我知道他们隔行如隔山的行规。我说只要有床位，下午就搬到七楼。刘医生说，正好中午有个病人出院，让病人下午搬到七楼的十四号病房。我说，能不能安排一个数字吉利一点的病房，老马上午入院住的是十三号病房，转病房后又住十四号，我没法给朋友解释。刘医生说，我给你说实话吧，好多病人都忌讳十三、十四，可据我观察，十四号病房还没有发生过病人站着进来、躺着出去的情况。你要是不愿意，就只能再等等，我管的病房，最起码今天下午没有出院的。我听他这样说，只好说，就这样吧，我与病人商量一下，马上回复你。放下电话，我马上拨通了老马的电话，这一次我委婉地讲了找手术医生的经过，请他拿主意做决断。老马治病心切，他没有丝毫犹豫，说十四号就十四号吧，下午就搬，你给刘医生讲，请他就在近两天安排手术。我说只要你同意，下面的事就由我来沟通。老马说，现在都流行送红包，你看我送多少合适。我说，刘医生是我找的，这个情由我来还，你啥都不用管，待手术康复后，请他吃个饭就可以了。老马说，也好，送不送红包，你就别管了，我也不差那个钱。

下午一上班，老马从十三楼搬到了七楼。刘医生在进手术室之前，到十四号病房对老马进行了检查和确诊，他先是问了老马是哪里疼，怎么个疼法。老马说，刚开始是隐隐地痛，后来是一跳一跳地痛，再后来是撕心地痛。按照老马指的位置，刘医生伸出他那细长的手指，狠劲地按了几下，痛得老马哎哟哟地直叫。按照手术要求，他给老马开了必须要做的几个检查单，要求下午把能做的检查做完，像血液、心脏等检查，明天上午做完，然后根据检查结果确定哪天手术，按照设想，最快定为后天。按照老马的请求，我再一次给赵副院长打了电话，请他安排人员陪同老马做相关检查，那样才能一路绿灯，确保后天能够手术。

下午快下班的时候，林主任主动打来电话，让我通知要住院的病人明早一上班就赶到医院办理住院手续。我自然连声道谢，说等病人和家属来了之后，安排个时间在一起坐坐。林主任说，现在病人多、手术多，一个人真想变成几个人干，哪有时间耗在酒桌上。我知道林主任没说假话，去年，有一位大老板的父亲患食道癌住院，手术后效果非常理想，那大老板非要我把林主任请出来在一起吃个饭，以表感激之情，我推辞不过，反复邀请，林主任磨不开面子才答应并定下时间。约定的时间是星期五晚上，按照约定，我们六点就到了餐馆，提前点好菜，然后开始等候。这一晚从六点一直等到七点半还不见林主任到来，等得餐馆服务员都失去了耐心。盼星星盼月亮，在十点差十分的时候，林主任带着他的几名干将走进了餐厅，见面后直拱拳抱歉，说一个本来安排明天做手术的病人，快下班时突然病情加重，只好提前手术，这样就把时间耽误了。因为时间过晚，大家肚子早已饿了，都没兴趣喝酒，各自埋头吃菜，然后象征性地端起酒杯，意思一下。只有请客的大老板满怀真情，挨个一杯一杯地敬酒。

我深知，之所以当今社会有那么多人找我联系医生，主要原因是医疗资源短缺，小医院虽说看病方便，收费也不高，但受医疗技术和设备的限制，他们只能看个头痛脑热的小病，稍微复杂一点的高烧、胆结石之类的病都无法手到病除，对那些难治的大病、怪病和不治之症更是束手无策。因为有医疗需求，所以他们不是万难之时，也不会开口为看病的事情而找我。

当天下午，李标在接到我的电话后，与姐夫、妹夫一道连夜开车，于第二天凌晨赶到古城。因为林主任提前做了安排，李标陪着他父亲十分顺利地住进了医院。林主任这人重感情讲义气够朋友，他在看了李标带来的病历和相关检查结果后，依照手术需要，又给开了必要的检查单，鉴于病人出现的危急情况，表示待上午检查做完、中午检查结果出来后，下午视情况安排手术。

老马也在第二天上午做完了所有的检查，因老马疼痛加剧，刘医生在看了老马的几项关键检查指标确定是肠癌的结论后，请示主任，经主任同意，决定为老马手术。

三

太阳快落山的时候，林主任给我打了电话，说病人食道癌已经到了晚期，扩散得较为厉害，担心做了手术效果不佳，而且风险较大，建议保守治疗，让我与病人家属好好商量，如果一定要做手术，病人家属在“手术告知单”上签字的同时，还必须签一份风险认可书。

近年来，医患关系紧张，不少身患绝症的病人，渴望到医院之后绝处逢生，一旦希望破灭，不少患者家属无法接受亲人离去的现实，轻则闹医，重则大打出手。李标的父亲虽说是我介绍的病人，但林主任不想因为一个手术给自己带来麻烦。我听后表示，充分理解，待马上与战友沟通后，立即回话。拨打李标的电话时，没想到他的电话一直占线，好一会才打进去，我先给李标讲了他父亲的病情，说像食道癌晚期的病人，医院一般是不收的，即使收了，大多选择保守治疗，一来为患者家属节省费用，二来少让患者遭罪。鉴于大伯的病情，以及你们子女的迫切愿望，在我的劝说下，林主任虽然答应做手术，但他还是有顾虑，因为风险太大，一旦手术之后不能有效根除癌细胞，达不到你们所期望的目的，就容易产生矛盾。情急之下的李标说，妈的，没想到老爸的病如此严重，纯粹是我们市第一医院狗屁姜院长给耽搁的，一开始他当咽炎治，后来他又当胃炎治。我见他说个没完，当即打断他的话说，现在不是埋怨的时候，林主任还等着答复呢。李标马上对我说，你帮我拿个主意，你说做手术我就下决心。我当即反驳说，这么大的事，我可不能越俎代庖，万一有个闪失，我不就成了老姜了吗？你现在也别责怪大伯，也别责怪老姜，大小手术都存在风险，你要是能够承担，人家林主任就亲自上手，如果犹豫不定，那就等想好了再说。李标一听便急了，说，那不行，死马也要当活马医，只要能做手术，花多少钱我们也愿意，多大风险我们也能承担。我毫不留情地批评李标说，兄弟，哪有你这样说话的，什么死马当活马医，要是传出去，会让人笑话的。李标自知心急口误，马上纠正说，人一着急就犯糊涂，你给林主任讲，让他放心大胆做手术，无论成功与失败，我们绝无怨言，不找他的任何麻烦。我说，有你这句话我就放心，我马上给林主任回话，你们先做好准备。李标说，下班了你过来吧，我还没见到你呢。我十分抱歉地说，我一会就来，争取赶在大伯进手术室之前到达。李标欣慰地说，这就对了，不愧为铁哥儿们。

给林主任打完电话，处理完几件事，我就往医院赶，一进医院的院子，车就走不动了，每到下班时，院子里的车辆像冬眠过后春天醒来的蛇，一辆辆从地下车库里爬了出来，再加上医院门前主干道马路交通拥挤，车仿佛成了爬行在地上的蚂蚁。

因为时间急，我干脆下车步行。也就十多分钟的工夫，来到了住院大楼，胸腔外科在八楼，大厅里等电梯的人满为患，我想八层也不高，直接进了安全通道，气喘吁吁爬到八楼，在电梯口不远处遇上了推着手术车的李标，以及李标的母亲、姐姐、姐夫、妹妹、妹夫一大家人。我去年回家探亲见过李伯，他哪里是今天这个样子，那时他满脸红光，腆着将军肚，刚过七十，精神矍铄，今天相见却判若两人，脸色灰白得没有一丝血色，皮贴着骨，眼窝深陷，病魔的摧残，将他叱咤官场几十年的气势扫得一干二净。我每年回去都要去看望他，因为他在位的时候，只要我有事找他，只要不违反原则，他都十分热心地答应并给办好。出于感激之情，我快走几步迎上去，叫了一声大伯，便拉着他的手说，大伯，我来晚了，还请您包涵。李大伯的食道癌波及了近在咫尺的喉咙，所以不能发声，他只是用足了劲挤出微笑以示谢意。我对他说，大伯您放心好了，我给您找的医生是全国有名的胸腔科专家，技术一流，林主任只要答应给您做手术，基本上都是手到病除。

晚霞的余晖从窗子照了进来，将白色的墙壁染上了一层奶油蛋糕的色彩。护士并没有因为我与病人说话而停下来，她以正常的速度向电梯口推去。当手术车推到电梯门口，一名专门为接手术开电梯的工作人员已经等在了那里。进了电梯，李标又气呼呼地埋怨上了，您要是不信那个姜骗子，病情也不至于重到这个程度。我一听赶忙打断李标的话说，李标你别怨天尤人了，什么时候了还说这话。大伯你不要想得太多，人吃五谷杂粮，哪有不得病的，过了这一关，也就逢凶化吉了。李大伯听后眼角淌出了两行浑浊的老泪。李标的母亲赶忙掏出纸巾为老伴擦去泪水，可自己的泪水却夺眶而出。我知道这个时候说什么都是多余的，话越多老人的伤心泪也就越多。我们默默地站在电梯里，看着电梯楼层数字跳动。

下到三楼，出了电梯就是一个大厅，大厅里坐满了患者的亲人，我们站在三号手术室外，等了一会儿门缓缓打开，林主任带着几名护士从屋里走了出来。我迎上去说，林主任，拜托了。林主任笑着说，现在是五点，我估计八点差不多能完，你们到时候来接人。我说既然来了，就在外面等着吧！你们做了一天的手术都不怕累，我们等在外面算得了什么。林主任亲自出来接病人，有两层意思，一是给我一个面子，二是让病人和患者家属放心，为他们亲人做手术的一定是林主任。

躺在手术车上的李大伯被推进了手术室，那宽大的门随着哐的一声，又紧紧地关上了，门上写着“闲人免进”。因为临近下班时间，大部分手术都做完了，等在手术室外的家属不多了，我们轻易地找了一个临窗的椅子坐下来。李标感叹地说，关键时还得靠朋友，你这次太给力了。我赶忙说，举手之劳，不值一提。接着又问他说，我刚才初见大伯，把我吓了一跳，去年见着都好好的，刚才一见人整个变了样，病得这么严重，你干吗不早把大伯送到大医院治疗？李标听了气呼呼地说，都怪老爸，太倔了，就认那个狗屁姜院长，说老头得的就是胃痛之类的小病，不用上大医院。我听了很是诧异，感概地说，庸医可怕，误人性命。那姜院长水平也太一般了，胃痛和食道癌完全是两码事，连这都分不清，怎么当上的院长？是不是靠行贿？李标说，你说得太对了，他过去就是一个赤脚医生，是小镇里的一个卫生院的院长。大前年，市里搞什么最美医生宣传，他被当作典型推了出来，成为卫生系统干部学习的榜样。要说他发迹还得从市里程书记患胃病说起，程书记因患胃病久治不愈。前年，那姜院长被当作先进干部提拔到市卫生局任副局长，这一年夏天，程书记到卫生局检查工作，中午留下吃饭时，姜院长发现程书记老是打嗝儿，便主动问了病情，那姜院长当场拍胸脯，表示一定将程书记的胃寒病治好。那姓姜的虽不是科班出身，但也不是白痴，他在治疗胃病和关节炎等慢性病方面还真有两把刷子，他用土方法，不出一个月就把程书记的胃病给治好了。其实程书记的胃病并不严重，主要原因是接待吃请任务太重，因为酒喝得太多，胃功能紊乱实属正常。在姜院长为他治病之时，正逢中央出台八项规定，省里出台了十二条措施，吃饭应酬一下子少了许多，酒喝得少了，再加上辅以药物，程书记的胃病自然就好了。可程书记不这样认为，在此之前，他到过好几家大医院，看过很多名医，吃了很多说是管用而名贵却又不见效的药，他的胃最终还是像娃娃的脸说哭就哭说笑就笑。让程书记万般伤神的胃，最后被一个赤脚医生神奇般地给治好了，如何不叫程书记感激，程书记自然走到哪里宣传到哪里，说姜院长医术如何精湛，如何了不得，反正都是赞美之词。事隔不久，市人民医院的院长因情人举报贪污腐化，被纪委双规调查，免去院长职务。在院长的人选上，当时争议很大，人民医院几个副院长也是争得一塌糊涂，最后程书记说话了，说老姜一直从事医疗工作，有过基层卫生院院长和市机关卫生局副局长的经历，如此德才兼备的干部不用他用谁？就这样，老姜平移到了院长的岗位上，虽说是平调，虽说是基层，但却是医院的一把手，权力要比卫生局副局长大得多，而且是个肥差。其实，那老姜就是个土包子，他的拿手好戏也就是祖传偏方治胃病和风湿关节炎。程书记的话在老爸那里就成了最可信的广告，他一百个相信老姜对他病情的判断。

听了李标这一大通介绍，我由衷地感叹说，那姜院长也算是个奇人，一个赤脚医生能当上地市级医院的院长，也算是一方神仙。其实李大伯相信老姜对他病情做出的判断，从心理上是可以接受的，因为胃病对于正常人来说，从心理上更容易接受，谁不希望自己得的是一般的小病呢。作为儿女，面对父母不断加重的病情，应该引起警觉和重视，最起码要把病因弄清楚。千万不可等到病情发展到了最严重的程度再上医院治疗，那样医术再高的医生也回天无力。

李标狠狠地将手中抽了一半的烟掐掉，骂道，他妈的庸医误人性命啊！我回去之后，一定要找狗日的姜院长给一个说法，不然太对不起老爸了。我劝李标说，何苦呢？是大伯找的人家，何况姜院长也是一片好心。误诊的事在一些小医院常有发生，去年，潼县的一位朋友打电话给我说，他父亲得了心脏病，在县里医院住院一个月，非但不见好转，病情反而加重，后来是越治人越不行了，让我帮忙安排住院。我那朋友是孝子，第二天不惜花钱，请了救护车专程将他父亲送了过来。我提前联系了医院心外科陈医生，病人一到医院，抬到门诊室，陈医生看了先前的住院资料，再问了病人症状，通过病人疼痛部位的叙述，陈医生当场断定不是什么心脏病，再做CT检查，原来是胆结石和肾结石。其实人有病不怕，就怕对病情判断失误，或找不到病因，不能对症下药。胆结石、肾结石当心脏病治，纯粹是南辕北辙，不但胆结石、肾结石治不好，心脏也有可能治出毛病来。大伯的食道出了问题，因为误诊，当胃病治，那食道病因没有得到及时有效治疗，自然越治越严重，最后发展成为食道癌。

说话之间，天黑了，一道黑沉沉的夜幕拉了下来，不知何时，安全通道传来了哭泣声。坐在一旁穿灰色夹克的中年男人说，刚才推进来一个血淋淋的人，出了车祸，父子俩都受了伤，父亲伤得很重，有生命危险。儿子悲伤地说，父亲是开车来接他的，半个小时前，他刚与他妈通过电话，说父亲接上自己了，再过半小时就可回家吃饭，没想到半小时之后来到了医院。旁边有人唏嘘感叹说，现在灾难太多，什么车祸、无故杀人、摔飞机等等，层出不穷，出人意料，今天见着好好的人，明天可能就没了，真是生命无常啊！

天黑透了，窗外有几只蝙蝠在暗淡的月光下穿梭飞行。不知是一只什么鸟，竟然一头撞在了我们身旁巨大的落地窗上，一团鲜血像鲜花一样在光亮的玻璃上绽放开来。坐在大厅里的人，被眼前的一幕惊呆了，一个年纪大的女人说，还好是一只小鸟，不然玻璃都会被撞破，怪吓人的；一个三十多岁的妇女说，这只鸟一定是瞎了眼，硬生生地往玻璃上撞，还飞那么快；一个理着锅盖头的小伙子接话说，大姐，鸟盲吧！我告诉你，透明的玻璃，给鸟造成了错觉，鸟还以为是空旷的天空呢，它哪里知道是人类建筑用的大玻璃。正当人们为这只鸟七嘴八舌议论的时候，二号手术室的门哐啷一声被打开，又一个病人被推了出来。随着护士的高声叫唤，刚才正在科普的小伙子，一边跑一边应答说，来了，来了，四一床的家属来了。坐在大厅里或忧愁或发呆或痴想的人，被小伙子的憨厚惹得笑了起来。

随着小伙子一家人的离去，在大厅里等候的人越来越少了，一个多小时前还被病人家属挤满的大厅，现在就剩下三户人家。我抬起手腕看了一眼表，发现离李大伯的手术做完还有一个小时的时间，于是我打电话让司机到小吃店买些肉夹馍和凉皮来，那东西既经济又快捷，吃起来也方便。李标听到我打电话让司机去买吃的，很是感动地说，还是战友铁，想得周到。不一会司机就把肉夹馍和凉皮送了上来，我们也许都饿了，每个人将两个肉夹馍和一份凉皮吃了个精光。

一过七点半，我们不再说话，眼巴巴望着墙上的大钟，看着秒针跳动，听那滴答的声音，期盼着三号大门被突然推开。当时针一过八点，李标的母亲、姐姐和小妹就急得坐不住了，三个人一会儿站起来，一会儿在三号门外走上一圈，然后又坐回来，再走过去，李标和他的妹夫却鼾声如雷地睡着了。我则望着窗外发呆，想那撞在玻璃上的鸟，想人和动物究竟谁更加脆弱。面对眼前晃来晃去的身影，我一次次劝她们耐心等候，她们只是冲我勉强一笑，算是回答，我深知病人家属此时焦虑与急迫的心情，这种等待除了时间难熬，最主要的是还有一份担心，担心自己的亲人手术后被确诊为恶性肿瘤或者是癌症晚期，更担心亲人手术出现意外而出不了手术室大门。

当墙上的时钟走到八点二十五分的时候，三号手术室大门终于被打开了。护士一如刚才高声叫喊，胸腔科十四病房一床的家属接病人了。其实李标的母亲、姐姐、妹妹等一干亲戚早就候在门外，护士对迎上去的李标说，手术很成功，从现在开始不能让病人睡着了，想睡也得叫醒了，可不能有丝毫的大意。病人在手术完毕后，因为麻药还没有完全失效，处于似醉非醉状态，极容易沉睡，处于麻醉状态下的病人，对疼痛丧失了感觉，或是疼痛迟钝，没了疼痛的预警，极容易出现有异常情况而无法察觉，错过抢救的最佳时间。在护士和亲人们的提醒下，处于半清醒状态的李大伯，努力睁开那双深陷的眼睛，用那无精打采的目光艰难地扫了一眼围在手术车四周的亲人，在看到我之后，他十分感激地多看了一眼，手术车很快被推到了开着门的电梯里。

病人能够平安从手术室出来，算是又过了人生灾难的又一关口。我没上楼，在手术室外等林主任，我要听他说说关于手术的情况。不一会儿，林主任从三号手术室走了出来，我连声向他表示感谢。他说，病人的食道癌比预想的还要严重，他那食道就像被腐蚀了的水管，清理起来难度很大，好在还算顺利。我简单讲了病人在当地医院误诊误治的经过，林主任遗憾地说，在小医院这样的事常发生。就目前手术情况来看，病人的手术应该还算成功，只是因为癌细胞扩散面积太大，不敢有把握说癌细胞被全部清除，如果有剩下的，就只有靠化疗解决了。我很满意地说，这就不错了，你们尽心尽力之后，就看他自己的命运了。

四

经过一番检查，老马患肠癌的病情得到确诊，刘医生将他的手术安排在了第三天第一台手术，之所以中间还间隔一天，主要目的是想通过饿一天将他肠子里的粪便排泄干净，那样既对手术有利，还有利于肠功能恢复，防止感染。

老马因为要做手术，第二天一天没有喝水、进食，靠输营养液补充能量。由于连日来的剧烈肠胃反应，老马就没能很好地吃过一顿饭，身体虚弱得走路都直打晃，蹲完马桶站起来两眼直冒金星，他那长条形的脸变得又瘦又长，而且没有一点血色。手术前的夜晚，他真想好好睡上一觉，在漆黑的房子里，他却无法入眠，瞪着一双干枯的大眼想自己的心事，漫漫长夜，躺在病床上是多么的难熬啊！他期盼着黎明的到来，期盼着尽快手术，将肚子里的病魔驱除，好让自己回归到能吃能喝的正常生活，还有那充满期望的仕途之中。越是这样想，他的心事越重，心里越是焦急，他在似睡非睡之中煎熬了一夜。终于五点半了，清洁工开始敲门，他们要打扫卫生。楼层里的卫生清扫完，到了六点半，送饭的工人师傅推着餐车，一边敲着铝盆的盖子一边叫喊：送早饭了，送早饭了。病人吃完早饭，收拾完个人卫生，到了七点半，整个楼里由相对的安静变得喧哗热闹，守在电梯门口的人开始多了起来，有一脸倦容陪护了亲人一夜的男女，有穿着时尚鲜艳前来上班的医生护士，也有前来探视病人的亲朋好友。八点钟，老马起床下地，认真地洗了脸梳了头，尽管他头顶头发稀缺，他依然很有耐心地采取地方支援中央的办法，将头发盘到了头顶，然后让老婆给喷了发丝。他像一个整装待发的战士，八点半一到，他就下了床，手术车推进来的时候，他打着手势，让护士将车倒退回宽敞的走廊里。他要走出房间，既像是在亲人、朋友面前表示对手术无所谓的勇敢，又像是与生命赌着气，他撑着手术车想一步跨上去，却没能成功，因为一连几天的禁食，他身上没了一丝力气，好在他的司机紧跟在他的身后，在他摇晃歪斜的时候，司机眼疾手快地将他拦腰抱了起来，在其他人的帮助下，他被平稳地放到了手术车上。

躺在手术车上的老马紧闭着眼，可眼泪还是夺眶而出，一串泪珠挂在了他的脸颊上。我走上前，用力握住老马的手说，老哥，你放心吧！刘医生说了，整个手术包括手术前期准备用时两个小时，十点左右就可出来。老马睁开眼笑了笑说，我刚才真的激动了，我为有你们这么多好兄弟而感动，你们那么忙，在我手术前，还抽出时间送我一程，看来我们是真兄弟，不是酒肉朋友。围在四周的人听了都很感动，做煤炭生意、又高又壮的老牛说，老哥没事的，好人自有好报，等你病好了，我请你吃正宗的铁锅羊肉；房地产商、小个子老门说，马哥，吉人自有天相，等你出院了，我请你到南山我的清水庄园疗养；城建局长老廖说，老哥，你福大命大，现在有规定不让吃大餐，我请你去吃老鸹撒，补补身子。老鸹撒是陕西关中的一道美食，虽然叫乌鸦头，实际是一种面疙瘩汤状的食物，因为其中的面疙瘩多是两头尖中间圆的形状，像乌鸦的头，所以得名老鸹撒，后来又加了乌龟、甲鱼，老鸹撒也就成为一道硬菜。围在老马四周的人，都想在这个最关键的时刻，向病人表现自己的赤诚忠心，于是唾沫星子一齐飞向老马，老马赶紧挥动双手，看似向朋友们挥手致意，其实老马是在用他昔日掌握印把子的手在遮挡那飞溅的唾沫。在众人七嘴八舌竞相表态讨好的时候，手术车已经到了电梯口，护士说，你们人太多，电梯里装不下这么多人，病人亲属去就可以了。护士的话一完，围在手术车四周的人都向老马招手，老马在亲人的陪送下进了电梯。

消化病医院手术室设在四楼，整个四楼被间隔成一间间大手术室，老马被安排在一号手术室。从七楼下到四楼，电梯外是一个大厅，整齐划一地摆放了很多条椅，我们进入大厅时，好多座位都被患者家属占着了。现在医院的病人越来越多，病人每天都是排着队等着做手术。护士将手术车引导到一号手术室门外，然后按了门铃，手术室护士长开门出来，先是核对了病人的基本信息，诸如几楼几号几床男女和病症，然后让家属在一张手术单上签了字，履行完这个手续，站在手术室里的护士，走出来将病人接了进去，那扇宽大的门便自动关上了。

老马的手术开膛剖腹切肠子不算一个小手术，刘医生为他请了最好的麻醉医生。外行人不知道麻醉医生的重要，以为麻醉简单，就是给病人注射一针麻醉剂完事。其实，一个手术能否成功，与麻醉医生也有很大的关系。麻醉医生要根据病人的身体情况及病情，量体裁衣地注射适当而精确的麻药，量小了，手术未完，病人醒了，因剧烈疼痛而影响正常手术；量大了，手术做完了，病人却不能清醒，那样会导致术后病人无生理反应，在那种麻醉的状态下，病人是非常危险的。一个高超的麻醉医生，恰到好处的最高境界是，医生手术做完，病人能够准时清醒过来。说起麻醉，古代人做手术没有麻醉剂，为了解决疼痛，医生让病人喝酒，喝到什么程度为好，喝得酩酊大醉，不省人事不知疼痛，医生才开始动锯动刀动斧。刘医生为老马请的麻醉医生姓邓，绰号“邓准时”，他就能够做到医生手术做完病人马上清醒。他们两人合作已经达到了相当高的默契程度，只要刘医生上手术台给病人做手术，基本上都是请邓医生麻醉，无影灯下的长期合作，使两个人结下了高度信任与友谊。邓医生为老马注射完麻药后，护士开始在他那原本又肥又白现在变得又瘦又黄的肚皮上做消毒工作，为剖腹做相关手术准备。老马患的是结肠癌，在切除肿瘤时要将大肠剥离出来，以便肉眼检查和准确切除，而不伤及其他关键脏器，这样剖腹的刀口就不能太小，要从小腹以上到胸口以下，刀口在十厘米左右。在明亮而不刺眼、柔和而聚光的无影灯下，刘医生带领他的切肠手术小组各自进入了自己的位置，开始为老马做右半结肠切除手术。

像往常一样，刘医生亲自主刀，还带着三名助手和几名护士。其实，刘医生是病人对他的通称，他的实际职务是主任医师，他的助手的职称是主治医师，他的第一助手为李医师，第二助手为路医师，第三助手为辛医师，李医师和路医师都是刘医师的学生，而辛医师则是李医师的学生。手术开始后，刘医生并不亲自拿刀剖腹，剖腹的活由李医师来干，辛医师则站在一旁根据李医师的需要递刀子、镊子之类的器具，护士站在对面，不停地用棉球止血，刘医生则站在一旁指挥。老马的肚子被剖开，并没有像熟透的西瓜那样发出嘭嘭的响声，辛医师觉得奇怪，李医师说，病人好长时间没有吃五谷杂粮，靠输营养液补充身体所需，老马的肚子里也就没了多少元气。刘医生马上制止说，好好干活，手术完了再讨论。剖开肚子，下面的活就由刘医生来干，在打开肚皮与内脏接壤的一层薄膜时，用刀要轻，没有几年的刀工是做不了的，因为薄膜下就是病人最重要的内脏器官，像心、肝、肺等。刘医生拿着一把更小的手术刀，刀尖朝里，刀口朝上，两指先入体内，向上挑起，那又薄又小的刀尖顺势向上向前慢推，刀尖过后，那鲜活跳动的内脏以及肠子便若隐若现地露了出来。随后，在李医师的帮助下，刘医生那双瘦小而纤细的手，缓慢地将那饿瘪了的大肠黏膜分离出来，他一边分离肠与肠之间的保护黏膜，一边做仔细检查。聚光灯下，那患了癌症的大肠其中有一段已经失去了正常的颜色，那些比头发丝还要细小的经络和血管都变成了褐色。刘医生对身边的助手们说，就是这一截肠子出了问题，因为病变，它不能正常蠕动，也不能上下传导信号，病人吃进去的食物，进入这一段自然成为负担，疼痛和不良反应也就随之产生。他在讲完这一段话时，那截坏掉了的肠子，已经被他切了下来。接下来进行消毒和缝合连接。切肠容易，关键是要缝合好被切开的肠子，人的肠子是多么的薄啊，也就几张纸厚，只不过要比纸有柔韧性、有弹性、有张力。缝肠时，既不能缝得太密，又不能缝得太稀，密了容易形成新的创口，稀了肠与肠不能很快长在一起，而且容易形成瘘点。总之一句话，并不是每个人都能做切肠的缝合手术，就如缝合血管一样，既要胆大心细，还需要心灵手巧，经过长期临床实践才能练就一身真功夫。在没有切割闭合器之前，切肠之后都是人工用针线缝合，那细小的手术针在刘医生那纤细的手指上就如孙悟空挥舞的金箍棒一样，带着比头发丝还细的线，在对接好的肠接口上飞针走线。每次我见到刘医生，只要握住他那双手，我都会感慨一番，刘医生你这哪是男人的手啊！天生就是为了做手术而生。于是就有人曲解，开刘医生玩笑说，难道刘医生就不是男人吗？我只好笑笑再说，绝对的男人，只是那双手太奇异独特了。后来发明了切割闭合器，缝合肠子就如订书机订两张纸一样简单，并且十分的保险。虽然肠子不用针缝了，但剖腹的伤口还需要人工来缝，刘医生的美丽缝合术在医院依然堪称一绝。

刘医生是一个胆大而心细的人，他在给老马做肠癌手术前，做了认真的思考，胸腹开多大，肠子切多少，他都进行了仔细思考，在脑子里形成了一整套方案。这样一来，老马从送进手术室到出来，用了不到两个小时的时间，手术进行得十分顺利。

上午忙完工作，我决定到医院看望刚做完手术的老马，走进消化病医院大楼大厅时，时钟显示十一点二十分，走廊里送饭菜的师傅正推着车，一边吆喝一边为病人打饭送菜。我前脚走进病房，刚与老马拉过手，说了不到两句话，刘医生后脚就跟了进来，他与我握过手后，很关心地问了老马术后身体情况，然后又讲了需要注意的事项，对一些细节进行了耐心的叮嘱。我和刘医生一前一后来到病房，让老马在众亲朋好友面前很有面子，平常老马就特别看重面子，从手术室里出来回到病房，见病房里川流不息的探视人群，心里十分受用，尤其是我和刘医生的再次到来，让他更加觉得脸上有光，因为刘医生是他的主治医生，而我则在这所医科大学工作。也许是精神的力量，做完手术还不到两个小时，老马的脸上就有了红光。老马听了刘医生的关切和问候很是感动，他一再向刘医生表示了谢意，说目前身体没有什么异常，只是伤口隐隐约约有点疼。刘医生看了一眼监护仪，见血压、心律和呼吸一切正常，便放心地说，有事就让护士叫我，刚手术完，少说话，多静养，然后就出了门。我送刘医生来到屋外，在刘医生办公室坐下，他边倒水边恭维地说，你这么忙，还为朋友鞍前马后，让人感动。面对刘医生的赞许，我只好实话相告，在医科大学工作也就这一点便利条件，隔三岔五常有人找你帮助联系医生，优先安排做各种检查，解决紧缺的床位，看似麻烦，也不正常，其实也在情理之中。仔细想想，凡求你的人，一定是有资格求你的人，而且多是有面子的人，你不给人家面子，以后你一旦有事找人家，人家也不会给你面子。刘医生深有同感地说，中国就是人情社会，没有办法，谁也不是活在真空里。我说是啊！有一位哲人说得好：一个中国人的终生奋斗往往就是为了在众人面前有面子，一旦因某事而失去体面，上至达官贵人下至平头百姓也都将为挽回面子而不惜以性命相抵。这种对面子的看重可以说已经深入骨髓，历千年而不衰，已化为中国人民族性格之一端。于你来说，在这么短的时间优先给老马做了手术，这并不是因为没有比老马更急需要做手术的病人，而是你看在我的面子上，给予特殊关照，在做完手术后，你又挤出时间到病房嘘寒问暖，既是职业的需要，也是在给我更大的面子；于老马来说，因为有我们在他生命最关键的时候鼎力相帮，他在同事、朋友和部下面前就觉得自己很有面子，此时我们两人在老马的心中，不亚于市长亲临病房看望他，因为这个时候，躺在病床上的老马，提职对他来说不是第一位的，能够解除病痛，让身体恢复健康，尽快回到岗位，是他眼下最急切、最期望、最重要的头等大事。所以说你我来看他，他不仅感到脸上很有光，而且对身体康复也充满了信心。刘医生整理着办公桌上的病历，点点头对我说，你讲得很精辟。

当下中国GDP的攀升是为官一任的政绩，追求经济利益最大化的医院也不例外。为追求效率效益最大化，医院想方设法提高床位周转率，要求病人入院以前做完所有检查项目；住院之后，要尽快手术；手术之后，一般手术只安排一个星期的住院时间。老马对接的肠子似乎长得很快，第二天就通了气放了屁，第三天就可以喝米汤之类的流食，到第四天他就可以下地散步了。一个星期后，刘医生建议老马回家休养。老马看了一眼肚皮上长长的伤口说，还没拆线呢。刘医生笑着说，现在缝合刀口不像过去了，如今是里外都缝，而且是美容缝合，说得通俗一点，就是不用拆线，自动吸收，疤痕较小。老马听了直夸刘医生医术高超，表示明天上午就出院。

五

人一生有很多难以预料的意外，最无法预料的是生命出现意外。

李大伯就没有老马幸运，他在做完手术之后，非但没能很快好转，而是每况愈下，一周之后，依然不能进食，靠从鼻子插进软管直到胃部输送所需营养。食道癌病人恢复相对缓慢，一般需要两周住院治疗才可出院。病房里一共三个人，比李大伯进来早的出去了，比李大伯进来晚的昨天也出院了，唯独李大伯还住在病房里。李标一天要给我打好几个电话，一会儿说父亲病重了，一会儿让我找找林主任，看看还有什么好办法。对于李大伯的病，林主任是竭尽全力想尽办法，该用的药全用了。林主任对我说，看来你介绍的这个病人寿命有限，这一关只怕过得艰难，再过两天，如果食道不再出血，就有可能好转，如果继续出血，那就抓紧出院，回老家等待大限的到来。我深知李大伯是到了食道癌晚期才入院的，林主任完全是看在我和他的交情上，情愿冒着失败的风险为李大伯做了食道癌手术，尤其像进入食道癌晚期的病人，医生一般采取保守治疗，也就是药物控制，能够获得转机的病人非常有限。对此我很不理解，我问林主任，为什么还有那么多病人到了癌症晚期，病人家属还要坚持将其送进医院，要求手术治疗呢？林主任一针见血地说，其实很简单，一个人在患了癌症之后，家里亲人一方面出于感情的需要，将病人送到大医院找最好的医生治疗，希望能够出现奇迹；另一方面也是尽到亲情的责任，不给外人留下话柄，博得左邻右舍亲朋好友的赞许，获得心灵安慰；最后一个原因是现在报销比例提高了，医疗费用能够承担。我对林主任说，我的这个病人，你也尽了最大努力，现在只能听天由命了。林主任不放心地说，你要给你朋友讲，让他别没事就往我办公室跑，好像我不尽心尽力似的。我马上表态说，林主任你放心，我来给他讲，让他有事找我，别没事就往你办公室跑，给你添忙添堵添乱。

话一出口，我就特别后悔，对于病人来说，我仅仅只是一个热心的牵线者，按理说，把医生找好，把床位安排好，我就万事大吉了，至于病人术后怎样，根本就不是我能够左右的。但李标是我的好朋友不说，他还是我的同乡，我不光要给他父亲找好医生、安排好住院，还要请他吃饭，帮助他解决住宿，还有重要亲人或相关家乡领导前来探视接送站等事情。李大伯自住院以来，我忙得直打转，为此老婆很有意见，说她父亲住院，也没见我如此上心。我只好解释说，我们每年春节回家，李标不也是成天陪着我们吗？老婆生气地说，这次把债一笔勾销，以后回去不要再给人家添什么麻烦了，有他李标陪着，你哪天哪顿不是喝得醉醺醺的。老婆说的一点没错，每年春节回家，都是李标张罗安排，在城里混得有头有脸的战友轮流请客，胃每天仿佛泡在酒缸里。我让李标不要这样张罗，他说，人活着就是一个面子，你回乡探亲，在我们这个小城市里，你多少也是个人物，回来没人招待，那是多丢脸面的事情，再说了，他们哪一个没有找你帮过忙，你不仅好吃好招待，还帮助解决很多事情。李标的话，让我心安理得，乐意在酒场上被人捧着，那种云里雾里的感觉，不仅让人飘飘然，还让人感到自己很有价值。

电话里与李标一时说不通，我对他说，我们就别隔山打炮了，干脆见面再说。半个小时后，我们两人在医院附近找了一家小酒馆，要了几个菜，开始边喝酒边聊。李标只要一端酒杯，就会主动打开话匣子，他知道我想听什么，所以他主要讲我们战友身上发生的一些奇闻轶事，诸如：张大胡子三年结了三次婚，是结了离、离了结；金大牙更他妈的鬼，暗地里与日白佬的媳妇好，日白佬姓白，因为说话没谱爱吹牛，所以战友们给他取了绰号“日白佬”，金大牙以为占了便宜，有一天晚上他与日白佬的老婆幽会之后回家，因为时间太晚怕惊动了老婆，开门时轻手轻脚，没想到进屋后，卧室里日白佬正赤膊上阵与自己的媳妇演床上戏，最后两人只得双双分手，各得其好；政界里，天门佬因为有一个好姐夫，近几年官运亨通，当上了经委主任；小泥鳅一心钻营，为了升官，带着漂亮的老婆陪领导打麻将，老婆心领神会，舍身用足功夫，小泥鳅也没能当上区长或局长，最后只弄了个房管办主任；方孔兄，一心钻到钱眼里，前两年倒煤发了大财，转行建酒楼开娱乐城，被湖南辣妹子所迷，色得了，财空了；江大嘴巴爱喝酒，脸喝成了猪肝色，医生朋友劝他少喝酒，他说今朝有酒今朝醉，人死屌朝上，去年参加朋友聚会喝酒，醉了再也没有爬起来。

我趁李标喝水的喘息机会，给他讲了大伯手术后的病情状况，我十分愧疚而又单刀直入地转达了林主任对病情发展的判断。李标瞪着带血丝的眼睛哀求道："难道就没有更好的办法了吗？你不是常给我讲，说你们的专家多么的厉害，能够让身患绝症的病人起死回生、枯木逢春吗？"

面对李标的一串问话，我只好耐心地给他解释："任何事情都是相对的而不是绝对的，如果癌症都能治好，那我们这个世界就没了病死这一说，有的绝症能够治好也是有前提条件的，癌症早期如果治疗及时是可以治好的。譬如说，一旦患了癌，如果是早期，又没有扩散，人工移植器官是可以做到的。大伯得的是食道癌，食道不是一个独立的器官，它依附于人的身体里，根本无法移植。"

李标听了端起酒杯，一仰脖子喝了个底朝天，说："难道我老爸就没有生的希望了吗？"

我看他痛苦的神情，马上开导他说："也不是说没希望，就看这两天化疗情况，如果能止住出血，就可能好转。其实，人生有恙，生老病死，自然规律，只不过大伯今年刚刚七十一岁，太可惜，多么好的时代啊，可他老人家却得了这种病。"

李标听后人一时仿佛傻了，两眼直勾勾地望着我，好半天才说道："难道就无回天之力了吗？我可是满怀希望来的啊！"

看着李标痛苦万分的样子，我一时语塞，想不出最合适的语言来劝导他，只好抓住他发抖的手，反复重复一句话，"还没到那个程度。"

李标端起杯子，像扔手雷一样将酒扔进嘴里，流着泪咬牙切齿地说："我老爸的病啊，硬是让那二百五院长给耽误了，一想到父亲不久将离我们而去，我宰了那狗日的的心都有了。"

李标说这话时，他那细长的眼睛闪出一道道寒光，那寒光中充满了仇恨的火焰。我赶紧开导他说："兄弟你不要责怪自己，也不要埋怨他人，用唯心观来解释，人的命天注定。我说的可能不好听，大伯的命也许就该如此，就有这一劫难。在他人生的长河里，也许就只有七十一岁的寿限，话又说回来，如果大伯能够挺过这一关，长命百岁都有可能。"

李标听后，犹如抓到了救命的稻草，睁大那双细长的眼说："愿上天保佑，他老人家能闯过这一关，我决定再等两天，如果好转了就继续治疗，恶化了后天就回去。回到市里我轻饶不了误人性命的姜院长，我要对媒体揭开他虚假的面纱，让他这个江湖郎中从此不再草菅人命。"李标说完，竟失声痛哭起来。在我的印象中，李标一直是那种既有上进心，又有那种公子哥玩世不恭吊儿郎当的性格，生活在无拘无束的状态之中，很少见他为什么事而发愁，也没见他为什么事而痛苦，因为在他的人生路上，每一个关口，都有他父亲提前为他铺路架桥并扫清前进路上的障碍，有时他自己都没想到，就被顺利地推到了某一个重要的位置上。后来，他父亲虽然退休了，可他父亲在位时经营的人脉和关系都还十分管用，关键时刻比他自己打电话要有用得多。人走茶凉是一个非常世俗的现实，一旦他父亲过世，仅凭他自己的能力和关系，在仕途上每往前走一步，都将会十分的艰难。

人喝多的时候，一般有三种可能，一是有了让人激动的喜事，就如李白在《将进酒》中写的那样，“人生得意须尽欢，莫使金樽空对月”；第二种，遇上了知己，那样让人往往是情不自禁千杯少；第三是摊上了愁事和让人沉重的事情，喝闷酒，以解心中的压抑。李标这时就属于第三种情形，面对至亲之人的病重，对于父亲生命的担忧与愧疚，一时成为他生命之中无法承受之重，以喝酒的形式和名头来挤压自己、惩罚自己、麻木自己，何尝不是一种释放和解脱。当我们摇摇晃晃走出酒馆的时候，才发现街上是那样的冷清，空旷的大街上没有几辆车，更难遇上人。不知何时，突然刮起了大风，搅得昏天黑地，呛鼻的土腥味更是直钻人的肺腑。那挂在法国梧桐树上的枯黄叶片，像是受到了逃跑的鼓舞，用劲气力，纷纷挣脱树的怀抱，向着黑暗的空中飞去。

六

老马的身体康复得出奇顺利，他没有等到星期一早晨，而是星期天晚上就提前一夜出院了。他不需要操心办出院手续之类的事情，因为有人来替他办理。李大伯星期一并没有出院，他的病情也有了好转的迹象，林主任说再住几天，根据需要加大了化疗和用药剂量。

一晃几天相对无事。那是一个雾霾沉沉的上午，我刚走进办公室，还没摘下口罩，手机嘟嘟地叫了起来，我掏出电话一看，来电显示是老马，我还以为他安排答谢宴会呢，没想到他用极其微弱的声音说：“兄弟，不行了，昨天夜里一夜没睡好，肚子发胀，全身酸痛无力，还伴随恶心发烧。”

我很吃惊地问：“你是不是管不住嘴，到外面吃了什么不干净的东西？”

老马很是干脆地回答道：“我这两天按照刘医生的叮嘱，像坐月子一样，大门不出，二门不迈，每顿都是稀饭和咸菜。”

我觉得奇怪，问他道：“这就怪了，你需要我做什么吗？”

老马果断地说：“赶紧给刘医生打电话，我马上到医院来。”

我听了也着急，说：“那你就快来吧！我在刘医生办公室等你。”

放下电话，我就往医院赶，真担心他的肠子没长好，万一肠瘘了，那就不好交差了。我一边急着赶路，一边给刘医生打电话，刘医生听了也很惊讶，他在电话里半疑半惑地说，昨天下午他还与我通了电话，说是星期天中午请我们吃饭，我说饭就别吃了，只要病好了比什么都重要。老马坚决要求吃饭，以表谢意。我说，是不是用药过度，胃出了问题？刘医生马上反驳说，那不可能，胃痛很少有发烧的，你让他赶紧来吧，我上午九点要进手术室。我说，我一会就到，老马也马上就来。

正当我们坐在刘医生办公室里推测老马的病情时，老马面色蜡黄、勾腰弯背走了进来。老马的病情特征是：发烧，恶心，肚子胀痛。刘医生让老马躺在病床上，做了一番检查后，出于慎重马上找主任，给他安排到了当天救急用的机动房间。躺在病床上的老马，虽然痛苦但他还不失幽默，对为他量体温的护士说，我可是二进宫的病人，还请你们多关照。护士听了想笑，看他痛苦不堪的样子，也就微笑着点了点头。为查清病因，刘医生为老马安排了做腹部CT、胃镜和血液检查。做CT时，影像科的医生们都明确表态，病人的切肠部位没有发现异常，胃镜检查也是如此，血液化验也没有发现异常情况。是什么引起发烧与恶心呢？刚开始刘医生担心肠子没有缝合好，出现了肠瘘，现在通过检查，排除了这种假设，那么是什么原因呢？在没有查清病因之前，刘医生出于肠瘘的考虑果断停掉了老马的一切进食，采取从鼻腔插入引流管、穿过胃、直入小肠为老马输送高级营养液。在B超引导下行穿刺置管引流，每日为老马引流出一百至二百毫升左右的棕褐色引流液，几天之后引流逐渐减少，但肠瘘位置却无法确定。为查清病因，该做的检查都做了，无奈之下，又进行了一次造影检查，经引流管做造影显示，结果为：十二指肠瘘。十二指肠依然是一个宽泛的位置，刘医生又为老马安排了胃镜检查，瘘点找到了，在十二指肠球降部交界处下侧壁瘘。那是一个十分隐蔽的位置，没有丰富经验的专家很难发现。

瘘点找到了，如何把瘘点补上，刘医生犯了难，他苦笑着对我说：“真可谓才下眉头，又上心头啊。”

我说：“之前是因瘘点找不到而犯难，现在瘘点找到了，开刀把瘘点缝上不就行了？”

刘医生听了，头摇得像拨浪鼓，说：“哪里有那么简单的事情啊！病人剖腹时间还不到一个月，伤口没有彻底愈合，体质也尚未恢复，开刀是下下策啊！”

我一听急了，赶忙问：“那怎么办？病人每天不能吃不能喝，长期下去，再好的身体我看也会被时间拖垮。”

刘医生站起来在不大的办公室里踱了几步，胸有成竹地说：“办法总会有的，容我考虑考虑再说。”

一天过后，在我万分焦急的时候，刘医生打来电话说，经过会诊，专家们一致认为，目前只能采取保守治疗的方法，采取内镜术，用钛夹夹闭瘘口。采用内镜做手术是近几年风行于医疗行业的新型手术方式，如内镜取肾结石、取胆结石等，内镜的好处在于不用开刀，从人的口腔、尿道口插入管子，采取成像定位取出人身体内多余的东西。三年前，我的朋友小程因肾结石住院，手术后我到医院去看他，我问他手术后伤口疼不疼，他听了很是愕然。我又问他伤口有多大，他听了先是惊讶，继而大笑说，内镜术，哪有什么伤口。我一本正经地说，别开玩笑了，那结石是怎么出来的？他用手指了指下身，告诉我是从尿道里取出来的。为这事差点闹出笑话。我在心里感叹，如今医疗技术也是突飞猛进地发展啊！

第二天，老马做内镜夹瘘点手术，我给刘医生说，这次我得进手术室亲眼看一看内镜术的神秘。刘医生很爽快地答应了。做内镜手术不像做常规手术那样条件要求高，一间不到二十平方米的房子，一张手术床，其余的就是相关内镜设备。给老马做手术的是一个年龄不到三十的彭博士，按照他们事先的设想，半个小时就手术完事，因此连麻药都没打。可一个小时过去了，那夹瘘点的钛夹一个也没能夹上去，疼得老马大汗淋漓如杀猪一般号叫。彭博士也是挥汗如雨，护士站在他身旁不停给他擦汗。最后实在没办法，只好中止手术，打电话叫来麻醉医生，给老马注射麻药。因为手术有规定，我一直远远地站在一旁看着老马痛苦地叫唤，却帮不上半点忙。老马打了麻药后，内镜手术继续进行，彭博士看着仪器，操作仪器手柄，先是将钛夹通过管道输送到十二指肠瘘点位置，然后像机器人的软管长臂通过管道进入。彭博士两眼盯着显示器，手动摇柄，夹住钛夹，一次次试图将钛夹夹到那瘘点位置，可那位置太特殊，正好在一个拐弯处，实在是太难夹了，每一次快夹住时，那肠子又滑开了。彭博士虽说年轻，可他在医院做内镜手术却是第一人，他留学美国时就专门学的内镜手术，回国后手术成功率始终保持在百分之九十五的高水平上，他的成功开创了医院手术新领域，当时媒体给予了连篇累牍的报道。今天彭博士碰到了难题，他像一个刚学会开车的司机，在一个很小的拐弯处，怎么用劲也不能把车倒进那窄小的位置。我对站在一旁的刘医生说，这内镜手术我看一点也不省事，虽说没有开刀见血，其难度和病人的痛苦不亚于一场中等以上的手术。刘医生也一直在冒汗，他说，老马的病太邪行，割去了一段，又冒出一个瘘点，瘘得还不是位置。

在我们万分焦急之中，六枚钛夹在胃镜的透视下，通过电子屏幕，终于夹到了肠瘘的位置。本来预计半个小时就可完成的内镜手术，整整耗去两个多小时，老马在全麻的状态下，依然感到了从嘴里下到腹部的管子来回摩擦的疼痛，手和脚在无意识与有意识中挣扎。

钛夹是放进去了，能不能起到作用，目睹之下我是持怀疑态度的。老马在经过一番折腾后，回到了病房，一进房间，他就着急示意下手术车，在他家属和司机的搀扶下，两脚刚着地，他就忍不住直奔卫生间，彭博士和护士跟在他的身后叮嘱，不能用劲，不然会把那钛夹挣脱，而呕吐出来。跟随并扶他的司机听了，连声说，主任，您轻点，轻点。

老马像大雪中又遭受了一场暴风雪，全身无力地瘫在了床上。彭博士和刘医生又交代了一些注意事项，然后离开了病房。我跟着刘医生到了他的办公室，我感慨地说："百闻不如一见啊！老马这回可是遭罪了。"

刘医生叹了一口气，也感叹说："我做了十多年的手术，也是第一次遇到像老马这样的病人，不知道是他的运气太糟糕，还是我的运气不好。"

我赶忙说："肯定是老马运气不好，与我们两个有啥关系？"

刘医生眉毛往上一挑，说道："你说得轻巧，从他成为我的病人那天起，他就与我有了关系。"

我还是不放心地问："那钛夹能夹住吗？我看够呛。"

刘医生喝了一口水，看着我说："那就看老马的运气了，过几天渗漏减少，或者没了，就证明钛夹起了作用。"

我说："内镜手术虽说不开刀，我看病人遭罪的程度一点也不亚于开刀，要是我，我不会选择内镜。"

刘医生望着窗外，缓缓地说："于老马来说，目前也只有这个办法，要是能够手术，我三下五除二就把他那瘘点给补上了。"

七

世上的事，充满了奇妙变化。有的人住院后，经过一段时间的治疗，刚开始看着很顺利，后来却逐渐复杂了；有的病人一开始不太看好，不抱太大的希望，可过了些时日却峰回路转。

晚上我刚回家，李标打来电话，说他父亲的病情好转了，不仅能开口说话，还能喝牛奶豆浆了。我听了也很高兴，连声表示祝贺，夸林主任医术高超，对病情判断料事如神。李标还说，前两天可把我愁坏了，吃饭不香，觉睡不着，不想两天之后，老爸的病有了起色，今天下午检查，食道愈合不出血了。为此，今晚得好好庆贺一下。我高兴地说，那太好了，我马上去找你，哥儿们几个喝上几杯，以示庆贺。我老婆早把菜做好了，见我又要出去，不高兴地说，你真是上心，病刚有所好转，值得这样吗？别得意忘形高兴得过早了。我一听就不满意了，冲她道，你会不会说话，不会说话就闭上你这个乌鸦嘴。老婆听了很生气，将筷子扔到了餐桌上。

赶到医院时，李标和他妹夫已经在大门口等我了。我问李标想吃什么，晚上我来请客。李标说让他妹夫请客，让我只管找一家好一点的酒店。我说："不一定非要上大餐馆，吃点有特色的就行。现在古城车堵得厉害，就选近一点的，吃葫芦头泡馍吧！我已经打电话订过位子了。"

长得胖乎乎的李标妹夫问："大哥，'葫芦头泡馍'是啥玩意，难道冬天也有葫芦吃吗？"

我听了忍不住笑出声来，说："兄弟啊！此葫芦头，非彼葫芦，完全是两码事，基本上与羊肉泡馍差不多。"

李标妹夫摸着发光闪亮的光头说："大哥，咱乡下人没见过世面，你可别笑话我，我请你吃饭，哪能只吃葫芦头泡馍呢。"

我拍了一下他的肩说："走，上车，到了你就知道了。"

上车后，我就当起了导游，我给他们介绍说："吃'葫芦头'的地方离医院不远，也就三四站路，在兴庆公园的南边，位于古城墙外东南角的咸宁路上，与百年名校西安交大只相隔一条马路。兴庆公园很有年头了，它是在唐代兴庆宫遗址上修建的。"

李标感慨地说："在你们古城，走到哪儿都是古迹。"

我有点自豪地说："你说得一点不假，远的不说，单说我们医科大学四周，全是旅游景点，西面是古城墙，西北是大明宫遗址，东面是半坡遗址，正南是兴庆宫。"

我们正说得起劲，车就开到了吃葫芦头泡馍的地方，下车之后，李标的妹夫见门面不大，便说：“今天我请客，必须找一家像样的酒店，这店太小了。”

我赶忙说：“兄弟心意我领了，吃饭不在店大店小，关键在有没有特色，好不好吃。你别瞧不起这小店，你看看牌子，就知道了。”

在那不高的大门门楣上，挂着一块足有两米长一米宽的牌匾，红底黄字很有气势，那匾上“葫芦头泡馍”五个大字，敦实，厚重，拙朴，全用纯铜所镀，落款“贾平凹”的名字也有拳头般大，很是惹眼。爱好书法的李标，一见招牌是贾平凹所题，马上来了兴致，高兴地说：“这字写得好，不发财都不行。”

我赶忙煽呼说：“你真是有眼力，这家‘葫芦头’可有名气了，星期天节假日不提前打电话预订，贸然来吃肯定没有空余座位，还要排队等候。在古城的大街小巷，凡是有点名气的酒店，近乎有一小半都是老贾所题。为此有人为老贾题字写过一篇文章，说他有超凡的功力，文章大意是说，凡是找他写字开店，只要他当时心情好，一气呵成写的，十有八九发了财；当时来求字，一写不如意，再写还不满意的，最后大多都关了门。”

李标佩服地说：“贾平凹这人你不服不行，鬼才一个。今天就这儿了，尝尝‘葫芦头’是个啥东西。”

提到发财，李标的妹夫就两眼放光，十分羡慕地说：“大哥，听你说，这贾什么的，一年仅写字一项也挣不少钱吧？”

李标也不怕他妹夫生气，挖苦他说：“你就知道挣钱，贾平凹是知名的大作家。”

我笑着说：“找名家写字都是私下交易，只有写字者本人清楚，一年下来应该收入不菲。”

李标的妹夫羡慕地说：“我操，太厉害了，要是知道写字也能挣钱，小时候就一门心思练习写字，坐在家里收银子，也不用像现在，为了拿个项目，拼了命喝酒。”

我感慨地说："会写字、字写得好的人在古城有的是，但像老贾那样的却不多。"

李标妹夫睁大了眼，疑惑地问："那是为啥子？"

我说："文化啊，兄弟！过去老贾的字也不值几个钱，大前年，他写的小说获了茅盾文学奖，字才真正地一下子值钱了。"

李标妹夫听了，似懂非懂地点了点头。

在外头看店面不大，走进去之后，才发现了名店的派头。进门就是一个很有年头的屏风，富贵牡丹开在那厚重的榆木板上，大厅两侧的墙上挂满了名人光临酒店的照片，左边为政界名人，右边为影视文艺明星，来这里吃过饭的名人还真是不少。大厅有二十来个平方，服务台后面的墙上挂着几幅当地名人的字画。我给他们稍作一番讲解后，在身着唐装的服务员引导下，我们到了提前预订的包间。因为人少，我订的是一个六人小包，包间虽不大，却干净、雅致，古色古香的。坐下之后，我点了四凉四热，凉面皮、牛肉干、油炸花生米、凉拌猪耳朵四个凉菜，砂锅葫芦头、鱿鱼葫芦头、鸡片葫芦头、酸辣土豆丝四个热菜。

在等菜的时间里，我边喝茶边给他们讲起了"葫芦头"。我先从"葫芦头"的传统也就是来历讲起："葫芦头"究竟起源于什么时候，因为没有文字记载无法说出具体起源年代。但是在唐朝中期，京城长安有一种名叫"煎白肠"的食品出售。据说，这就是用猪肚肠做的。相传，有一天唐代医圣孙思邈来到长安，在一家专卖猪肠、猪肚的小店里吃"杂糕"时，感到肠子腥味大、油腻重，问及店主，方知是制作不得法。孙思邈对店主说道：肠属金，金生水，故有降火、消渴之功。肚属土居中，为补中益气、养身之本。物虽好，但调制不当。医圣从随身携带的葫芦里倒出西大香、上元桂、汉阴椒等芳香健胃之药物，调入锅中。果然香气四溢，其味大增。这家小店从此生意兴隆，门庭若市。店家不忘医圣指点之恩，将药葫芦悬挂在店门上，并改名为"葫芦头泡馍”。从此，葫芦头泡馍作为一种风味食品，流传千余年至今。说起来也有趣，1935年，张学良将军的东北军在西安因水土不服，饮食习惯差异，将士们多有病者，自从吃了南院门“春发生”出售的葫芦头泡馍，竟食欲大增。以致有一段时间，东北军曾将“春发生”的葫芦头泡馍列为病号饭。我们今天吃的“葫芦头”就是在唐朝“葫芦头”的基础上发展而来的。所以，我们今天虽然吃的是小吃，可是很有文化底蕴。

李标的妹夫是个小土豪，因为有钱也就大大咧咧，他说：“大哥，你就别给我讲文化了，你就讲葫芦头泡馍是啥东西做的就成。”

我一五一十地介绍说：“兄弟你别急，下面就讲‘葫芦头’。‘葫芦头’在古城是一道具有特点的传统风味佳肴，以味醇汤浓、馍筋肉嫩、肥而不腻而闻名，它与老孙家羊肉泡馍有一比，堪称姊妹花。烹制工艺精细讲究，各类调料使用合理。最为重要的在于处理肠肚、熬汤、泡馍三道程序，其中肠肚要经过十几道工序的加工，才能达到去污、去腥、去腻的要求，做出美味的‘葫芦头’。你要问‘葫芦头’是什么，其实就是猪的大肠与小肠连接处的肥肠，因加工做熟收缩，状似葫芦头，加上馍，故名为‘葫芦头泡馍’。”

李标有点失望地说：“原来如此啊！那猪身上的内脏能做出什么花样来，我看就是因为西北地方穷，把猪肠子当作宝贝。”

我马上纠正说：“你可不能以物取味，价贵的海鲜不一定就是好东西，萝卜还赛过人参呢！”

四个凉菜很快上齐了，服务员早已给酒杯里倒好了酒，我们端起酒杯，第一杯酒，是祝福大伯身体好转；第二杯酒，是李标和他的妹夫感谢我，为他父亲身体健康所做的一切；喝第三杯酒时，砂锅葫芦头被端了上来，一股浓浓的香味，随着热气在屋子里飘荡，李标的妹夫夹了一块放进嘴里，满嘴流油地说：“不吃不知道，一吃真神妙。”

我端起酒杯说："来，我敬你们俩一杯酒，你们这段时间辛苦了。"

别看李标的妹夫长得肥头大耳、一副憨相，人却很机灵，很会溜须拍马，他说："我们辛苦是应该的，老爸能有转机，全凭大哥您运作。我喝两杯，以表敬意。"

我赶忙纠正说："我可没运作什么，只是做了分内之事。"

李标很是感激地说："得了，你就别谦虚了，我来敬你一杯酒，你喝一杯，我喝这半壶。"

我说："都是兄弟，能为大伯做点事，也是我的荣幸。你就别喝那么多了，夜里还要照顾病人呢！"

李标二话不说，将那分酒器里的酒喝了个底朝天，喝完激动地说："这些天，我见父亲痛苦的样子，心里十分难受，深感过去关心父亲太少了，父亲病了，只是口头上问一问，以为像他说的那样只是胃痛，也就没有当回事，一时疏忽大意，现在是后悔莫及。"

李标的妹夫马上抢过话说："你也别为老爷子的病纠结。人有时候就得信命，有些人天生多磨难，想躲也躲不过。有一个人，到庙里抽了一根签，结果是下下签，庙里的师傅给他解签时，说他最近有劫难，让他少上街，防止灾难发生。那人就请了长假，回家之后基本上不出家门。有一天刮风下雨，为避雨，他走近道，顺着墙根走，楼上阳台突然掉下一个花盆，不偏不斜砸在了那人的脑袋上，结果当场毙命。你说，那人是不是命中该有那一难？"

李标听了很是不爽，反问道："按你的意思，老爸命里就有这病这难？"

李标的妹夫也不惧，接着说："是啊！老爸要是不得这病，该多好啊！拿着副厅级干部的退休工资，有吃有喝有玩，逢年过节还有老部下孝敬，请吃个饭什么的，多好啊！可是他得了这个病。"

我解释说："人吃五谷杂粮，那有不得病的，具体与命相不相关，那需要探讨研究。"

李标的妹夫说："人生就是苦短，活一天就要快活一天，能吃就吃能喝就喝，像老爸得了这病，不能吃不能喝，多没劲儿，最后还是连命都保不住。"

李标将酒瓶子往桌子上一蹾，很生气地说："你这人怎么这样说话，老说老爸干什么，老爸哪点对不起你了？你能有今天，没老爸帮忙能成吗？"

李标的妹夫赶紧打了自己两耳光，低头说道："我这人不会说话，我说错了，自己罚两杯。"

李标过去给我讲过他这个妹夫，人长相一般，初中没毕业，本事不大胆子却大，能喝酒会挣钱。他的小妹不知哪根神经出了问题，看中了这个其貌不扬的人，无论家里怎样劝说阻拦，就是一根筋，非此人不嫁，最后家里也只好妥协，丑小鸭硬是娶了白天鹅。李标狠狠地说："罚一壶，尽说二百五的话。"

我赶忙拦住说："还是少喝点，明天上午大伯出院，你们还要开车，路途也远。"

李标笑着说："他外号'孙一斤'，在我们那一带喝酒界可有名了。"

说话之间，服务员又上了一道鸡片葫芦头。我说现在暂停五分钟，专心吃菜，要不然喝多了，就吃不出味道了。李标的妹夫果真喝完了一壶酒，面不改色，夹了两筷子'葫芦头'，有滋有味地边吃边说："人不可貌相，海水不可斗量，用这句话形容这'葫芦头'蛮恰当的，味道好极了。"

李标感叹说："要是老爸也能吃这'葫芦头'就好了。"

李标的妹夫马上接过话说："所以啊我们要珍惜现在的生活，李白就说过，人生得意须尽欢，来，我们喝。"

我听了由衷地说："人是不能亏待自己，但也不能放纵自己；亏待自己是对自己的吝啬，放纵自己则是对自己的虐待。人一生干什么都是有定数的，就如心脏跳多少次，吃多少饭，喝多少酒。封建王朝时，那些皇帝哪个不是三宫六院，因为享受过度了，很少有长寿的。所以上天对每一个人都是公平的，不能让一个人把所有的福都享受了。”

最后上的是酸辣土豆丝，吃了“葫芦头”再吃土豆丝，就有了另一番味道，几双筷子一齐下去，不几下就吃去了大半盘。我拿了两瓶二十年西凤酒，一个小时不到就喝去了一瓶半，我担心酒不够，只好有意放慢速度，给他们讲医院里的奇闻轶事，我说我们医科大学有很多名科名医，就拿附属二院的妇科来说，在解决不孕不育方面就堪称一绝，能让那些“种子稀、土地薄”的都能抱上小孩；能让那些想生双胞胎的如愿，有的想生龙凤胎，经医生指导最后也能如愿。李标的妹夫惊讶地问，还有这等绝活？因为酒喝高了，嘴上也没了把门的，说起来自然没边界。我说，这还有假，要不信，你也可以留下来试试。李标马上拦住说，你别听他的，我妹都生了三个了。李标妹夫说，那就不说了，喝酒，多吃“葫芦头”，好好补补这些天亏虚的肠胃。我问他还吃不吃葫芦头泡馍，李标妹夫毫不犹豫地说，吃，来了就是要吃葫芦头泡馍的，于是我又要了四份葫芦头泡馍。

我们坐在临街的窗口，马路上的行人少了，车也越来越少了，冬天的月光懒散地从窗子照进来，一点一点在墙上移动。两瓶酒被我们喝了个一干二净，每人一碗葫芦头泡馍也都吃得所剩无几。李标看盘子里剩的“葫芦头”还很多，让服务员打包带回去。我说，这“葫芦头”要趁热吃，凉了还是有腥味，肠胃不好的，吃了还容易拉肚子。李标说，他老婆和两个妹妹肠胃都好，现在带回，路又不远，凉不了。我说，今晚叫上她们就好了。李标说，那不行，她们晚上还值班呢。在我们打包的时候，李标的妹夫让服务员把单买了，还说太便宜了。

从兴庆路回医院是一条南北向直道，因为夜深人少车少，不到十分钟我们就回到了医院旁的春海宾馆。分别时，我说明天你们就要回去了，上午我过来送行。李标说，晚上喝了这么多酒，说了这么多话，等于送行了。我说那不行，明天一定要送送大伯。

八

一天、两天，三天过后，老马身上的引流管还有液体不断流出，颜色由第一天的棕褐色，到第二天的淡黄色；流量由第一天的二百毫升，到第三天五十毫升。虽然液体颜色由深变浅、流量由多变少，但并没有马上停止，在此后的一个多星期里，引流液体袋里每天都有那么一点点，可就这一点点，搞得老马心情紧张，搅得刘医生心神不宁。有渗漏就证明瘘点并没有被钛夹夹住，即使夹住了，夹得也不严实。

按要求，老马还不能进食，每天靠给予营养支持、抑酸抑酶，鼻子里每天插着两根管子通到肠子里，手背上插着输液针，腹部还有一根引流管，老马一天到晚被困在了床上。做完内镜手术后，他无时无刻不在期盼，希望肠子快点长好，好早日出院，年底了单位事多，诸如年终表彰、干部调职调级、走访慰问等，每一项工作都需要他这个一把手来拍板定夺。一晃又是一个星期过去了，引流管就像一个流不干的泉眼，让他焦急得不行。

最急的还是刘医生。在老马查出十二指肠瘘之后，他的心才有了一丝丝坦然，那样就与他做的手术没了关系，要不然他的精神上就会背一个巨大的十字架，让他沉重得难以面对同行、面对老马，以及老马亲朋好友的追问，也难以面对我一个又一个的电话。问题虽然找出来了，他期望内镜术能够见到成效，老马能够尽快出院，虽然老马住在病房里，与其他病人一样能够为医院创造经济价值，可他觉得还是靠加快床位周转心里舒坦。有时候，人越是期盼的事情，其结果总是事与愿违。一周后，老马引流袋里的液体并没有断流，每天小半杯的液体证明，老马十二指肠上的瘘点并没有长住，事实证明，内镜钛夹手术失败了。想到老马受的罪，刘医生就觉得愧对了老马，他每天都要到老马房间去好几次，检查老马的身体，看看老马引流的液体，最后说说话宽慰一下老马。老马知道自己是病人，在医院里不再是谁的领导，自己的命现在不由自己掌握，而是在医生的手里，他也就不敢生刘医生半点的气，心里无论多么焦急，肉体多么痛苦，他都尽量笑脸相迎。刘医生为治好老马的肠瘘，他是放下了架子，不耻下问。在科里他不仅与同级别的医生们探讨十二指肠瘘，他还与研究生们共同探讨，为什么会出现十二指肠瘘。每当没有结果的时候，他会利用开会或者中午在食堂吃饭的时机，一次次向其他科室的老专家们请教。最后，经科主任同意，他请医院里的知名专家就大肠癌切除之后出现十二指肠肠瘘的情况进行了会诊，到会的十多名专家听了他的情况介绍后，各自根据自己多年的临床经验，提出了不同的看法，最后，专家们做出了一致的结论：病人做完肠癌手术时间不长，三个月内不宜再做手术，建议保守治疗，通过时间来换取十二指肠自我修复的空间。这一建议完全符合科学规律，一位老专家说，肠子有自我修复的功能，就如皮肤被划伤以后，能够自行愈合一样，病人需以足够的耐心来赢得肠瘘的自我生长。但究竟需要多长时间，专家们也没能给出具体的时间来。

这种结论对老马来说是痛苦的，他听了差点没晕过去，一个半月的床上等待，让他在希望中破灭，又在破灭中升起了希望。专家不能给出时间，难道每天就这样在病床上度日如年地煎熬吗？在此之前，我给他抱去了好多刊物，什么《文摘》《人民文学》《十月》《知音》《家庭》《故事会》，希望这些荤素搭配的文学和生活杂志能让他静下心来消磨难耐的时光。

那时，老马时刻盼望着奇迹出现，睡一觉起来，肠子长好了，拔掉身上的管子立即就能出院了。他之所以有这种急迫的心理，除了在医院待着难受之外，还有一个重要的诱因，这个因素他不曾向外人讲过。我作为他的老朋友，加之又不在一个槽里吃食，他在住院之前，在一次喝酒的时候，无意中向我透露了人生仕途的最新转机。那是在他当了区人大常委会主任半年之后的一天，他的老领导又从外省调回到了市里，当上了一把手。有一次，市一把手到区里检查工作，区四大班子集体向一把手汇报，区一把手在汇报工作之前，介绍参会人员，介绍到老马时，市一把手当即插话："小马呀，我认识，你怎么退到人大了？"

老马呵呵一笑说："年龄大了，感谢组织信任还给我安排了个重要位置。"

市一把手马上接过话说："你比我年龄还大吗？没有吧！"

其实，市一把手到市里上任第三天就见到了老马，那是一个小范围的聚会，而且都是市一把手十几年前当区长时的几个老部下，老马就是其中一个。在那个聚会上，市一把手把老马的事就记在了心上。全场参会人员见市一把手如此亲切关心老马，都知道老马深藏不露，都明白市一把手在如此重要的场合并非没话找话。

老马一直很有礼貌地站着答话，说："我哪能与书记比，您是大领导，我是小芝麻，知足了，知足了。"

市一把手边听边转着手中的铅笔，待老马说完，他用十分缓慢的语调问："辛部长，带花名册了吗？拿来我看看。"

组织部辛部长胸有成竹地回答说："只要是我市处级以上领导干部，我都能说出子丑寅卯来。马主任年龄确实不大，今年刚满四十六岁。"

市一把手赞许地说："辛部长记忆力好，一口清。在处级岗位上，四十六岁正是干事的年龄。杨书记你开始汇报吧，简单点。"

自此以后，退到官场二线的老马又迎来了仕途的又一次转折。所以老马一直急着出院，他生怕在医院里待久了，夜长梦多。老马的情况我知道得一清二楚，所以我推心置腹地对他说："你现在要过的不是仕途关，而是生命关，这一关过去了，一切柳暗花明，享受幸福人生；如果过不去，那就如鬼风吹灯，一切灰飞烟灭。"

老马听了一时还无法接受，闷闷不乐地说：“你到底是盼我好，还是诅咒我死？”

我也毫不客气地说：“不是兄弟朋友，花钱请我我也不会说这些话。如果是一般朋友，我就会与你打哈哈，你身体好不好与我没有半毛钱关系。”

老马见我言真意切，马上说，我是被这病弄得没了办法，整个神经错乱。老马这样一说，我就更无所顾忌了，便推心置腹地说，现在你必须以顽强的毅力，心无旁骛地住在医院里，不要去想什么功名利禄，放弃眼前的一切名利追求，挺过人生的难关，到时候水到渠成，自然柳暗花明。从年龄上讲，你也是快奔五十的人了，过了五十，就到了知天命的年龄，没有好的身体，一切都是瞎子点灯。我还给他讲，我有一位老领导，副军职退休，平常爱喝酒，退休了也一样，不注重身体保养，有一天中午他与几个老哥儿们喝了几杯，因有午睡的习惯，回家就睡觉了，到了下午三点没能起床，他老伴当时也不在家，去参加一个亲戚的儿子的婚礼，正等他下午过去喝喜酒呢，等到四点，他还没到，就往家里打电话，保姆敲门去叫，一敲不应，再敲不应，推门进去见人没反应，走到床边再叫还是没有反应，将手放到鼻子上一试，人竟然没了气。老领导工作一辈子，钱也挣了不少，可还没有来得及花，人就没了，你说亏不亏。老马见我这样说，心中的一扇窗子一下子被推开了。当即表态说，从今天起，啥事也不想不问不管了，把手机关掉，安安心心住院。

其实，每见老马一次，我都心疼一次，他由入院时的一百四十多斤，如今瘦得不足一百一十斤，人整个瘦得脱了形，如果他走到大街上，不主动与熟人打招呼，再熟悉的人恐怕也认不出他了。一晃又是半个月过去了，他那引流管还在流液，春节转眼到了，可他还躺在医院里。

老马在医院里不看报、不读书，也不看电视，每天他就那样有一句没一句地与他的妻子说着话，他说他不是不想看报读书，而是手每天就没有闲过，要不停地输液，他就靠那些液体维持生命和保证生命不出意外，诸如不发烧、不感冒、不患其他的病。不看电视是因为他在住院之前就不爱看电视，他喜欢爬山，喜欢打麻将。每天到了晚上，不输液了，身上管子减少了，他就会提着引流袋到走廊里散步，那长长的走廊就成了他活动的场所。

天有不测风云，人有旦夕祸福。

我清楚地记得，那天是农历腊月二十三祭灶神的日子，一大早李标给我打来电话，说他父亲昨天晚上走了。我十分惊讶，我说，你昨天在电话里还说，大伯好好的，怎么就突然去世了呢。李标哭着说，昨天晚上老爸突然因感冒发烧，送到医院打点滴，半夜里，就因为一口痰呛住了，人就没救过来。我连声说，太不幸了，大难都闯过来了，却在小河滩里翻了船。

人的生命就是这样脆弱，有时候还不如一只猫一只狗皮实。受李标父亲的启示，我当天上午专门找到刘医生，再次建议老马的手术不要再等了，打开腹腔将十二指肠的瘘点缝上完事，等它自己愈合，不知要等到猴年马月。刘医生给我讲，为老马是否适合做手术，科里后来又讨论过好几次，都说老马第一次手术的时间还不长，身体状况也不太好，主张保守治疗。关键是老马也不同意手术，老马说，现在渗出的液体越来越少，很有希望自动愈合。老马还说，前两年他在一个很有名的寺院里抽过一签还算了一卦，说蛇年有灾，马年转运。当时没当一回事，果不然蛇年先是查出肠癌，接下来又是肠瘘，他下决心要等待马年的到来，等过完年再说。听了刘医生的话，我想，专家有明确的诊断，病人也有自己的打算，我作为老马的朋友，也只好鼓励他坚持到最后，坚持就是胜利。

回老家过年前一天，我再次来到消化病医院与老马辞别。医院里没了往日热闹的景象，病人大多在过年前几天办了出院手续，只有那些病重一时无法出院的病人还留在医院。与老马住在一个病房的那个患胃癌的病人，在切除大半个胃之后，也高高兴兴回家过年了。我对老马说，祝愿马年是你的吉祥年、幸福年。因为渗漏的液体一天天减少的缘故，老马的身体和精神都有了明显好转。

从古城回老家，几百公里的路程，早晨七点出发，下午两点就到了，朋友请客吃过饭后，我就与李标联系，赶到了李标父母的家，在李大伯的遗像前，我点燃一炷香为老人奉上，双膝跪下为老人磕头。礼仪进行完，身穿一身素白孝衣的李标拉着我的手说，老爸命也太苦了，大难都闯过来了，最后竟然因感冒一口痰憋住而病故。我安慰他说，人生无常，生死有命，富贵在天，人都走了，就节哀吧！李标流着泪说，老爸大前天还说，过了马年春节，春暖花开的时候，一定要专程到古城去谢你，说你是他的救命恩人。我赶忙说，我也没做什么，大伯真是个好人啊！一生做了那么多好事，好人怎么就命不长寿呢？说完我也控制不住，潸然泪下。

春节很快结束了，在我准备返回古城的那天，刘医生给我打来电话说，老马渗漏的液体没了，所有管子都拔了，现在能喝米汤了，再观察几天，如果没有其他不良反应，就准备出院了。我听了万分高兴，只要老马康复出院，我心里也就没了歉疚。我心想，难道老马抽的那一签算的那一卦真的就那么灵验吗？

回到大学后，在与刘医生的交流中，刘医生告诉我，老马的肠瘘能长好，是时间到了，因为采取保守治疗后，他的液体渗漏量一天比一天减少，液体减少证明瘘点在愈合，老马抽签说蛇年有灾，马年转运，只是对他的一种心理暗示，因为是美好的期待，坚定了老马深信来年好运，肠瘘能够愈合的信心。所以说，是方法得当的治疗加精神力量，使老马走出了病痛的人生低谷。

老马的病好了，官运也通了。正月十五刚过，老马被提拔为区委书记。他能当上书记还得益于他在去年年底躺在医院里，那时市里正在考察区委书记人选，老马因为肠瘘一时不能出院，他索性关了手机，一时几乎与外面的世界绝缘。老马躺在病床上静心期待肠瘘长好，有两个后备人选却十分活跃，为了实现目标，两个人各显其能，到处活动。最终，那两个人一个因拉选票被人举报，取消了候选人资格，另一个人因行贿一名省领导，不巧年后那省领导被双规，抄家时，在一个纸箱里发现了行贿人送礼时在大信封上留下的姓名，铁证如山，也被关了进去。身处局外的老马，最后因祸得福，被任命为区委书记。

老马打来电话，说要请我到他家里吃饭，以表感激之情。我说你刚上任不久，眼下风声正紧，正反“四风”。老马说，你讲的这些难道我还不知道吗，领导干部要带头落实中央“八项规定”，我们不上餐馆，在家里烧菜做饭，参加人员就几个知心朋友。我说，这样最好，我一定准时赶到“马府”。

那是个星期天，古城墙边的玉兰花、樱花开得无比艳丽，我望着古城难得一见的碧蓝天空，与刘医生一道走进了老马的家。在他那宽大的客厅里，我看到了身体无恙之后的老马，一如古城的春天，满面春风……

（原载《黄河》2014年第5期）

在水一方

沉湖有一条长约百里的环形人工河，河道宽约五十米，下雨时盛水排洪，干旱时引水排灌。在平常大多数日子里，人工河处于安静的状态，水清浪静，就像一个端庄的少女。因为是人工河，河堤也就修得又高又宽，无论是内河还是外河，其大堤都能并排行走两辆汽车。河堤两边栽种的水杉粗壮笔直，直入云天；河堤的临水之边，长着一片片、一簇簇茂盛的芦苇，让水乡更加妖娆；宽阔湛蓝的河面上，鱼儿跳跃，水鸟飞跃，渔船穿梭，水乡景致分外迷人。

靠着内湖大堤的堤坝一侧修着一栋栋营房，营房里住的不是扛枪操炮的战士，而是手拿锄头、镰刀的后勤兵。沉湖自20世纪60年代初开湖以来，一直人丁兴旺，到了90年代，湖堤的四周还住着上千人之多，在上千人的官兵中发生了很多让人难以忘怀又回味无穷的故事，尤其是那些身怀绝技的战士至今历历在目。

青蛙睡荷叶

青蛙的官名叫郑世金，青蛙是人们给他取的绰号，90年代初从荆州古城江陵的一个水乡小镇入伍。

青蛙个头不高，人胖得像个水獭；两眼奇大，向外凸出，就像患过甲亢；其嘴状似扇形，酷像青蛙，再加上他善抓田鸡，在乡里也就小有名气，故被冠以“青蛙”之名。青蛙一经叫响，乡人们都不叫他郑世金而叫他青蛙，郑世金这个名字竟渐渐被人淡忘，只有在连队点名时才被偶尔提到。

青蛙抓田鸡很有一些年头了，大概在四五岁的时候，他就对逮田鸡有了兴趣。你要问青蛙抓田鸡的功夫有多厉害，他常常闻声而去，从不抓空。每到春夏就是他抓田鸡的高峰，一个晚上他能抓十到二十斤不等。青蛙抓田鸡大都是晚上行动，他不用手电筒全凭感觉，就是伸手不见五指的黑夜，只要田鸡声鸣，他就能手到擒来。

青蛙读书笨得不行，初中升高中被卡了下来，别人都进城打工，他却选择靠水吃水，抓田鸡致富，几年下来，也有了不菲的收入。有了钱后，他还是感到生活缺少一点东西，最后思来想去，觉得一辈子不能靠抓田鸡生活。其实农村青年考大学这条路被自己堵死之后，要想跳出农门，也就只剩下了参军和外出打工的路。青蛙不顾女朋友反对，断然参军到了部队。青蛙智商不高，情商却很发达，心眼活会来事，队里分队长、教导员、队长的家属临时来队，他充分利用自己的一技之长，主动去抓田鸡，不失时机地表现自己，为此青蛙常得表扬，同年入伍的兵们都很嫉妒，说他青蛙明目张胆地巴结领导。

一年过后，又一拨新兵下到了连队，青蛙成了老兵，有资格参加技术学兵。新年过后不久，选送学兵工作开始，这是基层连队继士兵考学之后又一次激烈的竞争。恰好这时队长婆娘从河南老家来队探亲，青蛙抓住时机下到那宽阔的人工湖里抓了十多斤又大又嫩又环保的田鸡送到马队长的宿舍，马队长婆娘见了好不喜欢，抓起一只瞪着眼睛的田鸡对青蛙说：“我们那儿没有田鸡可吃，你们水乡的田鸡又鲜又嫩，去年吃过之后，回到家里俺想了大半年。”

青蛙张开他那张大嘴表态说：“嫂子，只要你好这一口，我保你这次来队探亲吃个够。”

马队长婆娘听了分外高兴，夸赞青蛙真懂事，又问青蛙将来想干啥，青蛙说想学驾驶。马队长婆娘第二天对又来送田鸡的青蛙说，我给你们队长讲了，队里没问题，只要分场给一个指标就准备考虑你。

青蛙灵光，思路活，经过一番琢磨，通过场里老乡得知场长家住几十里以外的天门，场长的老婆也喜欢吃田鸡，青蛙决定抓几十斤田鸡给场长家里送去，以联络感情。因为上个星期连续下了一个星期的雨，人工河河水暴涨，河里的鱼和田鸡都被冲到了汉江和网状般内堤的渠沟里，青蛙抓田鸡心切，在星光闪烁的夜晚，他走向了一畦畦田野，那里沟渠纵横，无数只田鸡的鸣叫让漆黑的夜晚如千万将士擂动着震天的大鼓。一只只田鸡被他装进了笼子里，几个晚上他就抓了一百多只又肥又大的田鸡，他将一小半送给队长婆娘吃，而后利用星期天，将另一大半送到天门的场长家里。

司机名额分配下来了，队里将青蛙作为人选报到了分场，就在分场领导研究确定人选的时候，场长接到了医院打来的电话，说他一家老少三口都因食物中毒住进了医院。场长当即火急火燎地驱车赶到医院，只见年过七十的丈母娘、四十刚过风韵犹存的老婆和上中学的儿子一个个面黄如蜡，正躺在病床上挂着点滴，主治医生瓮声瓮气地告诉他，三个人都是因吃田鸡中毒。场长回到病房问老婆，买哪家的田鸡？

哪里是买的，你们场里一个小兵送来的。

他叫什么名？

想不起来了，哦！好像叫什么青蛙来着。

第二天下午，场长从医院赶回场部，在上报选学司机的名单一栏里狠狠地用笔将郑世金三个字划掉了。

参加司训的战士在接到通知后，都开始打背包做启程准备，青蛙还没接到通知，一着急就去找马队长。马队长边抽烟边说，场长正上火，因为一家人吃了你送的田鸡中毒正在住院，场长还没找你算账哩，这个时候打电话是热脸贴到冷屁股上。青蛙哭丧着脸恳求队长说，我绝对一番好心，一定是他们没洗干净，你和嫂子不是也吃了吗，咋没事。他一再央告队长给场长打个电话。队长将抽了一半的烟按到烟缸里狠狠拧了几下说，我不是说了吗，场长正上火，他没找你算账就不错了。青蛙继续哀求着说，学车对我来说是大事，当兵几年，不学一点技术，转不了士官不说，回家也没挣钱的本事。如果场长真的要算账，你跟他说，住院的费用我负责就是了，只要能让我学开车，怎么都行。马队长用眼角的白眼看了一眼青蛙说，场长还付不起住院费吗？关键是一家人中了毒，身体受到了伤害，要不是送医院及时，有可能出人命。队长的话让青蛙感到了事情的不妙，绝望的阴影像雾一样笼罩在心头，他的心开始咚咚地跳个不停，嘴里喃喃地自语道，真他妈的倒霉，就不该到喷了除草剂的稻田抓田鸡。

正当青蛙沮丧至极时，马队长将一根烟头用手弹出了窗外，忽地站起身来，既同情又埋怨地说，瞎搞，煮熟的鸭子让你弄飞了，今年你可没戏了。

青蛙回到宿舍，左思右想决定搏一搏，他打开抽屉，装上早已封好的信封，快步走到队部，青蛙的脸上由阴转晴，他用手拍拍鼓着小包的裤兜对马队长说，活人哪能让尿憋死，今晚咱就找场长，场长家里人的住院费我全掏了，还加上精神损失费。

马队长看了一眼青蛙，面无表情地说，晚上黑灯瞎火的，走路小心点，别掉进河沟里。

在湖乡行走，要么是水渠，要么是鱼塘，要么是荷塘，当然荷塘也是鱼塘。青蛙仗着自己路熟，水性好，在经过一大片荷塘时，他没有绕道，因为绕道要多走一个多小时的路程。他在荷塘边找到了一条小划子，划子是承包荷塘的渔民撒网、钓鱼，春采莲蓬、夏采莲子的工具，平时就停靠在荷塘边。青蛙上船后熟练地荡起双桨，在散发着莲花芳香的荷花丛中穿行，没走多远，他的船因行得快拐弯急而侧翻，青蛙掉进了水里，当他浮出水面时，却不见小划子的踪影，荷塘里除了冷漠的月光，就是震耳欲聋的蛙鸣。他在水里游了很长时间，可始终没有到达岸边。人的力量是有限的，青蛙最终疲劳困倦至极，便躺到了又宽又大的荷叶上，他在圆桌般大的荷叶上竟然沉睡了过去。

熄灯的号声吹响了，马队长见青蛙还没有回来，于是给场里打了个电话，场里的领导都说根本没有见到青蛙。马队长一听，心想坏了事情，赶忙吹响紧急集合的哨子，全队人分大路、小路开始寻找青蛙。一个经验丰富的老兵在那片荷塘发现了肚皮朝上的小划子，于是兵们开始围着荷塘寻找青蛙。天快亮的时候，蛙声停止，一个耳尖的战士听到了青蛙的鼾声。一名战士在班长的带领下，他们撑着小船，寻声而去，手电筒光下，青蛙正躺在荷叶上。桨声惊动了围在荷叶之下的无数田鸡，当它们一哄而散四下逃去的时候，还在荷叶上沉睡的青蛙掉进了水里。

场长有早起锻炼的习惯，他一般五点起床，从场部跑步到“八一”桥，然后再从“八一”桥乘坐划子回场部。不少人不理解，政委对他说，你这纯粹是脱了裤子放屁，还不如只跑一半，中途折回。场长说，干什么事都讲一鼓作气，“八一”桥就是我的目标，坐划子回场部，则是在悠闲中看风景，一个是人生的奔跑，一个是人生的悠闲，完全是两码事。如此一说，场里的官兵更加对场长刮目相看，觉得场长粗中有细，很有情调。这天场长起床后，发现整洁的办公桌上有一个很厚的信封，信封里除了两沓钱，还有一张纸条，纸条写得很简单，对场长家人吃田鸡中毒表示歉意，一沓钱是住院费，一沓钱是精神损失费。场长看了一时云里雾里，昨晚因酒多失忆，他想不起来青蛙何时到过他的房间。他心怀疑问，这天早晨，他第一次没有跑到“八一”桥，而是在中途拐到了青蛙所在的作业队。当时天刚放晓，火红的太阳宛如出水芙蓉从辽阔的水乡冉冉升起。马队长回到宿舍刚洗漱完毕，正准备吃了早饭，找场长汇报青蛙的事情，没想到场长找上门来。马队长很惊愕，说场长未卜先知。场长说，昨晚喝多了酒，不知青蛙究竟是否到过场部，是否找过我。马队长听了更是一头雾水，只好将青蛙的事全盘托出。场长听马队长讲了青蛙睡荷叶的事之后，觉得青蛙非同一般，心中向佛的场长，对青蛙不敢有一丝小觑，当天上午专程到基地机关跑了一趟，运用个人关系多要了一个司训名额，让青蛙的心愿得以如偿。

自此以后，青蛙睡荷叶千只田鸡齐心托举的故事经过官兵的口口相传，最终变成了水乡的神话。

野　鸭　飞

王小摩这个名字是他爹妈找文化人给取的，野鸭子这个名字是连队那帮小兄弟给封的。

野鸭子个子长得瘦高瘦高，就像南方的麻秆，腿特别的细长，兵们因形给他取了个绰号：野鸭子。野鸭子从洪湖入伍到了沉湖，沉湖里的野鸭虽赶不上洪湖多，但在沉湖打野鸭、捕野鸭的职业杀手少，相对来说，沉湖的野鸭要比他老家好捕得多，如此一来野鸭子也就有了用武之地。

野鸭子作为新兵下连后，看沉湖里的野鸭多，便托人从老家捎来猎枪，没玩几天，被连里收缴锁进了仓库。野鸭子望着成双成对的野鸭心里奇痒，于是他就想土办法，自制了两个小弹弓，用弹弓打野鸭是野鸭子从小打鸟练就的一手绝活。每到晚上，他就从渔民那里借一只小划子，在作训帽上绑上自制的电筒，作训服两边大口袋装满白天拣好的小石子，脖子下面挂两个弹弓，两手摇桨荡起小划子在湖里悠悠前行，遇到成对的野鸭便以迅雷不及掩耳之势双手开弓，碰上成群的野鸭就一弓一石呼呼地连续击打，野鸭便成了他的囊中之物。

野鸭子晚上打野鸭得到了队长私下的默许，他把打到的野鸭子卖给贩子，用零头买回“黄鹤楼”香烟孝敬队长。一年下来，野鸭子存折上的数字竟不断递增，有了钱他便常常请战友到河对面的小餐馆改善生活。

到部队当兵，谁都想获得进步，野鸭子也不例外。年终评比，野鸭子虽然平时常得表扬，却没能评上先进，指导员说，原因很简单，晚上出去打野鸭子自由散漫。

时间过得很快，转眼野鸭子当第二年兵了，家里打电话问他进步了没有。他给家里回话，说自己进步了，一年得了很多表扬。家里又说得表扬没用，那是口头上的，要像挣钞票那样把钱装到腰包里，进步了就得把入党表立功表填好盖章装进档案里。野鸭子与家里通过电话后明白了，于是下决心不打野鸭了。一天中午他敲开教导员的宿舍，一包“芙蓉王”递过去，对教导员说：“咱以后不打野鸭了，咱要进步，要入党。”

“我就是等你这句话，过去找你谈过几次，让你别打野鸭，可你一意孤行图好玩，今天思想转了弯，就证明你进步了，以后好好干。”教导员说。

野鸭子真的不打野鸭了，星期天节假日没事时还是常常一人在湖堤上边散步边看河里飞起又落下的野鸭。在湖里捕鱼的江老大就喊：“野鸭子，咋不打了，是不是钱挣够了，我隔壁的小秃子一晚上打十几只，白天卖好几百元呢。”

野鸭子说：“不打了，挣那几个钱晚上熬夜不合算，再说了野鸭也是保护动物。”

晚上没事了，野鸭子就沿着湖闲逛，又不知不觉到了“八一”桥，桥那边怪味餐馆的老板娘大声嚷嚷着与他搭话：“野鸭子过来喝两盅，嫂子不收你钱。”

“不收钱？你咋从钱眼里钻出来了？”

“真的不收钱，只要你夜里给打几只野鸭来。”

“咱不打了。”

“怪了，怎么就不打了呢？不打了也不过来坐坐？”

“不坐了，咱转一会就回去开班务会。”

“哟，几个月不见，升了？”

“升啥，就是一个小班长。”

“当班长也行啊，总归进步了。”

野鸭子听到“进步”两个字心里甜润润的，就像有一缕春风从心坎掠过。

“八一”建军节前夕，队里召开支部大会，议题是讨论发展新党员，没过几天队里开展民主评议，野鸭子在四个培养对象中名列第二。野鸭子在基地有个给领导开小车的洪湖老乡，洪湖老乡对他说，你们队里只给三个发展党员的名额，你们有四个培养对象必定淘汰一个，你虽然民主评议排在第二，但这个时代不像以前了，干得好不会来事也不行，会来事干不好也不行。

“咱不想来那个事，用来事入党不光荣。”

“什么叫光荣，什么叫不光荣，会来事入了党才光荣。”

听了老乡的话，野鸭子答应回去试一试。回到队里，野鸭子又改变了主意，他还是觉得，用来事入党不光荣。

眼看第二天过“八一”了，入党申请表还没发到个人手里，四个培养对象都着急，都怕自己被淘汰。就在这一天教导员家属来队里了，这一晚发生了一个节外生枝的事。

当晚教导员把野鸭子喊到宿舍，对他说：“你嫂子来了，明天过‘八一’，你给打几只野鸭。”野鸭子听了很高兴，当即答应保证一夜打它十只八只。

夜晚，月光将柔软的湖面照得波光粼粼，身临其境，让人如梦幻一般。野鸭子因为过于兴奋，手抖得厉害，头几发都放了空，石子在钻入水面发出咚咚的脆响后，成双成对的野鸭并没有感到害怕，扑腾几下翅膀，向前滑翔几米后又停了下来。野鸭子并不急，他干脆坐在船头，关了头上的射灯，抽了一根烟，让自己平静一会儿，再开始打野鸭。野鸭子坐在船上并不需要用桨划船，船顺着平缓的河水向下游移动，在芦苇里安营扎寨的野鸭正半睁着眼半处于睡眠状态，因为离得近，再加上灯光一照，白天看着机灵的野鸭就变得呆痴了。平静下来的野鸭子再出手时就十分的顺利，弓拉圆，石子飞出去后，几乎百发百中，不到两个小时竟打了七只野鸭，这一战果，创造了他夜里用弹弓打野鸭的纪录。野鸭子满载而归，路过姑母渡时，只听前方的芦苇丛中突然传来急促的救命声，野鸭子寻声借着明亮的月光朝前一看，滩中心的水面上有一黑影在上下浮动，野鸭子飞也似的将船撑了过去，衣服也没脱就钻进水里。野鸭子水性好，他很快将那上下浮动的人影救了起来，上堤一看发现是一个姑娘，姑娘掉进湖里时水喝得不少，野鸭子赶忙施救，又是手压腹部又是人工呼吸，姑娘很快被救了过来，站在一旁的中年女人扑通一声给野鸭子跪下连连磕头，以谢救命之恩。

“八一”节队里正会餐，姑娘一家人拿着大红纸写的感谢信找到队里，感谢野鸭子的救命之恩，教导员当晚让文书将野鸭子勇救落水少女的事迹写成材料送到场部，场部又写了立功报告送到基地，经基地党委研究，给野鸭子记三等功一次。

宣布立功那天，三张入党申请表也分发到了其他三个培养对象手中。野鸭子找教导员，教导员解释说：“立功要比入党强，日后入党机会多，立功机会少。”

野鸭子说：“凭工作表现，咱应该够条件。”

教导员说：“你们四个人，你说哪一个干得不好不够条件？再说了，好事不能一人得，俗话说祸不单行，福不双降，你在一天之内既立功又入党恐怕不太好。”

野鸭子一时无语。

事后一个兵对他说，班长你交的是桃花运，立功难遇，入党每年都有机会，最重要的是你救的那个喜妹姑娘已经爱上了你，托人提亲找到了队里。

事后不久，尤副队长的家属来队，部队家属来队都有相互请客吃饭的惯例，尤副队长也不例外，他也要宴请领导和战友，于是吩咐野鸭子给打几只野鸭以请客之用。野鸭子本来是洗手不干了，可是尤副队长既然交代了，他也不能得罪尤副队长，只好点头表示尽力。尤副队长没有想到野鸭子会连续几天空手而归，想到已经定下的请客的日子马上临近，尤副队长决定亲自督战，看野鸭子是不是尽了心。这一晚，野鸭子和尤副队长出发时皓月当空，两人摇一叶扁舟，沿人工河向芦苇荡深处而去。芦苇荡里微风吹拂，深秋的夜晚月亮明如白昼，不远处，一群野鸭正在浩渺的湖面上进行月光下的晚会，一只野鸭正引颈高歌，几只野鸭正在那微波荡漾的湖面上展翅舞蹈。野鸭子平心静气，按往日战法，填弹拉弓，弓满放手，他连续拉弓，石子如雨点般射了出去，一只野鸭身子一歪，倒在了如绸缎般的河面上，又是一只倒了下去。野鸭子打得兴奋之时便站了起来，呼呼啦啦左右开弓。尤副队长被野鸭子的绝技所震撼，看野鸭一只只被接连击倒，尤副队长也激动地站了起来，忘形之下，他没有想到，那是一叶扁舟，重心很快偏移，随着尤副队长啊的一声尖叫，两个人同时掉进了湖里。翻到水里的野鸭子，第一个反应是尽快浮出水面，他猛然想起尤副队长是北方人，旱鸭子一个，当他将头伸出水面时，只见湖面上几只野鸭正聚集在一起呱呱地叫个不停，野鸭子判断一定是尤副队长在那儿挣扎，于是一下子扎到水里，奋力向尤副队长游去。水下一片漆黑，野鸭子只能用手触摸，环顾四周他什么也没有摸到，倒是随手碰到了一只游动的老鳖。人在水下的时间是有限的，水性极好的野鸭子又坚持了一会儿才浮出水面，月色之中，在那波光闪闪的湖面上突然驶出一条渔船，只见尤副队长趴在船梆，正像抽水机似的不停地向外喷水。月光下，微风吹起撑船人的裙裾，野鸭子抹了一下被水模糊了的双眼，再睁眼一看，原来是他救过的喜妹。

受到惊吓又被河水浸泡的尤副队长，第二天就发起了高烧，一连三天高烧不退，梦里多次被水妖吓醒。高烧退后，他没有兑现要去感谢那夜救他一命的喜妹的承诺，反而一再劝野鸭子不要再与那水妖来往。一开始，野鸭子还不停地给尤副队长讲喜妹救他的经过，越讲尤副队长越是坚信那是水乡的水妖，还一个劲儿地劝野鸭子不要被水妖所诱惑。野鸭子心里明静如水，在频繁的交往之中，他更加觉得喜妹才是世间最善良最美丽的姑娘。

野鸭子是有理想的，要不然他就不来部队当兵了；野鸭子又是青春的，同样对爱情充满了渴望。为此，每当朝霞尽染和月色婆娑的时候，野鸭子就会摇着渔民老周的那一叶扁舟，进入那十里荷花飘香的荷花丛中，钻到一望无际的芦苇荡中，那里是野鸭的天堂，也是喜妹采莲放鸭之地，于野鸭子来说，这是他人生最为绚丽的梦幻世界。

第二年，又到了发展新党员的时节，在支部会上，尤副队长提出一个问题，说野鸭子作为一名战士，在驻地找对象算不算违纪？按照条令规定，战士不能在驻地找对象，违纪是不容争辩的事实。这一年，野鸭子虽然没能如愿以偿加入党组织，但他作为优秀班长被队里上报列入选改士官对象，对此，野鸭子并不领情，他选择了自己人生与喜妹最难得的爱情，坚决要求退伍复员。

又是一年秋冬交替，水乡里的满塘荷花一片残枝败叶，经过一个夏天的酝酿和一个秋天的积蓄，芦苇开出了一朵朵白色如絮的花朵。复员后的野鸭子没有回洪湖老家，而是留在了沉湖。他在河的对岸开了一家野味餐馆，老板娘是他救过的喜妹。据说凡是到野鸭子野味餐馆吃过饭的人，都说野鸭子的媳妇喜妹不仅人长得漂亮，而且她做的野鸭汤那是天下一绝，吃过之后，过嘴难忘。

黄鼠狼变

令狐烈人长得不高也不矮，脸不白也不黑，与青蛙和野鸭子相比更显得与众不同，他额头很宽，下巴又尖又长，两眼小而有神，相面者说他是狐狸转生。令狐烈因为相貌独特，在作业队也就特别显山露水，再加上他那一手叫人赞叹不已的抓黄鼠狼的绝活，更是显得与众不同。

每年一入冬，在农场忙碌了一年的兵们就闲了下来，令狐烈闲不住，就扛上一把铁锹，装上火柴，提着布袋到广袤无垠的田野里去抓黄鼠狼。

黄鼠狼在沉湖水乡算得上一大特产。黄鼠狼毛好，做毛笔是天然巧成，做女人的围脖子既美丽又暖和。如此一来，黄鼠狼在市场上也就很值钱，一只毛色纯洁或者花纹特别的黄鼠狼可卖很好的价钱。

黄鼠狼学名叫黄鼬，老百姓俗称黄鼠狼。只因为它生性狡猾，有着极高的警觉性，每时每刻保持着高度戒备状态，想抓它的人即使采取出其不意的偷袭，一般也很难成功。它不仅狡猾，还有凶狠的一面，一旦遭到狗或人的追击，在没有退路和无法逃脱时，它就会凶猛地对进犯者发起殊死的反攻；而当它穷途末路时，它会使出撒手锏——“臭弹”，以图自救。所以它在人们传统的印象中是狡猾和凶狠的象征，根本无法与狗猫相比，几乎与狼同类。形容人心性歹毒，就会自然而然想到狼子野心；如果形容一个人心怀不轨，就会用黄鼠狼给鸡拜年。俗话说一物降一物，再狡猾的黄鼠狼也逃不过令狐烈的手心，只要被令狐烈发现了，都无一逃脱。

往年，令狐烈抓黄鼠狼都是一个人单干，自从当班长后，他破例收了一个徒弟，那徒弟其实就是他手下的新兵唐知。唐知是动物迷，中央电视台播放的《动物世界》，他是每集必看。新兵下连唐知分到了令狐烈班，看班长令狐烈抓黄鼠狼，他便来了兴趣，感慨自己遇上了知音，要拜令狐烈为师。刚开始，令狐烈担心唐知学到了技术，抢了自己的独门生意，一口回绝。列兵唐知极有耐心，给令狐烈端茶上烟、端洗脸水挤牙膏、洗衣服跑腿一个月后，以实际举动焐热了令狐烈的心，令狐烈在一天酒后，终于松了口，破例答应收唐知为徒。

令狐烈抓黄鼠狼让列兵唐知大开眼界。那天虽然无风，天空却灰蒙蒙的不见太阳，西北风虽不大却出奇的寒冷。两人拿着工具，令狐烈在前唐知在后，他们沿着中心河渠寻找黄鼠狼的藏身之地。没走多远，令狐烈突然停下，朝后一摆手，机灵的唐知赶忙收住脚，耳边传来了微弱如丝的咕叽声，但却无法判断来自哪个方向。只见令狐烈将手卷成喇叭状放在鼻子下旋转，在四十度正东方向处他停了下来，然后轻手轻脚慢慢移动，朝那一般人根本听不到的声音走去。

走到一个高坎边，令狐烈在一个很难发现的洞穴边停了下来，他朝后打了一个手势，唐知也学令狐烈轻手轻脚地走到洞口边。他深知身材长、四脚短小的黄鼠狼是世界上身子最柔软的动物之一，正因为它腰软善曲，所以可以穿越狭窄的缝隙，有了这个本领，就可以任意钻进鼠洞里，轻而易举地捕食老鼠。高坎边一个比拳头还粗的洞口已被令狐烈用土块垒实，他吩咐唐知割一些田埂上的茅草，自己沿着沟渠细心查寻，没走出十余步，令狐烈又发现了一个洞口，一穴多洞是黄鼠狼狡猾思维的杰作。令狐烈又找来一个砖块，将这个黄鼠狼很少出没的洞口堵上。然后他又继续沿沟渠向前寻找，大约又走了二十来步，在一个干草堆旁站下，在那常人不易察觉的乱草丛中，令狐烈以超人的眼力，发现了一个十分隐蔽的洞口，他不慌不忙地从肩上取下布袋，用布袋套住草堆旁的洞口，再用土块压实，又沿田埂查寻两遍，在确保再无其他洞口后，他才让唐知将割好的茅草抱到中间一个洞口，他让唐知负责守布袋，他自己则老练地掏出打火机，点燃茅草，掏开刚才堵上的洞口，用衣服将燃烧的烟雾扇进洞里，他一边扇一边加茅草，还往燃烧的火堆里撒上事先准备好的辣椒粉，片刻，令狐烈快速用脚将燃烧未烬的草一齐赶向洞口，尔后以百米冲刺的速度奔到唐知守着的布袋处。在他赶到之时，一只黄鼠狼箭一般从洞口钻出进了布袋，那黄鼠狼得知上当，正欲回逃，哪想与第二只钻出洞口的黄鼠狼撞到了一起。此时浓烟从洞口不断涌出，唐知被呛得流出了眼泪，令狐烈在第三只黄鼠狼钻进布袋后，才猛地提起布袋并用绳子扎住袋口。布袋是帆布的。令狐烈为了抓黄鼠狼，他用两只黄鼠狼从乡邮员手里换来了三条帆布做的邮袋，他让沉湖镇的于鞋匠把几条邮袋缝在一起，做成了这个足有两米多长的布袋。唐知在布袋外摸过之后，惊喜地叫道，三只哩，个头还不小。当天中午，令狐烈带着唐知到镇上把黄鼠狼卖了好价钱，师徒二人在餐馆美美地吃了一顿鱼头火锅。

进入冬季，农场的兵每天除了少量的军事训练和两个小时的政治学习，就没多少事可干，他们就像蛇一样进入了冬眠。令狐烈与唐知却不辞辛劳地奔走于广袤的田间地头，两人配合得十分默契，每次出门从未空手而归。唐知很有灵气，跟着令狐烈学会了听黄鼠狼从地洞里发出的声音，学会了通过洞口判断黄鼠狼的大小，甚至也明白了哪个是前门、哪个是后门、哪个是侧门。

有一天晚上，唐知在电视上看《动物世界》，正好介绍黄鼠狼，当他听主持人讲黄鼠狼最爱吃的食物是老鼠，一只黄鼠狼一天能吃下十余只老鼠时，他便热血沸腾起来，他想农场十万亩水田以生产稻谷为主，新兵下连时听场长讲过，每年老鼠能吃掉农场官兵一年的口粮，那时听了并没有多想。为确保粮食颗粒归仓，场里专门制订了灭鼠奖励规定，每到冬闲季节，全场官兵人人行动，抓老鼠各显神通，或下老鼠药，或装灭鼠夹子……总之办法想尽，但灭鼠收效不大。原因是到了冬天，老鼠经过一个秋天的“深挖洞，广积粮”而隐藏了起来。无论你是下老鼠药还是在洞口下铁夹子，老鼠根本就不上你的圈套，所以每年冬天捕鼠工作收效甚微。有的作业队为拿到灭鼠冠军，不惜花钱请专业灭鼠人员来帮助灭鼠，即使这样，农场里的老鼠并没有减少，反而成倍增加。既然黄鼠狼是老鼠的天敌，为何不保护好黄鼠狼让它们来捕杀老鼠呢？唐知有了这个想法，便打定了借助黄鼠狼灭老鼠的主意。

又一个星期天到了，吃完早饭，师徒二人又要外出捉黄鼠狼。这一天是一个艳阳天，师徒二人来到飞机场四周，飞机场在十万亩农田的中间，当时修建机场主要是便于飞机起降喷洒农药，机场跑道也就修得高出四周农田约两米。因为飞机场地势高，农场在指挥塔一侧修建了一排排存储粮食的仓库。每到秋季，机场跑道就成了晾晒稻谷的最佳场所。粮食多了，老鼠们也就闻风而动，每到夜晚，在淡淡的月光下，成群结队的老鼠从四面八方汇集到机场周围，机场四周的杂草丛中，高坎水渠两旁，老鼠们不分白天黑夜地挖洞，以备冬天藏身和储备粮食。当然老鼠多了，黄鼠狼也跟随而至，专吃谷物，养得又肥又胖的老鼠成为黄鼠狼口中的美味佳肴。

这一次，令狐烈在一堆杂草丛中闻到了黄鼠狼的特有气味，根据黄鼠狼打洞的规律，令狐烈很快探明了黄鼠狼出入的后门以及侧门。为了保险起见，令狐烈还是趴下身子，将那狼一样尖状的耳朵贴近洞口，静心听了一会，才站起身来用手比画了一下，唐知心领神会，经过几个月的学习，唐知已经基本掌握了抓黄鼠狼的方法，他先是用一块比洞口略小的石块堵住正门洞，然后再用细土将洞口堵实，令狐烈则在十米以外的沟沿边用石块堵住了后门，唐知将割下的干草放到侧洞旁，令狐烈掏出打火机将干草点燃，拿出扇子将烟雾往洞里扇，并从裤兜里摸出辣椒粉撒到正熊熊燃烧的火堆上。黄鼠狼住的洞穴一般都是它捕杀群鼠之后直接占下的，然后再加以改造。老鼠洞多为两个洞口，黄鼠狼临时住进后，以它狡猾的性格，它会改造成三个出口，或者是四个出口，因为黄鼠狼的洞穴深、洞口多，所以很有吸力，浓烟很快被吸了进去，三把茅草燃完，令狐烈快速将一块圆锥形石头插进洞口，并用双脚将洞旁的细土赶到洞口，再用脚尖踩实。忙完这一切，令狐烈又迅速地跑向黄鼠狼时刻准备逃跑的后门洞，用铁锹撬开堵在洞口的石头，并迅速用布袋套住洞口，一股呛人的浓烟从洞口喷涌冒出，唐知被辣椒味呛得一边咳嗽一边直掉眼泪。也就喘口气的时间，一只黄鼠狼不顾一切地钻出地面，钻进了布袋。烟还在不停地往外冒，布袋里的黄鼠狼还在不停地左右冲撞，又一只黄鼠狼仿佛从洞里射出来一样。

两只黄鼠狼在布袋里不停地折腾，甚至发出怒吼的尖叫。令狐烈和唐知以为洞里还有黄鼠狼，用脚尖死死地按住布袋的边沿，等了一会儿，发现不再有黄鼠狼出来，于是快速收住布袋，掏出装在口袋里的绳子用劲扎紧。唐知提着布袋随令狐烈来到飞机场一间放工具的房子里，因为进入冬天，工具房里摆满了农用工具，令狐烈待唐知走进库房后，随手将门关上，他爬上一个木梯，让唐知将布袋递给他，站在梯子上的令狐烈拉直了比他们还高的布袋，他打开布袋口一看，便知一只全身毛色金黄、瘦而壮实的是雄性黄鼠狼，一只肥胖、全身灰黄色的是雌性黄鼠狼。两只皮毛各异的黄鼠狼正在全力向上跳跃，虽然它们跳得很高，但袋子对它们来说，就像一口深井，它们无论使多大的劲也无法跳出，但它们还是坚持不懈地向上跳跃。令狐烈看了高兴地说，今天抓到的是一对黄鼠狼夫妻，拿到自由市场能卖个好价钱。唐知听后马上说："班长，这两只黄鼠狼就别卖了，我掏钱买下行不行？"

令狐烈听了觉得惊讶，连忙问道："你要它做什么事？难道是要送女朋友么？"

唐知一听"女朋友"三个字，脸就红了一半，忙解释说："我还没有谈过对象呢。"

"别不好意思，要是给对象，我送你两只皮毛更好的。"令狐烈说。

"不，我要了它玩。"唐知说。

"黄鼠狼有啥好玩的，你真要，你就拿去好了。不过这两只黄鼠狼可不一般，一是要万般小心别让它咬了你；二是黄鼠狼很邪气，时间久了别让黄鼠狼精附体。"令狐烈半提醒半开玩笑地说。

唐知为养这对黄鼠狼夫妻可是煞费苦心，开始是养在一只装大米的粮缸里，有几次黄鼠狼趁他揭缸盖喂老鼠之机，差点跳缸逃跑。后来他找了一间废弃的仓库，买了水泥和砖块，将所有的洞和窗户都堵了起来，将厚重的包着铁皮的大门也关严堵实，然后才将两只黄鼠狼从又高又小的窗口放进去。黄鼠狼对所吃食物很是挑剔，死老鼠它不吃，肉不新鲜不吃，打碎的鸡蛋不吃。唐知专门从各分队抓的老鼠中挑出那些活蹦乱跳的老鼠放到那空荡荡的仓库里，一开始黄鼠狼并不领情，以防范、排斥、抵触的心理，拒不吃唐知投放的任何食物，两三天过后，黄鼠狼实在抵抗不了肚子的饥饿，这才对库房里越来越多的老鼠展开了疯狂的屠杀，逮到老鼠后，先是吮血，然后将鼠皮撕开，吃那鲜嫩的鼠肉。一雌一雄两只黄鼠狼食量很大，每天要吃几十只老鼠，那血腥的场面，让人不禁胆寒。后来，唐知偷偷用相机拍下了黄鼠狼一次次抓老鼠吃老鼠的图片，在灭鼠高峰期，唐知举办了黄鼠狼抓老鼠吃老鼠的摄影展，全场官兵看了无不惊叹。令狐烈看了，心里却像是打翻了的五味瓶，很不是滋味，他在心里想，自己抓了那么多的黄鼠狼，让多少只老鼠得以逃身，白白吃掉那么多的粮食，也就常常自言自语地说，以前我怎么就没有想到呢？

没过几天，令狐烈在挖一个老鼠洞时无意中挖到了一只全身雪白无一根杂毛的黄鼠狼，在放生与出售的问题上，令狐烈很是犹豫了几天，直到一个贩卖黄鼠狼的贩子找上门来，最后因价钱没谈好而没有出手。令狐烈决定将全身雪白的黄鼠狼暂养几天后，再将它放归大自然。

事情就这样奇巧，第二天，令狐烈的女朋友小丽竟不声不响地来到了部队，令狐烈很兴奋地带着女朋友小丽在空旷的粮仓观看那一身雪白的黄鼠狼，并兴致勃勃地谈了将黄鼠狼放归大自然的打算及想法。

那极具狐媚的黄鼠狼见了令狐烈的女朋友小丽，仿佛心有灵犀两眼放光，又是点头，又是摇尾，还吱吱哇哇叫个不休。令狐烈对小丽半开玩笑半认真地说，我看这只黄鼠狼与你似曾相识，我想你们一百年前是不是孪生姐妹，后来一个投了凡胎，一个投了黄鼠狼。令狐烈的丰富想象与夸赞让小丽高兴得乐开了花，她看着那一身雪白的黄鼠狼，撒娇说：“要是那样，我就不是凡夫俗子，那样我更需要这只黄鼠狼的皮毛做一个漂亮的围脖。”

“漂亮也是黄鼠狼皮毛，我给你买一个最好的。”令狐烈说。

令狐烈的女朋友把头摇得像拨浪鼓一般，无论令狐烈怎样劝说，小丽就是一口咬定要眼前这只黄鼠狼的皮毛。令狐烈只好有意吓唬小丽说，黄鼠狼身上充满了鬼怪和邪气，万一赶巧碰上一只黄鼠狼精，你把它的皮毛围在脖子上，久而久之就会黄鼠狼附体，那样一来你白天是人，晚上睡着了就会变成黄鼠狼。小丽听了并不害怕，倒是十分开心，她很是憧憬地说，如果那样，我就成了超凡之人，那该多好。令狐烈继续吓唬小丽说，小时候，我妈就给我们兄妹讲，说村子里谁干活像头牛，谁说话像只鸡，谁跑步像只兔子，那么他们的前身一定是牛胎、鸡胎或兔胎。万一你真是黄鼠狼投胎而来，我杀了这只黄鼠狼，把它的皮毛剥下来做了你的围脖，它死了，你就没了灵魂，如果那样多可怕啊！小丽并不理会令狐烈的话，她说，都什么年代了，你还信什么投胎和附体之说，我要真的是黄鼠狼投胎转世，那我就不是今天这个样子。我不信这些，我就要那雪白的黄鼠狼皮毛，春节过年，你要是不把它的皮毛带给我，别怪我小丽不讲感情。

令狐烈见小丽毫不妥协，只好进一步开导说，放了这条黄鼠狼吧，让它抓更多的老鼠，我给你买银狐的皮毛围脖。小丽眨着一双会说话的大眼睛，直摇头。令狐烈只好又说，不瞒你说，这几年我抓黄鼠狼挣了一些钱，我给你买貂皮围脖子如何。小丽温柔地靠向他，斩钉截铁地说，貂皮我也不要，我就要这只雪白的黄鼠狼皮毛。

俗话说，日有所思，夜有所梦。夜里令狐烈真的做了一个梦，梦中小丽变成了一只黄鼠狼，偷吃食堂鸡蛋时被炊事员小光发现，当小光抄起锅铲挥打时，那黄鼠狼突然变成了小丽，小光当场被吓得魂飞魄散晕倒在地。令狐烈也被自己奇特的梦吓醒，睁大眼仔细端详身边的小丽，越看越觉得小丽像黄鼠狼投胎。第二天吃过早饭，令狐烈见到炊事班班长老孙，老孙告诉他说，熄灯前他到厨房封火炉，在食堂里碰到了小丽，小丽找炊事员小光，说你晚上加班没吃饭，肚子饿了，给你煮面条打鸡蛋吃。老孙的话验证了他夜里的梦，他更加觉得那雪白的黄鼠狼不能杀，于是下定决心毫不犹豫地放了那只十分稀有的一身雪白的黄鼠狼。令狐烈的举动并没有获得小丽的理解，小丽很是失望，第二天上午不声不响赌气离开了部队。

令狐烈将黄鼠狼送到很远的树林里放生后才回到宿舍，发现小丽的一切用具和衣服都消失了，他万万没想到小丽会因一条围脖而动真格。小丽是赌气还是以要围脖为由让令狐烈杀了那只黄鼠狼，令狐烈一时想不明白，面对小丽的不辞而别，他既心有怨气又难以割舍，一路小跑，朝营房后的渡口奔去。

在渡口，艄公老汤脱去了棉衣，正穿着湿淋淋的内衣用葫芦瓢一瓢一瓢地从船舱向外舀水。令狐烈不解地问老汤，奇了怪了，大冬天的，你也不怕冷，天又没下雨，你咋把衣服弄了个尽湿？老汤一边不停地向外舀水，一边向他讲了一个十分倒霉的事情，老汤说，一锅烟的工夫前，一个女孩要过河，船摇到河心，突然刮起一股旋风，莫明其妙地把船吹翻了，他和那女孩都掉进了河里，他三下两下浮出水面，一看宽阔的河面上没有女孩的人影，只有一只全身雪白的黄鼠狼快速地向对岸游去，当他重新钻到水里寻找女孩再浮出水面换气时，只见那女孩已经站到了河对岸，正挥动着手里的红纱巾。令狐烈听了觉得老汤在编故事，便问那女孩穿什么颜色的衣服，老汤说那女孩上穿白色的羽绒服，下穿红色的裤子，脚穿棕色的高筒皮靴子。令狐烈听后更是觉得不可理解，说那正是我的女朋友小丽，你船翻了，她怎么会自个儿到了对岸，这样的谎话说不得，现在你赶紧再下到水里去找人。正当令狐烈脱完衣服准备跳到河里时，他的手机响了，一看来电显示，果然是小丽的电话，小丽在电话里呱呱地一边笑一边对他说，不要为难艄公了，她人好好的，现在已经上了汽车。

令狐烈惊讶地望着河的对岸，望着那边一片水乡泽国的天际，还有汉江大堤上川流不息的模糊车影，他一时神情恍惚。当他收回目光时，只见河中心又刮起了旋风，漩涡随着风快速朝渡口移动，令狐烈赶忙朝正专心舀水的老汤喊，老汤别舀水了，快上岸来。当老汤敏捷地跳到岸上时，那轻巧的小木船随着漩涡转了几圈，肚皮便翻在了水面上，一只全身雪白的黄鼠狼两腿直立站在上面，正朝他们挥动着那短而灵巧的前足。

面对此情此景，令狐烈很是惊愕，他怎么也想不明白，这只早晨刚刚被他放生的黄鼠狼怎么会来到这里，站到了小木船的肚皮上。

上帝的眼睛

一

褒姒生下来就是美丽的，用她那英武威风身为族长的父亲的话说：这孩子是个妖精，她美得邪气。王丽生下来是丑怪的，天生没有鼻子，整个脸的中部就像平地陷了一个大坑，而且是一个丫头片子。为此，王丽的生父按照她生母的意思，将她视为一个怪物，扔到了马家庄东头那棵年代久远又高又粗的老榆树下。他们的意愿是：如果孩子有命，让人捡了去；如果没命，就让狼叼了去。

那天是一个深秋的清晨，太阳还没从东边的地平线升起，住在村西头的王二楞一手提着筐子一手拿着如猪八戒手中的那种钉耙，从村西头往村东头捡粪，无论是猪粪还是牛粪，无论是狗粪还是羊粪，无论是马粪还是驴粪，只要是粪，只要可以肥田，王二楞都会视若珍宝地捡进筐里。王二楞之所以起得那么早，主要是王二楞家里太穷，买不起化肥、复合肥；另外，王二楞从小受父亲的熏陶，继承了捡粪种田的勤俭家风。按照多年来捡粪形成的习惯，他从村的西头捡到村的东头，筐子里也就被粪填满了。如此一来，村东头那棵老榆树就成了他捡粪的终点站，他会坐到树下，从怀里抽出那根闪闪发光的铜烟锅，惬意万分地抽上一锅旱烟。

榆树老了，就像患了白癜风和静脉曲张的患者，树皮变得斑驳不堪，树心空了，树根也有不少拱出了地面。每天早晨，王二楞来到老榆树下，他会习惯性地坐在那根像犁一样高高隆起的树根的脊背上。今天他刚点燃烟，抽了还不到两口，一声像猫叫，又像婴儿的哭声传进了他的耳朵。王二楞觉得奇怪，他环顾四周，最终发现在老榆树树根不远的分叉下放着一个碎花布包着的包裹。他赶忙站起来，习惯性地用左手右手拍了两下屁股上的灰尘，才迈着八子步向那包裹走去。走近了他这才听清，刚才的声音是包裹里传来婴儿的哭声。婴儿正断断续续有气无力地哭泣。王二楞掀开盖在婴儿脸上的毛巾，扫一眼后赶忙盖上，然后围着老榆树高声叫唤，谁这么狠心把娃扔在这儿了，谁这么狠心把娃扔在这儿了。几圈转下来、喊下来，老榆树四周依然不见一个人影，他只得再绕着树一边转圈一边叫喊。

老榆树长在村的东头，处在通向村外和其他村子的十字路口。憨厚老实的王二楞绕着树喊了几圈，见无人应答，他只好抱起了包裹严实的婴儿。有着一身蛮力的王二楞，一手托着婴儿，一手用钉耙的弯勾挑起粪筐，穿过村庄，向村里走去。一路上王二楞很想遇上人，哪怕是个哑巴也行，可是那天全村的人都好像睡死过去了，都好像躲着他王二楞，又好像都在躲避这个天生怪异的婴儿，反正他从村东头走到村西头，竟没有碰到一个人，就连每天天刚亮就赶着羊群出村放羊的王斜眼也没遇见。

王二楞走进自家院子的时候，他的老婆二翠正在院子里抱柴火，见王二楞右手里多了一件东西，还以为王二楞捡到了什么宝物。赶忙问，你怀里抱的是啥。王二楞倒是平静地说，在老榆树下捡了一个娃。老榆树是马家庄的标志，不光村里大人小孩知晓它，就连附近村组乡镇的人都知道这棵老榆树。二翠随手将柴火丢在地上，赶忙跑了过来，接过婴儿，掀开毛巾，看了一眼说："还真是个娃娃。"见娃娃不哭不动，便很是担心地问："没啥毛病吧，咋不见哭闹。"

王二楞明白二翠的担心，赶忙说："刚才进院门时还哭了两声，现在咋没了动静，我瞧瞧。”

二翠一边往屋里走一边说：“既然抱进了院门，我们也不能把这娃再抱回老榆树下，进屋瞧瞧，看是男娃还是女娃，如果是个女娃，我们就养下她，如果是男娃，就送给老三做儿子。”

太阳刚从东边的地平线上伸出半个头来，屋里还处在一片昏暗之中。二翠抱着刚捡来的娃走进屋，随手拉下电灯开关，发黑的灯泡一下子使屋子明亮了许多。二翠将包裹放到炕上，赶忙打开，一张纸条露了出来。纸条上写得很简单，只写了年月日，其他的什么都没写。再解开一层发旧了的婴儿棉被，赤裸裸的婴儿就展现在了他们的眼前。天遂二翠所愿，果然是一个女娃，只可惜眼前的婴儿五官怪怪的。他们仔细端详了好一会，才发现婴儿没有鼻子。王二楞觉得奇怪，用手轻轻地掰开娃的小嘴，只见孩子没有上牙床，也没有上嘴唇，而且上颧骨缺失，如果只看婴儿的五官，简直就不像个娃，活脱脱一个怪物。二翠很失望地埋怨说：“你咋不看一眼，咋捡回这么一个娃。”王二楞愕然之中，委屈地说：“当时天黑黢黢的，我也没细看，哪里知道这娃长得这模样。你要是不乐意，俺再把这娃抱回老榆树下，反正全村人还都在睡觉，谁也没见着我捡回了一个娃。”二翠虽然大字不识几个，可人实诚、心地善良，一听王二楞说要把娃重新扔到榆树下去，便不高兴地说：“你二楞咋变得这么狠心，这娃命苦，她的亲生父母刚把她丢弃，我们捡回家再把她扔了，这娃真的就没了活头了。”

王二楞一时没了主见，自言自语地说：“这咋整，咋捡回了一个怪娃娃，你要是养，又没有奶水，没奶水这娃怎么活。”

二翠一边细心地包裹孩子一边说：“进了王家的门，就是王家的人，我们有两个儿子，再养个女娃正合我的心意。”襁褓中的婴儿像是受到了暗示、受到了鼓舞、受到了母亲真爱的呼唤，在沉默了好一会儿之后，发出了高亢的哭声。

墨汁一样的天空，有了微弱的亮光。婴儿的哭声惊动了四邻，第一个走进院子的是邻居羊倌王斜眼。王斜眼是他的绰号，他的真名叫王斜演，因为他两眼斜视，人们就叫他王斜眼。王斜眼一进王二楞家的院子就开始叫嚷："二楞子，你有日天的本事么，咋没见你老婆肚子大，就把娃生下来了。"

二楞赶紧跑出屋，对着王斜眼说："你咋现在才放羊，是不是昨晚日了个通宵，早晨起不来床。"

王斜眼一本正经地说："别给老子打岔，屋里到底是谁的娃在哭。"

王二楞说："谁的娃都不是，我刚在村东头老榆树下捡来的。"

王斜眼听了根本就不信，于是掰着指头说："就你王二楞子运气好，今天在老榆树下捡个娃，昨天在老榆树下捡个包，前天在老榆树下捡十块钱，老榆树成了你二楞家的发财树了。"

王二楞听了很受用，平常他在老榆树下没少捡东西，大到钱包，小到一支钢笔，有时他就觉得老榆树就是他的摇钱树。于是心满意足地笑着说："也没捡啥好东西，要是这娃你想要，你就把她抱回家。"

王斜眼斜着那双眼睛问："是男娃还是女娃？"

王二楞反问道："是男娃怎样，是女娃又怎样？"

王斜眼抖了一下羊鞭说："要是男娃我还考虑考虑，是女娃再搭上几千我也不要。"

王二楞见王斜眼嫌弃女娃就很生气，于是有意气王斜眼说："你穷得就剩下一身羊骚味，还养什么娃，给你一个金娃娃，你也养不活。"

王斜眼听了并没有生气，干笑着说："你也别笑话我，你看你家的歪房子，风一吹就晃。娃你留着养吧，等女娃长大了，嫁个富裕人家，也好把你这歪房子正一正。"正当王二楞与王斜眼一来二去磨嘴皮子的时候，隔壁的三嫂进来了，挑着木匠工具要外出做木活的王木匠也进来了，反正王二楞捡娃的事像长了翅膀，很快传遍了整个马家庄。

看热闹、看稀奇、看古怪是马家庄人的共同爱好和普遍毛病，无论是谁家相亲，还是谁家夫妻吵架打架；无论是谁家与谁家不和发生了争执，还是谁家来了陌生人，只要传出一点口风，他们只要知道了，无论是在吃饭，还是在洗衣做饭；无论是蹲在茅坑拉尿拉屎，还是在麻将桌上搓麻将，他们都会立马放下手头的事情，以最快的速度赶过来，以第一现场感观弥补缺失的好奇心。这一天，王二楞家的院子空前的热闹，一拨人还没走，另一拨人又站到了院子里，看后无不惊讶、惊叫和惊叹，怪异的尖叫像爆竹在院子响了一天，惊得王二楞家门前大槐树上的喜鹊一天没敢落窝。

第二天一大早，天麻麻亮，王二楞就被二翠叫了起来，这个时间，要比他往常捡粪还早一个小时。平常他是不用二翠叫的，他都是自然醒。昨天夜里，因为女娃饥饿不停地哭叫，让他一夜没能睡好，到了天快亮时，女娃喝了小米粥汤才安然入睡，他才眯上了一会，正做美梦呢，却被二翠叫醒了。今早他没有像往常那样去捡粪，而是背了一袋小米上合阳县城，按照二翠的交代，他要将小米卖了买回奶粉给丫头喝。

从马家庄到合阳县城有三十多里路程，因为他起得早，公共汽车还没有上路，即使有公共汽车王二楞也不会坐。他有一辆用了将近十年的永久牌自行车，这辆车是他第一次外出打工第一次领上工资后在合阳县城自行车专卖店买下的。那时他年轻，从合阳回马家庄，他从不坐车，都是骑车夜行。他骑车到合阳时，城里那些爱早起锻炼身体的人还没有起床，农贸市场开门的商铺寥寥无几，路边摆小摊的也没几个人。王二楞推着自行车来到一家澄城人开的水盆羊肉摊前要了一碗，三下两下吃完之后，就在农贸市场的入口处摆下了小米。小米金灿灿的，这是他自己种下收获的，他原打算留下冬天吃的，捡了女娃要买奶粉，家里既没现钱也没有其他值钱的东西，与老婆商量来商量去，只好把这一袋小米卖了，给女娃买奶粉喝。

他刚摆放好小米，一个上了年纪的老人朝他走了过来，问了价格，二话不说称了五斤。他刚把钱收好，一个中年女人来到他跟前，那女人抓了一把小米放到鼻子下闻了闻问，是你自家今年新产的吧？王二楞听了满脸堆笑地说，我家地里产的，没施过化肥，也没打过农药，绝对的绿色食品。中年女人问了价格之后，一下子买了二十斤放到摩托车的货箱里。就这样，王二楞在市场管理人员上班之前，将上百斤小米顺利地出售一空，便怀揣一把零票子去了商店。商店里货架上的各类食品琳琅满目，看得他眼花缭乱。他问服务员，奶粉摆在哪里，服务员用手指了指左前方说，东边靠墙一面都是。王二楞一年到头很少逛商店，家里置办穿的用的吃的都是二翠到镇上去买，即使农闲时到合阳打短工，他一个人没事了也不逛商店，他怕自己管不住自己的眼睛，乱花钱，买些没用的东西。果不然靠墙一面的货架上摆满了各色各样的奶粉，有袋装的，有罐装的，有国内生产的，也有国外生产的，价格不等，有的价格相差还很大，他摸摸兜里的钱，一百斤小米才卖了不到一百五十块钱，要是买国外奶粉，价格最低的他一罐都买不下。衡量来衡量去，反复比较之后，最后他决定买国产的鄂尔多斯奶粉，即使这样，兜里的钱也只够买五六袋。

回家的路上，王二楞将奶粉装进了装小米的蛇皮袋里。他担心漏了、丢了或被人偷了，用蛇皮袋将奶粉裹了一层又一层，用绳子捆了一遍又一遍。这几袋奶粉金贵着哩，是女娃的救命粮啊。一路上他用足了劲踩着自行车的脚踏，自行车被他骑得飞快，风在他耳边呼呼直响，公路两旁的树在他的眼里就像是被砍倒了一般。往常一个多小时的路程，今天只用了大半个小时，从公路拐到老榆树下时，村里大多数人还端着碗，蹲着呼啦啦地喝着稀粥、吃着面条，见王二楞大汗淋漓飞一般地从院门前一晃而过，都会追出院门，对着王二楞的背影喊叫一声，二楞你这头慢牛，今天急火火地做啥子。王二楞幸福地一手擦汗一手驾着车把说，给娃买奶粉去了，娃等着吃奶呢。人们听了都笑，说，这个王二楞，把捡的女娃当自己的亲生闺女了。

有了奶粉，按照包装袋上的说明，二翠动作麻利地烧开水冲奶粉，二楞则笨手笨脚地洗好了奶瓶，奶瓶是小儿子王小宝曾经用过的。二翠将冲好的奶粉装进奶瓶里，然后拧好奶嘴拿在手里不停地摇晃，摇匀摇凉之后，二翠一边给娃喂奶一边对二楞说，你念过书比我有文化，你给娃取个名吧。王二楞一脸憨笑着说，我学的那点知识早就交还给牛尾巴了。王二楞说完，从儿子的房间找来一本《新华字典》，当着二翠的面闭上眼随意地翻，无意中停下后猛地睁眼一看，那一页上全是“三”“山”“姗”这些字，二楞眼睛一亮说，就叫王姗吧，姗姗来迟，很形象的。二翠摇摇头说，有那么一点意思，你再找一个字来，都说这娃长得难看，我们给她取一个响亮好听的名字。二楞合上字典，又闭上眼，然后再随手打开，这次翻开的一页上全是“离”“丽”“骊”这些字，二楞说就叫王丽，丽丽叫起来又顺嘴又顺耳，又响亮又好听。二翠说，就听你的，然后俯下身子，对正喝牛奶的娃说，闺女啊，你从今以后有名有姓了，大名叫王丽，小名叫丽丽，丽丽，多好听的名字啊！不像你两个哥哥，什么大宝、小宝，俗气死了。

丽丽停止了吃奶，睁大眼睛看着二翠，听二翠一声一声“丽丽”地呼唤，她眨了几下那小小的眼睛，算是对母亲的回答。

王二楞家底薄，本来就有大宝小宝两个儿子，奶粉是绝对喝不起的，王二楞用粮食和一块菜地从王斜眼家换回了一只奶羊，白天由哑巴大宝放养，早晚二翠各挤一次奶，一头奶羊就成了丽丽得以活命的“奶妈”。

二

王丽的相貌并没有朝着王二楞夫妻所期望的方向发展。王丽一天天长大，反而一天天变得更加难看，两只眼睛又小又圆，就像玻璃小人；肉瘤瘤的小鼻子没有鼻梁，那两个鼻洞平面朝上让人一览无余；上嘴唇的缺口也越来越大，就像一个天坑。从面相上看，简直就是怪胎一个。对于她不同于正常人的长相，在马家庄小朋友看来是恐怖的，就如传说中的鬼怪一样，小朋友们见了都害怕她、躲着她，不少大人都告诉自家的孩子，说王丽是她养父从老榆树下捡来的。当年当天马家庄就没有谁家生小孩，一定是妖怪生的女儿，妖怪嫌她太丑，便将她丢在了老榆树下。王斜眼更是将王丽判定为妖怪的女儿，他把王丽的出生编得有鼻子有眼。

他说那天早晨，天空黑得像锅底，因为自己急着小便，就没有跑到屋后的茅坑，而是站在墙头方便起来，还没尿完就听到有敲门声，心想，谁比我王斜眼起得还早呢，于是也不尿了，赶紧往院子里走，只见一只全身赤白的黄鼠狼正在用爪子抓鸡窝。我家的大门旁就砌着鸡舍，我大喝一声，那黄鼠狼真够胆大，停下来还与我对视了足足一分钟，在我操起羊鞭的时候，那黄鼠狼才大摇大摆地从门缝里钻了出去。我想这只黄鼠狼也太胆大了，必须给它一点厉害，不然太不把我王斜眼放在眼里了。我很气愤地追了出去，开门时发现地上有一撮鸡毛，好家伙，这只黄鼠狼太张狂了，竟敢在我眼皮子底下把我的鸡叼走。那黄鼠狼就像村子的老住户，对村子里的大小建筑十分熟悉。它一路向东，我跑它也跑，就这样我从村西头一直追到村东头的老榆树下。我亲眼看见那只黄鼠狼钻进了老榆树洞，我将头伸进洞里，用打火机照明，洞里却什么都没有，当我在老榆树四周寻找时，突然听到王二楞在村子里喊谁家的娃、谁家把娃放到了老榆树下。当我追到王二楞家的时候，就看到了那丑怪的女娃，我当时就想，那黄鼠狼一定是被我追急了，于是变成了那女娃，要不那女娃就是黄鼠狼投的胎。

王斜眼的故事讲得有鼻子有眼，时间地点人物发生的事情一应俱全，让不少人听了都信以为真，十里八村的乡亲都会找着理由变着法子到马家庄来看一眼王丽这个妖怪生下的女儿。为这事，一脚踹不出半个屁来的王二楞为丽丽的名誉还与王斜眼打了一架。王斜眼比王二楞年长两岁，加上人又懒，又爱喝酒，身架虽高大却是一副空囊，不用两个回合就被王二楞骑在胯下狠狠地揍了一顿，脸被打肿了，那张爱扯是非的嘴也被王二楞撕烂了。尽管这样，王斜眼依然照讲不误。王丽是妖怪投胎的故事一时成为十里八村人们茶余饭后经久不衰历久弥新的谈资。

小孩子最怕鬼和妖怪，关于王丽是妖怪的女儿于他们来说是亲眼所见。只要提到王丽，村里的孩子都会感到害怕，就如谈虎色变一般。有一次，一群小孩聚在一起捉迷藏，王斜眼的儿子王小斜扮演汉奸，负责搜寻隐藏起来的“八路军战士”，好几个孩子都被王小斜给找了出来，就是村长家的小儿子王东东没有找到。王小斜也像他爹一样，家族遗传，看人时眼珠不聚焦，眼珠本应在中间，却跑到了眉心下，本来在眉心下，却跑到了眼睛的两边。只不过王小斜的眼睛没有他爹王斜眼斜得那么厉害，为这事，王斜眼在王小斜满周岁的时候还与王二楞打过一架。那天，王二楞酒喝高了，对抱着儿子前来敬酒的王斜眼的媳妇说，王小斜长得俊，像嫂子不像斜眼大哥，要是与斜眼大哥一个样，长大了只怕连媳妇都难找，现在都计划生育了，儿女都少，谁家愿意把闺女嫁给斜着眼睛看人的人呢？其实这句话也是大实话，只不过王二楞夸赞的时机不对，当时王斜眼就站在一旁，王二楞的一番话，就好比一连串的巴掌打在了他的脸上。王斜眼喝酒从不上脸，是那种越喝脸越白的人，听了王二楞的话，脸却红到了耳根子上。他马上抱过儿子说，儿子你好好看着王二楞这王八蛋叔叔，看我们父子是不是一个模子刻出来的。王小斜就真的好像听懂了，朝王二楞看了过去。于是就有人说，王小斜的眼睛与斜眼大哥一样斜，是正宗真传；有的说，小孩太小看不出来；还有的说，王小斜的眼珠一点也不斜。众乡亲一番话，让王斜眼怒火中烧，他拿起酒瓶，倒满一小碗酒，放到王二楞面前的餐桌上，说：“你今天不给我说出儿子像谁，你就喝了它，你要是说出来了我就喝了它，反正你得给我说出个子丑寅卯来。”王二楞仗着自己年轻，块头大，也不惧怕王斜眼，于是说：“是你逼我说的，我说出来了你可别上吊，也别拿刀子杀人。”王斜眼虽然心眼活，可他性子急，一急就不讲策略，说：“你说吧，我只当你放了个狐狸屁。”王二楞最怕人激将，于是不管不顾地说：“你非要我说，我就讲出来，你儿子的眉眼倒像我们村长。”

王二楞说完，全场一时鸦雀无声。

王斜眼的媳妇个子虽然瘦小，但性格刚烈，她哪里受得了王二楞半真半假的调笑，便将放在桌子上的那一小碗酒泼到了王二楞的头上。王二楞觉得自己很丢人，站起来就给了王斜眼媳妇一巴掌。王斜眼当时正在气头上，见王二楞对自己的老婆动手，心里更是火冒三丈，抬起腿朝王二楞的裆里踢了一脚。王二楞当即被踢得在地上打滚，王斜眼很解气地骂道：“你今天吃老子的喝老子的，你还羞辱老子，还敢打老子的老婆，老子让你断子绝孙。”

后来，王小斜一天天渐渐长大，眼睛越斜王斜眼越高兴，说这才证明是自己的种。王小斜像他爹一样，人小鬼点子多，按照游戏规则，再过一分钟，他如果找不到王东东就要被罚，当小马被众人骑一遍。于是他急中生智大喊一声：王丽来了，王丽来了。藏在草垛里的王东东像是被蛇咬了一般，马上从草垛里钻了出来，所有的孩子听到“王丽来了”的喊声后，无不惊恐万状放弃游戏朝自家跑去。当然也有年龄稍大、胆子也大的孩子会停下来，从地上捡起土疙瘩，站在那里等待王丽这个小妖怪的出现。王小斜这才连声喊道，我吓唬你们的，王丽没来，王丽没来。就在小伙伴们停下往回走时，王丽神奇般地从大槐树下走了出来。此时，王小斜吓得腿也软了，一下子坐到了地上，在他瘫软蹲坐的地上，也被他尿湿了一大片。

其实，马家庄的孩子并没有哪一个面对面地仔细端详过王丽的面容，王丽究竟长得像妖怪还是像魔鬼，他们都说不清楚，对于王丽的模样，他们都是从爷爷奶奶和爸爸妈妈的描述中得到的所谓鬼怪狰狞的样子。王丽在能够走路之后，她也十分渴望像村子里的小朋友那样与大家一起玩耍，玩狐狸叼小鸡的游戏，像小姑娘们那样穿着花衣服跳方格子，到田野边捉花蝴蝶。可是小朋友们都躲着她，只要她一露面，小朋友们都会一哄而散，就好像她是人见人怕的妖怪。王丽长到五岁的那一年，二宝牵着她的手到村东头的老榆树下去等一个多年未走动的远房亲戚，当时正值寒假，马家庄的孩子们三个一伙五个一群正在玩着打雪仗的游戏。王丽一出院门就被眼尖的王小斜发现。王小斜经常跟着父亲王斜眼放羊，练就了一副清脆的好嗓子，他的一声尖叫，犹如晴空中的一道炸雷，一个刺耳的警报，孩子们在听到“小妖怪出来了”的叫喊声后，胆大的站在草堆上向他们扔雪球，胆小的则赶紧躲进自家的院子，关上院门还怕门闩不牢靠，用自己小小的身体紧紧顶住，并用一只眼睛从门缝里朝外张望，窥探王丽的真容，在那神经紧张而又模糊的观察中，马家庄的孩子们越看越觉得王丽就是一个真正的妖怪。

王丽形影孤单，每天她几乎都是一个人待在她家那不足一百平方米的院子里。好在她家院子里有一棵年近百岁的大槐树，大槐树主干粗壮，在离地面约一尺高的地方，形成了一个天然圆洞，从圆洞钻进去，里面可容四五个小孩。槐树的树洞成为王丽童年成长的天堂和快乐的王国，每天，她从早晨起床到晚上，有一大半时间是在树洞里度过。那树洞里摆满了马家庄孩子们玩过的一切玩具，比如各类布娃娃，比如男孩玩的陀螺、铁圈等等，包括她的哑巴大哥大宝和小哥小宝玩过之后不玩了的自制木头手枪和弹弓。有了那么多玩具，王丽更不愿意走出院门了，在她的整个童年甚至是少年，白天她几乎没有出过院门，她宁可自己一人待在院子里，一人玩自己想玩的玩具。当然，当孩子们快乐的笑声传进院子、传进树洞的时候，她有时会忍不住好奇，从树洞的底部爬到树杈上，躲在那茂密的树枝中，居高临下观看村子里的孩子们玩各种游戏，她在同龄孩子们的快乐中感受到了人间的乐趣。

槐树洞天然生成，树洞高约两米。比王丽大五岁的王小宝那时也是一个淘气的孩子，他为了爬到树上去，在大哥大宝的帮助下，将两根拳头粗的树杆从上面的洞口放进洞里，然后将木棍锯成一截一截，再用钉子和铁丝固定，一架梯子就这样做成了。有了梯子，从树洞爬上树顶就轻而易举。他们常常登高望远，村子里小伙伴在哪里玩，谁和谁在一起玩、都玩些什么，他们兄妹都了如指掌。在王丽长到六岁的时候，也能够自主上下木梯子了，她常常一个人站在树杈上看村里的孩子玩各种游戏和各类玩具，时间久了，也能够无师自通。

在他们的槐树洞里，摆满了诸如铁环、鸡毛毽子和一些比较时尚的布娃娃等等玩具。这些玩具，他们没有花一分钱，都是他们在村里的孩子们一场场游戏结束之后捡回的淘汰品。每当夜深人静，在晶亮的月光下，在蝉鸣的叫声中，王丽就会与他的小哥小宝来到孩子们曾经玩过的地方，把那些别人丢失的，或遗弃的玩具如获至宝地捡回家摆到树洞里。日积月累，槐树洞就成了一个名副其实的玩具博物馆。

王丽到了八岁还不能正常发音，原因在于她没有鼻孔，没有牙床和上颌。八岁已经过了上学的年龄，二翠问王丽想不想念书，王丽听了一会儿摇头一会儿点头。在内心里，她渴望上学，可她又没有与孩子们相处的经验，甚至也无法准确表达自己的所思所想，但她又非常希望自己能融入小伙伴的世界中。经过一番激烈的思想斗争，王丽还是下决心向妈妈表达了上学的意愿。

那一天，王二楞和二翠早早起了床，叫醒了习惯睡懒觉的王丽。二翠拿出为王丽上学准备的新衣服给她穿上，又用红绒线为她扎了两个小辫。在出门之前，王丽第一次提出了照镜子的要求。二翠一时犯了难，自从王丽稍稍懂事之后，她便将家里唯一一个小圆镜藏了起来，为的是防止王丽照镜子之后看到自己丑陋的面貌而伤心、而失去生活的信心。平常二翠自己要照镜子，都是将门关好了才拿出锁在柜子里的那个比巴掌稍大的圆镜偷偷地照一照。今天王丽突然提出要照镜子，她一时想不出怎样来善意地骗自己的女儿，怎样恰如其分地拒绝自己的女儿。二翠支吾了好一会，才想出并找到一个可以搪塞王丽的谎言，说：“妈妈一不小心把镜子打碎了，给你爸爸说了几次，他至今都没有买回来。”王丽从小养成了逆来顺受的性格，听了妈妈的话，她没有再坚持要照镜子。

出门前，二翠特意用红纱巾将王丽的脸和头包了起来。王丽稚气十足含糊不清地问：“妈妈，又没起风，太阳也不大，你为什么把我的头和脸都包起来？”二翠亲了一口王丽的额头说：“傻闺女，秋天太阳毒，包起来防晒又好看。”王丽也没多想，很听话地点了点头。于是一家人高高兴兴地上路了。

从马家庄到镇上的中心小学，不到五里路，路上一马平川，用了不到半小时，他们一家人就到了学校。二宝每天都是自己步行上学，他早已等在学校大门口，王小斜见二宝不进校门顿觉奇怪，也就等在了校门口。不一会儿，只见王二楞骑着车来到了学校，前面大架上坐着头包红纱巾的王丽。王小斜那灵光的小脑袋瓜开始高速运转，难道小妖怪也要上学？小妖怪有什么资格上学？小妖怪都能上学我们不也成了妖怪了吗？王小斜顿时由开始的惊愕，很快变成愤怒，他要戳穿这天大的秘密，于是张开他那张小嘴开始广播：快来看啊！我们马家庄的小妖怪也来上学了，快来看啊！一些胆小的同学听到王小斜的叫喊声，吓得拔腿就跑，有的跑向教室，有的跑向食堂，有的跑向厕所，有的慌不择路跑到了老师的办公室，有好几拨人撞到了一起，甚至有几个男同学跑到了女厕所，吓得正在里面解手的女孩子一阵尖叫。校长正召集教学骨干开会，听到尖叫声后，急忙赶了出来，只见学校大门被高年级的同学围了个水泄不通，不少大孩子早就听说马家庄王二楞家养了个小妖怪，过去只是听说，没能亲眼见过，今天小妖怪竟然来到了学校，他们哪里肯放过，生怕看晚了，小妖怪突然不见了，于是都争着挤着往前看。王二楞推着自行车，被挤得东倒西歪，有好几次差点被挤倒。二翠则大声高喊，不要挤了，我女儿就是长得丑一点，哪里是什么妖怪。情急之下，二翠为了证明自己不是说谎，一把扯下裹在王丽头上和脸部的红纱巾。这一扯不要紧，吓得挤在最前面的男孩女孩发出糁人的尖叫。好在校长及时赶到，学生们才有秩序地散开。校长将王二楞一家三口带到办公室，倒了水，看了一眼王丽，对王二楞说道："姐夫啊，前天你问我王丽能不能上学，我是回答了可以上学，但也要因人而异，比如那些天生智障、残疾的儿童，我们是没法接收的。"

王二楞一听着了急，结结巴巴地说："他二舅，我这闺女除了长得丑点，脑袋一点也不笨，不信你考考她。"

校长笑了笑说："长得丑不是我们拒绝的理由，可你这女娃，确实太出格了。"

二翠哀求说："兄弟你要是不信，你可以考考嘛。"

校长是二翠娘家的叔伯兄弟，看在姐弟情分上，校长说："既然姐夫姐姐说了，那我就考考，要是最简单的都答不上来，我看你们就别花冤枉钱了。"王二楞与二翠异口同声表示同意，校长没有急着提问，而是仔细打量了一番王丽，然后才问王丽一加一等于几、二加二等于几，如此几个最简单的问题，对于王丽来说却是前所未闻的。校长又在一张白纸上写了几个字，一个是"一"，另一个是"人"，第三个是"王"，即使这样简单的字，在王丽的眼中却是陌生的，因为在她来上学之前，就根本没有人教她认过字算过题。如此简单的数学题和生字，王丽竟然答不出来，让王二楞好不诧异，也深感羞愧，他万万没有想到王丽的智商会低到这个程度。校长说："你们也看到了，这孩子就这个智商，还上什么学？再说了，脑子笨也没什么，你看她口齿表达不清，别人根本就听不懂她说的是什么，你让她怎么与老师交流，与同学们交流？孩子这个样子，我们是没法收她入学的。"

王二楞看了一眼二翠，低声说：“娃她妈，我们回，也别难为我大兄弟了，女娃不读书也没什么，等我们攒够了钱，把娃的病治好比什么都强哩。”二翠一直低着头，她的目光始终没有离开王丽。王丽在接受校长的考试之后，自始至终将整个脸埋藏到了二翠的怀中，二翠感受到了女儿哗哗奔涌的泪水。此时的王丽，像是受了天大的委屈，泪水流个不停。

三

王丽一天天在长高，大脑也发育正常，就是面坑不见变化。因为没有上颌骨、没有牙齿，她无法自己咀嚼食物，哪怕是很软的面条她也只能囫囵吞枣。每次吃饭时，王丽就像一只小鸟，爸爸妈妈或者两个哥哥将食物咀嚼之后放进她嘴里，她才能吞咽。长大懂事之后，每次吃饭她都是自己动手将饭菜放进捣蒜泥的冲子里捣碎了再吃。王丽成长的艰难成为王二楞夫妇的一块心病，他们下定决心要治好女儿的病，好让她过上正常人的生活，回到正常人的生活环境之中。

又到了秋收之后，王二楞卖了所有高粱和玉米，并拿出农闲打零工挣下的钱，用他那辆永久牌自行车驮着二翠和王丽来到了县医院。县医院比过去排场多了，门诊大楼、住院大楼就像打扮时尚的新郎新娘，相互拉着手站立在中心广场的北侧。王二楞在这里打过零工，也为医院的大楼建设出过力流过汗，有一次攀登脚手架时，还差点从上面掉下来。因为熟悉，他打算直接把自行车骑到县医院里，没想进大门时，却被一个保安粗暴地拦了下来，说院内人多车多，外来人员不许把自行车停进院子，让停到专门放自行车的停车场里，交上两元钱就可以在那里停放半天，如果超时还得按时间补交。王二楞之所以骑车进城，就是为了省下一块两块，现在又得为了停车把钱交给看车的人。他想，城里到处都是榨钱的场所，为了防止自己的永久牌自行车被小偷偷走，或被清洁工当垃圾清走，王二楞老老实实地让二翠下了他的专车，并将坐在横梁上的王丽抱了下来，让她们母女在大门一旁等着，千万不可乱走，一番叮嘱之后才推着自行车向大门另一侧的停车场走去。

门诊大楼里的人像下锅的饺子一样一个挨一个。王二楞一手抱着王丽一手紧紧拉着二翠的手，挤了半天，他不知道看哪个科，最终在一个好心人的指导下，他们来到了五官科，又好不容易排完队，才挤进就诊室。一个五十多岁满头白发戴眼镜的医生问王二楞怎么了，王二楞喘着粗气说："给娃看病。"

医生看了一眼王丽，吃惊地说："你这娃咋长成这个样？"

二翠细声细语地说："天生的。"

医生显然来了兴趣，问："你们是近亲结婚吗？"

王二楞直愣愣地说："我们同村、同姓，不近亲。"

医生恍然大悟地说："既然是这样就难说了，娃咋了？"

王二楞有点不耐烦了，但他还是压住心中的不满，直言道："你不都看出来了吗？"

白头发医生顿时板着脸问："你们到底想不想看病，不看就出去，外面还有人等着呢。"

二翠瞪了一眼王二楞，赶忙说："大夫，他这人就这样，不会说话。娃都十岁了，你看这鼻子还没长出来，牙也没长出来。"

白头发医生歪着头很认真地看了看，说："我问你们，你们可得讲实情。"

二翠连忙点头说："大夫，你问吧，你问什么我回答什么。"

白头发医生摸了摸王丽那塌陷的鼻梁，接着问道："你们怀这娃时，他是不是饮酒了？"

此时的二翠一时不知怎样回答，因为她怀里就抱着王丽，她从没有当着娃的面说娃不是自己亲生的而是捡来的。正当她犹豫的时候，王二楞说话了，他第一次瞎编谎话说："生老大、老二时因为喝了酒，两个儿子读书都不聪明，生闺女时接受教训，坚决没喝酒，我家邻居王斜眼过四十岁生日请我喝酒我都没喝。”

白头发医生盯着王丽的脸说：“奇了怪了，我还从来没见过这样的病人，顶多鼻子塌一点、鼻孔小一点、鼻子歪一点，可我从来还没见过不长鼻子的，这病我看不了，你另择高明吧！”

王二楞一听急了，说：“大夫，我听说了，你看鼻子最有名，怎么会看不了呢？你该不是生我的气吧。”

王二楞几句好听的话说得白头发医生心里舒服极了，于是他又认真地按了一下王丽那没有长出的鼻梁根说：“要不就是天生的残疾，要不这娃身体里缺什么元素。你们既然来了，又是真心给娃瞧病，这样吧，你们先做一些检查，看这娃身体里缺什么东西，但是我丑话说在前头，这娃可能天生就这样，一旦检查不出来结果，你们别埋怨钱花了病没治好。”

二翠看到了希望，赶忙说：“您又不是神仙，哪能做到手到病除，您就开单子吧，先做检查。”

白头发医生笑着说：“一看你们夫妻就是厚道人，说话蛮实在蛮中听的。那我就开单子了，几项检查做下来，也得一两千块钱。”

王二楞马上说：“不瞒您说，钱我是带了，可没带那么多，太贵了，不相干的就不做了。”

白头发医生说：“太贵的检查我们县医院也没有，比如做什么骨密度检查之类的设备就没有，先做个CT和面部彩超，再抽个血。”

王二楞拿着检查的单子到收费处交钱，一合计，一下子花了一千多，王二楞一咬牙，将装在内衣里的钱包拿出来，交完钱，身上只剩下不到三百元钱。王二楞对二翠说，如今穷人真是生不起病，你看这一会儿的工夫，把我们几年积攒下来的钱全花没了，这病只怕看不起啊。二翠冲王二楞翻了一下白眼，反问说，你不是说卖房卖地也要把娃的病看好么，刚花钱你就心疼了，想打退堂鼓了。王二楞反驳说，我钱都交了还打什么退堂鼓，只是为家里挣钱不多花钱多而发愁。二翠说，谁让你只有一身蛮力，只能下苦力，不像人家那些有知识的人，会挣轻巧钱。王二楞马上转移话题说，抓紧检查吧，上午检查不完，还得花钱在城里吃午饭。二翠赶忙说，跟你结婚十多年，除了跟你受苦，给你生娃，就没有下过一次馆子，今天你得到饭馆里请我母女吃一顿水盆羊肉。王二楞赶忙说，吃水盆羊肉好说，莫说吃一碗，吃十碗都成。

一上午他们做完了三项检查，因为结果没出来，王二楞就带着二翠和王丽到自行车停放点取了车，然后带上她们母女去吃澄城水盆羊肉。澄城水盆羊肉离医院也就三站地，在县中学大门的旁边，他们走进餐馆的时候，有不少学生都下了课，一些学生正端着大碗狼吞虎咽地吃着，另一些学生正在往碗里掰馍。王二楞赶紧在最里头找了个位子坐下，然后才到柜台去交钱，这里的老板娘他认识，那时他常与工友一起到水盆羊肉馆子改善生活。老板娘问他为什么这么长时间没有来，王二楞说打零工的，哪里有活就到哪里干，再说了家里还种着地，只有农闲时才能出来打零工。老板娘找了零钱，听他说带了老婆孩子，特别吩咐服务员，免费多上几个饼，另送两碟小菜。老板娘的特别照顾让王二楞在老婆面前很有面子，吃得也就格外香甜。王丽进餐馆时包着丝巾，为防止人围观，王丽面墙而坐，即使这样，王丽喝汤吃馍的怪异姿势，还是被邻桌的一个男生发现，那男生的惊叫引来了餐厅里正在吃饭的其他学生的围观，一时间王丽又被围得水泄不通。无论王二楞和二翠怎样发火怎样低声下气说好话，学生们依然我行我素地围着，他们争先恐后地要把王丽的真容看得真真切切才肯罢休。最后还是在老板娘的高声叫骂下，学生们才肯散去。好在王二楞吃饭快，在引起围观前，他已经吃下了两个饼，将一碗水盆羊肉喝了个底朝天，二翠也吃得差不多了，只有王丽才吃了三分之一，因为她咀嚼困难，所以吃饭很慢，哪怕是喝汤她也比正常人慢许多。老板娘为他们解围之后，王二楞和二翠担心引起新的围观，于是赶忙用纱巾将王丽的脸和头盖了起来，这样二翠才牵着王丽走出了餐馆。

下午四点多钟的时候，检查结果都出来了，白头发医生看过之后，半是疑惑又半是肯定地说：“奇了怪了，检查结果并没有明显的异常，娃不长鼻子，让我看要么是天生缺陷，要么是长期骨头缺钙造成的，我给你开几种药，回家吃上个半年一年看看。”

王二楞很是担心地问：“药不贵吧，我身上没几个钱了。”

白头发医生笑着说：“放心吧，我给你开的是钙片，你用一百块钱，可以装一大包回去。”

王二楞感激地说：“这就好，你们医生说，药不在贵，而在对症。”

白头发医生一边开处方一边说：“今天我一上午也没讲这么多话，也没为一个病人看这么长时间，看在你们厚道的份上，我说啊，这娃的病八成是天生的，你们就不要耽搁时间花钱费力给娃治病了，除非神医华佗再世。”

王二楞是一个极倔强的人，别人越说不行，他越是要试试。譬如说他家有一块地，因地势低洼，一到夏天雨季常常积水。有一年他从汉中打工回来，一次与王斜眼喝酒时，他说出了想在那块低洼地种水稻的打算，王斜眼听了当场就把刚喝进嘴里的一杯酒给喷到了桌子上，一边拍打桌子一边笑着说，你他妈的王二楞是不是脑子发烧有病了，开什么玩笑，我们这地界祖祖辈辈就没有听说过种水稻的，简直是天方夜谭。王二楞本来只是说说而已，没想到受到王斜眼的嘲笑，反而刺激了他那火花一般的想法。冬天过去了，春天来临，人们没见王二楞像往年那样在那块地里种玉米，夏天到了，几场雨后，那块洼地便有了没过脚脖子的水。王二楞像南方人那样犁田，犁惯了旱地的黄牛被他折腾得几次发了脾气，想撂挑子却被比它还倔的王二楞给拉了回来。王二楞不会育秧，他打电话给汉中的工友，让工友给他那巴掌大的水田送来了秧苗，并帮助他插在了过去长惯了玉米而从来没有长过稻子的土地上。王二楞那块田地一时成为马家庄的新闻热点，县电视台的记者听说后专程赶到马家庄采访王二楞，王二楞说话不多，但句句有力，再加上以那块水田做背景，这条新闻在县电视台播出后引起了很大反响，县上的领导称赞王二楞是新时代有知识敢想敢干的新农民。在那段时间里，到马家庄看王二楞种水稻的人川流不息，人来人往，就像赶大集和正月十五逛庙会那样热闹。刚开始，老天很给王二楞面子，隔三岔五下一场雨，王二楞那块低洼地也就没缺过水，秧苗长得旺盛欢快。可是好景不长，关中平原一个月没有下一滴雨，一开始王二楞还挑井水往那低洼地浇水，随着日头的越发焦烈，天旱的时间延长，井里水位下降得厉害，在马家庄人的一致反对下，王二楞放弃了挑水抗旱，最终他那块邮票大的地里的秧苗变成一株株半黄半青的干草。王斜眼不知是怀着什么心态，在一天清晨，他没有将羊赶到河滩边，而是将几头奶羊直接赶进了王二楞半干半青的秧苗地里，从来没有吃过秧苗的奶羊像是感激主人，极其痛快地将那地里的秧苗吃了个干干净净。秧苗地虽然干了，可王二楞还是不死心，希望上帝哪一天突降大雨，救活他的秧苗。因而，每天忙完农活，一有时间，他就来到那低洼地，坐在田埂上看着无云的天空发呆。那天，王斜眼赶着肚子吃得溜圆的奶羊前脚刚走，王二楞便来到了自己的低洼地，只见眼前的秧苗一个个只剩下小半截子，顿时气得七窍生烟，几步跳进低洼地，看那密密麻麻的羊脚印和那冒着热气的羊尿便明白了一切。王二楞赶到王斜眼家时，王斜眼正蹲在地上呼啦啦吃面条，见王二楞怒目直视，他一脸坏笑地说，你是不是来请我喝早酒。王二楞愤愤地说，请你喝马尿。王斜眼开心地说，你家几时养上马了，了不得，待我吃完早饭，到你家去看看。王二楞气得脸色铁青，他质问道：你为什么把羊赶到我那洼地让羊吃了我的秧苗？王斜眼放下碗筷说，你这人怎么把我的一番好心当成了驴肝肺，羊吃了秧苗省得你割了，还给你积了那么多羊粪，来年你要是再种水稻，肥都有了。面对眼前死猪不怕开水烫的王斜眼，王二楞一点办法都没有，气得骂了一句王八蛋，转身走了。

王二楞听了白头发医生的话非但没有泄气，相反受到了启发，他说，现在都什么年代了，科学这么发达，说不定真有比华佗还厉害的人呢。

王二楞拿着处方划价付款取药，最终收获了一袋子钙片和其他一些药品，他满意地带着二翠和王丽走出了医院。花光了钱的王二楞顿觉神清气爽，他在想，王丽吃了钙片，要是长出了鼻子和上腭该是多好啊，小钱真的办了大事，想着丽丽绝处逢生，王二楞顿感全身力量倍增，脚下也就分外有力。天黑到家时，只见院门开着，槐树下的石凳上坐着几个人，进门一看，是他的大伯、大哥和小妹，他们上午得知王二楞带着老婆和丽丽去县城看病之后，晚上都来到了王二楞家。王家人对王二楞两口子捡一个天生残疾的女娃抚养一直无法理解，听说王二楞把省吃俭用攒下的钱拿去给王丽看病，他们更是感到无法理解。今天他们一起来王二楞家，就是想听一听医生的诊断结果及他们以后的打算。二翠见王家人都来了，赶忙进屋烧火做饭，王丽则躲进了槐树的洞里。王二楞搬了一把椅子坐下，也不看来人脸色，不问来意，很开心地告诉他们，给丽丽看病花了多少钱，开了什么药，医生下了怎样的诊断。王二楞的小妹毕业于地区卫校，在镇医院当护士，仗着自己懂点医，接过王二楞怀里的一袋子药，看了看说："就这药还用找县上的医生，我都会开。"

王二楞眼一瞪，说："你咋不早说，早开回来给丽丽吃。"

护士小妹略带讥讽地说："二哥，你信这药管用吗，要是吃钙片能长出鼻子和上唇腭，不知有多少矮子会买了它吃来增高。"

王二楞很不服气地说："就你懂得多，我还不知道你的水平？前年王斜眼的老婆肚子疼，你一口咬定是心疼，给人家服什么硝酸甘油，可人家服下后并不管用，只好送到县医院，检查的结果是胆结石，你差点要了人家的命。"

小妹见二哥揭自己的短，便不留情面地说："你别不知好歹，你们一家人有个头疼脑热肚子痛，哪次不是到我家拿药吃？"

王二楞并不领情，他说：“又不是没给你钱，你一家人的粮食还是我供的呢。”

大伯见兄妹两人你一句我一句地吵，便说：“二楞子，你爹过世早，你们兄妹也算是在我手上长大的，有些事我不能不管。当初你捡回这丫头，我就反对，你们已经有了两个娃，日子过得并不轻松，你们非要养，我也不好多说，现在又要给这女娃治病，没鼻子硬要长出鼻子来，你家要是钱多花不完，我也就不说什么。二宝上午还跟我说，他马上升初二了，学费还没着落，你可不能为了给这丫头治没有希望治好的病，把二宝的前途给耽搁了。”

王二楞马上说：“二宝上学的钱留着呢，家里的钱也没有全拿去给丽丽看病。”

王二楞的大哥接过话说：“我们担心你一根筋，把钱全部拿去给丽丽治病，丽丽能吃能喝治个什么病，你是菩萨吗？发什么没用的善心。”

王二楞说：“自从我把丽丽抱进王家的门，我和二翠就没把她当捡来的养，一个女娃，一天天长大，就是因为没鼻子没上唇腭，大门都不敢出。不把病治好，长大了怎么嫁人，谁家愿要？”

大哥说：“世上没有嫁不出去的闺女，李家村李拐子有个闺女，小时候被猪咬掉了耳朵，到了找婆家的年龄，不说媒婆踏破门槛，起码是有女不愁嫁。”

王二楞说：“这事我也听说了，那闺女除了少半只耳朵，啥都不缺，人长得好看得很。”

护士小妹从大哥的话语中找到了新的说话契机，于是对王二楞说：“二哥，我说了你不许发火，我听村里人讲，说丽丽是妖怪投胎转世，你没发现吗？她喜欢在树洞里玩在树洞里睡在树洞里吃，树洞俨然成了她的家呀！哪里有人如此爱树洞的，除非是原始人。要不你把前村的张大仙请到家里来，杀杀缠在丽丽身上的妖气和邪气，说不定丽丽的病就好了，成为一个健康的正常人。”小妹的话还没说完，树洞里发出了呜呜的声音，吓得小妹腾地一下站了起来，紧张得四处张望，忙问什么声音，这么吓人。王二楞知道是丽丽在树洞里吹玩具发出的声音，他懒得搭话讲明。

大哥压低声音说：“谁让你说话那么大嗓门，像乌鸦噪舌，丽丽就在树洞里，你说话就不能小声点。你不是说她是妖怪转世吗？小心她惦记上你。”

大伯猛吸了一口旱烟，语气坚定地说：“二楞，你既然一心想给丽丽看病，你妹子说的也有一定的道理，无风不起浪，在我们马家庄，乡亲们咋就单说丽丽是妖怪的女娃。”

王二楞也不惧大伯，黑着脸说：“都是王斜眼这个王八蛋编的故事，我捡丽丽那天早晨，他王斜眼根本就没起床，还说什么追一只黄鼠狼追到大榆树下，黄鼠狼就不见了，又追到了我家，然后就听到了丽丽的哭声。王斜眼一家人就爱瞎编一些故事糟蹋人。”

大哥用白眼球扫了一眼二楞，对他说：“请张大仙又花不了什么钱，请他吃顿饭，家里有什么再给他拿点就行了。你不妨试试，花小钱办大事。”

王二楞在外打工也多多少少见过世面，他说：“请张大仙就能解决问题，就能长鼻子，就能长出牙来？那些想发财的，请张大仙在家栽一棵摇钱树；想生儿子的，请他张大仙来闹一闹就生儿子。那张大仙就比菩萨还灵，我看所有的医院都得关门。”

大哥听了，生气地说：“你这人就是一根筋，认死理，十头牛都不能让你转个弯。张大仙我来请，你家只管一顿饭，其余我来操办。”

王二楞见大哥这样说，也不好再说什么，只好说：“既然大哥这么热心，我就听你的，只是不要把场面给弄大了，最好天黑之后悄悄进行。”

四

那是一个月光明亮的夜晚，大地被月色浸染成了湛蓝色的海洋。鸡鸭都归了笼子，劳累了一天的牛在吃饱肚子后进入了睡眠后的反刍，一对国庆节刚结婚的新婚夫妻早早关了电灯在黑夜中进行他们的欢快。王斜眼白天放羊时似乎将觉睡够了，精力充沛得像一只野猫在村子里闲逛。张大仙坐着大哥的摩托车，踩着一地月光进了村子，走进了王二楞家的院子。应该说大哥做得非常隐秘，可是王斜眼还是从纯净的空气中闻到了汽油的味道。他很快从村头老榆树下折返回来，径直来到王二楞的院门前，透过屋里的光亮，他看到王二楞一家人正在喝酒吃肉，因为光线和视觉的原因，他始终没有看清坐在上位的张大仙。闻着酒香，王斜眼就迈不动步子了，他的口水一直流到了脚尖上，把他的鞋都打湿了一大片，可他竟然没有感觉。此时，槐树上的喜鹊拉出的一串稀屎正好不偏不歪地掉在了他的头上，神情专注的王斜眼也只是用手抹了一把。王二楞家喝的酒太醇香了，嗜酒如命的王斜眼只要闻到酒香，他的五脏六腑都会陶醉，他的大脑也会神魂颠倒，他真想走进院子推开王二楞家的门。在过去，他不止一次干过不请自到的事情，可今天王二楞好像早做了防备，将院门木栓插上还上了锁，又加了一道木杠保险。一开始王斜眼只是在心里怨恨王二楞小气，有酒喝也不叫他一声，还把大门都锁上了，过了一会儿他发现不对劲，觉得王二楞家里不仅人多，而且桌子上摆了那么多菜，一定有大事要办，一定有不愿让他人知晓的事情，于是他决定耐心地在大门外守候，一定要弄清王二楞家晚上到底要干什么。

室内喝酒进入了高潮，长得精瘦的张大仙与王二楞的大伯坐上位。张大仙长着倒三角形脸，一对倒八眉，两只小眼睛贼亮贼亮。他酒量很大，大得就像无底洞。他一边喝一边流汗，王二楞与他大哥不停地敬酒，他也不推辞，汗就不停地流。王二楞在马家庄喝酒也小有名气，可他还是怕那些喝酒流汗的人。两斤散酒喝完了，大哥对二楞说，让你媳妇上面。张大仙抬起手腕看了一下时间说，抓紧上，时辰差不多了。

酒足饭饱，张大仙让王二楞在正屋的案子前摆上桌子，他从油光发亮的木箱里拿出一个木鱼、一把木槌、一个瓷碗、一根筷子、一个量米的升子、一个小簸箕，当然还有一匝一匝的黄纸，一一摆在已经收拾干净的饭桌上。这些东西看上去并无什么特别，但它们却是张大仙今晚捉鬼降妖的利器。喝了那么多酒的张大仙做起法事来依然是井井有条，他不慌不忙地从包里拿出一件庙里和尚才穿的黄颜色袈裟穿在身上，然后气定神闲地坐在摆好的条凳上，一边当当有声地敲着木鱼，一边两眼专注地看着挂在墙上的钟馗像。张大仙那一张薄薄的嘴唇快速地一张一合，念念有词诵一些旁人根本听不懂的经文。一个小时之后，他停止念经，给大瓷碗装上大半碗水后，开始在屋子里跳了起来，手里拿着一把像小斧头一样的法器不停地挥舞，那夸张的动作既好笑又十分吓人，他那拼命的动作就像与妖怪们在作殊死搏斗。又是一个小时后，他才气喘吁吁地停下来，再次来到桌前，将一根筷子在燃烧的香前晃了三晃，然后将筷子直立在水中。大哥小声对二楞说，要是筷子立不住，就证明屋子里正气足；如果筷子立住了，就证明屋子里有邪气。张大仙手一松，那筷子出奇地直直地立在了瓷碗的中央，然后他拿起早已准备好的刀，挥刀向筷子砍去的同时，用足力气喊道：小鬼拿命来。只听咔嚓一声，筷子断成两截。灯光下，那碗水一下子变了颜色，就像小鬼流的血。

王二楞以为张大仙立住筷子、砍断筷子就算把小鬼的命拿下了，大戏也就唱完了，没想到张大仙先是将一只直径一米的簸箕摆到桌上，然后将升子里装的半升米倒进簸箕用手抹匀，将一根与筷子一样长的玉米秆立在簸箕的中央，牵着一根细线在簸箕里转动，他一边念着咒语一边用右手的中指扯着线在米里转着圈圈，一圈一圈地转下来，米里就有了一道道痕迹。当簸箕里的米留下细密的痕迹之后，张大仙又将米倒回升子里，一手挥刀，一手拿着升子，那升子的底部开着一个很细的小口，张大仙蹦着跳着开始了他找鬼的征程。他一边跳，升子里的米一点点往外流，他从屋里跳到了院子里，一会儿东一会儿西，一会儿南一会儿北，最后跳到了槐树下，他睁眼一看，升子里的米没了。大哥小声对二楞说，米在哪儿没了，就标志着不祥之物就在哪里，也就是说鬼就在槐树的洞里。王二楞听了顿时吓出一身冷汗，一个晚上他没有见到丽丽，原来丽丽在厨房吃过晚饭后，屋里的极度喧闹让她心生恐惧，便躲进了让她安然自由的树洞里。此时，只见张大仙从那宽松的袈裟里抽出一匝黄纸，那黄纸上有他事先写上的咒语画上的咒符，他麻利地从怀里掏出打火机，随着打火机啪哒一声，熊熊的火苗很快将那黄纸点燃，就在他准备将燃烧的黄纸扔进槐树洞时，王二楞不顾一切地大喊一声："不好，娃还在洞里。"于是抢先一步将头伸进树洞里，一把将蜷缩在树洞里的丽丽抱了出来。

此时的张大仙仿佛显了灵，借着酒劲高喊："快快放下，妖怪已经附体，待我把它拿下。"

王二楞一听火冒三丈，不顾一切地骂道："睁开你的狗眼，这明明是娃，哪里是妖怪。"

张大仙捉鬼心切，不依不饶地拿着燃烧的黄纸绕抱着丽丽的王二楞念着咒语转圈圈。黄纸在熊熊燃烧，王二楞被张大仙转得晕头转向。张大仙捉起鬼来确实身手不凡，每当黄纸即将燃完，他熟练至极地从宽敞的袈裟里抽出黄纸续上，然后以最快的速度将即将燃尽的黄纸扔进树洞。树洞里的杂物很快被点燃，一股浓烟从树洞顶端冒出，一只白色的动物从树干上一跃而起敏捷地跳到了树枝上，尔后跳到了王斜眼家的屋顶上，在屋顶上稍作停留便消失在黑夜之中。王斜眼和王小斜就站在院门外，刚开始还不停地高呼妖怪妖怪，当妖怪落到他家屋顶上之后，转而开始大骂，张大仙你个狗日的咋把妖怪驱到了我家的屋顶上。王斜眼一家人的高呼大叫，惊醒了马家庄还没有睡熟或已经进入梦乡的人们，他们太爱看热闹了，他们有好长时间处于寂寞的状态，他们有好长时间没有找到一丝兴奋了，听到王斜眼父子撕破黑夜的尖叫声后，都快速地起了床，快速地打开门，快速地找到了吵闹的方向，快速地赶到王二楞的院门外。一个个张开大嘴问，咋回事，斜眼咋回事？眼尖的人很快发现了冒烟的槐树，都惊呼，王二楞你睡死了吗，你瞎眼了吗，你家槐树着火了，槐树可是我们马家庄的神树呢，快救火，快砸门。王斜眼听后顿觉找到了复仇的机会，父子二人在后面人的助推下齐心协力硬是将牢固的院门撞开，面对潮涌般的人群，此时的张大仙稳如泰山坐在槐树前念他即将结束的最后的咒语。

刚才还气急败坏的王斜眼，被张大仙临危不乱从容不迫的举动给镇住了，他那张开的嘴最终没有蹦出半个字来。面对站在自己跟前的王斜眼，王二楞不失时机地劝他道，不要吵了，二翠说那白色的东西就是你家的白猫，你如果不信，现在就可以回家一趟，看那白猫是不是趴在你家的土炕上。刚才发生的一切，让王斜眼对王二楞早已怒火中烧，他以最大的力量用脚尖狠狠地踩踏王二楞穿着拖鞋的脚尖，王二楞像是被马蜂蜇了，忍不住尖叫了一声。此时，正逢张大仙最后一出戏收场，他猛地一声高叫“拿命来”，手中的宝剑像一道闪电划破黑夜，在场的人无不胆战心惊，一只燃烧的纸鬼被他扔进了树洞，熊熊的火焰照亮了每个恐惧的脸庞。

张大仙跳累了，像一堆软泥瘫坐在太师椅上。二翠早已提了几桶水等候在槐树旁，张大仙前脚离开，她后脚就跟上前去，将一桶水泼进树洞。王二楞也提着一桶水倒进树洞，熊熊燃烧的纸鬼、黄纸还有丽丽的各类玩具被浇灭，那烧着了的木梯也坍塌了下来。

火光熄灭，黑夜又张开了黑色的眼睛。王丽还在她的睡梦中，她并没有被人声鼎沸的吵闹声惊醒。随着张大仙的离去，那被推坏了的大门哐的一声倒在地上，王丽才从沉沉的睡梦中醒来，望着漆黑的屋子，她十分惊恐，她不明白自己怎么会睡到了床上。睡觉前，包括在梦中，她都一直是待在树洞里，树洞才是她快乐的天堂。在梦中，她看见树洞着了火，当时只顾逃命，忘记叫醒睡在身旁的大白猫，为此她一骨碌爬下床，光着脚丫就往院子里跑。院子里黑黢黢的，在她高一脚低一脚快要跑到大槐树跟前时，与蹲在地上收拾杂物的二翠撞了个满怀。二翠见女儿急切的样子，便知道女儿要看自己深深喜爱的树洞，去看她心爱的白猫、琳琅满目的玩具，和她最难以割舍的快乐王国。面对那被熏黑了的树洞，二翠十分心疼地对女儿说，刚才家里唱戏的时候不知哪个挨刀的把烟头扔进树洞里，把树洞给烧了。丽丽用她那吐字不清的纯真童音说，妈妈，我的白猫猫还在里面呢，它会被烧死的。二翠说，好孩子，白猫是个机灵鬼，树洞有火苗的时候，它就串到了树上，有烟雾之后，它就逃跑了，你放心吧，我们都看到了。王丽担心地问，我的那些玩具呢？二翠听了一时不知该怎样回答，因为女儿的那些玩具，在他们大人看来都是一文不值的东西，而且都是王丽捡来的。正因为他们没有花一分钱，所以他们从来没把王丽摆在树洞里、挂在树洞里、藏在树洞里的各种玩具当一回事，在他们眼里那就是一些可有可无的东西，既不能当吃的又不能当穿的还不能当钱花，所以当张大仙点燃树洞里的杂物和玩具时，他们也就没把那些玩具抢出来。当时，王二楞抢先抱出王丽之后，当树洞被点燃时他们只是心疼那棵大槐树。这棵大槐树不仅是他们王家的神树，也是马家庄的标志之一，凡来马家庄走亲戚的外乡人，见了村头的老榆树和他家院子里的大槐树，无不为之赞叹；凡到马家庄来走亲戚或者办事的，常常会在两棵树下合影照相。王二楞一家人更是享受了大槐树说不尽的好处。夏天里槐树遮天蔽日，他们家要比别人家凉爽许多，邻居家里吹电扇，他们家连扇子都不用，每到晚上，左邻右舍都搬着凳子聚集到大槐树下乘凉；到了冬天，槐树褪去身上的繁华，将一身的叶子像钞票一样散落在地上，二翠每天清扫一次院子，到了晚上家里火炕的温度就会增加几分。当时她真担心大槐树被烧死，所以她才不顾一切地在第一时间将火浇灭。也就是她提前备好了水，灭火及时，槐树才没燃烧起来，火只是把树洞里的杂物、玩具烧坏了。

二翠抱着王丽说，好闺女，你捡的那些玩具都旧了坏了，我让爸爸明天上街给你买几件新玩具，买一个你最喜欢的布娃娃。王丽很懂事地点了点头，可她眼里的泪水却像泉水一样冒了出来，她知道爸爸妈妈为她操碎了心，遭了不少白眼，听了不少风凉话，为给她看病花光了家里微薄的积蓄，这些都是二哥小宝告诉她的。但她还是想看一看树洞烧成了什么样子，她从母亲的怀里挣脱，赤着脚跑到树洞跟前，她看到里面比过去更黑了，也没了过去它所发出的那种自然香味，而是一股呛人的烟味。王丽没有忍住自己的悲伤，不顾一切地坐在地上哭了起来。

黑夜里真静啊！马家庄的人睡了，鸟儿也睡了，连各家看门的狗都进入了梦乡，唯有王丽还躲在被窝里抽泣……

折腾了大半夜的王二楞第二天还是像往常一样准时起了床，穿好衣服脸也不洗就来到院子里，在牛舍前，他拿起捡粪的工具，路过大槐树时，他怀着一种好奇，想看看树洞里的水渗下去了没有。当他把脑袋伸进树洞打燃火机时，暗淡的光线下，只见一个小孩弯着身子坐在那里，第一眼他并没有看清是谁，模糊的人影吓了他一大跳，当他揉了揉眼再定睛细看时，才看清是王丽。他惊讶地大声叫了两声“丽丽”，丽丽抬起头，尖声叫道，爸爸，别点火，别烧我。王丽的叫唤显然是不成句的，王二楞赶忙灭了打火机。下弦月已经隐没，黎明前总是那样黑暗。王二楞心痛地对丽丽说，天亮还早呢，回家睡觉，天亮后爸爸一定把树洞收拾干净，给你做一个更好的木梯，再给你买几件你喜欢的玩具。丽丽听了心里舒畅多了，她说，爸爸你去捡粪吧，我在树洞里等着你。王二楞听了心里一酸，马上表态说，丽丽你喜欢树洞，我给你做一个门，把树洞修得像家一样。王丽说，修了门，猫和狗都不能随便进来了。王二楞说，闺女，爸爸听你的，树洞里的梯子被火烧坏了，你可不能再踩它爬上去了，你就坐那儿，要是困了就回房里睡觉，早晨天凉，别感冒了。王丽没再说话，只是很乖巧地嗯了一声。王二楞也算一个硬汉，闺女的举动让他忍不住涌出了泪水，他想平常自己和二翠忙种地、忙挣钱，很少去关心这个孩子。从两岁起她都是独自一人在家里玩耍，那时她还爬不到树洞，每次进树洞里去玩，都是儿子大宝或小宝将她抱进去的。不知是在她四岁还是五岁的时候，有一天他们忙地里的事很晚了才回到家里，推开院门却怎么也找不到丽丽，还以为丽丽从门缝里钻出去了，一家人在屋前屋后村里村外找了小半夜，最后还是小宝机灵在树洞里找到了丽丽。当时，丽丽一个人在树洞里睡着了。树洞成了丽丽童年的快乐王国。夏天乘凉的时候，天空群星闪烁，丽丽就会与小宝一同从树肚子里爬到树丫上，坐在大槐树的怀抱之中，数天上的星星，唱《有妈的孩子是块宝》。当然更多的时候都是王丽一个人从树洞里伸出头看树下的村庄，一日三餐谁家第一个升起炊烟点火做饭，谁家男女第一个下地种田，谁家孩子第一个背书包上学，谁家的牛羊吃了谁家的庄稼，谁家来了客人，王丽都一清二楚；当然她最喜欢数天上的星星，她知道一年四季什么时候星星最多最亮，她还喜欢站在树上唱歌，虽然她口齿不清，但还是像小鸟一样喳喳地唱个不停。王丽如此喜欢树洞，有一次王二楞还与二翠进行了探讨，他们说王丽是在大树下捡到的，是不是也是在大树下出生的，如果是那样，王丽就是树神的女儿。

王二楞第一次满脑子想女儿的成长往事，有几次他差点掉进路旁的深沟里。当他回想起昨天晚上的事情，他更加觉得荒唐、可怕，事实让他坚信张大仙心狠手辣，他哪里是为了捉妖杀邪，纯粹是把丽丽当作妖怪，当作他张大仙显灵显威风的战绩，所以他有意放火烧树洞，为的是在无意之中烧死丽丽。王二楞想到这儿，真庆幸自己晚上酒没喝多，要是酒喝多了不省人事地倒在了床上，或者是忘记了丽丽待在树洞里，其后果不敢想象；昨晚只要自己稍稍有一丝犹豫，一旦张大仙抢先一步将点燃的黄纸扔进洞里，洞底铺的麦草很快被点燃，那样丽丽就会被张大仙当成黄鼠狼精烧死。想到这里，他才觉得昨晚上的一幕幕是多么的可怕啊！他不由得出了一身冷汗，好在他第一时间将丽丽抢了出来，不然自己会成为一个不可饶恕的罪人。

这天早晨，所有的牛粪、马粪、羊粪在王二楞的眼里都变得一钱不值，他捡粪的筐子一直空着。他心跳得厉害，从村子的西头走到东头，他脑子里全是张大仙跳大神时张牙舞爪的样子，以及丽丽弱小可怜无助的神情。他神情恍惚地来到老榆树下，像往常一样依然坐在那隆起的树根上。此时，天边渐渐吐白，一丝霞光慢慢染红了东方。望着树上鸟窝里叽叽喳喳叫个不停的鸟儿，他站起来扔下手中的烟头，急匆匆地朝家里赶去。他要为女儿修好树洞，要在树洞外用木板做一个台阶方便女儿进出，要用木头和木板为女儿做一个梯子，便于女儿上到树洞的顶部，看天上的星星和月亮，看村子里的人，看村子里的风景。

五

身材瘦高的王二楞干活绝对是一把好手，他用了一个早晨的时间，就将树洞里烧成灰炭的杂物清理得一干二净，王丽也站在树洞外忙个不停，一会儿帮爸爸拿铲子，一会儿帮爸爸拿笤帚，一会儿给爸爸递榔头、钉子，一把火烧过后的树洞经过清理比过去更洁净了，那些腐朽的浮皮、虫子被烧掉烧死，王二楞很细心地用铁铲将它们铲了下来，并刮去所有的烟垢、灰尘；过去树洞的底部铺的是玉米秆，这次王二楞将准备打柜子用的榆木板拿出几块铺在了洞的底部，他从木头堆中找出两根拳头粗的木料，像模像样地做了一架可以直通树洞顶端的木梯，并在树洞顶端依靠树干做了一个木头护栏，这样一来人坐在上面既稳当又安全。修整一新的树洞俨然成了一个儿童乐园，唯独少了玩具。王二楞吃过早饭拿上压箱钱，决定到县城为女儿买几件像样的玩具，虽然王丽过了儿童时代，但因她要比一般孩子智力和身心开化晚而童心正浓。他本来想带上丽丽，可他又担心到县城之后引起围观，最后他还是决定一人前往，那样省心快捷。玩具店里琳琅满目，他知道女儿喜欢动物，于是买了一只憨态可掬的小熊，一只活泼可爱的小猴和一只能报时的小公鸡，另外还买了一个长辫子布娃娃，一个小孩子玩的呼啦圈，一副望远镜，他深信有了这些玩具，槐树洞就会蓬荜生辉。王二楞骑着挂满玩具的自行车走进村子的时候，正是家家户户吃午饭的时间，不少人都习惯性地蹲在门槛或门前的石墩上呼啦啦地吃着面，见了王二楞都觉得新奇，不少人还以为王二楞干上了贩卖儿童玩具的小买卖。王斜眼刚把羊赶进院子，老远便看见王二楞的自行车上挂满了花红柳绿的东西，便站在路旁守候，待王二楞骑到院门前，他很是好奇地问："二楞，你是不是捡了金元宝，买这么多玩具干什么？"

王二楞向来实话实说："给闺女买的，这些玩具值不了几个钱。"

王斜眼听了心里很不舒服，他便没事找事似的说："以后可不许你家丽丽再抱我家的大白猫玩，昨天夜里大白猫受了惊吓，又是哼又是叫地，折腾了一个晚上，我还担心它中了你家丽丽的妖气呢。"

一提昨夜的事，王二楞心里就窝火，他不客气地说："是你中了邪吧！你把我家院门撞坏了我还没找你修门，你倒倒打一耙。"

王斜眼也不示弱地说："你要是敢找我的事，我就到镇上告你在家里搞封建迷信。"

王二楞一听火冒三丈，回敬道："你去吧，你现在就去，你要是不去，你就不是王斜眼，是猪是狗是畜生。"

王斜眼第一次见王二楞说话这样硬气，一时不知怎样反驳，他停了一会儿，再次说："反正以后不许你家丽丽再把我家大白猫当作玩具玩。"

王二楞一只脚撑在地上，反问道："谁让你家大白猫跑到我家的，我家丽丽平常院门都不出，更没有到你家去叫唤它。"

王斜眼平常就爱与人斗嘴，爱胡搅蛮缠，便蛮不讲理地说："你家丽丽就是妖怪投的胎，她身上有妖气，我家大白猫是中了邪才跑到你家的。”

王二楞真想扇王斜眼两嘴巴子，可他一想王斜眼一身羊骚味，便以毒攻毒似的说：“你家大白猫不愿意待在你家，是因为你王斜眼待它不好，你王斜眼就是一个饿死鬼，自己都吃不够喝不够，哪还有东西给猫吃，这几年你家大白猫白吃了我家多少粮食你知道吗？我还没找你要钱呢！”

王二楞的话一下子点到了王斜眼的死穴上，他气愤至极，恶狠狠地说：“反正以后不许你家王丽在大槐树上叫唤我家的大白猫，昨天夜里张大仙要是把你家小妖怪烧死了才好。”

王二楞听了也反骂道：“你王斜眼这样狠毒，将来不得好死，放羊时狼会吃了你。”

听到争吵，村子里爱看热闹的人都端着饭碗围了过来，有人大声喊道，吵什么呀吵，打一架，看谁厉害，一下子见高低。二翠听到吵闹从屋里跑出来，一看自己的丈夫正与王斜眼斗嘴，赶忙将王二楞拉了回去。进了院门，丽丽一人坐在大槐树下发呆，王二楞喜滋滋地拿出大辫子布娃娃递给丽丽，说，快接着，爸爸给你买了最好的玩具，这是小熊，这是小猴子，这是呼啦圈，这是能叫鸣的大公鸡。面对可爱的玩具，丽丽都不敢相信，还以为是在梦里。过去因为家里经济不宽裕，从小到大父母就没有给他们兄妹买过玩具。丽丽高兴地将玩具看了又看摸了又摸，然后才一一摆到树洞里去。

王二楞忙完农活就到城里打工挣钱，二翠在家照看孩子和庄稼。他们夫妻商量好了，通过打工、卖粮食攒两年钱后，就带着丽丽到西安去看病，那里大医院多，有名的专家多，一旦碰到好心又医术高明的专家，丽丽的病或许就能峰回路转拨云见日。对于孩子们的成长，王二楞有一个很朴素的想法，做父母的不能给娃金山银山，但一定要给娃一个健康的身体，娃有病，哪怕倾家荡产也要把娃的病治好，不然就是父母的失职。正是基于这种朴素的心思，王二楞与二翠才下定决心，要尽一切可能将丽丽的病治好，让丽丽成为一个正常健康的人。正是基于这样的想法，他们才始终没有放弃给丽丽治好病的决心。面对现实，王二楞时常为自己没有挣大钱的本事和能力而深感内疚，一个月在外打工省吃俭用积攒下来的钱，往往只能为丽丽做一次头部CT，地里种的粮食看起来不少，留下一家人的口粮之后，余粮卖的钱也只能维持家庭运转，诸如赶人情、儿子上学、买日常生活用品等支出，常让二翠入不敷出。眼见丽丽一天天长大，因为治病心切，有时为了省钱，他们也找过江湖郎中，希望得到管用的偏方，可常常是满怀希望最终空欢喜一场。三个娃就是三张嘴，要吃要喝要穿要看病吃药，王二楞常常捉襟见肘两手空空，没有办法，王二楞与二翠决定将两个儿子中的一个过继给三弟做儿子。因为家境贫寒，父母过世早，王二楞的三弟四十多岁了一直单身找不到媳妇，他见二哥家里有三个孩子，负担又重，多次对王二楞提及过继一个孩子，既为二哥分忧，也好延续香火。亲戚朋友见王二楞夫妇拉扯三个孩子异常艰难，也多次劝他们过继一个孩子给三弟抚养，既解决了三弟养老的问题，又减轻了王二楞的经济负担。一开始，两口子并没有同意，觉得三个孩子手心手背都是肉，过继哪一个都难以割舍。按常理，王丽是他们捡回来收养的，把王丽过继给三弟在情理之中，可王丽严重残疾，将来三弟想给她招个上门女婿都十分困难，那样一来三弟不但没人养老，还没人继承家业，等于是瞎子点灯白费蜡。把老大大宝过继给三弟，可大宝在三岁时因患病吃错了药成了哑巴，娶媳妇绝不是一件容易的事情，一家两个光棍，根本谈不上延续香火。家里唯一一个健康的二宝，是他王二楞与二翠的希望，二宝不仅懂事，书也念得好，从小学到中学始终名列前茅，可以说二宝是他们夫妻俩的未来。为此，他们拖了一年又一年，现如今大宝快长大成人，二宝也上了中学，王丽看病的事却一天天迫在眉睫，不把王丽的病看好，丽丽不但无法见人，生活也成问题，更别说嫁人成家。为了给丽丽看病，他们只得忍痛割爱了，把正在上初二的二宝过继给三弟，那样一来他们家唯一可以支撑门户的希望就破灭了，两个人就只能带着两个残疾的孩子过后半辈子的生活，他们都不敢想象，老了动不了了，不知有没有饭吃。

在犹豫、纠结之中，王二楞夫妻俩最终决定将二宝过继给三弟。那天是一个艳阳高照的星期六，一家人吃完中午饭，坐在槐树下晒太阳，王二楞为了让自己能够开得了口，吃饭时特意喝了二两酒，借着酒劲，他轻声细语地试探二宝说："二宝，家里日子过得艰难，我与你妈思来想去决定把你过继给你大大（当地方言，意为叔叔）。"

二宝已经十四岁了，虽然还不完全懂事理，但在重大问题上头脑清醒不含糊，他很是生气地反问道："你咋不把我哥给人？我们三个为啥非要把我送人？"王二楞第一次见二宝这样对自己说话，很想发火，可底气不足，二翠也在一旁耐心解释，可二宝一句话都听不进去。话说到最后，二宝腾地一下站起来，说："你们养不起我，我自己养活自己。"说完，怒气冲冲地跑出了家门。

二宝在前面跑，二翠在后面追，但她哪里跑得过十四岁的二宝。一会儿工夫，二宝的身影便消失在沟壑之中。起初，王二楞与二翠还以为二宝只是一时生气，过上几个小时，他气消了也就回来了。王二楞不无自嘲地说，妈的，好的基因没遗传上，犟毛病倒是一丝不少地传了下来。他们之所以没有马上去找二宝，因为二宝在先前也有过两次类似的事，一次是与哑巴哥哥争吵，受到了二楞的批评，他一气之下离家出走半夜才回到家里；还有一次是在学校与同学发生摩擦用墨水泼脏了同学衣服受到二翠的埋怨而赌气离家。王二楞和二翠没想到二宝这次真的生了气，当天鸡都归了鸡笼、在外打食的狗也回到了院子、树上的鸟都进了鸟窝，二宝却没有回家。这下王二楞两口子真是着了急，他们流着泪四处寻找，王二楞的兄弟姐妹也都一齐行动，亲戚家里、老师家里、同学家里都问了个遍，村子四周能藏人的草堆、玉米秆堆、柴火堆也都翻了一遍，最终没能看到二宝的影子。夫妻俩着急上火夜夜失眠，王二楞牙疼上火，疼得直哼哼；二翠本来就体弱，更因吃不下饭睡不着觉，人一下子病倒在了床上。

一天深夜，二翠还像往常一样在佛龛前做完祈祷正准备上床睡觉，院门被咚咚地敲响，王二楞听到响声从床上一跃而起，趿着拖鞋快速奔去开门，门外站着的果然不是别人，正是他们日夜思念的二宝。二翠也跟着来到院里，一把搂住二宝，眼泪就哗哗地涌了出来。灯光下，二宝像变了个人似的，又黑又瘦，头发又脏又长，一身衣服破乱不堪。二翠抚摸着儿子的脸问："二宝，你咋瘦成这样了？"二宝从口袋里掏出一把皱皱巴巴的钞票，坚定地说："我可以自己养活自己了，这是我和同学到韩城摘花椒挣的钱，几百块呢，可以给丽丽看病。"

多懂事的孩子啊！一家人抱头痛哭。

二宝平安回家过了不长时间，王二楞像着了魔似的，他又惦记起为丽丽治病的事情，他又开始琢磨如何把二宝正式过继给老三做儿子。他在心里算了一笔账，每年二宝吃的粮食，再加上上学等开支，是家里最大的一笔，如果把二宝过继给了三弟，花在二宝身上的钱就可以省下来给丽丽治病，于是他利用一切可以利用的时机反反复复做二宝的工作，说什么过继只是个名义，三叔没负担，可以供你念中学、高中甚至是大学。好话说了一箩筐，二宝就是听不进去。过了些日子，二宝似乎想明白了，他看父母养育他们兄妹三个实在艰难，内心里虽然极不情愿，但还是走进了三叔的家。二宝人是进了三叔的家门，可他内心里无法接受被亲生父母过继给他人的现实，被遗弃的悲凉像乌云一样整天盘在他的头顶，他的学习从此一路下滑，中学还没毕业，他就以厌烦读书为由辍学，只身一人到广东打工。他对早就辍学在家放羊的王小斜讲，在外面不混出个人样来，决不回家。

二宝这一走，从此杳无音信。

儿是母亲身上掉下来的肉，每到春节，二翠常常一个人来到村东头的老榆树下等候，期盼二宝的身影奇迹般地出现。可是一年又一年过去了，二宝不但没有回来，甚至连一次电话都没打过。王二楞夫妻俩心里清楚，是他们伤了儿子的心。

为了给王丽看病，两口子到了走火入魔病急乱投医的地步。有一天，正在镇上打工的王二楞无意中听说韩城象山药王庙有一股清泉可以治怪病，他活没干完就让老板结了账，回到家里让二翠稍做准备，备足了路上吃的干粮，就带丽丽去喝圣水。上路时，还像过去一样，丽丽坐大架上的小座椅，二翠坐后座。从合阳到韩城七十多公里，王二楞为了省钱，他甘愿受苦受累。早晨出发，到了日头偏西才到达象山。药王庙不大，风景却十分秀美，在庙门东侧一棵古柏树不远的地方果然有一口井，一个小和尚正在盖井盖。王二楞赶忙跑过去说，小师傅慢着，请施一碗水喝。小和尚转过身看了看他们，说你们来晚了，现在过了喝水的时辰，井里只剩泥浆了。王二楞不相信，说怎么会呢，你让我看看，我们马家庄的水井一个村几百号人从来就没有喝干过。小和尚说，你来看吧，这井水每天是有限的，即使是夏天雨季，也是如此。王二楞趴在井沿边认真地看了又看，然后抬起身子说，果然如此，真是圣井，与我们村那口水井就是不一样。王二楞擦了一把脸上的汗珠，对二翠说，今天喝不上圣水了，这就充分证明来这里喝圣水的人多，既然来的人多就充分证明这圣井里的水灵验，只有灵验才有那么多的人来。小和尚听了笑着说，这师傅说话太绕弯子。王二楞听了不知是夸奖还是嘲讽，咧着嘴冲小和尚干笑了两声。快走出庙门时，王二楞又返回来问小和尚，庙门早晨几点开？小和尚说，黄河那边刚露出曙光时，庙门就开了。王二楞又问，喝圣水用不用交钱？小和尚说，喝水不用交钱，但要想灵验，你得先到孙思邈医圣面前磕头烧香，最好许下一个心愿。王二楞一听就明白了，因为他不是第一次带丽丽到庙里烧香磕头，每次头磕了香上了，虽然没有灵验，但他还是无怨无悔，他相信心诚则灵。

出了庙门，公路两旁住着零零星星的人家，有的见了王丽怪异的长相，不待王二楞多说，就把大门关上；有的还算客气，但说家里不对外待客，让他们到象山镇找旅馆住；有一户人家，不但没给好脸色，还指使家里的狗驱赶他们。最后他们来到一户背靠象山前临小河的人家，这家主人是一对七十多岁的老夫妻，大爷姓姜，三间瓦房窗明几净，屋子里也收拾得干干净净。老夫妻儿子儿媳在县城工作，平常并不出租房屋，但见王二楞一家人大老远为喝圣水给女儿治病，也就同意他们借宿一个晚上，讲好了价，每人一宿十元钱，管馒头、咸菜和稀饭。接连碰壁吃闭门羹的王二楞和二翠庆幸他们碰到了善人。因为心存感激，他们没有坐下来休息，王二楞主动帮助提水、扫院子，二翠则主动帮老太太烧火做饭，天没黑馒头出了蒸笼，稀饭出了锅，咸菜是现成的。吃饭前老夫妻就基本上弄清了王二楞带丽丽来喝圣水治病的前因后果，善良的老夫妻对王二楞两口子的善良之心更是刮目相看，姜大爷很感动，当即让老伴炒了花生米和土鸡蛋，并拿出儿子孝敬他们的西凤酒。酒桌上话匣子一旦打开，姜大爷对王二楞两口子的善心更是佩服有加，不仅免了住宿钱，还拿出二百元钱给王二楞，说到庙里烧香磕头喝圣水灵不灵验不好说，但有那么多人来喝圣水总有一定的原因，要么现在怪病太多，医术还跟不上；要么是穷人多，看不起病，才来喝圣水；要么这圣水确实灵验，治好了一些人的病。姜大爷退休前是小学校长，很有见识，再加上每天看报、看电视，又经常到城里走动，知识面就宽，信息也灵通。姜大爷说，西安军大是一家部队医院，什么怪病、难病都能治，心肝肺可同时移植，上半年新闻里还报道了他们给一个被熊抓伤了脸的患者进行换脸手术，我的妈呀，当时我看了报纸都不敢相信，后来电视报道了我才确信，那得要多高的技术。王二楞听了，像是又看到了新的曙光，他惭愧地说，我常在外打工，还不如你老知道得多，太孤陋寡闻。姜大爷说，我这二百元钱不多，就是给你们投石问路的钱。王二楞感激之中忍不住好奇地问，你们二老平常又不靠租房挣钱，我们素不相识，不知道你们为什么留我们住宿？姜大爷说，我家那狗灵性得很，能分好人恶人坏人歪人，你们进院门时，它非但没有狂叫，反而冲你们摇头摆尾，我就断定你们是好人，所以我就决定收你们留宿，刚才听你们一说，果然，不仅是好人，还是大善人。自收养王丽十多年，还从来没有人给他们如此高的赞许，王二楞激动地一下子控制不住，竟哭出声来。晚上，一家人住在厢房里，睡觉前，王二楞心潮澎湃地对二翠说，这次出来算是遇到贵人了，明天到了庙里要多烧一炷香，多许一个愿，祝老大爷老太太长命百岁。二翠说，明天你给二位老人烧香许愿祝福，我给丽丽烧香许愿祈祷。

山村的夜晚是寂静的，除了偶尔的几声狗叫，就再也没有其他什么喧嚣的声音。月亮分外的明亮，清淡的光辉将院子映照得如同铺上了一层银光闪闪的地毯。王二楞一家三口脸上像是被月色洗过了一般闪闪发光，他们眉宇舒展，洋溢着少有的幸福安详。

第二天，王二楞还是像在家一样，鸡叫五更时就醒来了。天快亮的时候，他叫醒了二翠和丽丽，在他们悄悄走出院门时，姜大爷竟不知不觉地站在他们的身后。在他们轻声关门时，姜大爷嘱咐说，你们进了庙门烧香磕头心意就到了，菩萨不看谁给的钱多，而是看这人心好不好善不善诚不诚，就不要为我这个老头子花钱了，留着钱给丫头治病用吧。

倔强的王二楞一时感动得直弯腰点头，就在姜大爷关上那扇漆黑的大门的时候，一家人还是站成一排，冲着院子深深地鞠了一躬。

四周没有一丝光亮，路边的农舍与山峦融在一起，脚下的水泥路在黑色的夜幕中泛出淡淡的虚光。因为天色尚黑，王二楞也就没敢骑车，他让丽丽坐在前架的小座椅上，自己推着自行车一路前行。没有走过山路的二翠很小心地紧紧扯着二楞的衣服，一路上他们说话也不敢大声。

果不然，当他们来到庙门前时，庙中心济世塔上的金顶仿佛一盏神灯突然被黎明前的光线照亮。王二楞见后，心里一颤，转身望去，只见远方的黄河岸边先是透出了一道白光，接着是一条火红的曙光。王二楞常年日出而作日落而息，没有闲心去看身边的风景，今天早晨不为出门捡粪，不为打工谋生，不为下地劳作，只是到庙里为女儿祈祷，他的心里多少年来第一次有了闲情逸致，他静静地站着，遥望太阳从东边升起。

此时，悠扬的钟声响起，就像一道石破天惊的炸雷，将黑暗与黎明切割开来。庙门在吱吱的叫声中打开，丽丽高兴地说，爸爸，门开了。

开门的还是那个小和尚。王二楞一家三口来到正殿门外，他们先是在焚香炉前点烧了香火，然后才走进殿里磕头许愿。昨天夜里三人就分工好了，他们来到药王孙思邈的塑像前，丽丽跪在中间，开始了各自的许愿，然后在功德箱前随了心愿。三个人走出殿门，径直来到圣井旁，小和尚刚刚打出了两桶圣水，水明晃晃的在晨曦下闪着金光。丽丽许了愿，接过小和尚递过来的一杯圣水，咕噜咕噜地一口喝了下去，二翠也喝了圣水。王二楞接过圣水没急着喝，而是有滋有味地慢慢品尝，他想尝尝这圣水与马家庄的水有什么不同，果然清凉中有淡淡的甘甜，纯净中有一丝丝咸味。王二楞一边喝一边咂吮着嘴巴，夸赞圣水好喝。喝了一杯，王二楞又喝了第二杯，当他端起第三杯时，小和尚说话了，水这么凉，你也没吃早饭，就不怕肚子疼。王二楞傻呵呵地干笑几声，把端起的一杯水放回供桌上。

刚才院子里还只有三三两两的人，不一会就熙熙攘攘了，上香、拜佛、喝圣水的三处排成了长龙。王二楞一手拉着丽丽一手拉着二翠，心满意足地走出了象山药王庙，嘴里像和尚念经那样反复地念叨，丽丽今天是第一个喝的圣水，喝了圣水病就好了，变成漂漂亮亮的姑娘。

王二楞心中的希望再一次被点燃，从药王庙回来后，他每天都活在希望之中，无论打工的地方多远，夜里他都要骑着他那辆永久牌自行车踩一地月光回到家里，看一眼熟睡中的丽丽那陷下的面部有无变化，他渴望奇迹出现。第二天早晨起来，离开家门时他又要到丽丽的房间再看上一眼，他希望一夜之间丽丽长出鼻子、长出上腭、长出牙齿。王二楞就是这样，对于一件事轻易不会失望，他深信药王庙里的圣水会显灵，丽丽的病会奇迹般地好转。可是时间最能证明一切也能说明一切和表现一切。半年过去了，丽丽的状况依旧，吃饭还得捣碎之后再吃，还是不愿意走出院门半步，依旧爱到树洞里并爬到洞顶去观望村子里的一切。

六

2006年春节来临，王二楞抓住农闲时机，再一次带上女儿踏上求医之路。这一次他们来到渭南，在市人民医院，王二楞的执着和善良让一个好心的医生大受感动，医生对他说："你的女儿虽然得的是怪病，但不一定非要找偏方，这种畸形病小医院是没有办法的，必须到大医院，大医院专家多，设备先进，或许他们能够看好。"

王二楞满心欢喜地说："你说上哪个大医院，只要能治好我闺女的病，让我上月亮都行。"

医生说："远在天边，近在眼前。你上西安军大吧！军大的口腔医院，不仅全国有名，而且在世界上也是数得着的。听说早些年给蒋介石看过牙，现今中央首长的口腔保健都是他们负责，医术高得很。"

王二楞一听说中央首长，顿觉那里的医生了不得，赶忙问："他们给大领导看牙，我们平头百姓去了人家能待见吗？"

医生笑着说："他们是人民军队的医院，你是人民，咋不待见。"

医生的话让王二楞仿佛吃了一颗定心丸，他不仅自己给医生鞠了躬，还拉着二翠和丽丽一起给医生行了礼。

医生的话也验证了在韩城遇到的姜大爷的告诫，西安果真有个军医大学能看怪病治难病，王二楞决定春节过后就带丽丽到西安走一趟。这新的希望让他精神倍增，仿佛来年就是好运年，来年丽丽的病就能有一个了结，来年王斜眼再也没有借口对丽丽说三道四。

十五还没过，热闹的社戏还没看，王二楞正月初八就带着二翠和丽丽出了门。长途车站里人不多，一家人轻轻松松买了到西安的车票，冬天的关中平原一片枯黄，一路上也没啥风景。因为第二天要到西安，王二楞昨天夜里着实激动得没睡好觉，一夜东想西想，想医生问话，他该如何作答；医生拒绝了，他该怎样说好话打动医生；最关键的是钱，万一医疗费高了怎么办。为此他一夜都处在似睡非睡的状态，一上车他就睡着了。二翠却眼睛都不敢眨一下，因为王二楞身上揣着他们几年辛辛苦苦积攒下来的钱，万一被小偷偷走了就成了大事情，不光丽丽的病看不成，三个人回家的路费也就没有了。好在从合阳到西安路途不远，几个小时就到了城里，进城时二翠叫醒睡了一路的王二楞。王二楞看街道上冷冷清清的，便说，这么大一个城市咋就没有乡下热闹。司机说，城里人都回乡下过年了，今天第一天上班，好多人还没回来。王二楞因为心情好，就与司机闲聊了起来，不知不觉间就到了长乐路汽车客运站，司机告诉他，沿长乐路往西走两站，到了康复路也就到了军大口腔医院，那楼修得很气派，老远就能看得着。

别说两站路，就是十站路对农村人来说都不是个啥事情。王二楞谢过司机后下了车，出了车站就沿长乐路往西走，虽然提着大包小包，他也不觉得累，不一会就到了军大口腔医院。进了门诊大厅王二楞就懵了，眼前的医院，不像在县医院、在小诊所，找个大夫看病就成，大楼十多层，分着很多科，他不知道上哪一层找哪个大夫看病最合适，正当他在大厅里急得转圈圈的时候，一个礼仪护士上来问：“大爷您看哪个科？”

王二楞也不知道看哪个科，便说：“我给娃看病，你看应该看哪个科。”

二翠将围在丽丽头上的头巾往下扯了扯，王丽的畸形面孔一览无余地暴露出来，护士像是受到了惊吓，不自觉地往后退了几步；又像是发现新人群，两只眼睛死死盯住王丽的脸不放，看了好一会才说，那就上七楼吧，我带你们上去，正好颌面整形科主任刘教授今天值头班。

虽是春节过后第一天，但门诊大楼里人满为患，电梯里、楼道里都是人，就诊室门前都排着长队，王二楞说，难道城里人生活好过年都把牙齿吃坏了吗？护士满脸微笑着说，如今生活好了，牙自然跟着受累。电梯到了七楼，护士将他们带进专家门诊室，对正在给病人看牙的医生说，主任，我给您领来了一个很特别的病人。

王二楞心想这就是护士说的刘教授。刘教授抬起头看了一眼护士带进来的人，并没发现有什么特别。原来王丽因为胆小，进门后就躲在母亲二翠的身后。刘教授为正在检查的病人开完检查的单子，待病人出门后才问，是谁看？王二楞冲刘教授笑笑，将丽丽从身后扯到前面。二翠赶忙将围在王丽脸上的纱巾取了下来，这一取着实让刘教授大吃一惊，心想自己行医几十年，见过各种畸形病人，可眼前这个姑娘的畸形程度让他感到惊愕。他盯着王丽足足看了好几分钟，王丽面容怪异至极，面部严重凹陷，几乎就是一个坑；没有上颌骨与上牙，鼻子几乎就没有，比正常人短了两厘米；下巴前突，畸形非常严重。初看让人多少有些恐惧，唯有那双充满期盼的眼睛依旧闪露出她对美好生活的渴望。由于腭上颌骨缺失没有上牙，无法咀嚼吃饭，平时只能以流食果腹，生长发育受到严重影响，十八岁的王丽看上去只有十三四岁的样子。

刘教授见王丽低着头，便和蔼地说，来，坐下。他先是仔细地看了只有鼻孔而没有鼻梁的鼻子，然后用手摸了摸王丽的脸颊骨，接下来检查口腔，在王二楞夫妇的帮助下，刘教授用手掰开王丽不成形状的嘴，这一看不要紧，他没想到眼前的病人竟然没有上牙床，更没有上颌骨，他暗暗惊叹如此五官残疾的孩子是怎么长大的。刘教授心想，自己虽然见过很多稀奇古怪的患者，可从来没有见过如此畸形的病人，在世界上也实属罕见。人的面部全靠骨头来支撑，而眼前的患者面中部竟然没有骨头支架。

刘教授一时难下定断，不知该怎样为她治疗。他手里拿着笔，却在病历上写不出半个字来，他脑子里在收治与拒绝之间犹豫不定。王二楞看过很多医生，他第一次见一个医生如此慎重，便担心地问："大夫，这个病能治不？得花多少钱？"

刘教授是一个细心人，他发现王二楞一家人外罩虽然穿的都是新衣裳，但罩衣里面却露出了棉絮，可见家境十分贫寒。他知道，治疗这样一个面部严重畸形的病人所需医疗费至少在十万元以上，如此高昂的医疗费对于眼前这位农民来说就是一个天文数字，如果如实相告，他担心说多了会吓住眼前这对脸上长满了褶皱的夫妇，于是他善意地欺骗说："不多，也就万把块吧。"

王二楞听了却大吃一惊，他万万没有想到会要那么多钱，因为他身上所有的钱加起来也不过两千元，离一万还差得远呢，他不解地问："大夫你没说错吧，我干了一辈子活，到现在也没攒下一万块，这辈子只怕都没有希望了。这病看不起，我们走。"

一万元对城里人来说也许算不了什么，但对于靠土里刨食的王二楞一家人来说，却是一个天文数字。王二楞拉起王丽就往外走，边走边说，这病我们治不起，把我们老两口儿卖了也治不起。刘教授赶忙站起来说："你别急啊，有病哪能不治，有困难坐下说。"

王二楞转回身说："大夫，也不怕您笑话，为这娃的病，已经花光了家里的积蓄，家里再也没有什么能卖的了，也找不到可以再借钱的人了。”

刘教授听了，激将似的对王二楞说：“你不是做梦都想把闺女的病治好吗？”

王二楞马上说：“是啊，可我拿不出这笔钱。”

刘教授以为王二楞没有听清要花多少钱，便重复说：“我不是讲了吗？只要万把块钱。”

王二楞低着头说：“你说得轻巧，我说了也不怕你笑话，咱农村人，别说一万，就是五千我现在也掏不出啊。”

通过刚才的短暂交流，刘教授已略知一二，他着实不忍心将这家苦命的人拒之门外，从情感上他更不能再伤害一对如此善良的父母，更不能对这个生下来就被人说成妖怪的女孩见难不救。思来想去，刘教授只好说：“这样吧，你留下地址，一旦有好消息我就通知你们。”

在送走王二楞一家人后，刘教授却再也无法集中精力，他老是走神，开个处方老是出错。到了晚上，他也没心思吃饭，夜里竟然失眠了，那个叫王丽的畸形患者像驱赶不走的影子在他脑海里生了根。他后悔当时没有留住那倔强的王二楞，一个如此残疾的女孩，难道就因为没有钱，一辈子都要遭人白眼、被人喊作妖怪、不能过正常人的生活吗？一次次扪心自问，让他陷入了自责的泥淖之中。第二天一大早，刘教授直接到了医院机关，他要把昨天遇到的特殊病人向赵院长做详细汇报。

赵院长人长得虽不高大，举手投足却尽显军人的干练；其貌虽不英俊，谈吐言语却饱含学士儒雅；其才虽不可说学富五车，术业专攻却技压群芳，在中国口腔医学界声名远播，即使在世界军事口腔医学界也颇为著名，当选世界军事口腔医学会主席。别看他名气大，却没有一点大牌专家的架子，他有着悲天悯人的情怀与菩萨心肠。听了刘教授的情况介绍后，他当机立断地说，这样的病例太特殊了，我们不能因为罕见、治疗难度大和花费高而放弃，你尽快与患者联系，把情况摸清楚，我们最后再做治与不治的决定。赵院长说了话，刘教授心里就有了底。他根据王二楞留下的联系地址，通过在合阳县政府的一个朋友，很快找到了王二楞。

那时已是春暖花开的三月了，这次王二楞带王丽到医院来看病不光他们一家三口，还有他们马家庄的村长陪同。在深入的交流中，刘教授对王丽的身世有了一个更全面更细致的了解，更对王二楞夫妇的大善大爱之举产生了崇敬之情。刚开始，赵院长并没有下定决心一定要收治王丽入院，因为他知道，为王丽做手术不是一般的手术，工程量非常大，不是一两次手术能够做好的，也不是一两个科室和一两个专家能够完成的，它需要多学科多专家齐心攻关共同努力才能攻克这个“坑面女”天生缺陷的难关，同时还需要一笔不小的经费支撑。赵院长听了刘教授关于王丽病情的专题汇报后，在同情王丽不幸之时，又深深为王二楞夫妇的纯朴善良和爱心所感动，为王二楞夫妇在捡到一个天生残疾的婴儿后毫不犹豫地抚养而感动，为王二楞夫妇每天像鸟妈妈喂小鸟一样喂王丽一喂好几年而感动，为王二楞夫妇为养活王丽并治病不惜将亲生骨肉过继给自己的弟弟而感动。赵院长激动地站了起来，满怀深情地对刘教授说：“什么是人间大爱，这对夫妻所做的一切就是人间大爱。我们要不惜一切代价救助王丽，帮助这对善良夫妻了却心愿，一定让好人圆梦。”赵院长有着言必行行必果的雷厉作风，他在给刘教授做了关于收治王丽前期准备事项的交代后，立即与医院王政委和陈院长商议，三人一拍即合，很快召开了院党委会并组织召开了院办公会，专题研究如何救治王丽这个特殊的病人。考虑到王丽家的经济状况，军大口腔医院党委做出了免去王丽所有治疗费用的决定，并号召全院教职员工为王丽捐款献爱心，并成立王丽医疗小组，院长副院长亲任正副组长。

经过漫长的求医，一直在医院大门外徘徊的王丽终于第一次住进了洁白的病房，她的脸上洋溢着对命运发生逆转的幸福憧憬。这一晚，王丽睡得既踏实又安详。她还做了一个美梦，有两只蓝色的蝴蝶飞进了给她带来无数快乐的槐树洞。蝴蝶长得漂亮极了，她从小到大还没见过如此美丽的蝴蝶，她很想靠近它们看个仔细，可那蓝色的蝴蝶是那样的轻盈，哪怕是在她眼前蹁跹起舞她也抓不到它们，最终精灵一般的蝴蝶像是发现了树洞的出口，从下至上飞到了洞的顶部，并款款落在了洞口边的树枝上，离她也就一掌之遥，她生怕惊动了蝴蝶，连气都不敢喘、不敢出，实在憋不住了，她才长出了一口气，蝴蝶又飞了起来……

七

“每人只有一个命运。”这句话是《教父》中冷酷无情的考利昂老头子的名言。面对王丽悲苦的命运，赵院长决心运用新技术帮助王丽改变命运，让天使般的笑容替代她那妖魔般的面孔。

王丽的病房充满了人间温馨，面对那么多好心人的关心，为了对好心人表示感激之情，她知道自己说话吐字不清，别人很难听明白，于是她用心向医护人员学习写字，经过一段时间的练习，她终于学会了写“谢谢叔叔阿姨”六个字。凡是到病房对她表示爱心的人，都会看到她在一张白纸上写下：谢谢叔叔阿姨。

王丽的字写得歪歪扭扭，但她写得很认真，很真诚，也充满深情，流淌着她那纯洁天真的心声。每当有人前来问候和关心她，不能正常说话的“坑面女”王丽便将写有“谢谢叔叔阿姨”的纸牌高高举起，这种感激是独特的，在场的人无不为之动情。

“坑面女”王丽的病情罕见，要想把坑填起来，让鼻梁长起来，把牙床建起来，让牙齿长出来，简直就是天方夜谭。不少人都这样说。有人不屑地说，要是医生能让骨头生长，世界上就没有矮子了。还有人说，眼下这个时代，各类泡沫太多，“填坑”该不会是医学泡沫吧！

面对怀疑和不信任的询问，赵院长和他的专家组深感责任重大。

他们深知，为王丽做“填坑”手术，事关王丽未来的美好生活，事关王二楞一家人多年的期盼，事关人民群众对当今医务工作者水平能力的信任，最重要的是事关人民军医在社会上的政治影响。

赵院长说，为王丽做手术可不像拔个牙、装个牙套那么简单，需要多学科共同完成，就手术而言涉及多学科交叉，整个治疗囊括正颌外科技术、牵张成骨技术、显微外科技术、颌面赝复技术、种植体技术、计算机辅助设计及制造技术等近年来的最新医学成果，其复杂性和危险性堪称世界首例。为确保手术成功，医院整合技术力量，抽调精兵强将组成专家组，对王丽实施专项手术。

专家组多次组织全国著名专家教授进行会诊。在会诊期间，专家们都高度重视，结合自己多年的临床实践，提出了非常宝贵的意见。为确保成功，他们反复研究磋商，认真修改每一个步骤。在王丽住院半个月后，一个大胆、新颖、奇特、细致、全面的再造面部手术方案最终确定下来。

王丽的手术工作量究竟有多大，用陈院长的话说：“整个手术将分四个阶段为王丽实现面部修复再造，一期采取颧骨牵引，主要是利用骨牵张技术将王丽残余的部分颧骨按预想范围切开，然后安置牵引器。手术完成一周后，医生将通过调整支架来牵引骨头，其牵引的速度和时间根据病情变化而定，每天牵引0.5～0.7毫米，牵引到一定程度之后还要保持一段时间，静待新骨生成，这一过程需要两到三个月；二期为骨移植重建面中部骨骼，通过显微外科技术取一块王丽自体复合腓骨移植到上颌骨，同时给她建立一个正常的咬合关系；三期种植牙齿恢复咀嚼功能，利用种植技术、赝复技术、正颌外科技术、鼻畸形矫正技术等各种面部整形手术，恢复王丽的面部外形及各项功能。期间，还将通过计算机三维技术为王丽实现面部重新设计，力争让修复再造后的面部与常人无异。”

2006年9月4日上午，已经立秋的西安天气凉爽宜人。王丽在热烈的安慰声中被推进手术室，开始了她渴望已久的第一次手术。随着手术室大门哐的一声关闭，送女儿来到门外的二翠一下子双膝跪地，在过去漫长的为女儿寻医看病的日子里，这个善良的农村妇女因为多次到寺庙为女儿祈祷，内心里已经信奉了神灵。今天她把那些改变女儿命运的医生们当作心中的菩萨，把手术室当成了供奉菩萨的圣地，为此她双膝下脆，对着手术室默默地祈祷，感谢医生菩萨，感谢所有的好心人，愿手术成功，娃的病能够治好。

中午一时许，经过五个小时的手术，在一片祝福声中，王丽被顺利地推出了手术室。

手术完成后，主刀医生刘教授进行了总结，他说："正如我们所预计的，今天手术进行得很顺利，手术效果也非常理想。不过，今天的手术仅仅是一个开始，后面还有很多工作要做，一期手术恢复之后我们还要进行二期、三期，甚至四期手术，、最后还要做植骨、颌面修复、牙齿种植以及语言训练。"

四个阶段不仅工程量大，而且费用高昂，就拿第三期种植牙齿来说，仅此一项就需花费七万多元，整个手术对一个贫穷的家庭来说，无论如何也难以承受。口腔医院始终将救死扶伤、服务人民这一崇高操守放在第一位，医院全体医务人员自发募捐五万八千元。赵院长多次利用新闻媒体呼吁全社会为救治这样一个世界罕见的"坑面女"伸出援助之手。

"坑面女"的事情经媒体报道后，社会各界纷纷伸出援手，台湾一商人委托员工送来五千元捐款；青海塔尔寺僧众从央视看到"坑面女"的报道后，在西纳活佛的主持下，全寺为王丽捐款两万六千元；医院收到来自海南、广东、陕西、新疆等省区各界群众捐款累计十多万元。无私的救治和无私的爱心捐助，让丽丽感受人间大爱温暖的同时，也为她获得更好的医疗条件打下了坚实的物质基础。

2007年4月，正是春风送暖、万物复苏的季节，"坑面女"王丽在成功实施颧骨牵引第一期手术七个多月后，4月18日上午又进行了第二期上颌骨移植手术，经过四天的治疗和观察，刘教授面对新闻媒体正式宣布，为王丽移植的上颌骨已经成活。

四天之后，王丽已经像一个正常人一样可以下床走路了，平常爱看电视的王丽，突然对看电视失去了热情，她的兴趣有了新转移，她喜欢上了镜子。二翠说，王丽手术清醒后做的第一件事情，不是要吃要喝，而是要照镜子。现在王丽每天都会对着镜子认真端详越来越陌生的自己，过去沉默寡言害怕见人的王丽已经判若两人，展现在人们眼前的是一个活泼可爱、与过去有着天壤之别的新王丽。

事隔几年之后，2010年5月17日上午，赵院长为王丽做了最后一次手术，他用了四十分钟时间，为王丽装上了六颗整齐洁白的牙齿。牙齿的功能是多样的，其中最重要的一项是切割和咀嚼食物。没有用过牙齿的王丽会不会用牙，赵院长说："假牙装上后，我们为王丽准备了几块饼干，可意想不到的是，饼干放到她嘴里，她并不知道咀嚼，当时我的第一反应是，难道哪里出错了吗？难道手术失败了？"赵院长为此很紧张，手术后的王丽如果不会用牙齿，那牙齿就成了一种摆设和装饰，她的生活质量也就没有得到彻底改善。仔细一想，赵院长突然醒悟过来，不是手术失败了，而是王丽对牙齿过于陌生，既不会使用更不会咀嚼，因为她自出生以来就没有体验和享受过咀嚼这一动作的好处和快乐。赵院长一边用手托住王丽的下巴，一边给她做上下牙咬合的示范。经过二十分钟的训练，王丽开始了她来到人世间二十二年的第一次咀嚼，这是她幸福咀嚼人生的开端。她在吃完一块饼干后开心地说："赵叔叔，我能吃东西了。"说完，她幸福地哭了，王二楞和二翠也哭了。王丽再也不用别人替她咀嚼食物了。

经过几年的分段治疗，王丽的所有手术顺利而圆满地结束，一个全新面孔的王丽从此诞生。她那因面部严重畸形而造成的悲苦命运也到此终结。

王丽要从西安回马家庄了，一直暗中关注王丽的王斜眼，从哑巴大宝那里最早知道王丽要在哪一天、什么时候康复回家的确切消息，这天早晨他没有去放羊，他要亲眼见证妖怪变成仙女的传言。

那天关中平原万里无云，天空像是被水洗过一般瓦蓝瓦蓝的。王斜眼在太阳升起一丈多高的时候，来到了村东头的老榆树下。公路上时不时有小汽车飞奔而过，但没有一辆拐弯转到马家庄刚修通的水泥路上；公路上时不时有公共汽车在马家庄的站牌停下，下来的人没有王二楞也没有二翠和王丽。强烈的好奇心驱使王斜眼迫切地想看到王丽手术后的样子。在王丽住院的日子里，每当村里有人议论王丽长出了骨头、长出了鼻子、长出了上腭、长出了牙齿，会说话了、会吃饭了的消息后，王斜眼都会怀着复杂的心思马上反驳，说如今谣言太多，王丽那妖怪要是鼻子、牙齿都长全乎了，我把“王”字倒过来写。王斜眼等得有点着急，他一急就爱上树，每次羊丢了，他都是爬到树上去吆喝。他费了很大的劲爬到老榆树上，当他刚刚爬上去在一根树丫上还没坐稳，一辆别克商务车从公路拐到了马家庄的水泥路上，还没等他反应过来，那别克商务车就进了村子，直直地开向了村西头。他急忙从树上爬了下来，此时村子里早已热闹非凡了。

王小斜在他父亲王斜眼跑到村东头的老榆树下后，他来到了王二楞家，哑巴大宝正在清扫院子，王小斜冲哑巴比画了一下，就钻进了槐树洞，顺着梯子爬到了洞顶，他将整个身子露在外面，以便自己看得更远。王丽进城治病后，一次因为寻找他家的大白猫，王小斜找到了槐树洞。洞里的幽静、神秘和登高望远的窥视，使他一下子喜欢上了这个特别的地方，没事的时候，他常常一个人来到这里攀到树顶，感观到了平常无法感观的奇异风景，感受到了平常无法感受的趣闻轶事，体验到了平常无法体验的别样滋味。王小斜直盯着村东头的老榆树，那是一个坐标，是进入村子的必经之地。王小斜最早发现了那辆从公路上拐进村子的商务车。只见那商务车一路开到了王二楞家的院门口，一个穿白大褂的护士从驾驶室副座上率先下了车，麻利地拉开了车门，手术后的王丽像骄傲的公主穿戴一新走了出来。站在树洞顶上的王小斜看得最为真切，眼前的王丽正如人们所说，长出了鼻子，长出了嘴唇，长出了牙齿，那洁白的牙齿在太阳的照射下明晃晃的耀眼；他还看到了王丽的微笑，听到了王丽说话的声音，王小斜被眼前的一切惊呆了，不小心一脚踩空，他啊的一声从树洞的梯子上滑到了洞的底部，吓得他家那只白猫腾地一下蹿到了树顶，并顺着树枝跳到了自家的屋檐上。

王二楞和二翠不停地与乡亲们打着招呼，王丽提着糖果散发给她从小到大从来没有说过话甚至没见过面的爷爷奶奶叔叔婶婶们。院门是开着的，院子摆了两个方桌和两个圆桌，桌子上摆着一次性塑料杯，大宝热情地为客人端茶送水。不大一会儿，年纪大的人很快将四个桌子边的条凳坐满，孩子们三五一群将院子的空隙填满，余下不多像王小斜一样没有外出打工的年轻人将王丽围了个严严实实。王小斜忘记了刚才摔了一跤的疼痛，用足劲儿挤到王丽的跟前，他毫不害羞地对众人说："我刚才从树洞上掉了下来，就是因为王丽的牙齿晃了我的眼睛。"为此，他一定要数数王丽长出了几颗牙齿。王丽不再是过去没有见过世面的丑小鸭，她大胆地张开嘴让王小斜好好看好好数。王小斜数过之后觉得还不落底，拿出刚才从王二楞手中抢到的苹果，当场让王丽咬上一口，想检验一下王丽的牙是否管用，是不是装的假牙。王丽很大方地用卫生纸将苹果擦了擦，然后冲王小斜笑了笑，就在那苹果上咬下一口，并动着腮帮子咀嚼起来，只见那细小的喉结一动，刚才咬下的一口苹果被咽进肚子里。王小斜看得目瞪口呆，待王丽吞下苹果的一刹那间，王小斜将王丽手里的苹果抢了过来，他也咬了一口，再仔细端详对比之后说："真牙，真牙，一点也不假。"院子里的大人小孩都放声大笑，那开心的笑声震得大槐树的叶子都颤抖起来。这时王斜眼也挤了进来，说："我听说丽丽会唱歌，你给大伯哼上几句。"王丽真的就唱起了《有妈的孩子像块宝》这首歌，歌声就像树上的喜鹊鸣叫悦耳动听。面对现实，王斜眼心悦诚服地说："上帝开了眼，神仙显了灵，妖怪也能变成仙女。"

王丽回来后，王小斜就像他家的白猫一样喜爱上了槐树洞，可王丽并不像喜欢大白猫那样喜欢王小斜。王小斜虽然没有大白猫那样轻盈敏捷的身子和功夫，能直接从搭在自家屋顶上的大槐树树枝跳到树洞来，但他会趁王丽不在家的时候从门缝里钻进院子，从洞里上到树上。站在树洞上，王小斜时常流连忘返，一坐大半天，直到王丽出现在村子，走到院门口，他才从树洞里钻出来，像他家的大白猫那样讨好王丽。

王丽一夜之间由丑姑娘变成了俊姑娘，媒婆便开始登门了，但无论媒婆把小伙说得多么英俊，家里多么富裕，王丽就是坚决不同意，她说爸妈年龄大了，身体又不好，她要侍候爸妈一辈子。于是村里有人开玩笑说，王丽你是不是看上你哑巴大哥了。王丽听了脸一红，头就低下了。媒婆走后，二翠就问丽丽为什么不同意，王丽说："我要嫁给大哥，我要和大哥一起侍候你们一辈子。"

二翠听了虽然心里欢喜，可她却不能同意，说："你大哥是哑巴，语言无法沟通，家里又穷，哪能让你吃一辈子苦。"

坐在一旁抽着旱烟的王二楞也摇头说："那哪成，乡亲们会怎样看我和你妈，外人又怎样看我们王家。"

一天，太阳刚刚落山，晚霞的余晖还缠绕在槐树那茂盛的叶片上，王二楞在地里忙活了一个下午，腰酸胳膊疼地，正坐在槐树下的石凳上休息，王斜眼带着一身羊骚味推开院门走了进来。闻着王斜眼满身的骚味，王二楞心里就反感，可他又不好直说。王斜眼第一次笑眯眯地斜着眼，讨好地对王二楞说："我知道老弟犁田累了，我把老大从西安买回来孝敬我的'十年西凤'拿来与老弟解解乏。"

王二楞诧异地看他一眼，说："太阳从西边出来了，今天你葫芦里又卖什么药？"

王斜眼两眼看着王二楞，黑眼珠却瞧着一旁的树洞说："别把人想得那么坏。二翠妹子拿杯子来，我和二楞老弟整两杯。"

坐在堂屋口的二翠已经看到了摆在石桌上的酒和一包花生米，

听斜眼叫她，赶忙哎了一声，回屋将酒杯和筷子拿出来摆到石桌上。酒杯是那种三球的杯子，一次倒满刚好一钱，王二楞斟上酒，对斜眼说："来干了。"

酒一入王二楞的嘴，他马上感觉到了真是好酒，于是对二翠说："弄个刀啪黄瓜，炒个鸡蛋，再弄个刀削面，我们哪能白喝。"

两个人一高兴，一连干了好几杯，王斜眼的右眼珠扫到右眼角、左眼珠聚到鼻根旁，看了一眼正走进屋的二翠，才对二楞说："这酒还真不是白喝的，我家的大白猫受你家丽丽的影响爱钻树洞爱爬树，大白猫又把那习气传染给了我家小斜，自从丽丽把病治好后，小斜就爱上了你家丽丽，一有闲工夫就钻你家槐树洞，说是爬到树洞上面看风景，你说是不是中了你家丽丽的魔？"

王二楞没想到王斜眼拐弯抹角地如此能说，王斜眼的话让他听得目瞪口呆，好半天才反应过来，便说道："你家小斜爱钻树洞，爱站在树洞顶上看风景，这与我家丽丽有什么关系，这也不能证明小斜就喜欢上了我家丽丽。"

这时，王小斜就像从天而降，站在王二楞跟前毫不胆怯地说："丽丽的病治好后，我看她与哪个姑娘都不一样，我就喜欢丽丽这种怪怪的与众不同。"

王二楞看了一眼站在树洞旁的王小斜，冷冷地说："你是不是也得了病，喜欢怪怪的，我家丽丽哪里怪怪的了？"

王小斜从小就不怕王二楞，所以他放开胆子说："你没注意吧，丽丽一笑，可像我家那只大白猫。"

王二楞很生气地问："那你咋不与你家大白猫结婚？"

王小斜也反问道："有人和动物结婚的吗？"

王二楞心想刚才的话可能有点过了，便接着问道："你一个大小伙咋就喜欢上了钻树洞？"

王二楞这一说不要紧，让王小斜一下子打开了话匣子。最后王小斜竟然说出了一句让王二楞和王斜眼都很费解的话，什么爱猫及人，爱树洞及人，我就是因为爱上这些才爱上丽丽的，如果娶了丽丽，将来和丽丽一起站在树顶上看风景该是多好啊。

就在王小斜站在那里说得泡沫飞溅的时候，王丽与哑巴大宝推开院门走了进来，王丽理直气壮地说："我谁也不嫁，我要嫁给大宝哥，与大宝哥一起给爸爸妈妈养老。"

王小斜从来就没把哑巴放在眼里，便说："你傻呀，你如今是丑小鸭变成了白天鹅，可他依然是哑巴。我是正常人，你嫁给我，给院墙上开个门，我与你一起养老人。"

丽丽咬着牙说："哑巴也是我的哥。我爸爸妈妈都同意了，明天我们就到镇上领结婚证。"

王斜眼一听急了眼，不管不顾没大没小地挖苦又讽刺王二楞说："我没想到你王二楞还有这么一个心眼，当时捡个女娃养，我就觉得奇怪不对劲，原来是为了日后给你哑巴儿子做媳妇；为了王丽的病，你到处借钱，不惜把亲生儿子过继给别人，也要给丽丽治病，原来都是为了你的哑巴儿子做谋划，为了你王家传宗接代，原来你是披着羊皮的狼啊！"

哑巴大宝气极了，挥着拳头想打人，被王二楞喝住了。王二楞说："我王二楞早就习惯了你的讥讽和嘲笑，也习惯了你的歪想和折腾，大宝你进屋拿一瓶'十年西凤'给你斜眼大伯，酒我们不白喝。"

二翠炒好菜一直在堂屋口候着，听了王二楞的话就进了屋，从纸箱里拿出了一瓶酒，那酒是一个好心的老板赠送的，说是让他们回村答谢有恩于王丽的人。二翠将酒递给正准备进屋的大宝，大宝将酒又递给了王二楞，王二楞转手塞进了王斜眼的怀里。赚了一瓶酒的王斜眼借着酒劲，气呼呼地说："走，我们回家，我们家不娶这个稀罕物。"

月光下，王斜眼一手提着没有开封的"西凤"，一手提着已经喝下一大半的酒瓶子，歪歪扭扭地走着，他心满意足地哼着小调朝家里走去。在他即将走进家门时，跟在他身后的王小斜一脚将那所剩不多的酒瓶踢向了空中。月光下，那酒瓶高速地向屋顶飞去。此时大白猫正蹲在屋顶上，被突然飞来的瓶子吓得尖叫一声，就从屋顶上滚落下来，不偏不歪砸在了王斜眼的怀里。老眼昏花的王斜眼被一团软绵绵、白晃晃的东西吓得魂飞天外，一声“妖怪”喊出口，便晕倒在地。

“坑面女”与哑巴哥喜结良缘一事被县报记者写成消息，登在了县报的头版。那一天是农历十一月二十一日，天空风和日丽，不少人怀着好奇开着车前来参加他们的婚礼。一时，成串的汽车涌向了马家庄这个偏僻的乡村。村长很有先见，专门在村东头老榆树的四周开辟了停车场，还搭了一个彩门。王二楞家的院子本来摆了六桌，可村长嫌地方小摆不开，于是村里花钱将王二楞与王斜眼两家相隔的院墙打开，用红砖铺了地，又增加了六桌。那天是马家庄最为热闹的一天，十二桌流水席吃了摆，摆了吃，就没有停过，半疯半痴半清醒的王斜眼一直坐在大槐树树洞旁的石墩上，怀里紧紧抱着他家那只又肥又白的大白猫，看哑巴大宝与王丽的婚礼庆典；王小斜干脆从树洞爬到树上，居高临下地看热热闹闹的婚礼，看来来往往的人流，还有王丽那与众不同的笑容……

后 记

《脸谱》这部中短篇小说选，是我近几年尤其是我2013年参加鲁迅文学院第二十一届高级研讨班毕业以来创作的中短篇小说选集，一共十篇，写的都是我所熟悉和了解的大学、医院、哨兵和历史题材等方面的生活。

现实生活远比文学所虚构的还要精彩，那些已经发生的离奇事件就是最好的佐证。在我的生活圈中，就发生了许许多多稀奇古怪的事情，《脸谱》所写就是其中一例。

我在一所医科大学工作，其附属医院全国知名，因为工作的关系常与医生们打交道，谈论最多的莫过于人的生死。关于生，人们谈论的并不多，即便是哪个妇产科医生一天剖腹接生几十个婴儿、谁家的女人一胎生龙凤或者一胎生三个四个，都不能引起人们足够的兴趣。当谈论某某人昨天还在大会上做报告、在手术台上给人治病、在酒场上豪饮一斤两斤不醉，第二天就查出了肝癌、胃癌、肺癌、膀胱癌、直肠癌等等，住院不久猝然离开人世时，人们无不为之扼腕叹息，就是整形科也难以摆脱死亡这个沉重的话题。在《脸谱》中，我所描写的是整形专家为患者换脸的典型故事，讲述的核心还是关于死亡，是对命运悲剧的极度透示，而不是表象中的“女为悦己者容”的畅快。郭兴作为国际知名整形专家，将超凡的技术、奇妙的想象和绽放的业绩浓缩在他那近乎功德碑的一面墙上，这是他的成就与内驱力，是他整形事业迈向巅峰的足迹，是他的光环闪耀，同样也是他的负重。黎明珠这个被熊抓伤了脸的患者，让久久渴望当名医的整形探险者郭兴抓住了一举成为整形业内名医的机会，换脸的成功，使黎明珠成为郭兴为之骄傲的众多脸谱中的一颗耀眼明星。在第一条副线中，公安人员对黎明珠这个不同寻常的换脸患者展开了无休止地追踪，黎明珠究竟是罪犯还是患者，《脸谱》从头到尾始终没有对黎明珠是不是犯罪嫌疑人给出一个确定的结论，原因在于当今社会多元，人不仅内心复杂难测难防，就连人的面部也因整形如川剧变脸般让人眼花缭乱，这就是基于人性的复杂和社会多样的现实呈现。人必须面对死亡，无论医术多么发达都无法抗拒，即便郭兴能够把一个人的脸换到另一个人的脸上，他也同样无法抗拒。而在第二条副线中的李倩因追求自我极限美取痣而引发癌症，郭兴及所在医院的专家们表现出来的无能为力，类似唯美主义的死亡代价是文学对生命凋谢的审视。《脸谱》是个众生相，揭示的是医者与患者的内心世界、不同人生以及功利需求，是对人过度追逐容貌美而引发的命运悲剧和如何顺应自然人生的深度思索及呼唤。

《生命恙》和《上帝的眼睛》同样写的是医生与患者，同样是写关于生命的话题。在《生命恙》中，突出写了人在生与死之间的微妙转换，以及无法抗拒的人生命运。在《上帝的眼睛》

里，始终围绕善良与奸邪、贫困与丑恶、拯救与挣扎而展开。《解剖楼》勾勒了解剖学家因职业使然对于尸体的痴迷（恋尸症），许多情节让人读后无不毛骨悚然，甚至噩梦连连，在惊骇之中，让人从中感悟关于人本身的更多深刻的东西。

私下里与文学朋友交流时，我常说自己是一个理想主义者，尤其是在文学创作中有着“刻奇”的追求。“刻奇”一词因昆德拉的作品《不能承受的生命之轻》而广为人知。“刻奇”的要义，不外乎因一件事而自我感动及感伤，因难以拒绝的自我感动和感伤，扩散到与别人一道分享的自我感动与感伤，最后发展到因为意识到与别人一道，感伤变得越发加倍。而一个具有“刻奇”追求的人，总是在不断追求崇高的人生意义，或者是在无意义中寻找、发现和感知“刻奇”的快乐，从而憎厌日常生活的平庸。也许，我每天与众人一样上班、下班、吃饭、睡觉，但我的头脑里所思考的绝不仅仅是把工作应付了，把肚子吃饱了，我会思考今天做了什么有意义的事情，哪些是可以回首回味的，哪些是无聊无趣的，哪些是值得深思深究的。小说是艺术的虚构，我在虚构我的小说中人物命运的过程中，无意识地将“刻奇”贯穿始终，无论是短篇小说《西行记》中的徐海东、中篇小说《脸谱》中的郭兴和黎明珠以及《生命恙》中的老马、《解剖楼》中的邹锋，还是《桩井》中的钎担等人物，“刻奇”无不使他们因命运多舛而绚丽升华。同时，我又在“刻奇”中注入无意义的生活，在无意义中寻找生命的意义。

小说是虚构的，一切也都是虚幻的想象，如果说与现实生活似像非像，那纯粹是一种天然的巧合，因为我们活在生活之中。

说这番话，也就是请有心人看过之后，千万不可对号入座。

《脸谱》的出版让我十分欣喜，喜悦之中，我要感谢《黄河》杂志刘淳社长，他与我萍水相逢，可他以独特的眼光，使我写医生与患者的几个中篇小说先后在《黄河》杂志上发表；我要感谢陕西师范大学出版总社刘东风社长，是他慧眼识珠，《脸谱》这部中短篇小说选才得以集锦出版；当然应该感谢《脸谱》的责任编辑胡选宏老师，他以强烈的敬业精神和严谨负责的态度，确保了《脸谱》出版的速度和质量。

2016年春写于西安